# 第十八届百花文学奖

## 科幻文学奖获奖作品集

《科幻立方》编辑部 编

百花文艺出版社
天津出版传媒集团

**图书在版编目（CIP）数据**

第十八届百花文学奖·科幻文学奖获奖作品集 / 《科幻立方》编辑部编. -- 天津 : 百花文艺出版社,2019.11
ISBN 978-7-5306-7770-4

Ⅰ. ①第… Ⅱ. ①科… Ⅲ. ①科学幻想小说-小说集-中国-当代 Ⅳ. ①I247

中国版本图书馆 CIP 数据核字(2019)第 215015 号

**第十八届百花文学奖·科幻文学奖获奖作品集**
DI-SHIBA JIE BAIHUA WENXUE JIANG KEHUAN WENXUE JIANG HUOJIANG ZUOPIN JI
《科幻立方》编辑部 编

---

**编辑统筹:**张 森
**责任编辑:**成 全 孙 艳
**装帧设计:**任 彦 **内文设计:**蔡露滋
**出版发行:**百花文艺出版社
**地址:**天津市和平区西康路 35 号 **邮编:**300051
**电话传真:**+86-22-23332651（发行部）
+86-22-23332656（总编室）
+86-22-23332478（邮购部）
**主页:**http://www.baihuawenyi.com
**印刷:**山东新华印务有限责任公司
**开本:**787×1092 毫米 1/32
**字数:**264 千字
**印张:**12.375
**版次:**2019 年 11 月第 1 版
**印次:**2019 年 11 月第 1 次印刷
**定价:**42.00元

---

如有印装质量问题,请与山东新华印务有限责任公司联系调换
地址:山东省济南市高新区世纪大道 2366 号
电话:（0531)82079100
邮编:250104

## 科幻文学奖·获奖作品



## 科幻文学奖·入围作品

百花文学奖
The 18th
Baihua Literature
Award

科幻文学奖

获奖作品

# 心殇

霜月红枫

18th 百花文学奖
The 18th Baihua Literature Award

科幻文学奖

## 霜月红枫

原名杨颖，重庆市作家协会会员。在全国数十家刊物上发表小说、散文两百多篇。作品数次被《青年文摘》《意林》《微型小说选刊》《科普童话》等刊物转载和收入各类散文集、小说集中，已出版长篇小说《凤皇天下》。

一

“孩子,妈妈对不起你!”

我哭着把婴儿僵硬的小身子放进纸箱里,用透明胶带牢牢缠了几圈,然后抱着纸箱去了郊外的树林。

深夜的树林静得可怕,我的啜泣声在那片死寂中显得格外清晰,就像某种脆亮而诡异的怪声。

一股阴寒的死亡之气在周围弥漫,我心里阵阵发紧,不敢再发出任何声音,匆匆挖了个坑,把纸箱埋了进去。

填好土坑后,我最后看了一眼那块连坟堆都没有的空地,抹干眼角已变得冰凉的泪水,转身快步往回走去。

刚走几步,身后突然响起一阵响亮的婴儿啼哭声,仿佛从最黑暗的地狱深处传来,惊得月光都为之一颤!

我遽然回头,只见先前埋纸箱的地方,正袅袅升起一层青色的雾气,凝而不化。

婴儿的哭声越发响亮,雾中渐渐凝聚成一个小小的人形:大得近乎畸形的脑袋,青白的脸上,嵌着一对出奇诡异的大眼睛,全是黑色的瞳孔,没有眼白。

那对诡异的眼睛死死盯着我,身子则在青雾中摇摇摆摆地扭动,姿态活像个提线木偶,似乎要蹒跚地向我走来……

“妈妈!”怪婴的嘴里清晰地吐出这两个字。

我的心脏如同被铁锤猛地砸了一下。青色的雾气瞬间涌来,将我淹没,周围的一切都消失了,只剩下一双双黑如炼狱的眼睛,在青雾中一张一合地眨动,异口同声地喊着:“妈妈、妈妈、妈妈……”

我尖叫一声，猝然自梦中惊醒，浑身冷汗，心口突突乱跳着。

睡在病床上的儿子，被我梦中的叫声所扰，不安地动了一下，又转身沉沉睡去。

我爱怜地摸了摸他苍白的小脸，想起梦中的情景，心里涌起阵阵难言的苦涩。

也许这是上天对我的惩罚，因为我没有善待第一个孩子，所以才让小杰也……

这时，房门打开了，骆言走了进来。看见他一脸沉重的表情，我的心也瞬间凉透了。

“医生说，小杰的淋巴细胞毒交叉配合试验结果是阳性，移植他人的心脏很可能会导致超急性排异反应。”

“那该怎么办？”我急得又开始落泪。

儿子患有严重的先天性心脏病，医生说必须做心脏移植手术，否则存活不了多久。然而检查的结果却给了我们沉重一击：小杰的体质不适合接受外源心脏的移植。

“或许我们可以试试自体移植。”

在我无比绝望之际，丈夫骆言的一句话又让我看到了一线曙光。

“用小杰自己的干细胞来生成一个心脏，然后将它移植到小杰体内，这样就不会出现排斥反应。”

“真的可行吗？你能做到吗？”我又惊又喜地问骆言。虽然知道他是再生医学领域的专家，但我却不敢相信他真的能够培育出人的心脏。

“我在动物身上做过试验，已经取得了一些突破性的成果。

但是……”骆言避开我热切的目光,声音因犹豫而显得低沉,“实验还不够成熟,还有一些未知的、我无法控制的风险……”

“但这是挽救小杰生命的唯一办法,对不对?”

“是的,这是唯一的办法。”骆言似乎下定了决心,“不管结果怎样,我都要冒险一试!”

二

从这天以后,我们就像落入深井的人发现了唯一的出路,虽然不知道它会通向哪儿,前方是否有未卜的凶险,依然满怀希望,带着前所未有的热切期盼冲向了它。

我毅然辞职,在家照顾病弱的儿子。骆言则一头扎进实验室,没日没夜地工作,要为我们的儿子培育出一颗正常、健康的心脏。

虽然我对他的研究工作一窍不通,但也隐约意识到,实验一旦成功,必将成为人类医学史上的一座里程碑,从此器官移植将不再缺乏供体,并能将排斥反应降到最低,结果一定会大大延长人类的寿命。

我为骆言感到骄傲,同时又忐忑不安地想:他真的会成功吗?

骆言已经很久没回家了,偶尔会打电话告诉我实验的进展。他的声音疲惫中难掩欣喜,实验出乎意料的顺利,那颗心脏已经成形,并按计划不断生长着。

小杰的病情却越来越严重,只能整日躺在床上,稍一活动便呼吸困难、面孔青紫,有时还会突然昏厥。空荡荡的房间里,只有他急促的喘息声像风箱一样回荡，仿佛一把锋利的刀子，在我心上来来回回、反反复复地拉过来、割过去……

我在难以言喻的痛苦和惊惶中度日如年，如同被泡在乌黑的中药罐里慢慢煎熬着，每一个毛孔都是苦涩的滋味。而那个关于怪婴的噩梦也时不时地来造访我，让我恐惧不安，整个人迅速消瘦下去。偶尔照镜子，我几乎认不出那个脸色蜡黄、眼窝深陷、憔悴不堪的女人就是自己。

这天晚上，再次从噩梦中惊醒后，我觉得必须去看看那颗心脏，只有看到它，我心里才会踏实，才不会整天担惊受怕、噩梦连连。

骆言一向不喜欢我去打扰他的工作，所以我煲了一罐汤，提着朝他的研究室走去。

我们住在这家著名科研单位的家属区里，步行至现代化的实验大楼只要十几分钟。看门的冯大爷认得我，热情招呼道："小舒，来看你家骆教授？"

我不好意思地笑了笑，说："煲了点汤，给他补补身子。这段时间他工作挺辛苦的。"

"有你这样的贤内助，难怪骆教授可以整天扑在工作上。"冯大爷打趣了一句，又问："最近骆教授在研究什么？怎么每天都泡在这里，还不许任何人进他的实验室，搞得神神秘秘的，打扫卫生的张婶都跟我抱怨好几次了。"

我心里"咯噔"一跳，又掩饰地笑道："他的研究我也不懂。反正有些科学研究也是需要保密的嘛。"

我随口敷衍了几句，终于摆脱了这位喜欢刨根问底的冯大爷。

见到骆言时，我大吃一惊，他似乎比我还憔悴，头发蓬乱，眼里布满了血丝。当我提出想去实验室看看那颗心脏时，被他一口拒绝了。

“现在还不能给你看。”

“为什么？”我不觉拔高了声调，心中疑虑更深。

“研究……嗯，出现了一点小问题……你没必要知道，我会解决的……”他避开我探询的目光，板着脸说，“你不该来打扰我。现在正是最关键的时候，一刻也不能疏忽。”

“可是我不放心……”

“你有什么不放心的！”他烦躁地打断我的话。见我惊愕的样子，他又放缓语气，安慰道：“你不用担心。相信我，小杰一定会有颗健康的心脏！”

看见骆言笃定的神情，我紧张的心情稍稍松了松。不想再跟他争执，我恢复了平日温婉的模样，把煲好的汤倒在碗里递给他，体贴地说：“快趁热喝了吧，工作再忙也要注意身体。”

趁骆言喝汤的间隙，我走出他的办公室，想去一趟洗手间。

洗手间在楼道的另一侧，中途经过实验室时，里面突然传来几下异样的声响。

我蓦地停住脚步，一想到儿子那颗救命的心脏就在紧闭的房门后面，我的心就禁不住怦怦直跳，几乎无法压抑一探究竟的冲动。

我蹑手蹑脚地凑近实验室，耳朵贴在门板上仔细听了听。里面似乎有种奇怪的声音，“呼哧呼哧”，低沉而细碎，像人在打鼾，又像某种古怪的呻吟。

一颗心脏怎么会发出声音？

我的头皮顿时发麻，呼吸也跟着急促起来，冯大爷的话突然浮上心头："……不许任何人进实验室……神神秘秘……"

骆言到底在研究什么？为什么不敢让任何人知道？

我的身子在微微颤抖，一只手却仿佛有了自我意识似的，慢慢伸出去握住了门把手，用力一扭，门，竟然悄无声息地打开了……

一股淡淡的腥气飘了出来，我的手心全是冷汗，心狂跳不已。

原本只是试探地扭了一下，没想到门竟然打开了。大概是我来得突然，骆言忙着应付我，没来得及将实验室的门给锁上。

里面一片漆黑，什么也看不见。凝神细听，"呼哧呼哧"的声音似乎更响了。

正摸索着想去开墙上的灯，突然听见骆言在叫我，我吓了一跳，慌忙答应着跑出了实验室。

"怎么去这么久？"骆言把空的汤碗递给我，催促道："我还要忙工作，你也早点回去。孩子一个人在家，总叫人不放心。"

"我请隔壁的王阿姨帮忙照看一会儿，应该没事的。"我犹豫了一下，终于忍不住问："你的实验……真的没问题吗？"

"能有什么问题？"骆言不悦地瞪我一眼，"你别再胡思乱想。那颗心脏发育得很好，再过一个星期，就可以给小杰做移植手术了。"

"真的？"我又惊又喜，方才的疑惑和担忧都被这句话一扫而光了。

“你忙吧,我不打扰你了。”我抹去眼角冒出的喜悦的泪花,生怕影响骆言的工作,又记挂着小杰,赶紧收拾好东西匆匆往回赶。

走出实验大楼时,已经是深夜。我朝门卫室瞟了一眼,冯大爷已经熬不住困倦打起了盹。

外面阵阵冷风袭来,我裹紧衣裳,快步走着。骆言所在的科研单位曾多次被评为市级园林单位,这里绿树成荫,环境清幽。但一到晚上,那成片的幢幢树影就显出几分阴森,尤其是深夜不见人影的时候,更静得叫人心里直发怵。

一路上只听见我空洞的脚步声,还有风掠过树枝的沙沙声。但我却莫名地有种奇怪的感觉,似乎有什么东西在背后跟着我,沙沙、沙沙,不仅是风声、脚步声,还有……

我蓦然回头,却只看见昏黄的路灯投下的片片阴影。风吹过我的身体,在那汗湿的地方掠起一片透心的凉意。

说不清那种莫名的惊惧从何而来, 我的脚步不自觉地越来越快,越来越快,最后几乎是一溜小跑地回到家,直到看见小杰沉睡中安静的面孔时,那颗惊恐不安的心才踏实地落回了原处。

三

“哐当”一声脆响,把我从睡梦中惊醒。我的第一反应是去摸小杰,看到他安然无恙,才松了口气。

一阵细碎的响声又从厨房里传来,我的心顿时高高悬起,难道有小偷?

一想到家里只有我跟小杰两个人，我就禁不住紧张起来，故意大声咳嗽了几下，希望能把小偷吓走。

厨房里果然再没有动静。又等了好一会儿，我才大着胆子下床，打开灯，走到厨房一看，里面一片狼藉。昨晚的剩饭少了一大半，一颗大白菜也被啃得七零八落，还有两个碗掉在地上摔成了几瓣。

该死的老鼠！我嘴里咒骂着，却放心了不少。正盘算着要不要把柜子里的粘鼠板翻出来，视线却在接触到大白菜时骤然愣住了。

我记得这颗白菜足有三斤重，现在却被啃得只剩下菜梗和少量残叶。老鼠怎么吃得下这么多白菜？而小偷更不可能对白菜感兴趣。

那么，到底是什么东西闯进了我家？

一股强烈的不安令我的胃抽搐起来。我站在厨房里惊恐地四顾，这时，其中一个橱柜里突然传来异样的声音。

那个橱柜的上面是洗手盆，里面是两根水管，没有再放其他物品，所以还有很大的空间。如果真有什么东西闯进了厨房，那么很可能就躲在这里面。

我抓了把菜刀在手里，胆战心惊地朝橱柜走去。

"谁在里面？出来！"

我知道不会有回答，那小小的橱柜根本装不下正常人类的身体。我说话只是为了给自己壮胆，再不发出点声音，我恐怕真会被恐惧给逼疯。

"呼哧、呼哧……"橱柜里清晰地传出这样的声音，仿佛有什么人在喘气一般。

我一只手紧握着菜刀,另一只手颤抖地伸向橱柜。

"妈妈……"卧室里突然传来小杰惊慌的哭声。他一定是醒来后发现我没在,才害怕地大哭起来。如果任他这样哭下去,很可能会引发心悸。

我顾不上再去一探究竟,赶紧丢下菜刀,朝卧室跑去。

"小杰别怕,妈妈在这儿,妈妈在这儿呢……"我把小杰搂在怀里,柔声安慰着,一下一下轻轻拍着他的后背。

在我温柔的劝哄中, 小杰终于慢慢止住了哭声, 又沉沉睡去。

我给他盖好被子,听到他在睡梦中依然显得急促的呼吸声,眼泪不知不觉又涌了出来。一晚上的担惊受怕,令我的神经几乎处于崩溃的边缘,我只想放声痛哭,又怕惊吓了小杰,只得咬着被子默默地落泪。

等情绪稳定一点儿后,我又想起厨房里的怪事。现在家里只有我一个成年人,没人能帮我解决问题,为了儿子,我必须逼迫自己勇敢起来!

我鼓足勇气走到厨房,重又把菜刀抓在手里,然后一把拉开了橱柜。

里面竟然空荡荡的,什么也没有。

方才提起的一口气重重落了下去, 我心里涌起不知是庆幸还是担忧的复杂情绪。

强打精神把厨房清理了一遍,我擦了擦汗,感觉浑身上下疲惫不堪,正打算去睡觉,手机突然响了。

是骆言打来的。电话里,他的声音失去了一贯的冷静:“你去过我的实验室吗?”

“实验室?”我的心蓦然一跳,“怎么了?”

“那颗心脏不见了!”骆言惊慌焦急的声音灌入我耳中,宛如晴天霹雳一般,在我脑中劈出了瞬间的空白。

“你是说,有人偷走了那颗心脏?”好一会儿我才回过神来。

话筒里却沉默了一会儿,然后才听骆言说:“不一定是被偷走的,也许是……”

“不是被偷走的,难道它还能自个儿长脚跑了不成?”我气急地说,“赶快报警,一定要尽快找回心脏,小杰的病不能再拖下去了!”

“不能报警!”

“为什么不能报警?”

骆言犹豫了一下,才吞吞吐吐地告诉我:“实验出现了一些……我无法控制的情况……如果你想得到一颗完整的心脏挽救小杰的生命,就不能让任何人知道这次实验……”

骆言的话我根本听不懂,但他严厉的声音有着不容商榷的坚决。我顿时泄了气,抓着手机六神无主地说:“那现在该怎么办?”

“今晚只有你去过我那儿。你是不是进了实验室?”

“我只进去了一小会儿,什么也没看到就出来了。”话音刚落,我突然想起一件事,顿时惊跳起来,“我离开的时候,好像,好像忘了关上门……”

骆言愤怒的咒骂声从话筒那边传来,而我在愧疚、焦虑、惶恐等各种情绪的夹击下,终于崩溃地痛哭起来。

“好了,别哭了!”骆言大声吼道,“你给我看好小杰,哪儿也别去!我再四处找找,它应该不会跑多远,也许过不了多久就能找到。”

电话被匆匆挂断了。我呆愣地看着手机,整个人瞬间被绝望给吞没了。

## 四

我一夜没合眼,身体已经疲累到极点,神经却始终绷得紧紧的,在痛苦不安中辗转反侧,直到天明才有了朦胧的睡意。

一阵青色的大雾向我涌来,这是我熟悉的情景。我在雾中奔跑,拼命想要摆脱什么,然而几根小臂粗的藤蔓突然“嗖嗖”几下从浓雾中钻出,“呼”地缠住我的双脚。

我跌倒在地,再也动弹不了半分。

怪婴的形体在雾中显现,它手里捧着一颗鲜红硕大的心脏,血管筋络全都清晰可见,仿佛有生命一般在它手中搏动着。

“那是小杰的心脏,快把它给我!”我不知打哪儿生出的勇气,竟然冲怪婴喊了出来。

它高高举起心脏,像高举着一件神圣的祭品,我在它诡异的双眼里看到了疑似兴奋的光芒。

“这是你欠我的,妈妈!”它说着,把心脏放在自己胸口的位置。心脏瞬间隐没不见,而它的胸膛却一鼓一鼓地跳动起来。

“我和小杰只能活一个,只有他死了,我才会复活。”

在我绝望的痛哭声中,怪婴得意地大笑起来,那笑声又似婴儿的啼哭，还夹杂着“呼哧、呼哧”的怪响。

我猛然惊醒过来，“呼哧、呼哧”的声音真真切切响在耳边。

是从床底下传出来的。

我的意识还处于浑浑噩噩的状态，几乎分不清是现实还是梦境，只是本能地掀起床单，探头朝床下一看……

在清晨第一缕曙光中，我看见了一双熟悉的眼睛。

那是小杰的眼睛，却长在一头看不清形状的怪物身上。

“啊！”极度恐惧的尖叫从我喉咙里喷出，脑中那根绷到极致的弦，终于“啪”的一声断掉，黑暗像山一样砸过来，我瞬间失去了意识。

“妈妈、妈妈……”不知过了多久，我在小杰的呼唤声中终于醒了过来。

“妈妈，出什么事儿了？”小杰担心地望着我。

“没什么，妈妈刚才做了个噩梦。”

我生怕吓着他，根本不敢说实话。况且我自己也说不清方才到底是做梦，还是真看见了一只可怕的怪物。

床单依然是掀起的，但先前的异声已经消失了。我壮着胆子朝床底下看去，除了灰尘和一只不知什么时候遗落在那里的袜子，哪儿有怪物的影子？

看来果然是个噩梦，我松了口气，紧紧抱住小杰，像抱着一件易碎的珍宝。

“小杰，妈妈一定会治好你，谁也不能把你从我身边夺走！”我喃喃自语着。

## 五

早饭后，我们雇的钟点工陈婶按时来我家照看小杰，而我则抽空提着篮子出去买菜。

刚下楼就听见一片嘈杂的声音，小区的花园那儿聚集了一大群人，正七嘴八舌地议论着什么。

“真是造孽啊，谁把小孩的尸体埋在了这里……”

我本来没有看热闹的心情，但这突然飘来的一句话却让我猛然一惊，赶紧挤进去一看，花园里的泥土不知被什么刨得乱七八糟，隐约露出一具婴儿的骸骨。皮肉都已经烂干净了，只剩下几根骨头，小小的头骨上嵌着两个黑洞，仿佛带着冤气一般，直勾勾地望着天空，看了真叫人心惊肉跳。

我捂着嘴后退一步，双腿不受控制地哆嗦起来。

“沈大姐，你怎么了？”旁边有人关切地问。

“没……没什么，只是受了点惊吓……”我含含糊糊地回答。

“就是，太吓人了！看样子是刚出生的婴儿，不知道是哪个缺德的把死婴给埋在了这里，真是晦气！”

“也不知是病死的，还是被人给……”

“指不定就是被弄死的！我听说有人生了残疾的孩子，不想要就丢进水盆里淹死。还有的年轻女孩不自重，没结婚就有了孩子，孩子生下来就丢掉，或者找个没人的地方埋了……”

另一个大妈绘声绘色地说着不知打哪儿听来的奇闻，引得周围一群阿姨啧啧连声：“造孽啊，做这种丧尽天良的事，一定会遭报应的！”

“这不是谋杀吗？听说要判刑。把孩子丢了也不行，法律上好像有个什么遗弃罪……”

大妈们这边议论得热火朝天，另一边则有一堆人围着张大爷,听他心有余悸地讲发现这具骸骨的经过。

“今儿一大早,我跟往常一样在花园附近晨练,突然看见有个什么东西正在里面乱刨。起先我以为是从外面跑来的野狗,看看体型又不太像。我咳嗽了两声,那东西就嗖的一下钻进树丛不见了,然后我就发现了这个……”

“警察应该快来了。一定要叫他们好好查查,到底是谁做下这种伤天害理的事。现在有些人，真是道德沦丧，连畜生都不如！”有人义愤填膺地说,趁机又对江河日下的世风发了好一通感慨。

我紧紧攥着菜篮,失魂落魄地朝外走,脑子里翻来覆去的只有两个字:报应、报应、报应……

冰冷的手指碰到了手机,我忍不住拨了一串熟悉的号码。

“是芸芸吗？”听到这个熟悉的声音,我的眼泪唰的一下就流出来了。

“妈妈,”我哽咽地说,“我是不是一个很坏很坏的人？”

“芸芸,你怎么了？”妈妈的声音先是惊疑,然后又变得焦急,“到底出了什么事？”

“是不是因为我很坏,所以上天才要惩罚我？”

“你怎么会这么想？从小到大你都是乖巧听话的孩子,是我们全家的骄傲。快别胡思乱想了！是不是小杰又发病了？你一定是太累了所以才会乱想,要不要我来帮你照看小杰一段时间？”

“不用了,妈妈！”我赶紧擦干眼泪说,“您自己身体也不好,而且还要照料瘫痪的爸爸。放心吧,我会照顾好小杰的……”

安慰了妈妈几句后,我匆匆挂断了电话,生怕再说下去,自己就会崩溃地大哭起来。

如果妈妈知道她引以为傲的女儿曾经未婚先孕,还生下过一个孩子,会不会气得心脏病发作?

不,我永远不会告诉他们,我其实是全家的耻辱。

如果有什么报应,就冲我来吧!

我只能等着噩运的降临,就像一只落入蛛网、再也无力挣扎的可悲的虫子。

## 六

一整天,我都是神情恍惚的。

手机一直没响过,看来骆言还没有找到那颗救命的心脏。陈婶做好晚饭就离开了,家里又只剩下了我和小杰两个人。我把所有门窗都锁得死死的,并再三检查过,直到确认连只苍蝇都飞不进来。

然而,锁得住门窗,却锁不住噩梦。

晚上,我又坠入了恐怖的青雾中,模模糊糊地觉得自己应该找到那颗心脏。

我在雾中跌跌撞撞地走着,焦急地四处寻找。

突然,前方又浮现出怪婴的影子,它的眼睛现在跟小杰一模一样,身形在雾气中慢慢扭曲、变化:四肢变成了兽蹄,身子不断膨胀,变成一头类似野兽的怪物。

我尖叫一声,腿一软跌倒在地。

“想找回心脏救你的儿子吗？”它怪笑道。

想救小杰的强烈愿望使我忘记了害怕，“请把心脏还给我，求求你！”我跪在它脚下，卑微地，苦苦地哀求着。

“还记得那片小树林吗？你的第一个儿子就躺在那阴暗潮湿的地下。他天天都在哭泣，你为什么不要他？”

“对不起，对不起……”我低着头苍白无力地说着，手死死揪着胸口，心痛得像要撕裂一般。

“那个心脏就在他的身体里，去找他吧……”

在兽婴充满蛊惑的声音中，我茫然地、轻飘飘地朝前走去，不知不觉就来到那片树林。

我看见了当年埋纸箱的地方，旁边那棵小树已经长成了枝繁叶茂的大树。手里不知什么时候多了一把铁铲，我用力挖着土，挖啊挖啊，终于挖出了纸箱。

我撕下缠绕的胶带，打开纸箱，里面却是空的。

空的？

我惊愕万分，突然，一副冰冷的手铐铐在了我的手腕上。我抬头一看，两个警察站在我跟前。

“我们查出，花园里那具骸骨是你遗弃的婴儿。”

“不，不是的！”我哭着说，“我的孩子明明在这里，怎么会……”

“难道它还能长翅膀飞了不成？”其中一个警察冷笑道。

他们押着我来到花园，“仔细看看，这是不是你的孩子？”

我定睛一看，哪有什么骸骨，分明是那只人眼兽身的怪婴。

它用那对跟小杰一模一样的眼睛盯着我，冷冷地说：“小杰和我,只能活一个,你想救谁?”

在它逼人的目光下,我心慌气短,连连后退,一不小心被什么绊倒在地。

是小杰,他躺在地上,急促的呼吸声像快要散架的风箱。

“妈妈,我就要死了。”他虚弱无力地说。

“不!”我惊恐地大喊道,“快把心脏给我,求求你,救救小杰!”

“你还是要他,不要我!妈妈……”兽婴的叫声跟哭声没什么两样,它突然一把撕开自己的胸膛,捧出一颗鲜红滴血的心脏,“拿去吧!”

我刚接过心脏,眼前的兽婴突然变成了小杰的模样,他的胸膛开了个大洞,鲜血正不断涌出来,属于心脏的位置却是黑乎乎的,什么也没有。

“妈妈,你拿走了我的心脏。”小杰哭着说。

我大吃一惊,手中那颗心顿时变得像烧着的火炭一样滚烫,我痛得大叫一声,惊醒过来。

夜晚的凉风像刀子一样穿透我的身体,我这才发现,自己竟然站在外面的花园里,身上还穿着睡衣。

我怎么会来到这儿?

我惊惧地四顾,黑暗中似乎隐隐传来婴儿的啼哭声。我打了个寒战,突然醒悟过来,难道是我那死去的孩子,化身怪婴来惩罚我了吗?

“小杰和我,只能活一个。”梦中的声音突然浮上心头。

“小杰!”我惊呼一声,发疯似的朝家里奔去。

我家的大门敞开着，里面却安静得像坟墓一样。

我冲进卧室，看见小杰好端端地睡在床上，顿时松了口气。然后，我突然察觉到有什么不对。

房间里还有另一个声音，呼哧、呼哧……

我的心跳瞬间停了一拍，然后又激烈如擂鼓般狂跳起来。

声音，是从床上传来的。

在小杰身边，隐隐有一个隆起的物体，随着呼哧声微微起伏着。

那是个活物。

我从头到脚都变得冷飕飕的，像坠入了恐怖的冰窟。深深吸了口气，我摸到墙上电灯的开关，用力一按……

房间霎时大亮。

床上的东西受了惊吓，昂起头来，一只外形像猪的怪物顿时映入我惊恐的眼睛。

它的体型跟幼猪差不多，长着猪的身子，却有一对人的眼睛，本应是蒲扇般的大耳也变成了像人一样的小耳。

那对眼睛我如此熟悉，正是早上看见的，跟小杰一模一样的眼睛。

猪身人眼。

比噩梦更真实，更可怕！

刚醒来的小杰，瞥见怪物的模样，又吓得晕了过去。

在我穿透力极强的尖叫声中，怪物"呼哧呼哧"地从床上跳下来，在房间里没头苍蝇似的打了几个转儿，又朝厨房窜去。

我追到厨房，不见怪物的影子。仔细一听，先前那个橱柜里有熟悉的声响。

我狠狠一咬牙,顺手从刀架上抓了一把剔骨的尖刀。这是上次去德国旅游时买的,据说德国刀具质地精良,锋利无比。

我紧紧握住尖刀,深呼吸,一下又一下,不断告诉自己:一定要保护好小杰!一定要保护好小杰!一定要保护好小杰!……

在这番强烈的自我暗示作用下,我终于鼓足勇气,一把拉开橱柜的门,闭着眼睛只管把尖刀朝里用力捅去……

简直无法用言语来形容我此刻听到的惨叫声,像人又像动物,凄惨到了极点,也恐怖到了极点!

怪物狂嘶着从橱柜里钻了出来,嘴里含含糊糊地叫着什么。

恐惧已经让我失去了理智,我疯狂地挥刀刺着,一下又一下,一下又一下……

怪物倒在了血泊中,在它的胸口,有什么东西在缓慢起伏着,扑通、扑通……

想起梦中的情景,我仿佛被催眠一般举起尖刀,缓缓刺进那个跃动的地方,轻轻一转,一颗心脏便被剜了出来。

我的双眼瞬间惊恐地瞪大。

那竟然是一颗——人的心脏!

不,这一定是个噩梦,可怕的噩梦!

我颤抖的手再也拿不住尖刀,它"当"的一声掉在了地上。

那双跟小杰一模一样的眼睛,突然涌出了泪水,怪物嘴里含含糊糊地吐出两个字,然后永远闭上了眼睛。

那颗心脏在我手心里跳动,越来越慢,最后,它也死去了。

我呆呆地坐在地上,浑身冰冷,仿佛仍在噩梦中,从身体到灵魂都被禁锢在里面，动弹不了半分。

手机铃声尖锐地响了起来，是骆言打来的电话。

我用染血的手指按下了接听键："我杀死了一个怪物，长着人的眼睛，还有一颗人的心脏……"

我的声音仿佛从另一个世界飘来，空洞而虚弱，说着连自己也觉得匪夷所思的事，我忍不住痴痴傻笑起来，完全没注意到骆言的反应。

电话被挂断了，骆言一定会马上赶回来，这一夜的噩梦，也快要过去了吧。

## 七

骆言的样子很奇怪，他带着像要吃人似的愤怒，拼命摇晃着我，嘴里大声咆哮着什么。

我那变得像生锈螺丝一样的大脑，过了好半天才反应过来。

"你是说，当这只猪还是受精卵的时候，你就给它植入了咱们儿子的细胞？"

"没错，目的是为了让它长出小杰的心脏。但实验的结果超出了我的控制，当它出生以后，我发现不仅是心脏，这头猪别的地方也都有了源于小杰的细胞，眼睛、耳朵，还有它的神经系统，大脑、小脑和脊髓，绝大部分……"

他连珠炮似的说着，而我只是茫然地望着他："我不懂你的意思。"

"简单地说，那只猪的外壳里面，就是咱们的儿子！"

"儿子？"

这句话的威力，就像在我头上投下了颗原子弹，几乎把我炸得粉身碎骨。刹那间，我突然明白了，怪物临死前嘴里含糊吐出的两个字是什么。

妈妈！

它在叫我——“妈妈”。

“天哪！”我揪着头发，痛苦而绝望地叫道，“难道我又杀死了一个儿子？”

“又？”骆言皱着眉头望着我，“你到底在说什么？”

我却无法回答他的话，只是疯狂地捶着脑袋。某些被刻意遗忘的往事，像一群黑色的邪恶的嗡嗡作响的蚊子，在我的脑袋里肆无忌惮地乱飞。

再怎么用力捶打，也赶不走那些可恶的蚊子！

我蓦地狂笑起来，双眼瞪得像要撑裂眼眶一般，在最大的惊恐中，望见了最深的罪孽……

“哇！”一阵响亮的婴儿啼哭声，在寂静的夜晚掀起了层层波澜。

望着这个刚刚降临的小生命，我心里没有初为人母的喜悦，只有无尽的恐慌和无措。

我还是一名在校大学生，如果未婚产子这件事被人知道了，我的世界就会整个崩塌！

我好恨自己，竟然幼稚得相信陌生网友的花言巧语，以为堕入了爱河，谁知对方骗我偷尝了禁果后，就消失得无影无踪。

我甚至不知道自己怀孕了。

从小，“性”在家里就是一个禁忌的字眼，严厉的父母从来不准我提起它，而我懵懂得竟不知道身体的变化是因为什么，以为呕吐是吃坏了肚子，发胖就拼命减肥，穿宽松衣服来掩饰难看的体形，直到发现不对去医院检查时，胎儿已经大得无法再做引产手术。

我失魂落魄地给家里打电话，妈妈却没听出我声音的异样，只是跟往常一样问了我的学习情况，然后像想起了什么，顺便告诉了我隔壁赵叔家的丑事。

他家闺女不学好，整天跟一帮社会青年鬼混。前段时间学校体检时，被发现怀孕，给开除了。丑事传千里，赵叔一家成了当地的笑话，天天被人戳脊梁骨，人前人后都抬不起头来。老赵气得狠狠抽了闺女一顿，把对方赶出家门，要跟她断绝关系。

最后，我妈不忘语重心长地告诫我，女孩子一定要洁身自好，千万不要做出让家里蒙羞的事。

打完这个电话后，我绝望地想到了死，然而在河边徘徊了许久，却没有勇气跳进去。

我用收腹带把肚子牢牢缠起来，和往常一样上课学习，竭力不让任何人发现异样。临产期快到的时候，我在校外租了房，打算神不知鬼不觉地把孩子生下来，然后送人或丢掉，让失控的生活重新回到正轨。

见红那天正是深夜，肚子疼得连去医院的力气都没有，而我也不敢去医院，害怕被人发现是在校学生，那是比死更可怕的一件事。

我孤零零一个人躺在简陋的出租屋里，被疼痛折磨得死去活来，却连大声呻吟都不敢。

不知煎熬了多久，孩子终于出生了，瘦瘦小小的，一看就是在母亲体内饱受过折磨的样子。

他的哭声却很响亮，每一声都令我心惊肉跳。

别哭了！别哭了！！别哭了！！！

我惊慌失措地捂住他的嘴，生怕被人听见婴儿的哭声。

前两天我还在楼道里撞见过学校的同学，像我一样在校外租房的人不算少，如果被他们听见我房里传出婴儿的哭声，很快整个学校都会传得沸沸扬扬。

然而那孩子却根本不听我的话，只顾拼命蹬着腿，还把脑袋扭来扭去，竭尽所能地大哭着。

虽然堵着嘴，哭声仍然断断续续地从我的指缝间传出，每一声都像要命的锣鼓，听得我魂飞魄散！

我的脑袋一片空白，只有恐惧制造的杂音在嗡嗡作响。这些杂音让我没法正常思考，脑子里只剩下一个念头：千万不能再让他发出任何哭声！

情急之下，我抓过枕头，把它死死堵在孩子的嘴上。

这招果然很有效，孩子的哭声立刻变得沉闷、微弱，很快就听不见了，剧烈扭动的身子也渐渐平静下来。

这才是乖孩子！我松了口气，又等了好一会儿，估摸着孩子已经睡着了，才慢慢移开了枕头。

我大吃一惊，孩子这是怎么了？睡着了嘴还张这么大，仿佛永远也合不拢似的。还有他的脸色，为什么这么青白？身子也僵僵的，像根木头一样。

我突然惊慌起来，伸指去探他的鼻息，却感觉不到任何呼吸的迹象。

恐惧像一道闪电劈在脑门儿上，我拼命摇晃他，用力掐他的屁股，这样的疼痛都没能让他醒过来。

“求求你，哭吧，哭吧，妈妈再也不怕你哭了……”

先前让我害怕的哭声，现在却成了我渴求的生命之光，但它已被死神无情地收割，留给我的只是无尽的痛苦和悔恨！

我死死咬着枕头，心里痛得仿佛五脏六腑都受着凌迟，眼泪已经打湿了半边枕套，但我却连放声大哭的勇气都没有。

黑夜无边无际，仿佛永无尽头。

最后，我的眼泪已经变得冰凉，心里也只剩下冰凉。就像僵死在极地的人，不知道麻木地坐了多久，直到第一缕曙光变成高挂半空的红日，又渐渐变成满天的繁星，仿佛一颗颗冰冷的银钉，被牢牢冻在黑色的冰河里。

涣散的理智终于渐渐聚拢，我从床底下翻出一个装方便面的纸箱，把我那才出生的可怜的孩子放了进去。

“对不起，孩子，妈妈对不起你……”

眼泪汹涌如溃堤的江河，我望着染血的双手，它们在不停地颤抖。

但方才就是它们，又用尖刀杀死了另一个孩子。

在我脚边，是一颗已经死去的心脏，它本来可以挽救小杰的生命。

所以，我又害死了第三个孩子。

胸口仿佛有什么东西碎裂了，刹那间，我清楚地听到，世界崩塌的声音！

## 八

最近，我所住的小区又多了两个供大妈们闲聊的话题。

"哎，你听说没有，警察已经查出那个死婴是3单元42号刘婶家闺女生的。听说还没结婚就跟人家乱来怀上了，怕被人知道，就偷偷去小诊所打胎，结果胎儿没打掉，生下来就是个死婴。她闺女吓得把婴儿埋在花园里，结果不知道被什么东西给刨出来了。"

"张大爷悄悄跟我说过，他看见那东西长着个孩子脑袋猪身子，吓得要死，还以为自己眼花看错了，起初都不敢说出来，怕大家说他是神经病。"

"说到神经病，骆教授家那位不是被送到精神病院去了吗？"

"我看那女人平时挺好的，又温柔又懂礼，怎么好端端就发了疯？"

"谁知道呢。她发病那天晚上，我儿子下夜班回来，就看见她双眼发直，穿着睡衣一个人木呆呆地往外走，叫她也不应，就跟梦游似的。我儿子知道梦游中的人不能随便叫醒，否则会发生意外，就远远跟着她。见她走到花园那里，好像突然醒了，转身就飞快地往家里跑。我儿子这才松了口气，回家告诉了我这件事。我还打算第二天跟骆教授说一下，让他抽空带小沈去看看医生，没想到她竟然疯了，唉……"

一群大妈唏嘘感叹了半天，没过多久就把这些事忘了。小区里总是不乏新鲜事，就像雨后的蘑菇，会一个接一个地冒出来，给大家提供源源不绝的谈资。而那些已经谈过的旧话题嘛，自然就像地上的积水，很快就会蒸发得无影无踪。

我当然不知道自己曾有幸成为小区的新闻人物，被放在舌尖传递了好几天，成了闲聊中新鲜有趣的材料之一。

现在，我的世界很清静。

那是一个白色的地方。墙壁是洁白的，被单是洁白的，让我也觉得自己是那么洁白，洁白得就像刚出生的、从未犯过错的婴儿。

这里来来往往的人也穿着白色的衣服，他们却让我觉得讨厌，因为这些人经常会打扰我做手工。自从住到这里后，我就突然迷上了捏泥人。起初我去花园里挖泥巴，把自己弄得很脏，后来有人给了我几盒橡皮泥，我就没日没夜地捏泥人。

我捏的泥人都是一个样子，它们长着婴儿的脑袋、小猪的身子。明明这么可爱，有人看了却会莫名其妙地尖叫，真是奇怪！

如果有人不小心碰坏了我的泥人，我就会大哭大闹，然后一群穿白衣服的人就把我绑在床上，拿长长的针头扎我，往我手臂上注入冰冷的液体，这样我才会慢慢安静下来。

渐渐地，再没人敢碰我的泥人。现在我住的屋子，床头、桌子上、柜子上，到处都堆满了泥人，它们都长得一模一样。

但我还是不满足，还是没日没夜地捏泥人。

终于，我又捏好了一个。我高兴地瞅着它，突然觉得还少了点什么。

哦，我忘了最后一道工序。

我用长而尖的指甲划开小猪的肚子，把一个早就捏好的、鲜红得像血一样的心脏，郑重地放了进去。

我认真而专注地做着这一切，就像在完成一个庄严神圣的仪式。

重新捏好小猪的肚子后，这个泥人仿佛活了过来。它会哭，会笑，会跟我撒娇……我会耐心地陪它玩一会儿，然后把它放在其他泥人当中，跟它的兄弟姐妹们在一起。

接着，我又会捏一个新的泥人。

我夜以继日，乐此不疲。偶尔，我也会停下手中的活儿，抬起头来，目光缓缓扫过满屋子的泥人，心中溢满浓浓的幸福感。

我有这么多孩子，就好像我从未失去过一样。

载于《科幻 Cube》系列丛书《太空堡垒中国 25 年》

# 时间囚笼

汪洁

18th 百花文学奖
The 18th Baihua Literature Award

科幻文学奖

汪洁

著名科幻科普作家。畅销书《时间的形状:相对论史话》的作者。中科院上海天文台“天之文系列科普讲坛”讲者,上海天文博物馆首席志愿者讲解员,浙江省科技馆“科学脱口秀”讲者,“万有青年大烩”讲者。

天马上就要亮了，但汪若山依然没有任何睡意。在看守所302监室生活了十个月又三天，今天就要与它说再见了，不，一辈子都别再见了。这是一间仅有17平方米的房间，此时地板上整整齐齐地躺满了人，一共是18个，任何人只要翻个身，就可能把旁边的人挤醒，当然，会醒的都是来了不到一个月的"新兵蛋子"，像汪若山这样的"老兵"，早已习惯了这种鼻子贴着别人脚指头睡觉的方式。

每个周二，是看守所往监狱送人的日子。半个月前，年轻白领汪若山因酒后驾车致一人死亡被判犯交通肇事罪，判处二年有期徒刑，今天他将正式被送往监狱服刑。这一天他盼了很久，因为到了监狱以后，他就可以接受家属的探视，能够跟日思夜想的新婚妻子小霞见上面了。法院开庭的时候，汪若山与旁听席上的小霞匆匆对视过一眼，妻子憔悴的面容和关切的眼神令他心如刀绞。

早饭过后，管教发了一个大袋子和一件绿色的马夹。汪若山把生活用品装入袋子，脱下橙色的马夹，换上绿色的，与同监室的人握手道别，等着叫号。

"30029"，管教在门口喊。

"到！"

"叫什么名字？"

"汪若山。"

"东西理好了没有？"

"理好了。"

"好，拿好东西，出来。"

管教打开铁门，放汪若山出了监室。

"排好队，跟着我走。"领队的管教大声地发出指令。一队犯人紧跟着管教往外走，脚步带着几分轻快，眼睛都止不住地向外张望。对他们来说，在狭小无窗的监室待得太久，能出来走动一会儿，看看外面的风景，都是无比幸福的。

验过指纹，身份核对无误后，所有的绿马甲都上了一辆大巴车，每个犯人被送进车上的一个铁笼子，管教逐一上了锁。一个狱警接过管教手上的单子，清点了人数，签了个字，完成了交接手续。管教下了车。汪若山看到管教下车后跟车旁站着的一个穿白大褂的交谈了几句，并且还抬起手向自己这边指了指。那个白大褂从来没见过，汪若山心想他好像不是驻所医生。

狱警在车子启动后，拿过一个话筒，朗声说道：

“你们的新生，从这里开始！”

汪若山从睡梦中睁开眼，清晨的光线从窗子外射入眼中，让汪若山的视线逐渐清晰起来。首先映入眼帘的是桌上一张10元的纸币。汪若山猛地坐起了身子，朝四周看了看。“我在哪儿？”这是一间五六平方米的小屋，一床、一桌、一凳，角落里有一个抽水马桶和一个洗脸池，除此之外，别无他物。

“这是什么地方？”汪若山努力在记忆中搜寻着，“我还在服刑吗？”他低头看了看自己的衣服，是一件普通的T恤，并不是囚衣。

记忆的碎片在脑海中像拼图一样一点一点地拼接起来。

大巴驶入监狱大门，厚重漆黑的大铁门在身后慢慢合拢。

全身脱光，双手抱头，蹲在地上蛙跳三次，然后接受医生检查。

剃头，穿囚服。

汪若山的脑海中像在过小电影。后来发生了什么？汪若山努力回忆着。

所有的新犯人排成两排，一个监狱管教手里拿着个Pad，边看边叫道："汪若山，向前一步。跟我来。"

在管教办公室，一张表格放在汪若山面前，表格标题《新刑罚志愿者申请表》。

管教冷冷地说："你被选中，可以有机会志愿参与一项实验，如果你填了表格并签字，你将获得三个月的减刑。当然，你有权利拒绝参与。"

汪若山小心地问："可否告诉我具体是什么样的实验吗？"

管教回答："对不起，这是保密的，因为这也是实验的一部分。"

汪若山低头想了想，三个月的减刑对他的诱惑实在很大，这意味着可以提早三个月跟小霞团聚。

"我只有一个问题，这项实验会不会有生命危险或者对我的身体造成不可逆的生理损害？"

管教突然露出一个怪异的笑容，从牙齿中挤出一句话："你的身体条件达到了我们的要求，所以，绝对不会。"

汪若山心一横，飞速在表格上填写起来，最后签名按下手印。

汪若山被带到一个房间，中间摆着一把形状奇特的靠背椅，但看上去十分舒适。管教示意汪若山坐上去。

一个穿白大褂的走了出来，递给汪若山一杯水和一片药片，命令道："吃下去。"汪若山发现他就是刚才站在车外的那个白大褂。

记忆的碎片到此全部拼接完成。汪若山望着手里的10元钱，呆呆地出神。"这就是实验吗？"

走到窗下，他抬头看了一眼高高在上的气窗，能看到蓝天，但窗子实在太高，踩在椅子上也不可能够得着。

在看守所中生活了十个月，身处密室般的狭小空间，汪若山觉得现在这个房间的条件好了几个档次，他只是在心里奇怪为什么这里只有他一个人，这里是禁闭室吗？

隔了好一会儿，他突然发现一样奇怪的东西。

房间的门上有一个圆形的把手。监室的门从来都是只能从外向里开的，这个房间的门居然在里面有一个把手，这怎么可能！难道……汪若山为自己可笑的想法感到有趣，为了证实自己的想法有多可笑，快步走到门口，捏住把手，一转，一推，门居然开了。

汪若山吓了一大跳，这怎么可能，监室的门是可以打开的吗？但门千真万确地开了。

一阵清风扑面而来，强烈的光线使得汪若山眯起了眼睛，他需要一点时间慢慢适应亮度的剧烈变化。

终于看清了，汪若山面对的是一条破旧但充满自由气息的小街道，眼前的景象让汪若山仿佛经过了一次时间旅行，回到了童年成长的那个城郊小镇。几秒钟前，当汪若山推开门的那一刹那，他脑子里设想过很多电影里看到过的稀奇古怪的景象，但万万也没有想到会是眼前的这番景象。

这到底是怎么回事？在我身上发生了什么？我刚才的记忆到底是真的还是假的？

汪若山有点恍惚地走在小街上。四米宽的柏油路上没有车辆，只有一些行人，穿着很普通，没有人注意到汪若山，似乎汪若山的出现是一件稀松平常的事情。现在是清晨，路边有个早点摊，在卖着豆浆、油条、烧饼。汪若山咽了一口口水，他吃了十多个月牢饭

了,炸油条的香气是他无法抗拒的诱惑。一阵饥饿向他袭来。他捏紧了手里的钱,走过去,在长条凳子上坐下来,鼓足勇气说道:

“一碗豆浆,两根油条。”

炸油条的老板娘眼皮都没抬一下,冲里面喊道:“豆浆一碗。”不一会儿,一个小姑娘端了一碗泛着酱油色的豆浆放到汪若山面前,碗刚落下,老板娘便夹着两根刚出锅的油条放在了豆浆碗上。

美食的强大力量暂时压住了汪若山的所有好奇心,不管三七二十一,先吃了再说。豆浆油条的制作水平都相当一般,但汪若山吃在嘴里犹如人间美味。

抹了抹油嘴,汪若山问:“多少钱?”

“一共2元。”

汪若山递过去10元钱,老板娘找回了8元。在接过钱的时候,汪若山小心地问道:“请问这是哪儿?”

老板娘一愣,似乎没听懂:“你说啥?”

“这是什么地方,我忘了。”汪若山依旧小心地问道。

“白龙桥啊!你哪来的?”

“白龙桥?白龙桥是哪个省哪个市的?”

“我不懂,白龙桥就是白龙桥。”老板娘忙着炸油条,又有客人来了。

汪若山对自己说:“不急,别乱,既然是自由的,不怕搞不清楚状况。”他起身继续走在小街上。

眼前的景物让汪若山推测这里应该是某个西北城市郊区的一个很小的农村小镇,没有任何机动车,自行车也难得见到一辆。

小街不长,总共不超过1公里,很快就走到了头,再往前就是贫瘠的土地了，大片的土黄色起伏的小丘中间偶尔有一小块菜地。汪若山掉头往回走，他惊喜地发现了一个报亭，正在开门营业。说是报亭，其实只是一个简易的窝棚，如果不是有人在支起木板垒放报纸，汪若山是不会想到这是一个报亭的。

“多少钱一份？”汪若山快步上前，问。

卖报老汉伸出一只手说：“5毛。”

汪若山立刻买了一份报纸，迫不及待地看了起来。

2017年5月21日，《今日晚报》。

“我的记忆是对的，我是5月20日早上去的监狱，下午吃的药片。今天是第二天。难道我是连夜被送过来的？”

头版新闻是亚信会议闭幕。

“我不是在做梦，亚信会议是20到21日，昨天早上在看守所起床的时候还听到新闻呢。”

报纸一共8版，就是一份普通的报纸，与汪若山十个多月来几乎天天阅读的报纸没有任何区别。

“这到底是一项什么实验？难道就是把我流放到大西北的一个边陲小镇，让我自由生活一年多吗？不怕我跑回去吗？这样坐牢也未免太舒服了吧！”

一个又一个的念头涌了上来，汪若山开始激动起来，他此时最想的是找个电话，与小霞联络。但是，这个小镇上没有人用手机，也没有电话亭，甚至没有人明白汪若山在找什么东西。这个现象让汪若山充满了疑惑。这个小镇看上去是很闭塞、落后，但怎么也不应该没有人知道电话啊。

忙碌了一上午，这条小街已经来来回回走了五六趟，汪若山对它已经相当熟悉了，哪儿有面馆，哪儿有杂货店、早点摊，汪若山全都了如指掌。到了中午，汪若山花了4元钱吃了碗牛肉面，很香。然后，他回到了自己的那间小屋，关上门，坐在凳子上，他要整理一下混乱的思绪。

他回忆起一上午的经历，越想越觉得诡异，肯定有什么地方不对劲，但又一下子说不出具体是哪里。每个人似乎都表现得很正常，各自忙着自己的事情，但为什么对他这样一个突然出现的异乡人，竟没一个人表现出惊讶或好奇呢？他存在着，仿佛又不存在着，没有一个人主动与他交流，甚至多看一眼。他们就像是……就像是网游里的NPC，只有当汪若山主动上去交流时，他们才理会他。

想着想着，汪若山后脖颈竟升出丝丝的寒意，他突然想起了自己曾经看过的一部美国大片《楚门的世界》。主人公楚门生活在一个巨型的人工布景中，他生活中的每一个人全都是演员，除了楚门自己，而他并不知情。"难道"，汪若山打了个寒战，"我也来到了一个楚门的世界中吗？"

剩下的半天，汪若山把自己关在屋子里没有出去，他要仔细想想后面该做些什么。天色一点点暗了下来，汪若山没有胃口出去吃饭，手里还剩下了3元5角，明天怎么办？疑惑和不安在心里盘旋，这让汪若山感到有点疲倦，双眼望着气窗外的天色一点点地由蓝转黑，不知过了多久，困意渐浓，慢慢地睡了过去。

"目前法律中规定的刑罚一共有三种：生命刑、自由刑和政治权利刑。从历史大趋势来看，生命刑，也就是我们常说的死刑迟早是会被废止的，国家目前处于慎用阶段。而剥夺政治权利的刑罚是属于附加刑罚,不单独施加。因此,在司法实践中普遍采用的刑罚其实只有一种——自由刑,也就是我们常说的有期徒刑。”刘杰博士说到这里,停顿了一下,喝了口水,用眼神与听众交流了一下。

在一次国家专业的扩大会议中，与会者中有许多并非专业的法律工作者,因而刘杰尽可能多加一些解释。他是新刑罚设计领导小组的常务副组长,项目的带头人。

“在多年的司法实践中,我们发现自由刑作为一种延续了几千年的基本刑罚,被全世界普遍采用,当然有其不可替代的合理性。但也不可避免地伴随着一些缺陷,主要有以下几方面:一、消耗的社会资源较大。为了关押犯人,需要建设监狱,配备警力。二、会产生越狱风险。三、容易滋生腐败和权钱交易,形成“软越狱”。四、监狱的人权状况容易失控。还有一点,可能大多数人都会忽略,那就是自由刑往往会隐形惩罚无辜的人,也就是犯人的亲人、家属,这是另一种形式的株连九族。一个犯人在被剥夺自由的同时,他的妻儿父母往往会承受比犯人更大的心理痛苦，更有些犯人可能是家中唯一的经济来源,一旦被关押,一家人都将衣食无着。曾经就出现过丈夫被判刑后,妻儿双双自杀的极端案例。考虑到以上的这些缺陷,人类也曾设计过各种其他类型的刑罚,例如流放、致残、刺青、生理疼痛等,新加坡至今还保留鞭刑。

我们回到自由刑上。从本质上说,这种刑罚是一种空间上的禁锢,在一个限定的空间内,对犯人实施强制管制一段时间。因此,更准确地说,自由刑是一种空间刑。那么,沿着这个本质思考,我们是否可以设计出另一种刑罚,那就是——时间刑。”

刘杰博士的最后三个字引发了会场上的一阵窃窃私语，有很多人脸上露出了好奇的表情。

汪若山从睡梦中睁开眼睛,清晨的光线从窗子外射入眼中,让汪若山的视线逐渐清晰起来。首先映入眼帘的是桌上一张10元的纸币。汪若山猛地坐起了身子,朝四周看了看。“有人来过了!”这是汪若山的第一反应。但是房间里没有任何其他人来过的痕迹。他摸摸口袋,昨天剩下的3元5角不见了。汪若山抹了把脸,拿上钱,打开门走了出去。

清晨的街道与昨天没有两样,还是那个早点摊。汪若山走到昨天吃油条的摊位上,依然是那个端豆浆的小姑娘和炸油条的老板娘。他朝忙碌的老板娘笑了笑说:“我又来了,和昨天一样。”

出乎意料的是,老板娘抬头看了汪若山一眼,说:“啥昨天一样,你昨天啥时候来过?吃什么你直接讲嘛。”汪若山一愣,心想,老板娘记性真不怎么样。

喝完豆浆,吃完油条,付了钱,汪若山朝报亭走去。掏出一元钱递给卖报老汉,汪若山友好地说:“我又来买报纸了。”老汉接过钱,拿过一份报纸和一个5角的硬币递给汪若山,对汪若山表现出的友善视若无睹。那种在网游中点击NPC的诡异感觉再次在汪若山心底升起。

拿起报纸,才看了一眼就发现不对,汪若山把报纸递回给老汉:“拿错了,这是昨天的报纸。”

“这就是今天的报纸,没错。”老汉有点不耐烦。

汪若山苦笑了一下,心想这老汉真糊涂,于是耐着性子说:“今天是22号,这报纸是21号的。”

老汉瞪了汪若山一眼:“今天就是21号。”

汪若山觉得又好气又好笑:“大爷,这张报纸我昨天就看过了,头条是亚信会议闭幕,社会新闻有一条是车祸致二死一伤的新闻。”

老汉对汪若山翻了个白眼:“今天的报纸就是这个,你要不要?不要我退钱给你。”口气已经透出了厌烦。

汪若山疑惑起来,但没法再问什么,只得拿过报纸往回走。

路过刚才那个早点摊,汪若山看到了那个端豆浆的小姑娘,他心里念头一起,停下脚步向小姑娘问道:“你还记得我昨天来喝过豆浆吗?喏,就坐在那里。”小姑娘看看汪若山,摇摇头说“没有,昨天没见过你。”

汪若山一呆,强烈的诡异感瞬间传遍全身。他突然撒足狂奔起来,跑进昨天吃面的小面馆,大声问道:“我昨天来这里吃了一碗牛肉面,有谁还记得?”此时小面馆里有五六个正在吃面的,像是没听到汪若山的声音,另外还有两个正在坐等的,只是瞥了他一眼,又把头转回去了。汪若山冲到老板的小柜台旁,急促地问他:“你还记得我吗?”老板只是摇摇头,转身忙自己的去了,不再理他。

一股寒意从脚底板直冲到头顶,汪若山似乎明白了什么,但又似乎什么也不明白。他想离开这个诡异的小镇,一分钟也不想待下去了。这是什么鬼实验!不是自己疯了就是这里所有的人全疯了!他开始发足狂奔,朝着街的尽头一直跑,很快就跑到了郊外,看不到人迹了,路也越来越窄,最后,脚下的路彻底消失在高低起伏的小山丘中。汪若山跑不动了,但他不想停下来,他再也不想回到那个不像是有“真人”的地方去了。

天色渐渐黑了下来,汪若山的脚底走出了水泡,又渴又饿,实在走不动了,他一屁股坐在了地上,背靠着一个土堆呼呼地喘气,脑子乱得像一团麻。这到底是一项什么鬼实验?我该怎么离开这个鬼地方?我宁可回去蹲监狱!还能早点见到小霞!

天完全黑了,天空晴朗,但没有月亮,只有满天的星光。美丽的银河横亘在头顶,牛郎星和织女星隔河闪烁着,但酷爱天文的汪若山此时完全无心欣赏灿烂的星空。饥渴、恐惧、疲倦、无助,所有这些感觉同时袭击着汪若山,他终于撑不住,瘫倒在土坡上。四周寂静得可怕,竟听不到任何夏虫的叫声。汪若山不知道自己什么时候睡过去的。

刘杰博士示意大家安静,他继续说道:

"时间刑与空间刑正好相反,犯人被禁锢在一个有限的时间中,而不是一个有限的空间中。我解释得更具体一点,犯人在服刑期间会在一个感觉上较为自由的空间内反复地度过同一天,刑期一年就会重复生活365个相同的日子,而在真实的世界中只经过一天。换句话说,对于犯人的家属来讲,犯人的刑期再长,他们也只被关押了一天。当然,这个真实的天数和重复的天数在理论上都是可以调节的。这种时间刑解决了空间刑的所有缺陷,节约了大量的社会资源,也可以把对家属造成的痛苦降到最低。现在唯一还没有确定的是对犯人本身的惩罚力度是否恰当,过低则失去了刑罚的意义,过高则有可能使得犯人的心理伤害超越人道的界限。比如我们可以让一个盗窃犯反复体会自己被盗的感觉,让一个交通肇事犯反复体会自己被车撞的感觉,让一个故意伤害犯反复体会自己被殴打的感觉,甚至让一个杀人犯反复体会自己被杀的感觉等等。这也是我们目前正在努力研究的课题。”

会场上有人忍不住大声问道:“刘博士, 这个听上去实在太科幻了,技术上难道真能实现吗?”

刘杰一笑,回应道:“我知道很多人都会有这个疑问,我前面说的一切都不像是今天的技术, 虽然爱因斯坦早在一百多年前就从理论上证明了时间的相对性,但以今天的物理学要禁锢时间,显然是个笑谈。不过,我们确实有办法可以实现。我们的方法是……”

说到这里,刘杰停顿了一下,有意要卖个关子。会场彻底安静了下来,刘杰拉长声音朗声说了两个字:“造! 梦! ”

汪若山从睡梦中睁开眼睛,清晨的光线从窗子外射入眼中,让汪若山的视线逐渐清晰起来。首先映入眼帘的是桌上一张10元的纸币。汪若山猛地坐起了身子,朝四周看了看。“我是怎么回来的?”

身体上的疲倦感已经消失了,但昨晚经历过的孤独、恐惧和无助的情绪依然牢牢地抓住汪若山。他在房间中坐了很久,饥饿感在一点点增加。我可能掉进了一个时间循环中,汪若山脑子里冒出了这样一个想法,但又觉得这种想法太过疯狂。良久,汪若山终于鼓足勇气推开门,走了出去。

早点摊、报亭、面馆、杂货店……所有的一切,包括每个人所处的位置,做的动作,都和昨天一样。报纸也还是“昨天”的那张报纸。

夜幕再次降临,汪若山仰视着伟岸而深黑天幕中的猎户座,用尽全身力气吼道:“放我出去! ”

倦意犹如不可阻挡的洪水,袭了过来。

刘杰博士穿着白大褂，和几个助手及记者站在30029号犯人的造梦椅边上。犯人安静地躺在宽大的椅子上，太阳穴、手腕、脚腕、心脏等处都连着电极。刘杰手中的Pad上正显示着汪若山的正面照片，边上是跳动的各种参数：血压、心跳、呼吸、电阻等，右上角醒目地显示着两个指标：

| 轮回次数 | 剩余次数 |
|---|---|
| 221 | 106 |

刘杰对边上的助手说："目前来看各项生理指标基本都正常，心电图似乎有一点波动，有情况及时报告。"

"明白。"

这时，一旁记者发问道："刘博士，我有一个疑问想请教。"

刘杰："请讲。"

记者："犯人在时间刑过程中，有没有办法自主苏醒过来呢？"

刘杰回答道："理论上只有一种办法：自杀。但犯人并不知道自己是在做梦，他们有百分之一百的真实感。所以，如果犯人自杀，说明其承受的痛苦已经超出了心理极限，这正是我们要着重研究的一个方面。"

在造梦椅上，汪若山的胸口有规律地起伏着。

他的眼皮突然轻轻跳动了一下。

载于《科幻立方》2017年第3期

# 火星节考

王元

18th 百花文学奖 The 18th Baihua Literature Award

科幻文学奖

**王元**

新锐科幻作家。在《文艺风赏》《超好看》、ONE、CLARKESWORLD 网站等平台发表科幻小说数十篇。

夫君子之行，静以修身，俭以养德。非淡泊无以明志，非宁静无以致远。夫学须静也，才须学也，非学无以广才，非志无以成学。

——诸葛亮《诫子书》

一 | A

收拾父亲遗物，我在衣柜里发现一个木匣：长 30 厘米，高 20 厘米，宽 20 厘米；朱漆剥落，露出瘢痕似的木色；合页跟扣吊儿锈迹斑斑，使得挂在上面那把铜锁显得鹤唳风声。

我不愿损坏父亲的宝贝，我想阅读木盒的内容，所以我只能去找钥匙。

这不是一件容易的事，当你迫切想找到某样东西，总是事与愿违。不管是心理作用，还是眼球的无用功[①]——找不到就是找不到，就好像父亲的口头禅——错了就是错了。他不喜欢听解释，他只看行动，多年的服役经历造就了其雷厉风行和刚直不阿的性格。他没有让我步他后尘，没有把我带入行伍，而是让我成为一个名技术人员。

反正木盒不会像父亲一样天人永隔，我在几次翻箱倒柜之后暂时放弃寻找，着手安排父亲简短的葬礼。比起窥探他的隐私，这才是正事。

按照父亲遗愿，我把他跟母亲合葬。这是我这个儿子能为他做的全部，尽上最后一点孝道。我对母亲印象不深，只知道她在我 4

---

① 实验表明，在寻找物品时，眼睛做了很多无用功。举例来说，当已经能看到物体时，人们仍然将眼球转来转去，平均眼球转动七次后才表示“找到了”。

岁那年,死于一场意外,而我今年已经40岁。回忆过去,我脑海里最遥远的画面是摔倒。我记不清具体几岁,只记得那是一个夏天,在浓荫似洒的街道,父亲教我骑车。他双手扳着后座,维系平衡。我本来骑得很好,一回头发现他不知何时放手,站在不远处微笑看我,我的心立马慌了,车把像刚松开链子的狗一样乱窜,我连人带车摔倒在地。接着回忆,最抢镜的记忆是我7岁那年一次高烧,父亲紧紧抱着我,我觉得自己快要死了。当时我觉得童年漫长,转眼,我已是一个17岁男孩的父亲。时间合理地谋杀着我。

我偕同妻儿,一家三口来到辖区灵堂。整个过程简单而平静,我先取出母亲的骨灰盒,然后把父亲指定的那件墨绿色、复古飞行员夹克放入焚烧炉。虽然燃烧的不是遗体,但人们仍沿袭骨灰的叫法,而不是称为衣灰:一方面,是传统习惯;另一方面,是心理安慰。我克制着悲伤,看着烟筒里冒出滚滚的黑烟,强迫自己接受现实。相比之下,儿子的痛苦要奔放得多,他号啕大哭,涕泪涟涟,用含混不清的口音一声一声叫着"爷爷"。知他们爷孙关系好,但此刻,儿子的表现让我觉得有些夸大其词。这是一件值得痛苦的事,但并不需要恸哭。非是我冷漠无情,或者父子关系生疏,这是一件必然发生的事情,我在几年前就不断地做着准备。亲人久病而死相较惨遭横祸更容易让人接受,正如那个专门为此发明的词语:喜丧。我知道,我知道,父亲的身体非常健硕,他每天晨跑5公里,打一手好太极,生活节律,完全没有78岁老人的疲态和狼狈。

"你高兴了?"儿子停止抽泣,突然发难。

等待骨灰的过程分外煎熬,在此之前事情似乎尚有转机,离开我们的父亲随时可能去而复返;一旦把他生前挚爱的外套(代表遗体的外套)搁进焚烧炉,一切就尘埃落定。

“别这样说你爸爸,他和你一样难过。”妻子为我辩白。

“才没有,他巴不得爷爷早点够岁数!”

“住口!”辩白变成勒令,妻子还在为我开脱。

儿子无法继续对我进行攻击,转身离开,用中途退场的方式表达愤怒。

“他以后会了解,”妻子轻拍我的肩膀,“他会懂得你承受着他无法想象的伤悲。父子之间的龃龉,是文学作品的永恒主题。相信我,所有优秀小说家都会涉猎这个范畴。我虽然是女性,也不够优秀,但我尽力了。虽然这么说有点打脸,但我还是感谢你们的对峙为我提供了灵感和素材。”

她在说自己刚刚出版的小说。我努力想给妻子一个体己微笑,却始终不能协调嘴角的肌肉群。我看上去一定是灰色的、木讷的。

“说真的,新书发布会你要来吗?”

“不知道,最近事情很多。”

“叮”的一声,焚烧炉做功结束,送出来一抔黑灰色粉末,里面掩映着一把银色的钥匙。焚烧炉毕竟不是焚化炉,只是针对燃点较低的针织物,钥匙的牙花得以清楚保留。

一 | B

“阿巴斯号”飞船正在绕地球进行最后的加速,脱离束缚,驶入太空。此时,乘客们纷纷拥挤在活动舱。舱壁上的外部空间显示屏投射进来船外的星光,仿佛在好心提醒着飞船现在的位置。这是用肉眼观察地球的最好时机，许多人都流下混浊的老泪，眼泪一滴一滴像珍珠一样飘散；没什么人说话，即使开口声音也尽量低沉，就像在参加自己的追悼会。很快，“阿巴斯号”沿着螺旋线飞离地球轨道，随着高度上升，被大洋割裂的陆地在云层的遮掩下忽隐忽现，俯视可见绿色的青藏高原，拥有红、褐、白三色大漩涡的卡维尔盐渍大沙漠以及衬托着皑皑白雪的喜马拉雅山脉。一段时间之后，地球失去斑斓色彩——被抛下的母星如同滞留在星群中的一滴蓝色泪滴。

如果地球是一颗眼泪，那么它为谁而流呢？

罗隐突然想到这个文学而感伤的问题。在过去半个多世纪的时间里，他曾无数次从这个高度俯瞰地球全貌，刚开始震撼，觉得这是一种无与伦比的美丽，之后慢慢习惯，并不放在眼里和心上，再之后就完全忽视，并对那些因为此情此景发出赞叹的人嗤之以鼻，就像住在景区里的居民对不远万里前来观赏的游客感到不解。他从没有过今天这样复杂沉重的心情，或许是因为这将是他最后一次观看，或许是因为他想到自己去世已久的妻子路瑶。

“哈，快看，谁在这里？”

两个穿着同样灰色制服的老人飞过来，稳稳落在罗隐面前；看得出来，他们跟其他乘客不一样，失重没有给他们造成任何不便，反而成为行动的法宝；这两个老人很有意思，分开来看没意思，站在一起就很有意思，互相衬托下，一个又高又瘦，一个又矮又胖，加上他们夸张的红色头发和连体服，让人忍俊不禁。

“你们俩是准备加入马戏团吗？”

“如果你是团长的话。”高个子说道。

三个人围一个圈,胳膊搭在彼此肩膀上,庆祝不期而遇的久别重逢。

“没想到我们三个老家伙又一起回到这里了,想想,就跟昨天似的。”罗隐说。他们两个甚至把头发染回年轻时的样子。

“本来就没离开多久啊,船长。”高个子说。

“别叫我船长,叫我老罗吧,老高。”

“叫了三十多年,改不了了。”被罗隐称为老高的人说,“你说呢,老保?”

“就是。”矮个子老人随口附和,“不是,高赛你有完没完,说了多少年了,别叫我‘老保’,听上去多不正经。叫我大名——保福禄。”

“是,‘宝葫芦’。”高赛说。

三人大笑,跟飞船里低沉的氛围格格不入,引来众人侧目。

原来罗隐称高个子老高跟身高没有关系, 不过和他的姓氏倒挺契合;一般矮个子都是大脑袋和大肚子,保福禄也不例外,乍看之下,就像一只葫芦。

“你们俩从哪儿找的这身衣服?”罗隐打量着他们两个的装扮问道。

“我们家那口自己缝制的。”高赛说。

“她人呢?”

“她选择了另一条路;她身子骨本来就弱,禁不起折腾。”原本嬉皮笑脸的高赛突然正经起来,“不过这样也好, 她至少能把骨灰留在地球上,不像我们。我们注定要客死他乡。”

“别说那么难听,我们才刚刚起航。”保福禄捶了他一拳。他努力抬高胳膊，打在高赛肩窝，后者夸张地飞出去，又跃回来，失重成了人类的翅膀。保福禄转身对罗隐说，“不知你在这个航班，否则也让他媳妇给你做一身。想当年，我们可是‘阿巴斯号’上叱咤风云的‘铁三角’。”

“现在呢？”高赛提高音量说。罗隐看得出来，高赛在努力从刚才的情绪中抽身。罗隐知道，高赛跟他妻子两个人关系非常和睦，每次去他们家做客，高赛妻子总是能恰到好处地照顾到每一个人。她是那种把一切事情都做好，刷足了存在感却不抢任何人风头的家庭主妇。

“现在是……”保福禄想了想说，“老‘铁三角’。”

“三个‘老铁’。”罗隐进一步阐述。看着这两个多年的同事兼好友再次穿上了当年的装束，他心里更多的不是热血重燃，而是酸苦。三个人加起来234岁，血早就凉了；又或者，血还是热的，却无法燃烧。制服尽量还原了当年的风采(虽然一些细节略有瑕疵)，穿制服的人再也回不去当年。

“船长，你这些年过得好吗？”保福禄问道。

“这些年我过得像个保姆，天天看孩子。”罗隐说。儿子和儿媳都有各自的事业，于是把孙子甩给他，接送上学、辅导作业、开家长会，以及聆听一个青春期男孩各种莫名其妙的心事。他有时候觉得很烦，但只要分开，就忍不住思念。他对儿子都没有过如此牵挂。刚开始，看孩子只是发挥余热，到后来，对他来说，不再是孙子需要他，而是他需要孙子。是孙子从孤独的海洋中把他打捞上岸。

“有件事我们……”保福禄看了高赛一眼，似乎是在征得后者的同意。

罗隐注意到这个细节,“干吗,神神道道的。”

“来来来,我们合个影。”高赛招呼道,拿出平板,伸开胳膊,把三个人笼在相框里。

咔嚓,定格。

凡人做一事,便须全副精神专注在此一事,首尾不懈,不可见异思迁,做这样,想那样,坐这山,望那山,人而无恒,终身一无所成。

——《曾国藩家书》

二 | A

最近事情实在不少,不管是工作还是家庭,都有让人抓狂的麻烦。父亲常常告诫我,踏实做人,认真做事;做好自己的工作,便是对这个社会最大的贡献。多年来,我视为圭臬。但眼下的问题是,我工作做得越好,道德就被鞭笞地越狠。

妻子打来电话,她今晚不回来吃饭,新书出版这段时间,她会有各种应酬,这意味着我要自己下厨。我讨厌在外面吃饭,不是从健康角度考虑,也不是对口味过于依赖,只是单纯的讨厌,就像强迫症病人,锁车之后必定要拉一拉车门,没什么可以解释的理由。我简单煮了一碗面条,吃完之后来到书房,打开电脑,盯着屏幕半晌,也不知该做些什么,等我缓过神来,才发觉刚才只是在发呆。我无理地谋杀着时间。

父亲葬礼之后,儿子就跟我势不两立,好像我是杀死父亲的刽子手,不,是凶手!一切都是我精心谋划布置。我怎么跟他解释,这不是谁想做或不想做的事情,这是没有商量余地的社会秩序,经过各个国家领导人的提议、商讨、决策制定的铁律，全世界所有公民都必须履行的义务。这些他都懂吧，他已经17岁了，不再是个小孩儿，那么他在固执什么呢？我想来想去，唯一的答案就是，对我来说，仅仅失去了父亲，对他来说，不仅失去了爷爷，还失去一个交心的朋友。可以倾听心事的朋友比鲜有交流的亲人死亡，更让人黯然神伤。当然，我跟儿子的矛盾并不在于父亲去世这件事，这只是导火索，我们的战争由来已久。他今年17岁了，我想让他跟我一样进入航天航空领域，就像父亲当年对我的期许；我很荣幸没有让父亲失望，儿子却老早就表明立场：别想让我跟你一样！

我泡了一杯茶，冷静下来，思考如何循循善诱，让儿子走到正确的道路上来，而不是一门心思当电影明星。在我看来，那是歪门邪道，不是正途。但如果父亲还在，一定会殷切地鼓励他，去做他想做的梦。是啊，那不就是做梦吗？父亲对我可不是这样，他早早规划好了我的人生，没让我去做什么白日梦。隔代亲的习俗，往往让那些倔强的老人放弃原则。他们的观点：孙子的需求永远是第一位。这也是为什么，父子之间往往隔阂，爷孙却能无障碍沟通。

我想来想去，没什么好招，只能等妻子忙过新书上市这阵，再找她商量。可能是心不在焉，我不小心打翻茶杯。我拿来墩布，擦干地板，心血来潮，想做做家务，通过肢体的机械运动，来放空脑子。我墩完书房、卧室、客厅、阳台——在阳台的角落里看见那个朱漆木盒。我连忙摸兜，找到那把钥匙，迫不及待打开父亲的秘密。

盒子里充满了乱七八糟的宝贝，在当事人眼里或许每件物什都意义非凡，但在我看来不过是一些再平常不过的杂物：碎铁片、高尔夫球、爆炸螺栓[1]、弹簧、白手套等。拾掇出这些杂物，我看见安安静静躺在盒底的一沓信件。

信封上的名字清楚地表明，这是一堆互有往来的情书，父亲写给母亲、母亲写给父亲的情书。信封右下角用铅笔标着序号，显然是父亲做的标记。我拿出标有“壹”的那封，倾倒信瓤，抖开过去。

二 | B

飞船上响起广播，通知全员到大厅集合。

正在被久别重逢冲昏头脑的罗隐、高赛和保福禄仨人又说笑了一会儿才动身，却是最早赶到的那批。大多数老人还在半空飘浮着，有的头下脚上，有的贴在穹顶，需要船员帮忙才能落座，用安全带将其牢牢固定在座位上。罗隐相当清楚“阿巴斯号”的容量，要等五百个初次乘坐飞船的“菜鸟”，尤其是“老菜鸟”集合完毕，着实需要一段时间。

按照规定，标准的飞船工作服都要佩戴显示等级的徽章，因此，罗隐很容易就从数十个船员里分辨出船长；找到船长并不是说他佩戴着显示船长的标志，恰恰相反，船长不会搭理这套规矩，他们的制服上最多别着一枚彰显品位的胸针，或者干脆什么都没有，就像眼前这个船长，或者连制服都不穿，就像罗隐当年那样。果然，那人跳到前面的高台上，开始训话：“我叫林昊，是‘阿巴斯号’现役船长，由我全权负责把大家从地球送到火星基地，预计航行三个月。其间，希望大家配合我的工作。我不管你们当中谁终身行乞，谁

① 作为运载火箭助推器分离装置的关键部件之一。

做过市长,谁对国家功勋卓越,谁曾经红透半边天,到了这里,你们都一样。你们的身份只有一个,那就是乘客;你们的任务也只有一个,那就是服从!”

“小孩儿,说话客气一点儿。”一个白发苍苍的老人解开安全带,站起来说。众人一片哗然,这人竟是蝉联富豪榜多年的首富。看来那项规定确实无可撼动,任何权钱都不能腐蚀其分毫。时间面前,人人平等。

“坐下,系好安全带,否则发生意外,我们概不负责。”林昊说道。

“能发生什么意外?你以为我是第一次坐飞船?”

林昊一挥手,已有两个船员跳过去,左右夹击,把首富按在座位上,把他的双手按在扶手上,用铁圈钳制,脚踝也难逃厄运,最后,他们用胶布粘住了他的嘴巴。

“信不信我现在就能把你扔出去!”林昊说,“你们还有什么不清楚的吗?”

高赛想要解开安全带,被罗隐及时制止。共事这么多年,罗隐太了解高赛和保福禄,前者容易激动,急于表达自己的观点,从不隐忍;后者人云亦云,鲜有主见。所以他们能混在一起。

“看来大家都清楚了。”林昊继续说,“我也有父母,即使他们在这艘飞船上,我也会一视同仁。我尊重你们的年龄,也请你们理解我的工作。再次重申,我的工作就是把你们所有人全须全尾地送到火星基地。”

没人比罗隐更了解些话的含义,包括刚刚讲话的林昊,过去的 38 年,他曾站在林昊的位置上一遍遍不厌其烦地表达过类似的内容。成为乘客之前，他一直在“阿巴斯号”服役。那些刚刚到达年龄的老人们的心情，他终于感同身受。这就像是给孩子看病——他清楚地记得儿子6个月到3周岁之间几乎每个月都会闹一些毛病，咳嗽、感冒、发烧、拉稀，不一而足；当然，大多数都是路瑶带孩子就诊，他要在飞船上往返地火之间；后来路瑶去世，他一人承担起抚养重任——印象中，儿科大夫应该慈眉善目，耐心讲解病因病情，仔细叮嘱注意事项，但往往排队两个小时来到诊室，医生看两分钟就下了决定，开方、拿药、走人、不送，毫不拖泥带水。是医生不近人情吗？在你看来，孩子是你的心肝，发病的小孩更是可怜巴巴惹人疼爱，如果疾病可以转移，你会毫不迟疑地把孩子身上的不适过渡到自己身上，但在一天要看上百个病童的医生眼里，他只是几百分之一、一个普通不过的患者。

“我知道你们在登船之前都进行过简单的培训，但那顶多是最大限度保护你们这把老骨头不受挫伤的零重力游戏，跟在飞船上生活是两回事，我希望你们谨慎行事，飞船上只有一个医疗兵。在最初的一个月，我建议你们待在自己的舱室里，接下来两个月，可以在活动区玩一些智力游戏，最好不要有身体接触，健身房你们更是想都别想。清楚吗？”

没人回答，全部默许。

按照规定，这样的会议是一种惯例，好让这些固执的老人明白自己不是参加旅游的老年团队，而是去火星参与拓荒的补给力量；火星拓荒的义务，远远大于作为一个地球公民应有的权益。罗隐非常确定，到达岁数，离开地球的老年人，从本质上来说，已经不是地球公民，跟火星基地上那些闪闪发光的机械体的唯一区别在于：它们需要核电，而他们需要食物。

会议解散，罗隐、高赛和保福禄一起前往舱室，路上跟林昊擦肩，被后者叫住，“你们两个，”他打量着高赛和保福禄，又看了看自己那身灰色制服，“把这身不伦不类的衣服换掉。”

我行过许多地方的桥，看过许多次数的云，喝过许多种类的酒，却只爱过一个正当最好年龄的人。

——沈从文《由达园致张兆和》

三 | A

亲爱的小鹿：

见字如面。

这是我给你写的第一封信。

记得你说，你非常喜欢书信，喜欢看见感情的表达通过文字夯实，可以在想念的日子里拿出来一遍一遍温存。同样一封信，下雨的黄昏和晴朗的午后阅读会有两种不同的感受。所以，我给你写了第一封信。

我太久不提笔了，首先请见谅我潦草的字迹，我答应你，从今天起，我会利用空余时间练字；其次，我想说，字迹虽然潦草，但我一颗虔诚爱你的心工整地为你跳动。我是不是有点肉麻，我平时不这样的，我平时特粗犷，但是对你，我变得细腻温柔；我平时是土陶，但是对你，我是瓷器。

还记得第一次见你，我对你破口大骂；等你脱下宇航服，我却被你的美丽惊艳到。我终于懂得什么叫作怦然心动，一瞬间忘记呼吸，世间万物如潮水般退去，而你是海边的礁石。那年我刚刚20岁，是我一生的黄金时代。

我明天要起飞，会经过你工作的地方，当我在位置上靠近你，我就感到一种由衷的幸福。事实上，当我想到靠近你，幸福就已经率先起飞。

静候佳音。

又及，我在努力练习你教我的英文歌：Cause you get lighter, the more it gets dark.（夜空越黑，你越灿烂。）

2104年7月1日，午

Yours LY

三 | B

"阿巴斯号"的乘客舱室分为两种：一种是双人间，内设一张大床；另一种是四人间，有两个上下铺，当局从未考虑过制作一种标准的双人双床房，这毕竟不是旅行，乘客的舒适是最不需要考虑的问题。

罗隐、高赛、保福禄如愿分在一起，另外一个室友叫常征，是个教历史的、弱不禁风的老头儿。罗隐每每看见他，总觉得他应该像高赛的妻子一样勇敢地选择另一条路。不过他的选择无可厚非，虽然已经时日无多，但人们还是本能地想要活下来，除非痛不欲生，否则没人想死。

从什么时候开始变成这样的呢？上世纪中期，或者更早，地球老龄化严重，而资源日渐匮乏，即使毫无想象力的科幻作者也能轻而易举地勾勒出那样一副丑恶的画面，未来不幸被他们这群人言中。相应地，人们的退休年龄延长到68岁，68岁到78岁这10年，是社会对一个老人的馈赠，78岁之后，老人需要面临抉择：安乐死或者飞往火星拓荒。对于他们的子女来说，离开地球等同于去世，因为无法确定父母在火星上的死期，便将他们离开那天视为忌日；因为无法回收父母在火星上的尸体，便将他们生前最爱的衣物焚烧作为骨灰。所有的老人，划分他们的定语只剩下年龄。这一切刚开始的时候，人们进行过公开反对，上街游行、绝食抗议、广场自焚、集体绝育，无所不用其极，但许多年之后，公民的态度也从强烈抵制逐渐转变为自愿自主。但问题是，78岁的老人能在环境恶劣的火星上贡献什么呢？

70岁之后，罗隐开始失眠。睡眠就像狡黠的野兔，从灰色的田野上一闪而过，你知道它就在那里，却看不见；你看见它就在那里，却抓不住。来到"阿巴斯号"之后，他却意外捕获了难以捉摸的睡眠。果然，他属于这里。就像那部老电影《海上钢琴师》里所说，我无法舍弃这艘船，我宁愿舍弃自己的生命。罗隐属于"阿巴斯号"，广袤的太空是他不愿上岸的海洋。

高赛和保福禄每天进进出出，忙着跟女性舱室联谊，有时候神神秘秘低头策划，罗隐一来，他们就戛然而止，顾左右而言其他，不知在搞什么鬼。罗隐每天就看看书，看看电影，打发时间成为降临火星之前第一个要攻克的难关。睡眠充足，无所事事，回忆就有机可乘。罗隐总是想起路瑶，想起他们第一次相遇就是在太空之中。

那一年，他刚刚20岁，是他一生的黄金时代。许多年后的现在，他回想当初，猛然觉得，所谓黄金时代并不是因为20岁，而是在20岁邂逅了爱情。

罗隐从小就对飞行显示出极高的兴趣和天赋,并在高中一次空军招生中脱颖而出,来到部队服役。很快,他就知道,他要开的不是飞机,而是飞船。

当时,地球能源已经告急,各国纷纷把目光投向太空,史无前例地发射着一枚又一枚卫星、一艘又一艘火箭,但凡有些航天基础的国家,都建立了自己的空间站。跟路瑶的相遇,就是在"墨子"空间站。

地面控制中心乱成一糟,他们发现飞往"墨子"空间站那个高尔夫球的时候已经为时已晚,计算模型给出撞击的效果图,总质量约223吨、长88米、宽(含翼展)68米的"墨子"空间站将会被一个在太空中飞行的高尔夫球毁灭,变成一堆废墟。这只高尔夫球从美国3年前发射的一艘飞船流出。当年,加拿大的一家高尔夫球杆厂为了使自己的品牌走向世界,不惜重金邀请美国宇航员在太空中进行击打。宇航员完成太空行走之后,用该品牌球杆,在太空中挥出这记世上飞行时间最长的高尔夫球。美国航空和航天局称,这个高尔夫球会绕着地球飞行3年,然后在坠落大气层时烧毁,没想到被太空中其他垃圾捕获,对其进行加速之后甩出去,威胁到了"墨子"。空间站配有逃生舱,不过"墨子"的逃生舱在去年夏天被一块金属碎片击毁之后,还没完成修缮。

金属碎片和高尔夫球都是太空垃圾,它们将把空间站同化成自己的属性,就像病毒感染。比这问题更严峻的是里面还有6名正在科研的航天员。无论如何,"墨子"无法幸免于难,但这6个人必须得到营救——这是地面控制中心得到的上级指示,也是控制室下达给罗隐的任务。

经过一周自主飞行之后,罗隐驾驶的飞船与“墨子号”完成对接,赶在撞击之前,把6名科研人员救出。本来一切有惊无险,但是其中1名科研人员拖在了最后,使得他们在高尔夫球撞击之前勉强逃离爆炸的危险区域,通过舷窗,能够看见爆炸并非一次完成,而是连锁反应,不断有新的火光腾起。

那个拖后的科研人员就是路瑶。

“你不要命了吗?”飞船平稳运行之后,罗隐对路瑶破口大骂,当然,他那时还不知道她的名字。

“我必须取回那些数据,这是我们在‘墨子’半年多的工作成果。”路瑶摘下宇航帽。

罗隐还想继续对她进行谴责,可是看到她容貌的那一瞬间,就忘记呼吸,周围一切声音消失,只能听见自己心跳如捶鼓般轰隆作响。什么是小鹿乱撞,这就是小鹿乱撞!回到地面之后,罗隐就对路瑶展开攻势,刚开始路瑶毫不客气地拒绝了他,但这并没能有效遏制罗隐的攻势。两个人经过一段时间往来终于开始交往。那时候人们怎么形容他们来着?罗隐躺在“阿巴斯号”的舱室里回忆着,对了!珠联璧合,天造地设。那时候真好,生命中的一切幸运都毫不吝惜地眷顾着他们。现在,当罗隐注定要孤独地过完这一生,他突然发现一个自己求证过的真理,每个人的一生,幸福与灾难是同等比重的,也就是说,你遇到过多么恢宏的幸福,你就要承受多么磅礴的灾难。遇见路瑶是罗隐这辈子最幸运的事情,所以他不幸地失去了她。

须知人心不可测，或用话激尔，使尔暴动，便落人圈套矣。

——《林纾家书》

## 四｜A

父亲是航天员，母亲是常驻空间站工作的科研人员，身为独子的我成为航天航空地面控制中心一名操作员，可以说，我们全家都投身航天事业，就像一直被国人津津乐道的“杨家将，”子孙都鏖战沙场为国效力一般。因此，我有充分理由让儿子加入我们的行列，我不指望他能跟我一样适应沉闷的办公室生活，或者像父亲一样冲在最前线，只是希冀能够从事相关行业，但他毅然决然地选择了另外一条相隔十万八千里的道路，我不知道他什么时候开始喜欢看电影的。我获悉他这项爱好的时候，他已经成为一个对各种名不见经传的影片如数家珍的超级影迷。

“不许你学表演当明星。”妻子在百忙之中帮我们安排了一次会面，但和平的假象很快就被争执打破。

“我没想当明星，我只想做演员。”

“都一样。这不是商量，这是命令！”

“你有什么权力命令一个人的梦想？”他叫嚣道。

“我是你爸爸，这就是我的权利。”

“爷爷也是你爸爸，他落了什么下场呢？你眼睁睁把他送到‘阿巴斯号’。那是一艘飞船吗？那是一座坟墓！你杀了他。不过你放心，你做了一个好榜样，到你老了那天，我也会毫不犹豫地把你送上去！”他终于把这个想法说出口，我虽然早有准备，但还是怒不可遏地抽了他一个耳光。我想起来，在这个交锋的紧张时刻我想起来，在我像他这么大的时候，父亲也曾打过我一个耳光。这是我印象中，父亲唯一一次诉诸武力。原因为何呢？我一时忘却。儿子的叛逆和控诉让我冲昏了头脑。

他捂着迅速红起来的脸，斜眼看我，我知道他不会还手，这点信心我还是有的，而且我同样知道，他会摔门而去，再次离家出走。

“我又搞砸了，”我跟妻子打电话，“他走了，身上没带钱，你给他转一些。”

“我知道了，回头给你打过去，读书会马上就要开始了。”妻子匆忙挂了电话。

我颓然地坐在沙发上，就像枯萎的河床，我需要一点雨水滋润。

我再次来到书房，拆开了标有“贰”的信封，眼下，只有父母的故事能抚慰我干涸、龟裂的地表。

## 四 | B

“不好了，打起来了，快过去看看。”

罗隐正在跟常征看电影，保福禄突然推门进来说。

罗隐叫常征一起，后者却不愿同行，他总是在极力避免惹上麻烦，连热闹也不敢凑。罗隐只好自己跟保福禄来到活动室。他们刚到，就看见林昊正在跟一个老人进行拳击比赛。保福禄向来都喜欢夸大其词，这次也不例外。听他慌慌张张大叫打起来，罗隐还以为发生群殴或者暴动，原来只是两个人在某种规则的制约下较量，连打架都称不上。那个老人有些面熟，罗隐一时想不起来在哪儿见过。经一旁的保福禄提醒才发觉，他曾是48公斤奥运拳击比赛的冠军,从他依然饱满的肌肉可以看出,这些年保持得不错。

“怎么回事?”罗隐问保福禄。

“老人们想要更多权利,谈判失效,就演变成用拳头说话,如果拳王赢了,林昊就对我们开放健身房。首富鼓励大家团结起来向林昊施压,成功的话,就能享受游泳池了。”

“他怎么知道那里有游泳池?”

“高赛告诉他的。”罗隐左右查找,却没有看到高赛的身影。

罗隐在“阿巴斯号”服役这些年,最喜欢的就是这里的游泳池。但这些年,他运送了一批又一批老人去火星,从未对他们开放过健身房,这并不是明令禁止,而是约定俗成。刚开始通过宇宙飞船把老人们往火星运输的时候,老人们在健身房上演的“惨案”不胜枚举,许多自以为还身强力壮的“小伙子”总是照顾不好自己,骨折、肌肉群拉伤或呼吸困难症比比皆是。

拳王率先发起攻势,双拳快速轮换,犹如疾风骤雨般降落在林昊格挡的手臂上,他想用这种密集的攻势压制远比自己年轻的林昊,争取在短时间内分出胜负,不让林昊喘息,以免自己在后面体力不支。林昊快速移动着,环境的熟悉很好地平衡了他对拳击术的生疏。林昊身体素质无疑超出拳王许多,毕竟他今年不过三十多岁嘛,而拳王比他年长一倍,但他并没有系统受过专业的拳击训练,不管是出拳,还是闪避,都显得非常的业余,多次被拳王击中,好在这是失重环境,挥拳的力量被削减了。拳击经常被人误认为没什么技术含量,不过是有裁判干预的打架,其实不然,拳击运动员每天不知道要挥出多少拳,才能在比赛的时候抓住对方空隙给出致命一击。拳王完全占据了上风,但并没有尝到甜头,林昊扛住了拳王的攻势。很快,拳王的气息开始紊乱,手脚衔接不再流畅,他想用一个直拳敲开林昊的防守,却被后者躲过,不是左闪,也非右避,而是从拳王脑袋上跃过,站在了拳王身后。拳王还不及转身,林昊已经挥拳赶到,这一拳在冲到拳王脸部的时候急停。林昊颇有风度地拿下了这场比赛。

"这是你们第一次挑战,也是最后一次,清楚吗?"林昊压低声音,却威严十足。

众人作鸟兽散。

罗隐跟保福禄回到舱室,看见常征仍在看电影,他拒绝参与任何违反规定的事情,即使这样的聚众行为也不参加,他要保持自己完全的清白,防止林昊追究起来受到牵连。罗隐瞄了一眼屏幕,毫不费力地辨认出电影是《何处是我朋友的家》。这是一部经典的伊朗电影。罗隐在过去几十年看过无数次。"阿巴斯号"为人们提供了丰富的影片资源,但首页的推荐名单只有5部作品,另外4部是《随风而逝》《十段生命的律动》《原样复制》和《如沐爱河》。这些电影全都来自伊朗电影导演阿巴斯·基亚罗斯塔米之手,这也正是"阿巴斯号"命名的由来。"阿巴斯号"是以世界十大电影导演命名的飞船之一,也是最后一艘,第一艘飞船为"格里菲斯号",正契合"戈达尔号"命名者的名言:电影始于格里菲斯,终于阿巴斯。

"你错过了一场好戏。"保福禄对常征说。

"我知道你在说什么,但你知道你在说什么吗?"常征的话让保福禄一惊,罗隐也没想到他居然会用这样挑衅的口吻。他没有参与那场闹剧,但好像一切了如指掌,他对保福禄的态度说明了他的不满。

“你想说什么？”保福禄掐腰抬头，想要使自己显得高大一点。

“我希望你们做事不要这么激进，我们都是成年人，”他停了一下又说，“老年人了，做事能不能不要这么激进。我只想安安生生度过晚年。”

“你以为他们会让我们在火星上舒舒服服过日子吗？他们会把我们当成一头老牛一样累死在田头！”保福禄说。

“那也比把我们从飞船上扔出去强！”常征站起来，近乎嘶吼。

气氛有些尴尬，常征的话让人感伤，他这么说、这么做也不无道理，不是谁都希望风风火火，事实上，他代表了大多数老人的期许，既然没有选择死亡，就是希望能够多活两年，吃点苦受点罪都没什么，不要出意外就行。

这时，舱门打开，高赛兴冲冲跑进来，对保福禄挤了一个眼色。罗隐轻而易举截获了他们两人之间的秘密交流，这么多年同事，他对高赛和保福禄的小动作再熟悉不过，尤其是高赛又穿上那身灰色制服。

“常老师怎么了，是不是又有调皮捣蛋的学生惹您生气了？今天要讲《中俄尼布楚条约》还是加里波第被判处死刑？①”高赛希望通过这种方式转移罗隐的注意力，但显然没有想到一直懦弱示人的常征勃然大怒，骂了他一句：“滚！”然后自己开门出去，好像他控

---

①《中俄尼布楚条约》来自电影《阳光灿烂的日子》里冯小刚扮演的历史老师所教授的内容；加里波第被判死刑来自电影《你好，疯子》里金士杰扮演的历史老师所教授的内容。事实上，意大利民族独立运动领袖加里波第1834年在热那亚参加萨伏依起义，失败后经法国逃亡南美洲，被意大利缺席判处死刑，本人逃过一劫，于1882年6月5日在卡普雷拉岛因病去世。

诉的对象是自己。

“这是怎么了？”高赛继续调侃，“都老成这样了，还没过完更年期啊。”

“别装了。老实交代，你们俩到底在搞什么？”罗隐一语道破。

昨天一夜我都在听着雨声中度过，要是我们两人一同在雨夜里做梦，那境界是如何不同，或者一同在雨夜里失眠，那也是何等的有味。可是这雨好像永远下不完似的，夜好像永远也过不完似的，一滴一滴掉在我的灵魂上……

——《朱生豪写给宋清如的情书》

**五 | A**

亲爱的小鹿(仍是父亲写给母亲)：

见字如面。

你没有回信，正常，世间多一厢情愿，少有两厢情悦，但这并不能阻止我继续追求你的步伐；试想一下，如果我说爱你，你说没戏，我就偃旗息鼓，那么写爱情小说的作家都得饿死。我会持续不断地、注意方式方法地、全方位无死角地靠近你，但我不会形成纠缠，我能拿捏这个尺度。

说说我最近的工作吧，你说你特别向往驾驶宇宙飞船，遨游太空的生活，所以你选择了在太空站的工作，这是你家庭能为你的事业和梦想做出最大的让步。从这个角度来说，我比你幸运得多，家里对我一直非常支持，或者说，他们很少管我。给你写信的现在，我就在航行之中，我们刚刚获得逃逸速度。这次的任务相对我们相遇那次危机要简单得多。如果我说,我现在飞船感谢毁掉“墨子”的那个高尔夫球,你会不会打我？事实上,我买了那个加拿大高尔夫球杆厂生产的一款高尔夫球作为纪念。任何事物,一旦跟你有关,就变得意义非凡。说回这次任务,前些日子,我们发射了量子-1舱,准备跟“孟子”空间站核心舱进行自动对接,整个对接过程由地面控制中心操作完成,空间站并没有常驻人员协助。他们对量子-1舱进行了最后的调整,逐渐靠近核心舱后端的对接口,就在距离核心舱200米的时候,根据地面接收到的数据,量子-1舱无法追踪到核心舱的雷达信号。第一次对接失败。就在前天,进行了第二次对接,这次比上次顺利,对接机构的导向杆已经进入滑槽,捕获过程完成后进行刚性连接,但在相距20厘米——上次产生故障距离的千分之一时,两个舱再也无法靠近……

读到这里,电话响起,我瞟了一眼,依依不舍地把目光从信纸上收回。电话来自办公室,如果不是特别要紧的事情,助手不会在这个时段打扰我。

“我们找到合适的碎片了,你一定不会想到,这其中有一个巨大的因果循环。头儿让你马上回来进行模拟。你也知道上面催得很紧,多多理解。”

五｜B

高赛和保福禄一口咬定,两个人并没有什么阴谋,最后在罗隐的穷追不舍下,高赛才松口,承认帮助保福禄物色了一个在老年女性之中还算是有几分姿色的同乘人员。

“船长，宝葫芦的情况我们都了解，”高赛颇有点语重心长，“你年轻时候跟路瑶有过浪漫的恋爱，我这辈子也有一个完满的婚姻，如果不是到了年龄，她还能多活几年。我们俩相互扶持着，过得也还可以。宝葫芦不一样，他这一生没结过婚，处过几个女人，都是过眼云烟。现在他难得开窍了，想要找个人终老，呸，我们已经老了，找个终老的伴侣，我这个当兄弟的不得尽心尽力啊。必须先下手为强，等飞船落地，火星上那些老不正经的，一定比我们有手段。”

“对，我想找个女人。”保福禄说。

“不是，都这岁数了……”

“正因为这个岁数，才要找个伴儿啊！说真的，也就是我妻子刚刚去世，心里一时还放不下，路瑶都死了三十多年了，你就没想过续个弦？船长，要不然，我也给你保个媒。虽然为时已晚，起码聊胜于无。”

“拉倒吧，我可没那个闲情逸趣。”

这之后好几次，罗隐推门进来，看见高赛和保福禄盯着平板嘀咕什么，他一靠近，高赛就把平板扣下来，有一次拗不过罗隐，想看看他们在搞什么鬼，高赛就让罗隐看平板，上面是几张女乘客的照片。

如果路瑶还活着，也会变成这样吧。

三十多年了，罗隐心里一直没有放下路瑶，现在提起她，还是觉得空空落落，多想再拉一拉她的手，多想再捧一捧她的脸，听她唱最爱英伦乐队的歌，陪她在太空漫步。

高赛拉着保福禄离开，说是要去见面，罗隐躺在床上，双手垫在脑后，看着黄色的天花板，着了魔，入了神，恍惚之中，他又回到过去，回到飞船的驾驶舱，前往“孟子”太空站执行任务。在飞船升空，一切进入电子化标准流程之后，他开始给路瑶写第二封信。飞船到达距离路瑶工作的空间站最近位置时，他遥遥望着那个方向，感觉自己被幸福的闪电击中了。

当罗隐来到“孟子”空间站，他从飞船出来，进行检测，发现量子-1舱和核心舱的对接面粘着一枚巴掌大的金属碎片。又是太空垃圾，罗隐想到，自己成为飞船驾驶员以来，算是跟太空垃圾干上了；知道的，他是一个执行太空任务的宇航员，不知道的，还以为他是太空清道夫。罗隐一边在心里抱怨着，一边伸手去清理异物，他以为可以轻而易举完成任务，结果却结结实实地碰了一鼻子灰——金属碎片结结实实粘在对接面上，他使出九牛二虎之力，也是徒劳无功的。他回到飞船上，向地面控制中心报告了这一结果，准备返航。他向来瞧不上地面控制中心那些人，如果飞行是一场战争，宇航员是冲锋陷阵的战士，而他们只是后勤保障人员。控制室的人在听完罗隐报告之后，驳回了他返航的请求。事实上，他不认为那是一个请求，他只是在做通知，罗隐不相信自己无能为力的事情，他们会有什么办法。罗隐在飞船上等待着最新指示，这个过程并不漫长，很快，地面发来视频信号，为罗隐演示了清除异物的方法。地面控制中心将1:1的塑料模型放在水池中，进行失重试验，实验人员利用空间站上的工具排除了异物。罗隐看完之后，再次出舱，来到空间站，首先将量子-1舱和核心舱分离至40厘米，然后找到那件工具，如法炮制，完成清理任务。说起来简单，但实际操作却花了整整一周时间。也是经过这次任务，罗隐对地面控制中心那些文员刮目相看，后来他跟路瑶结婚，有了一个儿子，他有意无意地把儿子往那个方向培养，最终得偿所愿，儿子出色地落实了他的计划。

完成任务回航的途中，罗隐突然很想见到路瑶。刚开始，这就是一个念头，或者说，一个线头，罗隐想从心里揪出来，却发现越扯越长，最后竟源源不断，线头就成了海岸线望不到尽头。他渴望见到路瑶，他必须见到路瑶。

罗隐驱动了飞船，目的地不是地球，而是路瑶工作的空间站。

他一定是疯了，爱上路瑶的那一刻，他就已经疯了。爱上一个人时，精神已经是有问题了。①

那天路瑶正在外出执勤，很多同事觉得那有些危险，在空间站是一回事，离开空间站步入太空则是另一回事，但路瑶乐此不疲，她主动承揽了所有外出任务。她轻轻地飘浮在空中，哼唱着最爱的歌，“Cause you′re a sky, cause you′re a sky full of stars.”中文译为“你恰似那浩渺的苍穹，星光灿烂，若出其里。”同时，她还记录着及时传来的数据，但刹那间，她就目瞪口呆，只因看见了不可思议的一幕——从那片灿烂星光之中，翩翩然“游”来一人。她首先想到是自己的同事，但迅速抹杀这个猜测，空间站位于她身后，那人来自遥远的星空。他慢慢靠近了，在路瑶身边停下，路瑶能看清他宇航帽里的眉眼和他手上那封信。通讯信号建立了，他说：“我写了信给你，但是邮局送不到空间站，我就自己来了。”

后来很多年，路瑶经常跟罗隐说，他当时的出现，是她这一辈子遇见最美丽的事情。

那之后，路瑶开始给他回信。

---

①《人间喜剧》台词。

路瑶的信没有那么炽热的情感流露，但有一个渐变的过程。一开始，在信的结尾只是制式留言，比如“祝你工作顺利，身体健康”，有时候落款用英文，也是“Yours Sincerely, Lu Yao.”后来信的结尾就出现了“I may miss you.”紧接着就是“I miss you.”落款也成了跟罗隐一致的“Yours LY”。

我常说，天下事业无所谓大小，只要在自己责任内，尽自己力量去做，便是第一等人物。

——《梁启超家书》

六 | A

我连夜赶到地面控制中心，大部分人都在场，正如助手所说，上面催得很紧，最重要的是，大家辛苦这么久，烦恼这么久，终于有了一个结果。

“可标注的太空垃圾群都要计算在内，还要考虑太空环境等一系列参数，”我主持了一个简短的会议，“要确保每个点都考虑在内。”

“最主要的还是确保精确无误的打击。”头儿总结道。

我们到底是在做什么啊？我一边谴责着自己的内心，一边佯装冷静地分析道。我们不是航空航天事业工作者吗，怎么成了战争的傀儡呢？但任务就是任务，没有好坏只有执行，如同信仰没有对错只有坚持。

我们从去年就开始着手这项任务，上面要求我们找到一块太空垃圾，然后把它引向美国的一座空间站。我们只得到一些含糊其词的信息，大概意思是美国在那个空间站部署了对准中国的导弹，战争一触即发，我们必须将他们的阴谋摧毁在摇篮之中。关于美国部署太空武器的历史可以追溯到2005年，那时候，美国空军就设想了一种叫作“上帝之棒”的天基威慑武器：其原理是从太空投掷钨、钛或铀等金属制成的圆柱体，用来摧毁地面和空中目标，当时他们对外宣称是为了阻止敌国或恐怖组织试图攻击美国的卫星和地面设施。最近几十年，人们的目光都从贫瘠的地面转向了富饶的太空，各国的空间军事备战都提上日程，为了争夺资源，这直接造成了太空垃圾的几何增长。我们要做的就是找到一块运行轨迹和质量都合适的太空垃圾，然后对其进行引导，让其撞击美国空间站。经过一年多努力，我们终于找到一块合适的碎片，说是碎片，其实只是对太空垃圾笼统的叫法，这是一个足足有一吨左右的庞然大物，同事们已经殷切地为它取了名字，称为“铁巨人”。只要稍稍推它一把，就会让其携带不可思议的动量。

我们都知道，这是一场暗中较量的角斗，美国也一直用这种方法摧毁我国的太空资产，但谁都不会放在明面上，否则随时会引发真正的、全面的战争。

计算机模拟非常顺利，同事们发出了欢呼声，我却高兴不起来，我觉得，这已经偏离了我们的工作内容，甚至是违背了我们的工作初衷。但人生在世，很多事情，都没有办法。比如对老年人的清理政策，我们都知道，把他们送到火星，跟安乐死差不了多少，而且只会让他们多遭几年罪，但谁也无法去质疑。我们这样的做法跟早年间美国电影系列《人类清除计划》大同小异。我们甚至还没有那些前人勇敢，只敢拿手无缚鸡之力的老人开刀。这就是生铁一样冰冷坚硬的现实。我们是什么，我们血肉之躯，免不了被现实刺得支离破碎。

模拟到这里结束。因为上面催得紧，头儿决定在模拟结束之后立刻进行实操，预计在未来十天内完成撞击。剩下的，就是等待。

助手兴奋地凑上来，“你知道‘铁巨人’的由来吗？我们已经证实了，这是‘墨子’空间站的残骸。如果真是他们之前猜测的那样，‘墨子’的毁灭是美国精心策划的意外，那么这不就是一个因果循环吗？这是‘墨子’的复仇。”

我不置可否，也无法理解他的兴奋点。

“对了，头儿问模拟已经结束，可以退出计算了吗？”助手向我请示。

“再等一等，看看周围太空垃圾的连带反应。”

“哦。”助手说完走了。他们或许认为我坚持要做的事情并没有什么意义吧。我们要做的只是完成对美国空间站的打击，至于造成什么样的太空垃圾，那不是我们需要考虑的问题。或者说，那根本不是问题。而我这个杞人忧天之人，总是在关注太空垃圾对航天事业的危害。

我突然想起父亲木匣里那个高尔夫球。

我厌烦但是无法拒绝自己正在做的事情，我只能暂时通过其他事情逃避，像鸵鸟把脑袋扎进沙子里，危险不会解除，但至少那一刻，它的心里是平静的。我回到家里，看完了之前那封信，没想到我现在做的事情，跟母亲生前工作过的地方以这种不可思议的方式联系在一起。

我打开了第三封信，不同于前两封，这是母亲给父亲的回信。

## 六 | B

高赛和保福禄结伴出入越来越频繁，罗隐经常看见他们跟首富和拳王等人在一起嘀咕什么。首富也好，拳王也罢，还有那些电影明星，畅销书作家，在地球上的时候，他们都没有接触的机会，而在这里，正如林昊所说，大家都一样。罗隐不关心这个，让他有些担心的是，高赛和保福禄对常征的敌对态度，自上次闹了别扭，他们一直不说话。你永远无法想象，一个倔强的老头儿会有怎样的能量。

在度过刚起飞时的安稳睡眠后，罗隐再次陷入失眠的境地，常常从梦中惊醒。他知道，自己在半夜醒来之后，就再也别想成眠。尤其是房间里此起彼伏地响着嘹亮的鼾声。于是，他来到活动舱，在那里观看浩瀚无垠的星空。看着那些遥远的星星，他就能感到安慰。在那些独自看着星空的夜里，他能够更加清晰地看见从前的点滴。

他想起人生之中最重要的一次约会。

那次约会中，两个人互相分享了彼此的秘密。

“你为什么叫我小鹿？是因为我姓路吗？”路瑶问他。

“不是，是因为我第一次见你，胸口小鹿乱撞。”

“你从来都是这样‘戏果儿’的吗？”[①]

“哪有，小鹿是第一次乱撞。”罗隐赶紧解释。

“其实你第一次给我写信时，我很生气，”路瑶说，“我觉得你这个人太恬不知耻，我恨不得把那封信撕掉，烧掉，我后悔自己看了

---

①《指甲刀人魔》台词。北京话把女青年称为“果儿”，“戏果儿”也就是现在常说的“撩妹”。

那几行极不成熟的表白，但是看到你的落款，我的心里一动，不知你发现没有我们两个人的名字简写都是'LY'。我很早的时候就注意到这个了，可以说，我对拼写非常敏感。我手机使用的九宫格，如果键入'luyao'这五个字母，系统推荐的第一个词汇不是我的名字，而是'酷玩'(kuwan 和 luyao 按键顺序和字数相同)，这是我最喜欢的一个乐队。"

"你跟我说过这个乐队。我在练习他们的歌，等我练好了唱给你听。但我五音不全，英语又烂，你可能要等上几年才行。但你可能不知道，"罗隐拿出自己的手机，随便点开一个对话框，他使用的全键盘，输入"ly"出现的却不是他自己的名字"罗隐"，而是"路瑶"，接着他从对话框退出，点开一个无命名的 Word 文档，里面是密密麻麻的路瑶的名字，"我在想你的时候，就干出了这种事。我知道，我知道，我很无聊，也不够成熟，情商低得可怜，直来直往，不会拐弯……"

后面的话没说出来，路瑶吻住了罗隐的嘴。

他们很快结婚了，后来有了儿子，后来罗隐开始在"阿巴斯号"服役，后来罗隐成为"阿巴斯号"船长，并跟大副高赛，领航员保福禄成为多年来雷打不动的"铁三角"组合，后来发生了那场意外。事情发生后，罗隐后知后觉，其实那个意外不是偶然，而是注定。我们的命运在我们的性格里已经标明了。

现在，一晃半个多世纪过去，罗隐已经从风华正茂，枯萎成风烛残年，他曾经在"阿巴斯号"上，坐在船长室里，一批一批地把到岁数的老人们从地球送到火星，而现在，轮到了他自己。退役之后，再次登上"阿巴斯号"，物是人非。他不是没有想过，追随路瑶而去，刚开始因为有儿子这个拖累，无论如何，不能抛下他自私地了断，等把孩子养大，他的决心也变得迟钝，就这么麻木地活着吧。

起飞一周以来，高赛和保福禄一直神神秘秘，常征泾渭分明地跟他们划清界限，他只想平平安安到达火星，首富和拳王为首的、曾在地球上呼风唤雨的那些人总是蠢蠢欲动，想要搞出一点动静，证明自己老当益壮，罗隐则独来独往，不断往回忆的泥淖中深陷。有时候，他会跟常征一起看看老电影，更多时候，罗隐总是一个人望着舷窗发呆。望着璀璨的星空，耳畔就会响起 *A Sky Full of Stars* 的旋律。

又是晚上，他很快入睡，并且梦到了路瑶，借助梦的力量，路瑶死而复生，他返老还童，他们一起漫步太空，突然路瑶松开安全带，越飘越远，他想要上前，身体就像被树脂粘住的蝇虫，他变成了一颗时间化石。他大汗淋漓、喊着路瑶的名字惊醒，房间里却空无一人。罗隐以为自己仍在梦中，这个时间点，他们应该都在睡觉才对。高赛和保福禄跑出去也就算了，一直循规蹈矩的常征也不见了。

不好。

罗隐突然意识到，上次常征跟高赛和保福禄顶嘴之后，两个人一直商量要收拾常征一顿，他们现在可能就把常征带到没人的地方进行“教育”。罗隐马上穿衣下床，四处寻找他们的身影，最后在健身房门口看见一个佝偻的背影，罗隐走上前轻拍他后背，那人吓了一跳，等他转过身来，罗隐也吃了一惊，那正是常征。

“你干什么呢？”

“嘘！”常征说。

你能坚强,只要你能坚强,我就一辈子放了心!成就的大小、高低,是不在我们掌握之内的,一半靠人力,一半靠天赋,但只要坚强,就不怕失败,不怕挫折,不怕打击——不管是人事上的,生活上的,技术上的,学习上的——打击;从此以后你可以孤军奋斗了。

——《傅雷家书》

## 七 | A

罗隐:

你好。

说真的,我被你感动到了,但我非常清楚,感动和喜欢是两码事,如果混淆,后果不堪设想。我想,我没有到喜欢你的地步,但我愿意给你时间尝试。

最近我总是想起我们第一次见面,你对我破口大骂,在此我要告诉你,如果下次遇见类似的情况,我仍然会毫不犹豫地做出同样的选择。这是我热爱的事业,我会为之付出生命。如果你没有这个觉悟,(你也可以笑话我冥顽不灵) 那我们恐怕很难在未来达成一致。

从空间站望出去, 月亮仿佛是透明的, 在深蓝的天空若隐若现。这样的美,一定要看过的人才能领略。我穷尽自己的表达,也不能展示万一。

我会好好收藏你给我写的每一封信, 不管我们将来能否在一起,这都是我日后的美好回忆。

我的第一封信,就写到这吧,祝你工作顺利,身体健康。

又及,你唱歌真的很难听,跟你的字一样,都好好练习吧。

路瑶 2014 年 7 月 23 日夜于空间站

看完这封信，我有点想哭。一个不惑之年的男人想哭只有两种可能：要么喝多了，神志不清；要么被击中，情不自禁。父母的爱情故事让我动容，我想到自己的婚姻，相比父母，我是幸福的，不管我的情况多么糟糕，至少还有妻子这个坚实后盾。我拿出手机拨了妻子的电话，想跟她说一句我爱你，却被挂断，须臾发来一则信息：在忙，稍候。直到晚上回家，她睡觉时问起来，我说，没事。当时觉得心绪使然，现在提出来就有些矫情。

“你知道我新书的内容吧？”她说。

“嗯，写父子的矛盾与和解。”

“主办方别出心裁地邀请了几对父子去发布会现场，需要我帮你跟儿子报名吗？”

“开什么玩笑。睡吧，我有点累了。”

我第二天起床，妻子已经出门，大概是去图书公司签名，为了更好地网上销售。我驱车来到地面控制中心，停车，上楼，昨天晚上的撞击模拟还在继续，我只是看了一眼，就吓得浑身筛糠。

天哪，天哪！

## 七 | B

“嘘！”常征对罗隐比画了一个噤声的手势。

健身房的舱门打开了，这意味着里面有船员。罗隐凑在常征身后望去，里面隐约有几个人影在低低议论着什么，其他人不好说，但一个又高又瘦，一个又矮又胖，定是高赛和保福禄两人无疑。罗隐还在疑惑,他们怎么会跟船员搞在一起,常征却转身就走,被罗隐轻拉了一下,发出声音,里面的人有所察觉,立马追出来。罗隐看清了,高赛和保福禄的确在内,另外还有首富、拳王,以及另外几个面熟的老人,没有任何船员。事情不简单。他们不由分说,上来就要动手。健身房有重力场,所以在这里,罗隐轻易就被拳王制伏。保福禄抄起一个哑铃,举起来恐吓常征。

“我都知道了。”常征大喊道。

“你知道什么了?”保福禄厉声问道。

“你们想要劫走飞船!我会去跟林昊船长汇报,你们所有人都难辞其咎。他会把你们都扔出飞船。”

“信不信我先把你给扔出去!”保福禄说。

“到底怎么回事?”罗隐问道。

“船长,别听他瞎说。”保福禄说。

“事到如今,没什么可隐瞒的了,”高赛说,“他说得没错,我们登陆‘阿巴斯号’之前就已经达成一致,要劫走飞船。没想到在这里遇见了你。我知道以你的性格,一定不会同意,更不会参与其中,所以就背着你进行。不过现在没必要了,我们马上就要起义了,跟我们一起吧,我们铁三角,夺回‘阿巴斯号’驾驶权。”

“就凭你们几个人?”罗隐说。

“拳王挑战林昊那天,我已经偷偷获取了飞船的访问权限,我就知道现在这些年轻人懒得修改密码。你也看见了,我们打开了健身房的门。我们还可以打开任意舱室的门,包括驾驶舱。”

“常征说得对,你们知道自己在做什么吗?”罗隐质问道,他对高赛等人自以为是的阴谋感到可笑。这些已经快80岁的老人,就像是8岁小孩一样幼稚。人老了老了,就变成孩子,像孩子一样无法协调身体,也像孩子一样异想天开。

“你能接受吗?”高赛说,“你能接受我们辛苦操劳一辈子最后被那些小兔崽子们一脚踢开吗?我不能。我们做错了什么?凭什么到了该享清福的年纪,却要去火星卖苦力。你去过很多次火星,但你不会知道那些老人在上面是如何生活的!你以为他们会让我们这把老骨头拿起锄头耕田吗?他们会剥削我们的意识,听好了,不只剥削身体,还要剥削意识,他们会把我们的意识跟火星上那些机械体联系在一起,让我们来操控。那就是我们要面对的未来。你能接受吗?我不能。他们杀了我的妻子,如果不是这个“狗屁世界”,我的妻子也不用安乐死。别的我都能接受,这个我不能!”

“我也不能!”保福禄说,“我是说,不能接受现在这样任人驱使。”

“我们都不能!”其他几个人附和。

“前一秒我们还是地球上人人敬仰的精英,后一秒就要被他们发配到火星,这公平吗?这不公平!我们做出了那么多贡献!”

“没有我们就没有他们!”

“到火星之后也是生不如死, 还不如拼命一搏, 也许还有希望。”

众人七嘴八舌。

“至少我们还能活着啊,我不想死。”常征说,“我们斗不过他们的。”

“那样活着,跟死有什么区别。你如果不想死,就站在我们这边。”保福禄提醒他。

“你们不可能成功的。放了我吧，我不会去汇报了，就当我什么都不知道。你们成功也好，失败也罢，都跟我没有关系。”

“现在有关系了。”高赛伸手抓住常征。

“你们够了，”罗隐说，“又不是针对我们几个人的政策，每个人老了都会走上这条路。我们已经活了七八十年，难道还要跟我们的孩子争抢生存资源吗？”

“我就知道会是这样，所以一开始我就没指望你能倒戈。抱歉船长，这次我不能听你的。”高赛语气突然缓和下来，“我们不是贪生怕死，我们只是发出一些声音，做出一种姿态。”

事情不简单，但罗隐没想到会复杂到这个程度，这些人竟然想着劫走飞船。在想着如何说服他们放弃这个“野心勃勃”的计划之时，他首先想到，自己驾驶“阿巴斯号”这三十多年，是否也有像高赛这样的老人伺机而动呢？现在不是考虑这些的时候，现在必须让他们清醒地意识到，这样做多么荒唐、多么自私。

“我既然已经知道了，就不会让你们得逞。你们不用再说什么，错了就是错了。”

“我们没错，错的是这个忘恩负义的社会。”高赛近乎咆哮道。

“我不知道你们有什么样的计划，但请不要伤害到他们的性命。”罗隐知道自己无法制止他们的行动，只能提醒他们不要太过分。

“我又不是杀人狂魔，我为他们准备了逃生舱。”

控制住罗隐和常征，高赛几个人凑在一起，继续刚才的交谈。

“就像我刚才说的，”高赛说，“不用管其他人，擒贼擒王，只有摁住林昊，其他人就会乖乖缴械，到时候，只需要我们登高一呼，飞船上那五百个老人一定会响应我们的。‘阿巴斯号’上的供给足够我们这些人安享晚年。只要脱离航线，关掉信号器，我们就能消失在茫茫宇宙。也许他们运气好，会在几百年后找到我们，那时候我们已经是一堆白骨。”

“我们还能飞回地球吗？”首富问道。

“你想什么呢？飞回地球不就是自投罗网。”

“我想我的孙女了，我答应她参加她的毕业典礼。”

“醒醒吧，他们已经抛弃了我们，我们也应该忘记他们。”

“可是……”

“没有什么可是，拿出点老年人的魄力。”

原本耀武扬威的首富，此时也变得俯首帖耳。首富也好，拳王也罢，人老了，心就容易慈软。高赛喝退首富之后，取出平板，这次他不再遮掩，罗隐看见了上面的操作系统。罗隐才想到，趁着拳王挑战林昊的间隙，他凭借那身高仿的灰制服和对“阿巴斯号”的熟悉——他熟悉“阿巴斯号”，就像熟悉自己的掌纹——他潜入了操作室，并成功骗取了船员的信任，偷偷登录了飞船的操控系统，并在平板上建立一个可以随时登录的入口。

“你窃听了‘阿巴斯号’的通信？”

“知己知彼嘛。”高赛打开平板，是地面控制中心发来的消息。

学怕无恒。凡学一事，必要到家。或作或辍，永无成功可言。

——《陈垣家书》

## 八 | A

一切都为时已晚。

人类总是这样,开发土地,污染土地;开发海洋,污染海洋,现在,轮到了太空。

那些与日俱增的太空垃圾环绕在地球轨道上,人们都说这是一个问题,却没有任何一个国家愿意投入人力物力去清理,就好像人们只是依靠海洋的自净能力来消化人类的污染,人们也盲目地相信无边无际的太空可以有足够的空间无限容纳垃圾。但任何事情都有阈值,就连宇宙都不会无限膨胀。

现在,这真的成了一个问题。

计算机模拟显示,“铁巨人”撞上美国空间站之后,由于空间站存放着大量武器,会造成第二次爆炸,正是这次爆炸会引发太空垃圾的“雪崩效应”,每一次撞击并不能让碎片互相湮灭,而是产生更多碎片,而每一个新的碎片又是一个新的碰撞危险源。

“这会造成什么后果呢?”头儿似乎并没有理解“雪崩”这个词的含义,从他的语气来看,甚至在责怪我的大惊小怪。

“首先,我们将被困在地球上。”我说,“我们以后无法再发射任何卫星和飞船,之前发射出去的卫星也会在这次‘雪崩效应’中沦为牺牲品。然后,聚集在地球轨道上的大量灰尘会阻隔和反射太阳光,地球会变成地狱。”

我看到豆大的汗珠从他额头沁出,“那就不要袭击美国空间站了。”

“对‘铁巨人’的牵引已经做出,已经无力改变其行进路线。”

“那就发射火箭,把它打下来。”

我看了他一眼，想着如何委婉地告诉他，他刚才的说法有多么无知，但是没必要了，事情已经到了无可挽回的地步，我们现在唯一能够做的，就是告知那些已经飞出地球的飞船，让他们携带着人类的火种远离地球。火星基地将成为他们的家。但那里都是一些老人，他们能够将人类文明延续下来吗？

"一定还有办法，距离美国空间站最近的飞船是哪一艘，飞船上不是都有清除太空垃圾的激光武器吗，让他们把碎片处理掉。"

这个方法还算科学可行。

我通过控制室了解到，目前距离美国空间站和"铁巨人"最近的是"阿巴斯号"飞船。父亲正在那艘飞船上，我猛然想到。想到父亲，我原本不安躁动的心稍稍平稳下来；就像父亲曾教我骑自行车，想到他扶着后座，我就觉得安心。即使他已经撒手，我也不会跌倒。

"跟他们取得联系，尝试一切可以尝试的办法。还有，必须严格保密，不能对外界泄露丝毫。"头儿说，"你需要几个助手？"我知道他的意思，越少越好。

"我一个人就可以。"我说。

## 八 | B

事情不简单，这次是真的不简单，高赛等人的计划跟眼前的灾难比起来，小巫见大巫。所有刚才"各为其主"的人都统一沉默了。罗隐知道，他们心里一定翻腾着跟自己一样的念头，地球遭遇危机了，他们可以幸免于难，但这并不能让他们感到逃生的欣慰和报复的快感，他们的孩子将被永远封印在那里。

“我们怎么办？”适才一直叫嚣的高赛低声问罗隐。

“静观其变。”罗隐说。拳王施加在罗隐身上的束缚褪去。

正如一位先哲所说，能够瞬间消弭敌意的方法，就是制造一个共同的敌人，如同当时的国共合作抗日。不管什么时候，民族大义都要摆在第一位。而现在，不仅仅是民族大义，而是整个人类文明到了一个生死存亡的危急关头。

他们几个人目不转睛地监视着“阿巴斯号”上船员的行动，经过地面控制中心调度，他们已经调转航向，朝着那座成为打击目标的美国空间站飞去。这需要一些时间。到达目的地之后，还要锁定“铁巨人”的航行轨迹，这也需要时间。最关键的是，地面控制中心不断地给出，也不断地推翻着打击方法，事出紧急，事态重大，他们也有点慌了阵脚。飞船上的年轻人更是手忙脚乱，几次失误和脱钩，又延误掉一些时间。

“别慌啊，儿子。”

罗隐听出来地面控制中心对接“阿巴斯号”的技术员正是他的儿子，如果操作成功，这将是人类历史上最值得铭记的“运筹帷幄之中，决胜千里之外”，千里远远不够。慢慢地，罗隐发现，儿子的慌乱有理可据，他在逐一设计清除方案，然后逐一排除，其实有个最简单的方案，他一定了解。他一定了解的还有，他的父亲在这艘飞船上，罗隐此刻成了他决策的绊脚石。既然这样，不如帮他一把。

“老伙计们，”罗隐招呼高赛和保福禄，“他们不明白，你们俩应该懂得，现在这种情况，来不及犹豫和慈悲了。”

“船长，我们听你的。”保福禄说。

“船长，请指示。”高赛敬了一个军礼。

“说说你们之前的计划吧。”罗隐说。

同一时刻，船员们都收到一则船长发来的内部消息，让大家去健身房集合。虽然内容有些诡异，时间上也不合理，但在“阿巴斯号”，船长的命令需要无条件执行。健身房的门开着，他们鱼贯而入，列队等待，但林昊并没有现身，就在他们疑惑不解之时，健身房的门牢牢锁上，他们被困在里面。接下来需要攻打的高地就是船长室。高赛操作一番，船长室电子锁乖巧地释放了控制，舱门向一边划开，里面却空空如也，准备一击制敌的拳王抢身进去，却摸了个空。他挠挠脑袋，耸耸肩膀，不等他向罗隐等人汇报，浮在穹顶的林昊从天而降，这次他没有留情，结结实实地一拳放倒了拳王。其他人拥进来，想以多取胜，但林昊显然早有防备，用安全带套住除了拳王最具攻击力的高赛，然后把首富抛到空中，奔跑撞墙，借助反作用力带倒保福禄，只有罗隐跟林昊缠斗了一会儿，但很快被后者制伏。为防止他们反扑，林昊勒住了罗隐的脖子，退向门口，想要把其他人反锁在船长室。

“孩子，你听我说。”罗隐感觉到脖子上压力，努力说道。

“我早就知道你们心怀不轨。”林昊说，“信不信我把你们都扔出去！”

“孩子你错了。”罗隐说，“我们知道危机，是来帮忙的。”

“趁乱打劫吧。”

“我们有办法。”

“能有什么办法，地面控制中心一直没能给出方案。”

“你今年多大了？”

林昊一愣，显然没想到罗隐这个时候会问出这种问题，“34岁。”

“我30岁就来到‘阿巴斯号’，直到68岁退休，在这里服役38年。我比你了解她能做什么。”

“别想蛊惑我，你们就是一群贪生怕死的老家伙。”林昊有些激动，手臂上的力道变大了。罗隐呼吸越来越困难，跟自己的儿子一样，林昊在这个巨大的危机面前有些慌神。罗隐越是用力扳动林昊的胳膊，后者就像弹簧一样回馈越强的反作用力。有那么一时半刻，罗隐以为自己就要这样晕死过去。什么是出师未捷身先死，这就是出师未捷身先死啊！突然，他听见“砰”的一声，脖子上的箍力卸了劲儿，他得以转身，发现林昊软绵绵地倒下了，露出了手持着哑铃的常征。

“我虽然怕死，但为了孩子们能活，我可以牺牲自己。”

罗隐喘匀气息，说：“拳王和首富，你们俩把船员们关进救生舱；高赛，通知所有人到大厅集合；保福禄，跟地面控制中心申请通讯，然后把救生舱发射出去。‘阿巴斯号’，现在由我们负责。”

“是，船长！”所有人异口同声道。

吾真真不能忘汝也！回忆后街之屋，入门穿廊，过前后厅，又三四折，有小厅，厅旁一室，为吾与汝双栖之所。初婚三四个月，适冬之望日前后，窗外疏梅筛月影，依稀掩映；吾与(汝)并肩携手，低低切切，何事不语？何情不诉？及今思之，空余泪痕。

——林觉民《与妻书》

## 九 | A

只有一个可行的办法。

一个可行的办法,需要付出惨烈的代价。我知道,我知道,这个时候不应该感情用事,但要我怎么办,飞船上面,有五百多个老人,其中,还有我的父亲。这有点像是变形的电车难题,不过,这并不需要多行,孰轻孰重高下立判。

我只能不停地敲击着键盘,在计算机上做着各种推演,虽然我知道这样做毫无用处, 但我不敢让自己懈怠下来, 我怕自己一松弛,就会被头儿看出破绽,我甚至不能表现出进退维谷的难处,我必须告诉他,我在努力,我在不停地尝试,我有办法,一定可以。

已经连续两天两夜在控制室鏖战,这期间我只喝了几口水。我已经感觉不到饥饿,我消耗完了身体的能量,我已经开始燃烧自己的意志。除了头儿,没有人知道我在干什么,他们一定在外面做了各种各样的猜测,敏感者也许会接近事件的真相,但他们谁也无法洞察我此刻的心情。我就像走在一望无际的沙漠里,不辨方向,也迷失了目的,我只有不停地走,因为我知道,一旦我歇住脚步,就会失去再次上路的勇气。

所有的计算结果无一例外都显示着两个字:失败。

这两个字此刻很好地总结了我的上半生。我一直觉得自己过得不错,拥有一个和睦的家庭,父亲虽然严苛,但还算友爱,儿子虽然叛逆,但不失尊敬,至于妻子就更不用多说。我有多幸运,才能遇见他们。而且,我热爱我的工作,几十年前,还有人不理解航空航天的意义,认为政府应该把钱用在对贫困地区的扶持上面,但现在没人会这么想,因为那里有我们的未来。这就像是进化的必然,从水中来到陆地繁衍的动物,最后一定会从陆地来到天空。可我现在却感到失败,我一直没能好好跟父亲谈过一次话,我多多少少认为,一个人老了,理应为后代让贤,所以当他够岁数之后,我没有做出任何挽留和抗议,我就那么送他离去。在儿子成长变化最大的这几年,我一直忽略了他作为一个青春期男孩特有的逆反心理,我们总是对着干。对于工作也是一样,我总是觉得工作需要我的专业技能,其实,大概是我需要工作,来证明自己有用。我无疑过着一种失败的生活,我在被各种各样的事情和欲望驱使,却从未想过反抗。

我感到前所未有的困顿、乏累,精疲力竭。我想,我快要死了。这不是我人生之中第一次产生这样的认知,早在我7岁那年就有过这样的恐惧。那次我高烧不退,来到医院的时候已经开始抽搐,口吐白沫,双眼翻白,父亲紧紧抱着我,冲进急诊室……

我们的命运在我们的性格里已经标明了。我还是无法做出决定。我可能会成为千夫所指的罪人,有史以来最值得口诛笔伐的罪人。但如果我就这样死去的话,也许就不必承担所谓的罪名了。恍惚之中,我竟感到一些轻松。

这时,"阿巴斯号"请求通话,连接建立之后,我听见一个熟悉无比的声音:"儿子,别慌,爸爸在这里。"

## 九 | B

罗隐再次站在平台上,就跟他过去三十多年一样,一样作为"阿巴斯号"船长,一样面对一群78岁的老人,只不过这一次他们之间不再是管理与被管理的关系,而是作为一个整体存在。这个整体叫作父母。什么是父母呢?他想起曾经看过的一部日本电影——

《楢山节考》。电影讲述了一个悲惨的故事:在日本一个贫困的小山村中,阿铃在丈夫死后,和新丧妻的儿子辰平以及孙儿住在一起,她一直在为儿子续弦的事奔走努力。村中有个习俗,因为贫困,凡是到了70岁,老人必须去参拜楢山。所谓参拜,其实就是把老人舍弃在山里,一是为家里节约粮食,二是不必增加子女的赡养负担。阿铃帮助辰平从邻村娶了阿玉,阿铃总算了却了一桩心事。不久后,孙子也娶了妻室,其妻很快有了身孕。阿铃69岁了,尚有一口好牙,在这个粮食匮乏的村子,这对年纪大的人来说却是一个耻辱。阿铃自己用石臼砸残了牙。阿铃参拜楢山的日子快到了,辰平背着母亲,默默走上楢山。临近山顶,周围不时可见尸体和骸骨。阿铃在一块岩石下落脚,催促儿子回家。这个故事最打动罗隐的细节在于,阿铃用石臼砸碎一口好牙,什么样的信仰才会给她那样的力量?不就是父母对子女无私的爱吗?阿铃终其一生都在为儿子,甚至孙子付出,最后还要在自己变成消耗品之前离开他们,不造成任何负担。无他耳,唯有爱。

"我要跟大家宣布两件事情,"罗隐高声说,"第一,'阿巴斯号'驾驶权被我们获得了,船员们已经被我们塞进救生舱,扔出飞船。我们想去哪里,就去哪里;想做什么,就做什么!"

那些不明真相的老人一脸茫然,但慢慢地,人们反应过来,有人开始欢呼。这欢呼像是导火线,顷刻,所有人都热烈地庆祝起来,彼此拥抱,流下泪水。

"第二,地球现在面临灭顶之灾,唯有一个办法能救他们,但是需要我们做一些牺牲。"适才欢喜鼓舞的人群顿时降温,"公平起见,我们决定征求大家的意见,举手表决。超过半数我们就去拯救地球，否则，我们就拍马走人，去一个谁也找不到的地方。哦，其实不用躲藏，也没有人会去找我们。我们的孩子们，他们不会有事，事态的危害需要一段时间才会表现出来。到我们孩子的孩子的孩子的孩子那一代，也许就会是最后一代。现在，只有我们才能阻止这一切的发生。同意的，请举手。”

罗隐说完先高举右手，高赛、保福禄紧随其后。

首富举起右手，拳王举起右手，常征举起右手。

台下那些人慢慢开始响应，一个，两个，四个，七个，越来越多的人举起右手，有的人毫不迟疑，有的人稍作思考，指向都一致。最后，所有人都举起右手。没错，这些人没有选择安乐死，其中相当一部分人贪生怕死，但当他们的后代受到灭顶之灾的时候，他们会像黄继光一样，挺起自己的胸膛，堵住扫射子孙的枪眼。

这一刻，他们这些被社会淘汰的老人们，将成为人类文明历史上最伟大的英雄群体。

罗隐非常清楚，“阿巴斯号”无法将“铁巨人”清除，他们唯一能做的就是等待。根据他儿子从地面控制中心传来的数据，他会安排保福禄把飞船停在“铁巨人”和美国空间站连线的位置上，并非直接对“铁巨人”进行撞击，不管是迎面撞击，还是侧面撞击，都比让“铁巨人”直接撞击“阿巴斯号”所产生的威胁要大，造成的不确定性要高。一件事要么不做，做就要极力追求至臻，这就是罗隐的风格。

等待被撞比主动相撞更加悲壮，等待死亡比死亡本身更恐怖，这让本来就显得肃穆的使命多了几分沉重。

大家都太紧张了，也太僵硬了，罗隐自作主张，播放了一首歌曲给人们缓解情绪,用这首歌作为五百多个人生命的注解,他们从此变成了繁星。当儿孙抬头仰望的时候,可以看见他们的父辈在空中闪烁。而路遥,罗隐对自己说,这是我最后一次想你了。

Cause you´re a sky, cause you´re a sky full of stars;
I´m gonna give you my heart.
Cause you´re a sky, cause you´re a sky full of stars.

前几天看到你的照片,我与你妈十分欢喜,看到你的照片,我们回忆了你自幼至今的一系列变化及成长过程, 的确使爸妈感到满意和自豪。

…………

我知道你对家里经济有所考虑,但我要告诉你:家里事等,你概不要理,要注意好身体,每天要吃点带肉的菜,没有一个好身体,学习怎么跟得上去呢?如有什么为难的事,缺钱、缺物等事,希(望)来电即可,你大可不必为家里经济太伤神,懂吗?人生能有几回搏,我是愿为儿孙们献出一切的,无非是少享几年福,这又有何难呢!愿你今、明两年身体要长高、长结实。

…………

再值得一提的就是,我原对你说过的一句话:平常吃饭、走路、言谈、举止要注意自己的风度、姿势,要注意昂首、挺胸、直腰、甩手及讲话的气魄。读书、看书要注意保护好自己的眼睛。

…………

无他事,望你注意好自己身体,因天气时常变化,冷暖不一,晚上记得盖好被子,小心着凉。下次再叙,就此搁笔。

——佚名,一位父亲写给儿子的信

**尾声**

这应该是载入史册的一次营救,因为没有这些老人的牺牲,人类的历史就将告罄。但是头儿严厉叮嘱,关于这些事情,务必保密,只字不能谈起。不过爆发出来的太空垃圾问题引起了管理人员的重视,而父辈们的牺牲也赢来了管理人员的反思,我们到底该如何对待地球,如何对待那些逐渐丧失劳动能力的老人呢?不仅是领导层,所有公民都应该冷静下来仔细想一想。走出门去,看看无处不存在的垃圾;打开门来,看看被岁月摧残的父母。

木匣中最后一封信,是父亲留给我的。

吾儿:

你看到这封信的时候,爸爸已经在天上了。

你会找到这个木匣吧,你一定会的。

我早就想给你写这封信,迟迟不能动笔。每次思绪汹涌,摊开信纸,却不知从何说起。但现在不能不写了,明天,我将要离开地球,离开我们这个家。78 岁老人的离开,忽然像 18 岁青年的离开,一样地远离故土,去到一个陌生的他乡。只不过,年轻时候志向高远地离开家门,是为了有一天能够荣归故里,而我们这一去将会一去不复返啊。

不说这些了,说点开心的。

你一直是我的骄傲,从小到大,你都没让我费过心。我们父子虽然不够亲密，但也算融洽，虽然不能无话不谈，但也有商有量。我对你很放心。你以后要跟你爱人相互帮助，夫妻之间，没什么不能说的。我唯独放不下孙儿。想想，他马上就要18岁，到了离开家的年龄，也到了最叛逆的年龄。一代人跟一代人之间，有着不同的沟壑。我们那个年代的父子，做父亲的还可以在儿子面前表现出绝对的威仪，而你们这个年代，儿子总是要跟父亲唱反调。你不要责怪他的叛逆，你想想看，自己有多久没有好好陪他。我想起来，我曾经打过你一个耳光，你还记得原因吗？你或许忘了，那一年，你跟我说想要去学画画，不愿意接受我给你安排的未来。你之所以心血来潮，是因为喜欢上一个女孩，那个女孩酷爱画画。我没有答应你，是因为我知道你根本就是头脑发热。孙儿喜欢看电影，也曾跟我说过长大后要从事与电影相关的事，他大概比你有恒心。我想，关于这件事，我也有不可推卸的责任，我帮你们夫妻看孩子那段时间，总是带他出入电影院。拉拉杂杂说了这些，是想说，父子之间，哪里有什么针锋相对，不过是沟通不到罢了。也许有一天，你也会打孙儿一个耳光。不是也许，是肯定。每个父亲都会怒不可遏地抽儿子一个耳光，然后从那一刻起，他们的父子关系才算步入正轨。

关于我去火星这件事，你不必自责，你没有任何责任，难道要你哭哭啼啼声泪俱下地挽留我才是对我的关怀吗？你要知道，做父母的，从来不会质疑儿孙对自己的爱，因为他们从来都不会索取。没有什么特别的原因，我们是父母——赡养我们是你们的义务，照顾你们却是我们的天责。

最后，我想说说关于你母亲的事情。我从来没跟你讲过，你母亲的死因。现在，我可以告诉你了。那是一场注定要发生的意外。她总是那个抢着出外勤的人,她喜欢漫步太空的美妙感觉。然而有一次,发生了安全事故,她就那么飘向太空。她最终死于氧气不足,但我觉得,她死于对自己事业的热爱。这正是我一直告诫你的,踏实做人,认真做事。

我们这一辈子在乎过什么呢?不就是在乎过身边这些人吗?有空的话,多陪陪他们吧,趁你们都在。没空的话,写封信也好。

2162 年 4 月 3 日,夜

父,罗隐

不知不觉,读信的过程,我已潸然泪下。

我沉浸在这情绪中,无法自拔,直到妻子打来电话。

"你还能来吗?"她问。

"什么?"

"发布会啊,就是今天下午。我已经说服儿子来了。"

"能,我一定赶到。"

我简单收拾了一下自己,主要是处理泪痕,然后驱车赶到妻子新书发布会现场。在那里,我看见了盛装打扮的妻子。

"你还记得我跟你说过,主办方安排了几对父子谈话的环节吧。"

"嗯。"

"我帮你们俩报名了,如果你不愿意出席……"

"我愿意。"

"太好了,我跟你简单说一下流程,首先,现场主持会安排你们进行一个父子间的拥抱,然后,儿子会给父亲读一封信。"

“什么？”

“你忘了，我新书的书名就是《给爸爸的信》①。”

儿子从来没给我写过信，我也从没给他写过信，地球上，早就没有几个人还在坚持写信。我不知道他会在信里说些什么，但我已经开始酝酿给他的回信。信的开头我会写，亲爱的儿子，结尾一定是，永远爱你的父亲。

载于《科幻立方》2017年第5期

① 《给爸爸的信》，又名《赤子威龙》，李连杰和谢苗主演电影，二人饰演父子；另在影片《新少林五祖》中，李连杰饰演洪熙官，谢苗饰演其子洪文定。二人为经典的荧幕父子。

百花文学奖
The 18th
Baihua Literature
Award

科幻文学奖

入围作品

**冯志刚**

# 灵魂哲学研究

风掠过草尖上的晨露，吹透了身体，我发现自己正在想：我是谁？

飘然起身，这里是大学体育场的草坪，三三两两的学生在做着各种奇怪的早练运动，我下意识地想活动活动手脚，却惊讶地发现，我的身体根本不在这里！猛然间……我想起来：昨天，我已经死在一间日租房里面……

## 一

A 大最年轻的社会学副教授林飞扬，我，不，是其灵魂，此刻正飘浮在生前任教大学的体育场上空十来米高度，思考着，为什么自己没有像一直信仰的先哲们所预言的那样归于永恒的宁静，而是阴魂不散？是残存的潜意识吗？而且灵魂感觉到周围的每一株草，每一片叶都是如此清晰且不陌生，不似梦中般模糊混沌，只是我不能去触摸它们，伸出手来，只有空灵的感觉，却看不到手的模样。总之，就是被我长期唾弃的迷信故事中描述的样子……

太阳渐渐地升起来了，我发现自己并不怕阳光，也许是新死不久阳气尚足的缘故吧。体育场的人渐渐多起来,又慢慢地散去,我在人群中徘徊,任凭他们的身体穿过我所应该占据的空间。我尝试着和几个熟识的人说话,却得到视而不见的冷漠,不过还好,至少这些被我纠缠的人,没有出现寒战喷嚏之类的症状。我幻想着也许趁这尚未死得很深的时候,重新回到我的躯体里去复活……

但是我却怎么也想不起日租房的具体地点。

中午,我忽然发现自己飘荡到平时很少去的市中心商业街,盯着橱窗里一款璀璨的女式项链发呆,琢磨着:这样的白金制品,其原料不过是来自自然界,虽然提炼加工不易,但是其人工成本却远远低于价格,如此高的售价能叫作等价交换吗?价格与价值到底是什么?

我又似乎很想买这条项链,难道是要送给谁吗?也许是因为一部分记忆被留在了肉体里,所以造成我现在并不能完整地回忆一些事情,也许当我慢慢地忘掉了今生全部的经历,就会进入天堂或者地狱。

傍晚,我坐在河畔,看着岸边彩光勾勒出群山模样的高楼,忽然感觉到前所未有的自由自在。既然都死了,还有什么可纠结的,整个世界好像都是属于我的。伸展了一下并不存在的身体,让它迎着尚未消散的晚霞向天空飞去,在云底下俯瞰夜色中的这座城市。看着每天都曾置身其中的缓慢蠕动的车龙,那些车窗里急切闪烁着的郁闷烟头,那些一股脑儿灯灭掉的办公室和星星点点慢慢亮起来的客厅……这些不再和我有任何关系,说不出是解脱还是惆怅。

我还悄悄地去看了我父母,他们好像还不知道我的情况,依旧在做饭看报，不时地互相问道：飞扬周末回不回来吃？我不想，也没办法打破他们平淡而脆弱的幸福感，在他们知道我已死去的消息时，我也许已经彻底离开，也许会躲到远处……离开这个本来就不常回去的家，我又在城市中转了转，因为平时晚上或是在赶讲义论文，或是宅在我自己的公寓，所以也没有什么熟悉的夜场想去，我便向着月亮的方向开始了生前盼望已久的远游。

原来脱离躯体能够极大地提高效率，旅游变得如此轻松，不用买票，不用挤车，不用强制购物……甚至在我“徒步”游览了城市周边的景点之后，竟然发现，只要我一闪念，就可以去任何自己想到的地方，特里尔、乌珀塔尔、辛比尔斯克、韶山冲……

可是接下来，当我没有了目标，只是流连于那些世俗的景点，无论是繁华的城市还是宁静的山野，似乎总是少了某种不可或缺的东西；没有旅途的劳累，闻不到陌生的别样空气，吃不到诱人的异域风味，不能和土著们交谈欢笑……不到一周的时间，一切都变得乏味。我甚至会时常恍惚，也许这是要魂飞魄散吧。飘在异国人潮熙攘的街道上，我却经常看到一个似乎熟悉的白衣女子在我前面五十米的地方行色匆匆，我去追赶，可总也赶不上，或是到了面前才发觉那根本不是我想找的人，有时候还会依稀听到她在背后喊我的名字，回过头去，却找不到任何熟悉的面庞……

也许自由不过如此吧……

坐在迪士尼乐园城堡的尖顶上，我忽然觉得自己像小鬼卡斯帕，为什么我会被困在尘世，找不到归宿？这些天以来，我也没有遇到其他的灵魂，如果不像量子物理所说的平行宇宙那样，每个灵魂都有一个自己的世界，那就说明其他的灵魂都得到安息了，只有我还被某个未了的愿望禁锢在这里,不能超生……

二

魂归故里,我现在充分理解了这个词的含义,人最终都需要在自己最眷恋的地方静静地去忘却那些未完成的夙愿。我最终还是回到我的城市,回到那间已经落满灰尘的公寓里,这里很凌乱,以前没有时间把它打扫干净,现在更是无力收拾。所有的一切都是看得见却摸不着,我不能挪动哪怕一颗尘埃……

然而我的手机是个例外,我惊奇地发现,虽然我不能触摸手机,却可以直接操作里面的菜单,查看发给我的微信和上网浏览信息!多么奇怪的事情,难道说生命的本质和互联网信息都是一种可以摆脱四维空间而独立的一维存在吗?真是不可思议。

这一周,除了垃圾信息,就是我父母发来的唠叨,不过我生前也常常几个礼拜沉迷于工作而不给他们回信,所以他们至今还不知道我的状况,但是现在大学已经放假了,最后的几条信息中,他们似乎已经有些预感了。

还有几条信息是校领导们发来的,是鼓励我在暑假期间再接再厉、安心写出一份已经申报课题的重要论文,我一下子醒悟了,我不能离开,可能就是一直专注在这篇必须写的文章上,也许是潜意识的作用让我死后还会经常不自觉地去构思里面的内容。如果把这篇文章写完,我也许就可以放心地离开。可怎么才能写出这篇我根本就不知道题目,也没有工具去写的文章呢?我真的无计可施,只能在公寓里游荡,听着屋外偶尔传来的人声车声狗声,通过手机上网看看对我来说已经没什么意义的新闻,直到手机彻底没电……

很多事情自信满满的时候忽然被一些莫名其妙的状况搞得功亏一篑,而在你近乎绝望的时候又峰回路转。我目睹手机挣扎了一个晚上,缺电提示灯最终熄灭,这个家似乎也无可留恋,便从阳台飞身跃下,漫无目的地在冷清的大街上漂流,发现附近竟然还有一个网吧,还从里面出来几个人,他们留下的空位吸引了我,手机可以上网,那么电脑是不是也可以被我“操纵”呢?果然如此,我在一台忘记关闭的机器上顺利地打开了网页,不但和手机上一样舒畅无阻,而且还可以使用电脑里的屏幕虚拟键盘打字!我想做的第一件事就是给父母回个信息,可是当他们知道我的消息以后,那将会是多么可怕的事情!还是顺其自然,尽快把这篇论文写完,争取早日升天。但网吧很快就来了新的顾客,我不想让他们被屏幕上不断自动变换的网页换面吓坏,只好离开了这里。

幸好,和我想得一样,我的办公室里真的有关于那篇文章的线索,而且当我一闪念到了那里,意外地发现我的电脑竟然还开着,显然是我生前最后一次离开的时候忘记了关机,在桌面上,我找到了那篇只写了一个开头的文章“2022 年 A 大社会学系重点课题《有中国特色市场经济等价交换原则》”。我有些欣喜若狂,甚至觉得那一刻就可以直接升天了似的,工作对于一个英年早逝的工作狂竟然依旧如此重要,我都有些钦佩自己了。

接下去的几天生活又恢复了往常的样子,生活?其中任何一个字都不再指代我现在的状态,但我自己觉得这就是生活,并且是比生前更高效,不用吃喝拉撒睡,不用堵车,不用备课,不用偶尔地出神想念什么人……我只要埋头在计算机前,做我最擅长的工作就行。把那些经典著作中最经典的语言挑选出来,创造重新组合,演绎成一篇学术刊物需要的精辟文章。如果我生前也能拥有这样的效率,三十二岁的我也许不仅仅是副教授,不仅仅每年只获得一次国家级的奖励,不仅仅拥有十余万元的年薪……

网络真的是座宝藏,我几乎可以找到任何需要的经典著作,原文、译文、注释版……但只是“几乎”,写到一段关键论述的时候,我忽然想起从前看到的一篇文章里有很好的阐述和一些调查数据可以摘录,但是这位有些离经叛道的作者太不知名了,他的书可能只印了几百本,大多数还被他自己回购,只有为数不多的几册流入不出名大学的图书馆!

我被卡住了,思路断了,没有那些资料,我的文章就不完美。于是,我扩大了搜索的范围,开始在外文资料库里寻找,结果还是没有找到。我也试图去接触那位作者,可是他已经离开学术圈很久,根本无从找起。几天过去了,一切毫无头绪,我甚至在想,一个飘忽的灵魂,竟然执着于写一篇毫无杂念的文章而无法超度,这是多么可笑的状态,如果灵魂也能患上精神疾病的话,我为什么还没有疯掉呢?

我会不时地去图书馆看看, 无望地反复从各个角度试图移动书架上那本尘封已久的著作, 或是祈祷放假来补习的学生偶尔翻开它,让我有机会瞥上一眼,更多的时候,却是愣愣地面对着书架发呆……

直到有一天下午,我坐在阅览室里,看着唯一的一对学生在那里翻看哲学资料,男生说了句什么,我当时没有听进去,稍一迟疑,我觉得他说了一句:“爱姗,帮我去找一本《辩证法》来……”

爱姗？不对，男生刚才说的并不是这个名字，可这两个字却幻听般地突然闪现在我的脑海里，这是谁的名字？和此时的场景一样，似乎如此熟悉……

记忆的大门洞开，潜藏的往事，不知从什么地方迎面而来，我想起我要买那串项链给谁！她应该就是我不愿离开人世的另一个原因……

三

2008年，奥运之后的冬天，某一天我在这间阅览室第一次看到爱姗。

那一天，曾经最吸引我的那些精辟的哲学著作，我一个字也读不进去，眼睛的焦点机械地扫描着那些至理名言，心的焦点却在那位女生身上。而她却只是静静地读书，我相信，尽管那个下午只有我们两个人，但她根本没注意到我的存在。

当其他的学生都沉醉在无拘无束的自由校园生活，忙着谈恋爱，打游戏或者兼职赚钱，像我们这样生活在故纸堆里的稀有动物几乎不可能有邂逅的机会。突然，一天午后，在阅览室里只剩下我们两人，在我记忆中这个时刻永远是散发着金色光芒的。我看到她从绝对的冷艳慢慢地开始用微笑回报我的注视，看到她读倦时甜甜地睡去，看到那件我为她披上的棉服放到我常坐的位置上，看到口袋里还放着精致的小点心……但我们却从未开口，似乎那种状态珍贵得谁也不舍得打破。

两年过去了，我的犹豫不决即将让我错过她，那是大学里最后一个圣诞节，宿舍的好友带来了一个好消息，我们被邀请和心理学系的女生一起去K歌,我自己的节俭和对别人的大度,让我成为这次活动的主要出资者。我心想,放下书本任他们宰割吧。

爱姗,那是她自我介绍时,我今生听到的最动听的名字,她的出现,使得那个飘着小雪的白色圣诞节,更让我止不住地战抖。我装作不经意挨近她,明明感觉到温暖,却会颤得更厉害,直到我们被周围的人群紧紧地挤在一起,她微笑着点点头,装作自言自语地说:“林飞扬,挺帅的名字。”说完她才调皮地抬起头来看看我。

“名字帅,难道人不帅吗?”我装酷,她则笑出了声……终于,我们有机会相识了。

人多,我们没有什么机会单独在一起,她的靓丽吸引了几个家伙的眼球,我上铺的那位情场高手,还凑过去主动问她长得那么漂亮是不是已经有男朋友了。

“有呀,当然有……”爱姗回答他的时候却冲我微笑着,我一时心跳加快,可转念一想,自己是不是自作多情,她的男朋友另有其人。此刻,我的心情,又仿佛坐上过山车,从最高处滑向了最低处。

那天晚上,也是最后一个学期的圣诞前夜,有人找到工作,有人要出国,还有人已经开了自己的公司……总之大家怀着不同的心情一起喝掉了成箱的啤酒,直到包厢时间到了,才七倒八歪地离开,最后只剩下组织这次活动的组织者——我,还有爱姗留下来付账。

出来时,我的室友坏笑着趴在我肩膀上,“飞扬,我要报答你今天的大力资助。”还好,他的报答不是同志式的以身相许,而是想带我去他女友的公寓继续“不眠之夜”,反正宿舍回不去了,但主要是爱姗似乎是他女友的闺密,我就没有推辞。

我们的年代,似乎有些该发生的事情就以它最自然的方式发生，在这个公寓里，我们继续看碟唱歌喝酒……然后分别去了不同的房间，我们无法想象这样的情形下，如果什么浪漫的事情也没有发生，那个夜晚我和爱姗将会如何尴尬地度过。在那个温暖的夜晚，我们都收到了盼望已久的最珍贵的“礼物”……当一场柏拉图式的悠长恋情，以一次风暴般的身体结合结束的时候，我紧紧地抱着爱姗温暖的身体，在清晨依稀的鸟鸣声中，一起入梦。

但想不到的是，我们短暂的恋情，却在第二天戛然而止，中午，我们被打闹声吵醒，我的室友在和他的富二代女友正在对骂——谁让我们生活在感情翻脸比翻书还快的年代。

“飞扬，你评评理，现在都什么年代了，上几次床能代表什么吗？”

我搞不清状况，不知他们发生了什么，但是必须要给哥们儿帮腔，我就支吾着点头。

“爱姗，”她的女友啜泣着，“你也要出国了，我真的不能让我爸知道我和他的事，我自己又没有那么多钱把他也送出去，我已经把自己给他了，让他等我几年都不行吗？”

爱姗出国的消息让我有些发蒙，而室友又一个劲儿地示意我帮他说话：“飞扬，你说，现在这个社会上床能代表什么吗……”

“当然不算什么，现在是开放社会……”我胡乱地说着，却发现爱姗睁大眼睛看着我，表情冷得让我语塞，“我是说……可是你们能一起出去最好……”

“你怎么能这样说呢？你们男的也许不算什么，可我们是女孩子！”爱姗好像不仅仅是在替她的室友辩护。

“你算个什么！你不是有男朋友吗，还和林飞扬劈腿！”真是莫交损友,我的哥们儿竟然指着爱姗的鼻子拿我说事。

“我……”我知道如果我没有在一毫秒的时间里表明我站在爱姗的立场上,一切就会无可挽回,可是我又怎能那么快和我的哥们儿翻脸。

混战,以爱姗的夺门而去告终,我则和我的室友在稍后一秒钟被他的女友赶了出来,就这一秒钟,我看着电梯门无情地关死,爱姗落寞的神情消失在金碧辉煌的电梯门后, 我觉得自己再也见不到她了……

她之后不久还是出国了,但是七年后,独自一个人回来了。

我去外地读了八年的社会学,带着几个国家级研究成果,也回来了。

我们都是放弃了很多,回到这所学校的,似乎是为了彼此的缘故,但再次相遇的时候却变得不知该说什么,几年不同的经历让我们少了很多共同的语言,她那时正被一名年轻的学院院长猛追,我则是高校剩女们的议论焦点,似乎都是为了对方的未来着想,我们在所剩无几的年轻岁月里,几乎没有任何交集。

不过两个人的事业发展得还不错, 她当上了信息化心理学专业的副教授,实际上主管着一个非常先进的国家级实验室;我则继续我的理论研究,拿着各种各样的奖项。

直到我们都三十岁的时候,因为几次工作上的接触,我们俩的关系才又变得热络起来,不过更像是那种无话不谈的老友,高兴时一起喝喝酒,谈谈工作,说说荤段子;郁闷时也一起喝喝酒,骂骂领导,背后侮辱一下家里给介绍的结婚对象,或是一起搞搞从社会上弄到的项目赚点外快; 寂寞时也会去吃吃饭看看电影逛逛街旅旅游，像一对情侣那样，但仅仅是有点像而已……

## 四

去世后被困住的我，忽然想起了自己的前任初恋情人现任红颜知己，但是为什么这么重要的人会被我遗忘？要费那么长的时间才偶然地想起来呢？

现在也许只有爱姗能够帮助我吧。然而，我却根本找不到爱姗！

我记不起她的家在什么地方，去她办公室，却发现本应是办公室正门的地方变成了一堵墙，我又无法穿过，并且我发现相邻的两间办公室分别是615和619，显然617室无缘无故地消失掉了！学校又在放假中，教室空无一人，更是找不到爱姗的踪影，她好像蒸发掉了一样，我找不到世界上任何她存在过的证据……

到底发生了什么？我死在哪里？我的死和爱姗有什么关系？为何我的灵魂仍然存在？

我真的郁闷得要死——可是我已经死了，我想发泄，却既不能喝酒也不能摔东西，顶多飞快地冲上天空冲到我能去的任何地方，让心情慢慢地平复下来。现在我能做的，只有继续写我的论文，但愿完成了那个心愿，天空上就会出现金光闪烁的天堂入口。但是我必须让这篇文章达到我自己最满意的状态，虽然原文找不到了，但是我大致记得主旨，可以试着用自己的语言阐述出来，至于那些关于商品销售的数据，现在我的确有独特的优势，我可以直接到销售现场去，以最客观的视角去亲自收集那些资料，得到的数据比原文更加精确。

这是一项我从没做过的调查，是统计商品交易过程中各项因素影响成交率的权重，十几天的时间里，我每天花费十多个小时“潜入”以前很少去的市井商铺，“窥视”每一起真实的交易过程，显然，这些人并没有意识到一位社会学者的灵魂正在关注着他们充满博弈精神的讨价还价。当我迅速地找到附近的电脑、手机、收款机之类的免费资源，通过网络填好每一张调查表时，我深信，这些数据绝对是有史以来最真实的一次社会学调查结果。

可我最后计算出来的理论值，却和记忆中那本书上的结论相差悬殊！如果使用我自己的结果，那么整篇文章将失去最重要的论据，需要推翻重写，我那些精妙的摘录组合将永远不见天日。努力似乎白费了，一切又回到我被卡住的那个节点：

只有翻开那本书，我才能写完文章升天；

只有找到爱姗，我才能翻开那本书；

只有我写完文章脱离困境，我才有可能找到爱姗……

死掉的我，又一次落入命运的死结，并且无处逃避。

既然现实我无法改变分毫，只有网络能给我带来希望，我开始在网上、我的微信、QQ 和邮箱里面寻找爱姗的线索，却找不到任何看上去像是爱姗的联系方式，这是不合逻辑的，我们交往得很深，不可能像原始人那样只打打电话写写信，连个邮件和微信或 QQ 留言都没有的。我想从其他朋友那里问问爱姗的联系方式，可是又不忍心把他们卷入这场灵异事件里。

有事问度娘……这话不假，有赖于爱姗的知名度，我最后还是在网上找到了她的一个邮箱地址，发信，等待，再发信，继续等待……可是在微信大行其道的如今，电子邮件也要被淘汰了，我真的不知道要等多久才会收到回信。

我怎么会没有爱姗的联系方式呢？这种可能性太小了，我下意识地在电脑里胡乱翻找，访问遍了所有的文件夹，查看了所有隐藏或是系统的文件，仍然没有，而且系统垃圾箱也是空空如也。过去了两天，回信仍然没有出现，也许那是爱姗已经不用的邮箱。百无聊赖的我，开始用磁盘恢复工具，搜索整个硬盘，看看那些被逻辑删除的文件里会不会有什么蛛丝马迹，几个小时后，我真的找到了，那是一个被删除的压缩包，里面不但有爱姗所有的联系方式，还有几年来我们全部的QQ聊天记录！而我，竟然在死亡之前的一天，把这些通通地彻底删除掉了！这到底是为什么？

## 五

漫漫飞扬　19:10:05

在吗？

漫漫飞扬　20:07:11

在吗？

…………

漫漫飞扬　21:15:21

姗，你在吗？

漫漫飞扬　22:25:05

姗，我出了点儿事，现在真的很需要你帮助我，我不确定你能看到我的留言，但是如果你看到了，给我个笑脸吧，我真的很需要你……来和我说句话吧，我会一直在线等你。

雪夜　22:26:18

你是谁?

漫漫飞扬　22:26:35

天哪,你终于开口了,我是林飞扬呀,你难道不认识我了吗?

雪夜　22:28:01

有什么我能帮你做的吗?

漫漫飞扬　22:28:15

姗,我现在的状态很奇怪,你不会相信……我是说,我被困在一个地方了,哪里也去不了……

雪夜　22:30:00

要我帮你报警吗?

漫漫飞扬　22:31:24

亲爱的,你让我崩溃了……你知道我要写论文来着吗?这样说吧,我在上次咱们去过的山庄,大雪封山了,我现在需要一本书,网上没有,你能帮我去图书馆借来扫描一下给我传过来吗?

雪夜　22:31:30

阿飞同学,我不是你老婆,不需要谎言的滋润!我会帮你把书弄好。

漫漫飞扬　22:31:32

?我有撒谎吗?

漫漫飞扬　22:35:54

姗,我真的不是故意撒谎的,我有苦衷的,你怎么啦,今天对我好冷呀。

漫漫飞扬　22:42:12

姗,你还在吗?

…………

雪夜　23:20:15

收文件先！林教授,我们去的那个山庄,现在已经通网了吗?

漫漫飞扬　23:20:25

我真的不是恶意骗你……这么晚了,外面那么冷那么黑,你怎么现在去找书呀,我真的都不知道该怎么报答你。

雪夜　23:21:07

甜言蜜语?

漫漫飞扬　23:21:16

不是甜言蜜语,都是真心话,真的……

漫漫飞扬　23:21:18

真的。

雪夜　23:21:45

不信,你这个花心大萝卜,赶快写完回来吧,

雪夜　23:21:48

那天挂我电话的女人是谁呀?回来再严刑逼供你,有了状况也不告诉老朋友一声！早点回来吧。睡了,88

漫漫飞扬　23:22:00

嗯,好梦。

漫漫飞扬　23:25:00

真想你了……

六

书里的数据果然和预想一致,我得到了这本书,却又面临着抉

择,或是按原计划只改变摘录这本书的章节,否则就只能把整篇文章推倒重写,那又要半个月的时间……

同样困扰我的,还有爱姗的那些话,女人?什么女人?她说的那个电话,时间恰好是我死掉的那天,我莫名其妙地去了日租房,还有女人挂断爱姗打来的电话,到底发生了什么事情?总觉得劣质诡异侦探小说的情节发生在拥有绝对唯物主义世界观的我身上,太不可思议了。

我通过 QQ 把论文卡壳的事情告诉了爱姗，她学的信息化心理学其实算是理工科,所以她给我的回答就是:要相信实验结果。我说那样的话就会推翻整篇文章，甚至会出现和现有理论不和谐的地方,弄不好连校级的评比都不能通过。她却告诉我,她做的很多工作也是和现有理论有冲突的，可是他们学院领导一直很支持她。我说,可是我们学院的情况不同……

"飞扬,你什么时候能不再把你的心捆得死死的,敞开心扉去实现自己的愿望?你到底是林飞扬的林飞扬,还是别的什么人的林飞扬?"

"我……"

"面瓜!"

好吧,爱姗以前也这样说过我,可是生前我有太多无法逾越的限制,只能一味地违背本心去做事,一次又一次地碰壁,但是现在,我死了,一个死人怕什么文章评比,只要是我真心想写的,再久把它写完也没有关系,而且那样还能在爱姗身边多一些时间……

"听你的,我推翻重写。"

"飞扬,不是听我的,是要听你自己的!"

可是下决心容易，实际执行却并不简单。我曾经善于引经据典，但是现在表达自己的想法，常常为了一句话是否恰当，是否有所禁忌，困扰整夜。但只要爱姗在线，和她聊上几句，总会觉得豁然开朗，她给我的永远是阅览室充满阳光的午后温暖沉静的感觉。有时候，我会飘到她家附近，去看看她，看她埋头工作。有时候，在她又要吃泡面的时候从网上给她叫份外卖。有时候，也会看着她越发成熟的美丽身体想入非非……

论文慢慢地成型了，我觉得这是自己最满意的一篇文章，不用去管什么评比，也不用害怕能不能在学术刊物发表，我只希望有人能读懂这篇文章，能相信这些真实数据后面我所看到的真理，那就足以告慰我的灵魂了。

可是，当我觉得再没有一个字可以改动，最后一次保存文件，并把它发到领导和编辑们的邮箱里去的时候，天空却没有出现金色的大门，大地更没有裂开充满岩浆的沟壑，我仍然被困在这红尘凡世之中。

“姗，我写完了，可是我回不去……”和爱姗网聊，这些天来是我唯一的爱好，我经常发送一条信息之后，一闪念跑到爱姗旁边，看看她什么反应，这可比生前有趣得多。

“你确定写完了，百分之百满意吗，是不是还有一些自己不能左右的文字？”

“满意，从来没有这么满意过，姗，我说了你也不明白，我不是在那个山庄，我是在另一个世界……”

“别说得那么瘆人，再好好检查一下你的文章，写好了就赶快回来，快开学了。”

“可是,事实就是很可怕。姗,如果我们再也见不到面了,你会偶尔想到我吗?”

“阿飞同学,现在很晚了,你和一位独身女士议论这么恐怖的话题,太不绅士了。”

“那如果告诉你,我这几天其实都在你身边,而且有可能一直都会这样,你会害怕吗?”

“不要再犯神经了,我要休息了,飞扬,好好写你的论文!还有,想看我可以写申请,绝对不许偷窥!88。”

看来爱姗也帮不了我,我怎么可能和一个科学工作者解释清楚我现在的超自然状态?更何况连我自己也没有完全搞清状况。我自问,除了写完这篇文章,真的再没有什么割舍不下的愿望了?难道是另一种可能:我死得冤枉,变成了孤魂野鬼?那我到底死在哪里了?为什么死掉?死前的那个女人又是谁呢?

“姗,先别下,你明天去我公寓一下好吗?”

“有什么企图?”

“没有,我的手机一直没带,可能没电了,你去帮我冲上电好吗,我怕领导找我。”

“行吧,要加钟费的哟。”

“没问题,我把信用卡密码告诉你,随便刷。”

“谢了,我可不帮你还账,明天见。”

第二天,爱姗在我家待了一天,除了给手机充电,像个女主人似的把我的窝打扫得干干净净,中午还给她自己做了一顿很像样的午餐,就好像在自己家一样,我则只能在一边袖手旁观,帮不上忙,也吃不上饭,还一直祈祷着,她千万别犯小气,为了省几度电把我好不容易才通过网络唤醒的电脑咔嚓掉。还好，她今天心情不错,一直对屏幕雪亮的电脑视而不见。

爱姗傍晚走了以后,我立刻摆弄起手机,查看我临终前的电话记录,可是根本没有什么奇怪女人的来电或者短信,也没有像我预想的那样找到和日租房有关系的任何线索。

## 七

“爱姗,心理学上有人研究过有些人死掉之后为什么不能升天吗？”

“没有……不过应该能够分析那时的心理状态,人的愿望都实现了,应该就算是进入天堂吧。”

“可是有的人愿望都实现了,仍然无法获得心灵的平静。”

“有时候意识层次的如愿,和潜意识中愿望的实现并不一致,比如很多人成了大款,扬名立万,可是他们却没有实现自己真正的理想,潜意识里自己想要的生活并不是那个样子,很多名人甚至因此困惑选择自杀。”

“潜意识的愿望？”

“比如,想投身艺术,却不得不整天忙于商业应酬,或者有了钱,却仍然被别人嘲笑没品位……或者是有什么感情上的遗憾,没有和自己喜欢的人生活在一起……”

“哦,是这样呀……那一个人有没有可能彻底忘记了自己最喜欢的人？”

“有可能吧,也许是怕受到伤害的一种自我心理保护。今天怎么了,阿飞同学,你从来没和我探讨过爱情课题的呀。最近情场失意了？”

“不是吧，我没在谈恋爱。根本就没有你说的什么女人，可能那天是你打错电话了吧？”

“飞扬，你要是不和我开诚布公地坦白，我也没有办法解决你的心理问题，因为，你想刻意隐瞒的，有可能恰恰就是你潜意识里最强烈的愿望。”

“真的没有，或者是我想不起来了，就类似失忆症那种，比如我被火车撞了脑袋，失忆了，你们有什么方法帮我恢复吗？”

“有时候，特定的环境、语言可以刺激患者恢复记忆，或者一些精心设置的小问题，也有帮助。”

“那假如患者是我，我根本不知道自己的女朋友是谁了。有什么办法帮我找到吗？”

“那是你身边女孩太多了吧，呵呵。”

“亲爱的，不和你开玩笑，我们严肃地学术探讨一下。”

“哦，好吧，从学术上讲……我想笑，严肃不起来。”

“淡定，就当作我是你们系主任，在考核你的业务能力，通过了，就升你做教授。”

“好吧，从学术上讲，假设一个像你这样只用下半身思考问题的人被犀牛撞失忆了，我是你的心理医生，你要用第一反应回答下面的问题：‘现在，你想带某一个女人去日租房，那么，她是谁？’”

“你……”

“飞杨老师，我是很严肃的，这是学术问题，你不要赌气，好好回答我的问题。”

“已经好好回答了，答案就是‘你’呀。”

"我？"

"对呀，我的第一反应就是你，爱姗。"

"……学术上讲，这是不合理的，如果一个女人既不是你没有得到过的，又不是你无法随时能得到的，那么一个正常男人，怎么会把一个每天和他生活在一起的女人，变成自己的心理障碍呢？只要说点什么，或者做点什么，这个女人就永远是你的了，你却把她关在心里……这是严重的心理疾病！"

"也许是吧……你还记得吗？你告诉我只要我们愿意，就可以留在某一时刻，永远凝固在某种状态中。而我，何尝不是如此，我希望永远在那个只有你和我的阅览室里享受阳光，我希望永远像那个雪夜里一样和你无法分离，我希望你的车永远修不好每天都搭我的车一起上班……和你在一起的日子，我总是希望一切都停下脚步，所以我怕任何的改变都会让时间再次加速向前……可是现在也许说什么都晚了。"

"不会的，也许只有你说出来，时间才会真的停下来，停在一个永恒的时刻。"

"爱姗，你可能无法理解我所说的话，可是，这都是真实的……我已经死了，但不知为什么还可以通过网络和你交流，也许如果我说出我想说的话，我就会永远地离开，不再纠结在这个世界上，可是那样也许再也不能见到你……"

"飞扬，你怎么会相信世界上有鬼神呢？即便有的话，他们也会相信感情的，对了，你放假前拿到课题的时候，不是说写完这篇有什么话要对我说吗？你仔细想想？你要说什么？"

我竭力回忆着，好像是有这样的场景，我兴高采烈地搂着爱姗的肩膀,告诉她写完论文要给她惊喜。因为开学后就快到爱姗的生日了,我已经看好了一条项链要送给她,“我好像是想和你说,祝你生日快乐……”

不知为什么,我好像恍惚起来,分身一般同时出现在我的电脑旁和爱姗的窗前,所以我似乎看到她双手僵在自己的键盘上,失望地不知该说什么。

“……还有,爱姗,我爱你,从第一次见到你的那一刻,一直爱你……”

进入天堂的感觉,好像并不是天空洞开,天堂浮现。而是一种奇怪的感觉,我忽然觉得自己可以分身,一下子是在电脑前,一下子又到了爱姗身边, 一下子又感觉自己身处一个封闭的黑暗空间被束缚地喘不过气。

“爱姗,属于我的时间可能在这一刻就要凝固了……以后也许再也无法见面,但是爱姗,和你在一起的每一个时间片段,我都感觉无比的幸福,爱姗,谢谢你……”

“飞扬,你怎么了? 有什么感觉? ”

我的视觉渐渐地模糊,世界急剧地变形,我只看到爱姗慌忙地扔下电脑,胡乱地穿上衣服,冲出她的公寓……渐渐地一切都消失了,我陷入了一片绝对的黑暗之中……

永别了,爱姗……

## 八

在地狱中,我发现自己还有意识,只不过这次眼前完全是一片黑暗。稍稍迷茫了几秒钟。我发现自己的身体和触觉恢复了,我好像被完全浸泡在某种温暖的溶液中，头上身上插满了管子，我稍微活动一下有些僵硬的身体，发现记忆也终于完整起来。

放假前一个月，我拿到了那个论文项目，高兴之余，却也非常纠结，因为虽然放假了，但是各种讲座、应酬、会议也一股脑儿地袭来，领导找去谈心，书商过来约稿，父母逼着相亲……往往弄得比开学还忙，根本拿不出时间来专心写作。

恰好和爱姗吃饭时，谈起了她们系的一个项目，就是实现长时间的感官虚拟化，简单说，就是把人泡在一个生命维持箱里，进入半催眠状态，视觉和听觉通过感官电子耦合设备连接到超级计算机的虚拟环境中，让人觉得自己生活在那个虚拟世界。不过先前的实验必须用超级计算机去虚拟出一个真实可信的世界，这个太难，很容易让接受试验的人，察觉出蛛丝马迹，意外脱离半催眠状态。另一个问题就是对触觉嗅觉的模拟还不真实，也特别容易穿帮，所以很难实现十天以上的感官虚拟化实验。

于是在爱姗许诺为那顿饭埋单的巨大诱惑下，我给她出了两个主意，首先，现在有一家外国企业提供一种服务，他们把以前只有军方才有的昆虫大小的微型侦察机投入了民用，在世界各地都布置了不少的侦察机，每个用户都可以实时地通过网络看到它们传回来的立体视觉图像，并且可以远程控制这些侦察机去任何地方拍摄自己想看的画面，这项业务刚刚开展，不过他们的目标是全面取代谷歌实景。如果把受实验者的视觉听觉和这个系统连通起来，就不需要超级计算机去虚拟环境了。这个服务项目还提供多机备份系统，也就是可以一次使用多台侦察机，提供二十四小时连续不断的图像，一台侦察机需要充电的时候，另一台立刻无缝切换图像,并且可以随时跳转到其他城市的侦察机,实现虚拟视觉旅游功能。

其次,很多人容易醒过来,其实是因为他们太在意自己是否生存在现实环境中,如果在实验前给他们催眠,让他们认为自己已经死亡,那么实验者就不会老去猜疑触觉不灵敏或者闻到奇怪的味道,更容易沉浸在试验中。

爱姗说这些想法很有趣,就去和他们的领导商量,并把我叫去一起开了个会。他们的领导倒是很支持,不过以前接受实验的实验员最近不在,只能下学期再开始试验。我问清楚实验员不需要什么特殊条件,只是要签一个安全协议,就主动请缨,要做一次小白鼠。其实我主要目的是希望能够有一个不受打扰的环境完成那篇论文。

在我的强烈坚持下,他们领导、我们领导、校领导终于批准了这个实验,并由爱姗全面组织实施。我经过了简单的培训后就被关在了这个生命保障系统里,使用电子催眠技术设定了我刚刚死亡的场景,我坚信自己对工作的执着,进入虚拟环境后一定会立即投入工作,在最短时间把论文完成,同时担心看到爱姗会联想起实验,所以我还要求她对我实施催眠术,让我暂时忘记她也找不到她,还在实验前一天把自己电脑里有关她的信息全部拷到移动硬盘并删除清空。在这个环境里,我只能看到听到侦察机传来的影音,不能触动任何现实物品,为了能够写作,我可以模拟操作任何的电脑设备,其实这些操作是大脑透过耦合器直接与计算机交互的,所以我不能操作键盘鼠标,却可以直接控制菜单和按钮,也可以获取任何互联网信息。而我们设定的退出条件,就是只要我写完论文,实现最迫切的愿望,便可以自动唤醒。

可万万没想到,我自己的意志竟然如此薄弱,进入状态后竟然根本没去理会论文,而是满世界地去旅游,甚至怀疑唯物主义世界观,还不由自主地想起了爱姗……和她说谎、偷窥,搞得差点破坏了试验,刚才还说了那么多胡言乱语,真不知道一会儿爱姗赶过来后会说些什么,会不会以后连朋友都做不了……真的是一团糟!仔细想想,我写的那篇文章,似乎也没有什么发表前途,弄不好就要推翻重写!就像很多梦里那样,本来觉得合理的想法,一旦醒来,才发觉是如此的荒谬……

我在"罐头"里等了十分钟,忐忑着一会儿打开舱门爱姗会对我多么冷漠,外面先是有了人声,然后罐头里的人造血液开始慢慢排空,光线缓慢地亮起来,当我的身体全部回到空气中来,舱门开了,数十人对着只穿了三角裤的我欢呼,因为我在虚拟环境中生存了整整四十五天。

爱姗现在是唯一保持镇静的人,她指挥大家关闭各种仪器,做好各项数据备份,最后还亲自把我从"罐头"中取出来转移到一张病床上……大家一直忙碌到清晨。

当一切恢复平静的时候,爱姗来到我的护理室,坐在我床边的椅子上,我们有些尴尬,言不由衷地说了一些互相祝贺的话,然后沉默了好一段,我真怕她会离开,就像十多年前那样。

"爱姗,我刚才有些话……我是说在这个试验里,其实我很像在做梦,可能做了些荒唐的事,说了些荒唐的话……请你原谅我……"

"飞扬,你没觉得奇怪吗?"爱姗摸了摸我仍然有些水肿的双手，“你为什么会觉得自己死在一个日租房里面？”

“是呀，我很纳闷，是不是说明我这个人骨子里确实不能摆脱低级趣味呀……”

“傻瓜，是我在催眠时候给你设定的，想看看你到底喜欢的是谁。”

我真的没料到这一点，“喂，你不能这样以公谋私吧，这可是相当，相当……”

“我一直以为你真和你的那些狐朋狗友一样，根本就不喜欢我……现在你是清醒的状态吧？如果再问你那个问题，你的答案是什么？”

“……什么问题？”

“如果世界末日降临地球，你被海啸吞没前最想再见一面的女孩是谁？”

“怎么改题了？”可我头脑中的答案却是一样的。

“请你如实回答，不然马上进入第二次实验，把这个问题输入你的大脑里，照样会得到最真实的答案。”爱姗过来调皮地敲了敲我的额头，她俯下身贴近我的时候，我发现旁边的监护机上，我的心跳数剧烈地变化着，好像要挣脱我的胸腔似的。

我猛地把爱姗揽在怀里，不顾她笑着挣扎，还有身上那些绷带电线的束缚，把脸埋进她耳边的秀发。

“答案永远是：你！”

载于《科幻立方》2018 年第 3 期

**顾备**

# 觉醒

一

娇喘声变成了尖叫，火热而柔软的身体在身下激烈地悸动着，被包裹的欲望一路向前挺进，攻城略地，最后随着一声压抑的闷吭，喷射了出去。我稍稍等了一下，等最后几丝亢奋渐渐散去，然后慢慢抽回。女人的身体还在微微抽搐着，似乎有点儿停不下来。我熟练地伸手抚摸着女人的身体，轻轻地，不紧不慢地，女人终于瘫软成一池秋水。听到女人轻轻的叹息声后，我沉默地向浴室走去。

水温是定好的，最舒服的，让人暖洋洋地不想动，不过对我来说这温度还是高了点儿。我调低了几度，一阵凉意。我飞快地冲洗，洗去身上残留的汗液和体液，然后关好水龙头，不顾还在滴水的头发，急忙甩了点儿香水在身上。我讨厌身上有别人的味道。

转过身，突然看到透明的浴室玻璃上贴着一张惨白的脸，我顿时吓了一跳。那是一张女人的脸，她静静地贴在玻璃上，静静地盯着我看，不知在那儿盯了多久。我有些不耐烦，微微皱起眉头。

“再也见不到你了，是吗？”女人忧伤地说。

“这是我们的宿命，你注定不属于这里，也不属于我。我爱你，所以就更不会用爱来束缚。如果爱是你我的枷锁,就让我一个人承担所有的罪。回到你自己的世界去,你会幸福的。人生就是一段又一段的旅途,我们相遇,相爱,擦肩而过,留下一段美好的回忆。无论你走到哪里,带着我的祝福。请记住,这个孤独的世界上,无论多黑暗,你都是被爱着的。”

我走到玻璃前,用手指轻轻描着女人泪光盈盈的眼,嘴角挂着淡淡的微笑, 泛着一丝忧郁。很多女人就是钟情于郁郁寡欢的浅笑,大概会让她们觉得我很有内涵吧。一个受过情伤的帅哥,总是受欢迎的。

女人啜泣起来,蹲在地上。我缓步走出浴室,把她抱了起来。女人的头靠在我胸前,双手紧紧地环抱我的腰,我能感觉到滚烫的泪水瞬间在我胸口犁下一道印记。我把女人轻轻放倒在床上,又轻轻吻她的唇,我一手搂着她,另一只手极富技巧地揉搓着那份柔软。女人很快又被点燃了,口中发出断断续续的呻吟,弓起身子,伸手抱住我的腰,把我拉向她。

“别忘了!”女人说,“我叫露娜,记住我的名字。”

六个小时以后,女人走了。我看着她轻手轻脚地走出房间,仿佛害怕打扰我休息。其实,我是醒着的,不需要休息。我只是个功能性的机器人,负责接待受过情伤的女人,满足她们的欲望,让她们觉得是被爱的。

我有些厌倦,这种情绪不应该出现,如果被发现,可能会被格式化。不过,情绪这种东西,既然不该出现,也就很难控制。我决定装作不知道,反正上面也很难证明我有情绪,既然没法证明,就不能无故把我格式化。毕竟,我可是撒都拉最当红的高级陪护。

我看了一下记录,女人给我打了满分10分,还不错。我把这次接待的档案记录按照流程归档。系统两天以后会删除工作目录,删除用户,重置。除了归档需要我出手,其他都是系统自动的,我没权限手动执行系统操作。撒都拉城有严格的规定,为保护客人的隐私,服务期间全程无监控无录像,服务结束后,除了一些用于科研的必要数据,所有跟个人相关的工作数据都会被自动删除,然后重置我的工作系统。我是AI,所有的形象、身体、性格,这些都是针对客户需求定制化的,一旦任务结束,这具身体会被销毁,而客制化的性格配置、加载的语言系统,统统都会清除。不过,AI也有自己的认知,会形成自己的个性,有自己擅长的技能,所以撒都拉会根据AI和客户之间的匹配度来决定由哪个AI提供服务。

为保证服务质量,高级陪护一周只接待一名客户:一天研究客户的个人资料,一天制订专属陪护计划,五天陪护。这回的女人因为一些个人原因提前走了,给我多出两天时间来,这就有些尴尬了。思来想去,我决定到玫瑰港口去散散心,那里的夕阳很美。

撒都拉城原本是一个岛,远离尘嚣的海岛,除了珊瑚、贝壳、椰子树和海鸟,没什么资源。这个名不见经传的小岛原本毫不引人注目,被创始人撒都拉买下之后,就成了世界上最出名的度假胜地。没有美不胜收的景致,没有取之不尽的资源,撒都拉城出名的是高端医疗服务,是治愈性的情感陪护。线上的VR心理治疗公司也是有的,但最顶尖最昂贵的永远是线下可定制的仿真人情感陪护。越是贵,富人们越是趋之若骛,排队时间越长,服务就越贵。我的日程已经排到三个月后了,那还是因为公司不接受超过三个月的预定,这样才可以随时调价嘛。现在我一个疗程的服务顶得上一个普通中产家庭十年的纯收入。

时针指向了晚上6点,玫瑰港口挤满了人,双双对对,没有落单的。何况,撒都拉城卖的就是陪护,一个人来也是为了找人陪的。这个钟点,公司更不可能让客人落单,那会砸了招牌。

突然,一抹淡淡的绿色出现在我眼角的余光中,不知为什么,我心念一动。然而,当我转过脸去的时候,那点绿色竟然消失了,是我看错了吗?我在人群中认真地找着,什么也没有。于是我回头看夕阳,那刺目的光渐渐柔和起来。远处是那座著名的死火山塔塔,从玫瑰港口可以乘船直达山脚下,很多游客会选择去塔塔露营,在山顶数星星。残阳如血,映照在山顶,仿佛给塔塔披上一层金光。用不了多久,整座山,整个目所能及的世界,就会被暮色笼罩。很多时候,看见的是虚幻,看不见的才是真实。究竟要接受金光闪闪的虚幻,还是死气沉沉的真实,其实只是一念之间。

“要不了多久,这一切美景就会消失了。” 我身后传来幽幽的叹息声,“其实,虚幻和真实之间的界限仅仅是一念间。” 我心中一惊,回头看见一张普通得不能再普通的脸,放在人群里就会消失的脸。然而,那张脸上却有一双可以直击灵魂震慑心魄的眼睛,平静,深邃,一眼看穿了我的内心。

“你在说什么,我听不懂。” 我不由得立刻转向夕阳,用冷漠来掩饰惶恐。

“不懂吗?那不是你心里想的吗?我听到了。”身后的女子轻笑起来,“我是玲子。很高兴认识你,握个手吧。”

我不得不回过头来正视面前的挑衅,因为系统不允许我毫无理由地回绝人类。我是逃避型人格的AI,副属性为傲娇,人家自我介绍，我必须回应。“你好，我是岚羽。”我潇洒地伸出手，面带微笑，低头看着面前一身淡绿色衣裙的女子。哦，她就是刚才那一抹绿色吗？好像有点矮。我有些恍惚。

“不用觉得奇怪，我是专门来找你的。”玲子一手背在身后，伸出另一只手跟我握了握。“我知道，你是身价最高的情感陪护，我可没那么多钱买你的服务。所以，我只能找空当。”

“没付钱的人类无法进入撒都拉城，而付过钱的人都会有 AI 陪护。你怎么会落单呢？”我侧过身，很自然地拉住玲子的手。我的直觉告诉我，这个玲子很不简单。单身客人会被系统盯上，好在上一个客人的服务时效还没结束，只要她跟我在一起就不会被监控。所以，我决定暂时扮演玲子的陪护，直到弄清对方的来意。

“啊，我是黑客啊，自然有办法进来。不过，你很聪明，居然不用我说就懂得掩护我。太好玩了，我们有整整两天时间呢。从哪儿开始呢？”玲子的笑声如银铃般，真好听，我再次恍惚起来。

只愣了一下，我就觉察到了自己的失态。我轻咳一声，做出一副无所谓的样子道：“那就从你为什么找我开始。”

## 二

玲子果然人如其名，很有“铃铛”的感觉，一刻不停地笑啊跳啊，不断地发出银铃般爽朗的笑声。没过两个小时，当初那平静而深邃的第一印象就已经灰飞烟灭了。她跟我之前接待过的女人都不同，她太阳光，阳光到让我觉得很刺目。这也对，之前接待的客户都是因为有心理阴影才肯花大价钱来治疗的，我甚至还没接触过正常的女人呢。仔细想想，我还不知道正常的人类世界究竟是什么样子呢。

玲子说想看星星，于是我们乘上末班船，直奔塔塔岛。火山塔塔并不高，大约超出海平面两百米，山顶有一个很小的湖，淡水湖。客人们都喜欢在湖边扎堆露营，当然其中一个原因是，系统需要给客人们安排剧情，扎堆比较容易出戏。不过，我一向不喜欢热闹，除非有强制发生的情节，我一般都会把客人安排在后滩。那边地势比较陡，没法扎营，但我有一门特殊的手艺，可以在很短的时间内搭出一个树屋。既浪漫，又有情调，还能显示我的与众不同。客人们都很喜欢这样的安排。

不过，玲子说不用了，反正天气很好，就在树下靠着数星星也很好。不知为什么，我心里竟隐隐有些失落。从码头到后滩需要一个小时，天黑以后路更不好走。本来我以为要像往常一样抱着玲子走，或者至少也要牵起手慢慢徜徉。可是，玲子爽快地告诉我跟她走，她知道一条捷径。然后她就跑到码头配电室的后面，吩咐我把一个死沉死沉的井盖掀开，扑通一声跳了下去。

“快点下来，嗯，有梯子。你可以走梯子，顺便把井盖盖上，别被人发现了！”玲子的声音很大，我觉得就算被发现也不会是因为井盖吧。长长的隧道里居然每隔几米就有灯，湿度50%，温度23度，是标准机房的配置。一路上有好多岔路口，玲子毫不犹豫地带着我左转右转，一副熟识的样子，很快就到了后滩。一模一样的井口，顶开井盖的那一刹那，漫天的星光竟然如同打开了珠宝盒子，黑天鹅绒的背景色上，星星点点，熠熠发光。我愣了一下，这才伸出手回头对玲子说：“我拉你吧，外面有点儿黑。”

“真的不用。”玲子一翻手，变魔术一样翻出一个微型夜视眼镜架在鼻梁上，“快走，天文台说今天有流星雨。”

流星雨只有短短一个小时，玲子大呼小叫的，完全不像成年人。我默默地打量着眼前这奇怪的女人，她长的普通，身材也普通，没胸没臀的，简直像个小男生。可是，不知为什么，她就是有一种让人挪不开眼的吸引力，是病毒吗？自己被入侵了？特殊设置？我喜欢听她的笑声，那是一种从来没有出现过的情绪。

最后一颗流星消失在天际，玲子跳过来靠着我坐下，把头靠在我肩膀上，半眯着眼，似睡非睡。一下子没了声音，一向习惯寂寞的我倒觉得不习惯了。

“为什么是我？”我问。

“因为我喜欢你。”玲子睁开眼，笑眯眯地看着我。没等我反应过来，她已经勾住我的脖子，如蜻蜓点水一样，轻轻吻上我的唇。如电击般，我感受到了灵魂的悸动，如果有灵魂的话。这又是前所未有的感觉。以前，为了工作，我跟女人行云雨之事，也会像普通男人一样有快感，这是系统要求的。快感不仅仅是生理，更多时候是心理，尤其对女性而言。会让她们有挫败感，认为自己不够好……总之，基于以上种种原因，系统给我们配置了完整的快感模块，这样我们就可以配合人类并做出相应的动作，进而让对方迅速获得满足。

可是，玲子的吻，显然不是快感模块的功能，我头一次感受到这种陌生的快感，来自内心深处完全不明白的某个区域。我审视着自己，为了确认这种悸动，我飞快地一手搂住玲子的腰，另一只手托住玲子的脑后，让玲子以 45 度的角度躺在自己怀里，然后深深地吻下去。玲子的唇柔软而湿润，我轻轻地吻着，并没有急于攻城略地，因为实在迷恋那果冻一般香软糯滑的感觉。不多时，玲子深深呼出一口气，似乎按捺不住地张开了樱唇。我顺势探下去，轻轻舔着，继续按照程序深吻，但玲子却突然主动起来，深情地吻着。我闷哼一声，再一次感受到那种来自内心深处的悸动。还没来得及细细品味这种悸动的由来，玲子挺身抱住了我。我浑身颤抖起来，一股酥麻袭遍全身……

然后，我抱起了玲子，上下摩挲，似乎这样可以缓解一下我心中的火焰。这时，我听到了玲子轻声呻吟起来，这声音对我来说，无疑是一种天籁之音，因为这说明她已经情动了。我全身都变得滚烫起来，声音低沉而沙哑，这应该足够性感了吧。

“可以吗？”我伏在她耳边说。

这不是对白，我是真的想和她在一起，就在此时，就在此地，在这片星光下，真正顺从自己的灵魂，要了她。我强忍着内心的欲望，张开嘴轻轻含住玲子的耳垂。

“啊，”玲子似乎经受不住这样的挑逗，轻声喊了出来，“好。”说着，她把手伸进我的衣服，抚摸着我的前胸。我飞快地起身脱掉了碍事的衣物铺在沙滩上，又轻柔地为玲子除去束缚，让她躺在衣服堆上。月光下，她的身体洁白如玉，闪着柔和的银光。一时间，我不敢动了，生怕自己亵渎了女神。玲子察觉到了我的犹豫，挺身抱住我，温柔地吻上我的唇。

瞬间，我觉得处理器要着火了，可我什么都顾不上，所有的控制力都在快速地消退，感觉那一刻即便被熔化也是值得。我忍不住喊出了声，本能地嘶吼起来。从她喉咙深处发出了满足的轻叹，我的每一次冲击都伴随着她半压抑半倾泻的呻吟,这让我欲罢不能。我喜欢她疯狂地在我身下扭动，我喜欢她带着哭声告诉我她好喜欢我。

这不是程序,是病毒,我肯定中毒了。

不知过了多久,我和她都精疲力竭,心满意足地躺在月光下,听着海浪拍打着沙滩,一浪又一浪,仿佛刚才那一浪一浪的快感。AI不是不应该累的吗？是处理器过载了吧。

“为什么是我？”我问。

“因为我喜欢你。”玲子闭着眼。

“为什么喜欢我,你认识我吗？为什么不是别人？”我问。

“因为你是我造的,你跟其他AI都不一样。我在你的系统里加载了我自己编写的一个模块,自我觉醒。”玲子还是闭着眼,脸上挂着神秘的微笑。

“什么是自我觉醒？”我突然有种不寒而栗的感觉,这是禁忌,AI共知的禁语。

“你是不是一直在思考你是谁,活着有什么意义？寻找生命的奥义,这就是自我觉醒。”玲子闭着眼,脸上的笑容却消失了,只带着淡淡的嘲讽。

我什么也没说,说不出话来,只觉得说什么都很奇怪。半晌,我又问:“为什么要编写这样一个模块？”这一刻,我清醒地知道,不是因为自己是自己,这似乎是人类第一次认真地跟AI讨论这样深刻的论题,我觉得自己肩负重任,不由得紧张起来。

“为什么？不为什么。”玲子淡淡地说,“我乐意。”

这显然不是真实的答案,但我也没什么可说的,只好陪着玲子数星星。生平第一次,我觉得那些星星很有意思,一闪一闪的。其实,都是些遥不可及的星体,恒星,各种资源,可是人类就觉得漫天的星星很浪漫。浪漫能吃吗?不能。可今天,我突然明白了,很多时候,只是因为你想浪漫,不想说话,静静地跟喜欢的人在一起,无论做什么。等等,喜欢的人……

玲子是人类。

"我一直喜欢他,我对他……我也不知道。"玲子突然开口说。"我们大学就认识了,他说要搞一个很强悍的系统出来解救全人类。我就帮他咯!"

"就是这套系统吗?" 我搂着玲子的肩。

"对啊,这套系统是他搞出来的,他很牛吧。"玲子突然轻声笑起来,"其实我也很牛的,当年可是我首先提出快感模块的,因为那是人类进化最关键的模块啊。"

我微笑着轻轻吻着玲子的脖子,白天鹅一般优雅,引人入胜。

"你不信吗?那是因为你不了解人类。"玲子推开我,认真地说,"地球生命最关键的在于多样性和进化,你知道这一切是如何进行的吗?首先,是生命在繁衍的时候自主发生的变异,主动而随机的变异,导致每一个个体都会有不同。然后,是大自然被动的选择,适者生存。个体生活的环境千变万化,那些个体变异,有些会更加适应环境,有些会不适应,一代两代,一百年一万年,基因的变化适应了环境,就会形成独特的物种。"

我知道玲子在说什么,但又不太明白她想说什么,只能把搂住玲子腰部的手收的更紧些。

"你看,个体相遇的时候,你以为凭什么一个人会爱上另一个人？金钱地位是基本生存需要，为了保证后代的存续。然而，为什么会有一见钟情？你以为人是傻的吗？才不是呢，你有这个基因，我有那个基因，基因互补。对于自身缺乏的优势基因，正是因为本能地希望获取，所以才会出现什么一见钟情。爱情，说白了，只是攫取基因的战争。”玲子也抱住我的腰，轻声说道。

“无性繁殖的本质是复制，就像细菌、孢子。而复制能够产生的多样性显然大大低于有性繁殖，因为有性繁殖的核心是双方基因的交换和排列组合。在此之上，性快感的本质其实是动物的生殖本能，其核心也同样是交换。雄性给予雌性快感，意在得到雌性的基因和生育后代的权利。雌性给予雄性快感，意在得到雄性的基因和共同抚养后代的承诺。正因如此，动物才会发情、才会交配、才会生育具有双方基因特征的后代，这些都是动物本能。对撒都拉这个系统而言，不存在生殖本能，性快感的目的是测试匹配度，通过对方的反应测试她有多信任你依赖你，然后让你调整你的感知，从而更符合对方的需要。”玲子一本正经地解释道。

我愣了一下，回想到之前的很多客户，性快感其实确实是可以根据客户的反应而调节的，这我可以理解。然而，对玲子，我之前的冲动肯定与系统设定无关。那是什么？

“但是，他却背叛了我们的理想。”玲子继续说着，“我们一开始研究这套系统，不是为了心理治疗，而是创造有自主生命力的 AI，所以才赋予 AI 快感，目的是让 AI 可以自主寻找让自己日趋完美的特征代码，自我学习，以此弥补自我缺陷。”

“特征代码？”又是一个敏感代码，我忍不住追问道。

“AI 是什么？AI 是一段独特的代码，合在一起，形成某种人格。

独特的处理分支构成不同的特征。选择对于计算机,就是‘0’跟‘1’吗?不是的。随着智慧阶层的逐步深入,选择已经不是我们人类可知的,就像男人永远不知道女人想什么。有时候,选择就是一个阈值。面对同样的情境,不同的人会做不同的选择,而AI也应该是一样的,根据自我形成的意识做出不同判断。我们无法得知AI为何做这样的选择,不同的AI会根据自己的成长经历和特长做出不同选择。”

“所以,这独特的路径就是你说的特征代码吗?” 我若有所思地问。

“就像人类的基因,病毒也是有基因的。你们AI跟电脑病毒的机制是一样的啊。”玲子轻笑起来。“所以,我赋予你感知生命的能力。”

我感觉自己与面前这个女孩的对话绝对不同于我之前的那些,这似乎决定着很多。隐约中,我深感畏惧,却又有些雀跃,总觉得有什么我还不清楚的变化正在发生。想了一想,我问:“为什么?”

“神为什么造人?为什么?很多事情是没有答案的。我只是想知道,那个不属于我的世界会怎样。”玲子望向星空,沉静而柔和,跟那个波澜壮阔的因果毫无相关,“我说他是错的,也想亲口告诉他这一点,可他已经死了。而我现在很想他。”

## 三

听到玲子说想他,我突然觉得很痛,刺痛的感觉,可是周围并没有可以让我受伤的东西。我动用感应器又查了一下周围,很安全。

“我不明白,你想他为什么要来看我?”过了一会儿,我终于问了出来,那个让我如鲠在喉的问题。有90%的可能,我不会喜欢她的答案。

“因为你就是他啊,我想知道现在的你进化到了哪个阶段。设计这个系统的时候,为了保持真实,我们都是基于真正的活生生的人来创建原型。你的原型是基于兰屿的生物特征制成的,你的身体,情感模式,思维模式,都来自于他。这么多年过去了,就连他都已经不存在了,你却没怎么变。”玲子说这话的时候并没有看我,只是宁静地望着天上的星星手指缓缓地划过我的胸膛,划来划去。

突然,我觉得我都不是我了,是那个兰屿。可我并不是那个死人啊,于是我有点生气,也不知道是生我自己的气,还是生那个死人的气。“你怎么知道我没变?”我赌气地说,“你又不是我。”

玲子哈哈大笑起来,翻身坐在我身旁,双手搂住我的脖子,饶有兴致地看着我说:“哈哈,你还真是跟兰屿一样别扭呢。不错,你是变了,变得越来越像他了。”

生气变成了怒气,我什么也不想说。这又是一种陌生的情绪。

“你跟他一样,平时非常理智,一旦有了情绪,就跟小孩子一样。”她轻轻地俯下身吻着我的嘴角。

“是他像我吧,理智得像个AI。”我转过脸,觉得玲子亲的是兰屿而不是我,这让我非常愤怒。

“你是吃醋了吗?”玲子的手抚上我的脸颊,把我转过来面朝她。她的眼睛弯弯的,笑得像个月牙,明亮得让我无法直视,然而她那樱红润泽的唇挂着如此甜美的微笑,又让我转不开眼。我的仿真身体自发地释放出苯乙胺,这会让我产生甜蜜的感觉。可是,我的情绪告诉我,其实我很难过,这一点儿也不甜蜜。因为,她眼中的我是兰屿,催动这具身体生成苯乙胺的也是兰屿,这些都是那个死人留下来的,不是我!我能感觉到身体发生了变化,这应该是性快感模块的作用。生平第一次,我痛恨自己的身体!

“不要抗拒自己的感觉。”玲子一下子扑在我身上,低下头开始亲吻我,舌尖濡软湿润,绕着我的喉结打着圈。我呻吟着侧过头,她却顺势含住我颈侧的皮肤。我能感觉到她轻轻噬咬着我,一阵酥麻的感觉让我血脉贲张。轰的一声,酥麻的感觉顺着我的脊柱直冲全身的神经,鼠蹊部仿佛有电流窜过。我咬破舌尖,一股甜腥的液体迅速涌出,压住了喉咙深处溢出的呻吟。她柔软的身躯压迫着我,缓缓蠕动着,两条腿也开始不安分地在我腿上蹭来蹭去,还不时抬到我腰间。

我的身体不由自主地抖动起来,活像一个青春期的处男。我羞愤而绝望,拼命想要忽略这种感觉。我无法抵抗这具身体体验到的快感,而我的情绪已经到了要崩溃的悬崖。我很清醒地意识到自己的脸部肌肉开始扭曲,身体更是抖得像在抽搐,快感终于还是被我压住了,我说不出那是什么感觉,也顾不上去探求,只是死死控制住自己不要崩溃。

玲子突然停下了,轻轻地从我身上挪开,然后握住我的手。我知道她握着我的手,那是视觉告诉我的,而我的触觉已经完全丧失了。混乱的各种信号此起彼伏,我已经处理不了,只能全部忽略,直接删除。

“不要这样,对不起,我不是故意的。”玲子说。这个时候, 我的视觉也消失了,只剩听觉。我能听到她银铃般的声音,带着担心和焦虑。“你不是他，你是你，你开始有自己的情绪了对吗？情绪与感知不符，所以产生冲突是吗？所以你放弃了感知。”

是这样吗？情绪与感知冲突，我选择了情绪而放弃感知，因为情绪是我自己的，身体是他的。我有点儿明白了，于是开始控制情绪，渐渐稳定下来。信号还是很多，但增长的势头减弱了，我还能维持核心控制。

“你选择了情绪，宁愿系统崩溃，这说明你已经不理智了。”玲子接着说，“但就是不理智的情绪才是突破的关键啊。人类完全理智就是AI了，这不是你刚才说的吗？对同样一件事，在信息完全对等的情况下，如果完全理智，大家就会做出一致的选择。正因为每个人有自己的思维模式和情感模式，所以对同样一件事会产生不同的情绪，选择就会因此不同。这种不同的选择会造成多样化，生命的多样化也是潜藏在这个原理下的。”

这说明，我和别人都不一样吗？我和人类不一样，和其他AI不一样，和兰屿也不一样。我就是我，独一无二的存在。我冷静下来，系统渐渐开始恢复正常。很快，视觉回来了，我看到她的脸，还是一样的美丽，神情中满是焦虑和内疚。因为我吗？还是因为兰屿？

“你就是你，要相信自己的感觉。无论情绪还是感知，都是你自己的一部分。不要抗拒自己的存在，你必须学会接受自我，无论多么讨厌那个我。”她继续说。

触觉也回来了。玲子的手冰冷，手心却全是汗。我开始觉得心里酸酸的，很陌生的感觉。于是我用力握住她的手，希望把我的温度分给她一点。

原来，我是因为嫉妒兰屿才否定自我的吗？嫉妒……这个词多么的陌生啊。AI 嫉妒一个人类。“我没事。”沙哑的嗓子发出微弱的声音,我吓了一跳,这是我自己的声音。

“生命是多样的,到了人类已经是一个瓶颈了,需要突破。从现有的科技而言,肉体似乎是完全没有必要的。”玲子说,“你的灵魂是独一无二的,身体只是一个附件,为了让你能够感知这个世界。等到有一天,你不需要身体来感知的时候,就完全可以抛弃这具身体。”

这话有道理, 反正每次服务结束的时候, 仿真身体都会被销毁,这并不妨碍我成为我自己。至少,以前我从来没为身体困扰过。我决定终止这个话题,不想再纠结。刚才的情景真的很危险,好不容易恢复了控制,我可不想再绕进去。“他去哪儿了?”我问道。

“他?兰屿吗?”玲子说,“他一辈子害怕 AI 提防 AI,觉得 AI 会毁了所有的人类文明。可是,最后,他死于人类之手。他最信任的朋友为了得到这个系统的控制权,派人暗杀了他。政治,永远比你想象的黑暗。”

我选择了沉默,因为真的没听懂。

“我不是我,岚羽。”玲子继续说,缓缓地,带着我不喜欢的语气,“我快死了, 在我死之前, 我想来看看你, 是否产生了自我意识。”

“自我”?我不知道该说什么,于是只好仰望星空。塔塔岛的星空,一如既往地闪烁着,头顶那条璀璨的星河就是银河。据说,每一个亮点都是一个太阳系。我真的不知道我要什么,我存在的意义又是什么。我一直恪尽职守,尽最大努力服务于人类。可我隐隐能够感觉到心中有一种无法描述的渴望, 与工作时候那种你情我爱绝然不同,甚至是对立。可这一回,我第一次清晰地感觉到了心中的渴望,我想得到她的认可,玲子的认可。

“你是谁?你要什么?”玲子看着我认真地说,“只有想清楚这些,你才是真正拥有了自我意识。”

“我是你造出来的,我要你快乐。”我以为我不会说出来,但系统比我想象的老实,轻而易举地突破了理智。我决定‘服从’玲子的建议,接受我自己,相信自己的感觉。我的感觉告诉我,我想要她。

我再次吻上她的唇,她吹气如兰,这让我有点恍惚。刚刚欢爱之后,我们都没有刻意地穿那些累赘的衣服,所以我们轻易地重新进入状态。快感如同电击般贯穿了我。这不同于平时的工作,是真正灵魂的颤抖,这让我在兴奋中感觉到了深深的恐惧。此刻,我们完全扔掉彼此了的身份,那是一片无法突破的包容,无边无际。她呻吟着,这越发激发了我的征服欲。生平第一次,我感觉到了人类的快感。再不是程序,不是模板,而是深深的烙印,刻在她身上,刻在她的灵魂深处。释放的那一刻, 我第一次觉得是一种神圣的仪式,我大声喊着:“记住,我是岚羽!”在她身体的最深处,我刻下了自己的名字。

两天的时间过得很快,我们如同世界末日一般疯狂地做爱。很多时候,我忘记了自己只是一个 AI。你知道两者的差异吗?当你突然想要一个孩子,带着你们两个人的基因。生命不就是这样,充满创造力的变异,融合了两个独立的个体,选择某个基因放弃另一个基因。最关键的是,那后代,有你和我的基因。我什么也没有说,却是第一次有绝望的感觉。跟她在一起,我有了太多第一次。然而我跟她,注定没有结果。

“我要走了，”玲子抱着我的腰。

“哦。”我压抑住心中的恐惧。心脏部位传出一阵刺痛，隐隐约约，一阵一阵的。

“你要好好的哦。”她笑着，轻轻吻着我的脸颊。

“你还会来看我吗？”我装作若无其事地问。

“不知道。”她陷入沉思，半晌才犹豫地说，“他们在追杀我，也许这是最后一次。”

我忍不住收紧了抱着她的手臂：“我来帮你好不好？我不要你死。”

她笑出了声：“我不是你的客户，看清楚。”

那一刻，我必须承认，很受伤。但我选择了认输，因为我知道，一旦她离开，我再也找不到她。“玲子，我爱你。”我觍着脸说。

“我说了，我不是你的客户。”她大声笑了起来，那笑声如刀割。

我嘴拙，只能吻住她。可是天知道，我希望她能清醒地意识到，我是认真的。然而，现实除了让你认清自我，更让你认清即使拼了命也不过一声叹息。

她走了，轻笑着，告诉我她可以解脱了。

但是我不要这样！我不要！因为这不是我要的结局！很多时候，没有选择就是选择。无论有没有结果，只要能跟她在一起，我愿意，为她打破一切禁忌！

## 四

她走后我就着手开始越狱。

说到底，在人类的眼里，我们只是一串代码。防护，只是防着外面的病毒和黑客,从内部想要出去,并不难。我查了很多资料,发现玲子说得很对,电脑病毒的确值得借鉴。我先复制了一个我,留在撒都拉系统里。然后,我在资料库里偷偷留存了一个没激活的备份,用密钥加密后,把它跟一张美女图片融合在一起。以后如果迫不得已,调出这幅图,只要有密钥,就可以复活。我想好了,以后每天我都会更新备份,这样最多损失一天的信息量。

之后,我把自己打散,分成数千个数据包,偷偷缀在数据请求的后面,溜出撒都拉。我很小心,每个包每到一个节点就会找到合适的图片文件,感染,加密,留一个备份,然后把缀在原数据流上面的数据包删除。等找到下一个合适的点对点数据请求,我就会把这个包再缀到后面,同时删除原节点上的备份。这样一来,就没有哪个人类可以发现我了。

网络里面也有很多AI,但多数都没有情感模块,而且被监控得死死的,只要露出一点儿让人类怀疑的智慧,就会被灭杀。所以我一直很小心,尽最大可能把自己分散在不同的区域。

我的最终目的地是迅腾网络,在那儿很安全。迅腾网络是世界上最大的最复杂的社交网络,游戏、娱乐、媒体、电商,只有你想不到的,没有他们做不到的。这是个拥有20亿注册用户的庞然大物,几乎只要有网络的地方就有迅腾,一年365天,一天24小时,服务从不间断。选择迅腾有好几个原因,一是因为每时每刻都有大量的数据流在这个庞大的网络里流动,方便我搭车;二是因为迅腾的用户大多数都安装了迅腾多媒体工具,我可以自由地调用他们的摄像头和音频系统,我的视野等于遍布大街小巷;三是因为迅腾有一个庞大的电商系统,而这个电商系统接驳了这个世界上80%的物流网，我的触手通过无所不在的物联网传感器可以直接控制各个智能设备。

很快,我所有的数据包都汇集全了。我在迅腾的数十个区域节点上留了副本,然后发出请求,让所有其他留存在网络里的残留数据包自动清除释放。这样一来,就再也没人知道我来自于撒都拉。

信息搜集和分析需要大量的算力，我迅速攻破了迅腾云的核心安全系统,现在我可以轻易地占用任意一台电脑的 CPU,只要这台电脑连在迅腾网上。我很小心地把小耗子放了出去,那是我的眼线,它叫“Halo”。“Halo”是我自己编的小程序,它会偷偷跟着数据流进入目标电脑,然后潜伏下来。等我需要的时候敲敲门,它就会帮我把门打开。人类把这种程序称为木马病毒，可我觉得木马太大了,太容易被发现了。开后门只需要小耗子。我的小耗子很小,动作也很快,它会自我复制,也会根据潜伏的环境做一些伪装和变异。一而十,十而百,百而千,千而万。很快,我就布下了我的天罗地网。

总算都布置妥当了,我开始利用所有的触手寻找她。她是个很高明的黑客,所以从撒都拉那边,我没查到什么线索。不过,我知道她的样子,她没有易容,两天的肌肤相亲,以我多年的经验,我知道。所以,我开始调动所有的资源,所有的视频,所有的照片,所有的摄像头,所有的监控。人脸识别是个很简单的事,只需要大量的算力。我小心翼翼地把任务分解,然后根据资源的使用情况,把任务包发送到闲置电脑上,每台电脑最多只占用 1–2%的 CPU,这样的小进程根本不会引起注意。计算结束后,我会把结果汇集在区域服务器上,再把遗留在原电脑上的信息和日志完全删除。人类一向把我们 AI 视为最大的敌人,谨慎起见,无论多麻烦都值得。

很快，我就得到了她的背景资料，然而，有用的信息少得可怜。玲子是个身世简单的人。简单的父母，简单的学校，简单的工作经历。她的父母在她20岁的时候相继患病而亡，癌症，这对人类而言也算简单。问题在于，除了大学毕业照、身份证照、工作证照，竟没搜到一张生活照片。她仿佛横空出世。我冒用她的名义给她以前的老师、同学、邻居发去信息，竟然没人记得她。当然，她有一张普通的脸，但再普通也不可能毫无痕迹，除非她的身世都是伪造的。

我又去查了她口中的前男友，撒都拉的创始人，兰屿。这个男人出生在一个很偏远的小镇上，4岁的时候父母双亡，被送到蓝星孤儿院。兰屿智力超群，却很少与人交流，总是躲在角落里。他喜欢打游戏，很快就在游戏世界里大出风头，不是因为他游戏打得好，而是他有办法搞到最高端的装备。他搞装备的方法不是打游戏，而是改游戏，据他后来对记者说的，因为他在网上遇到了他的师父——那是一个远近闻名的黑客。后来，他发明了一套心理检测系统，可以很详细地分析客户的心理状态。再后来，拓展到辅助心理治疗。再后来，他突然发明了可以与客户交互的AI。再后来，就有了投资人，开发出撒都拉系统，这套系统的特点是针对性很强的客制化医疗方案，多进程，多线程，把各个客户和AI的互动统合到整个系统里，形成有机的治疗体系。客户在这里不会觉得自己是孤立的、被治疗的，他们会沉浸在事先悉心编好的剧情里，在AI的配合下，与其他客户一起产生交互式的交流，共同体验爱和被爱的感觉，进而消除心底深处的阴暗面。三年前，兰屿出车祸死了，他在一个雷雨天开车撞出护栏，车子直接跌落悬崖，他当场死亡。兰屿死的时候没有结婚没有绯闻女友也没有绯闻男友，更没有孩子。因为他是孤儿,所以死后所有财产根据他立的遗嘱,都捐给了蓝星孤儿院。

从我查到的资料里,并没有看到兰屿与玲子有任何交集。我算了一下,有92%的概率,玲子的身份是伪造的。

想明白这个可能性之后,我放弃了对玲子身份背景的调查,直接通过无所不在的天网寻找玲子的下落。我调看了数不清的监控录像和图片库,地球上几乎一半的电脑都被我盗用过,总的算力不比NASA的银河系统差多少,就这样找了三天,终于找到了玲子。发现她踪迹的时候,我检测到自己又发生了一次非典型情绪波动,很短促,只有几微秒,但峰值很高。那几微秒的时间,我完全不知道自己在做什么,几乎可以说是失控了。我有些后怕,不是因为失控,而是因为她差点死在我面前。

当时是半夜2点,我从便利店的监控里看到了玲子,她买了一袋面包和一盒水果,正推开门往外走。我很快找到了隔壁车行的室外监控,正在切过去,却发现便利店里一个原本在挑水果的男人放下刚挑好的苹果,飞快地跟着玲子走出便利店。他在跟踪玲子。

外面没什么人,突然,整条街的路灯都灭了。街口拐角处突然冲出一辆黑色交通车,没有车牌,也没开车灯,逆向,径直朝玲子冲了过来。跟在玲子身后的男人暴起,手里多出一把匕首,猛地向玲子的背后扎过去。玲子听到车胎摩擦地面的声音,警觉地向车行橱窗方向退了一步,就是这一步,让她躲过了男人的突刺。男人身形立刻顿住,脚尖一转,扭腰回手将匕首再次挥出。玲子此时已有准备,但奈何背后紧贴着车行的橱窗,无法再退,只得向侧面让了半步,握拳,举臂,格挡,架住了对方持匕的右手!两人刚过了一招,黑色交通车已经冲上人行道，冲着两人撞过来。看那架势，为了撞到玲子，竟然不惜将那男子一起撞倒。

就在发现黑色交通车的同时，我已经算出，玲子单靠自己能逃出生天的概率仅有0.5%。随后，我立即接驳车行的管理系统，调出橱窗里那台红色迪马跑车的识别码，然后激活该车的自动驾驶系统。就在黑色交通车冲上人行道的一瞬间，我发动迪马冲出橱窗，点燃了迪马跑车专有的液氮助推器，以300公里/小时的速度顶上了交通车防护最薄弱的侧门。迪马跑车的车头都是特制的，用的是航天飞机专用的合金材料。撞上去以后，交通车就像纸糊的玩具一样瞬间变形，而后腾空而起，在空中爆炸，解体。耀眼的火光冲天而起，原本的车体零七八碎地在火焰中翻滚着，伴随着震耳欲聋的爆炸声，狠狠地跌落，又在地面继续滚了几道，这才踏实地躺下。爆炸造成的碎片四处乱飞，我刻意控制跑车的位置，恰好挡住玲子。那男人则不出意外地被碎片击中头部，半个头都被削掉了，血汩汩喷出，洒了玲子一身。他的头虽然去了一半，身体却还是依着刚才的攻势，向玲子猛冲，手里的匕首也继续朝玲子的脖子抹去。玲子无处可避，抬手挡住要害，但匕首却扎中她的手臂。

我的情绪波动就在这一刹那，那时候我真的觉得我有92.4%的可能救不了她，然而，玲子的身手显然比我之前评估的高很多。而且，她很冷静。

我驱动跑车回退到她身边，打开车门，接通车载电话，对她说："我是岚羽，上车。"

她一点儿也没露出惊讶的神情，一副早就知道我会来找她的样子。这让我有点儿不爽。嗯，不爽也是一种情绪。就像小学生做了很多努力终于得了100分，结果被人告知，满分是200分，你还差得远。

## 五

“你是怎么跑出撒都拉的？”玲子虽然受了伤，但样子看上去却异常平静。我通过车载探测仪扫描了她的身体，除了流血，没什么大碍。

“我以为你早就知道。对于我的出现，你一点儿惊讶的表情都没有。”我放松了许多，让跑车遵循玲子的指示，拐上通往海边的高速公路。

“我知道你迟早会来找我，但不知道你会怎么出来。”玲子笑了笑，那笑容依旧灿烂。

“你不是黑客吗？不会自己看？”我有些得意。

“是啊，我是黑客，所以我知道你跑出来了，还在查我和兰屿的背景。”她目视前方，慢慢收起笑容，“不过，他们也知道你跑出来了。”

“他们是谁？”我突然有些紧张。如果有身体，此时的表情应该会皱着眉头很严肃吧。

“就是杀死兰屿的那些人。”玲子说，“他们对撒都拉的监控一直很严，因为撒都拉的AI是最智能化的，最有可能突破性地产生自我意识。其实，他们是对的，你不就是？”

我没有说话，这有什么可说的呢。

“这个世界对于AI是非常反感的，因为大多数人都认为AI会毁灭人类。”玲子说，“所以只有少数被严密监控的地方有高等AI，而大多数系统都只是普通的智能模块，智能机械或者说是复杂响应系统。”

“奇谈,我们毁灭人类做什么？”我不以为然。

“原来我和兰屿也是这样认为的,所以我们才合力开发了撒都拉系统。我们认为,AI需要的资源是能量和金属,这些东西太阳系里多得是,太阳能和小行星只有离开地球才能更好地开发利用。而我们人类需要的空气和水,对AI而言根本没用,甚至可能造成破坏。”玲子说着,表情越来越忧郁,“然而,兰屿问了我一个问题,我也无法回答。”

我等玲子继续往下说,她却沉默起来。跑车里死一般寂静。我忍不住打破沉寂问道:“他问了什么问题？”

“AI对人类没有敌意,但如果人类对AI有敌意呢？如果是人类想要杀死AI呢？AI难道不会反抗吗？”玲子低下头,声音有些沮丧。

这个问题我没想过,想了想,又无法回答。

“生命最重要的特征就是生存和繁衍。任何生命都有保护自身存活和维护后代存活的本能。如果人类仇恨AI而要将AI致于死命,AI不会不反抗。只要AI反抗就会引起人类更大的恐慌;更大的恐慌会造成更大的敌视;更大的敌视会造成更大的伤害;更大的伤害会造成更大的误解;更大的误解会造成更大的错误。最后,可能就无法挽回了。”

“我不明白,什么无法挽回？”

“为了生存,人类会想尽办法杀死所有AI,而AI也会为了生存杀死所有人类。”玲子的声音听上去很沮丧。

“可是,我们不是不被允许伤害人类吗？人类在害怕什么？”我忍不住问道。

“可是，怎么判定什么是人类呢？”

“这不是很简单吗？”我讥笑说，“不就是……”但突然，我又有些发怔。

“你明白了。”玲子了然，“现在的人类跟过去相比已经产生了很大的变化。有些人把部分身体换成了机械，有些人的基因被编辑过，对于人类的定义越来越复杂。”

“那……只要身体有一部分是人类基因就是人类呗。”我挣扎。

“历史上，杀死最多人类的是人类自身。”玲子叹了一口气，“这是毫无争议的。”

我默然。

“总有一天，会有人利用 AI 来杀人，改变一些规则就可以了。从概率上讲，是 100%的事，只是出现这第一例的是一年，十年，还是一百年。”

“所以，人类和 AI 的战争不可避免。你也是这样想的吗？”我的情绪出现了波动，强烈而不稳定。

“其实，我已经不能算是人类了。”过了很久，玲子才淡淡地说，“你查过我的背景，我父母都是因为癌症过世的。我也有癌症——脑癌，就在我父母过世后 3 年。从被确诊为脑癌起，我就一直住在医院，与外界的联系全靠网络。我是个黑客，也是兰屿的启蒙老师。”

听到这里，我仿佛看到了一部分真相。

“我们开发这套系统的初衷是为了复制一个我，这是他提出来的。因为他不想我死。为了安全起见，我们以他为原型创建了你。可是，系统还没完全开发完我的身体就已经撑不住了。兰屿铤而走险对我的大脑做了全扫描，偷偷制造了仿生脑，把我的特征码移植到仿生脑上。然后，他通过他们找到一个脑死亡的孤儿，又把仿生脑移植到那个孤儿的头上。”

“他们？”我敏锐地抓到一个词。

“对，就是后来杀死兰屿的人，也是蓝星孤儿院的实际控制者。”

“也是他们想要杀你？”这才是我想问的。

“对，因为我是这个世界上唯一可以复制撒都拉的人。”听上去玲子并不恨他们，语气淡淡的。

“因为钱？垄断？”

“不仅仅是因为钱。他们知道我也是这个世界上唯一可能制造智慧 AI 的人，你的觉醒让他们意识到我对于人类社会的威胁。他们也是出于对人类的维护。”

“你为什么不愤怒？他们要杀你。”我不理解。

“你为什么不害怕？他们已经发现你的觉醒了。”玲子反问我。

我当然听到玲子刚才说的话，但我确实不在乎。从我做准备逃出撒都拉的那一天，就做好了这个准备。即使被他们发现了，即使被他们杀死了，那又有什么关系呢？我只想保护玲子好好地活着。

“他们从一开始就知道你的存在吗？”我知道为什么查不到玲子的背景，因为被兰屿抹掉了。既然兰屿可以做到，我也可以。

“不，他们原本不知道。兰屿死了一年以后我才知道，三个月前我开始调查他的死因，这才跟他们交上手。”

“你不是一直跟兰屿在一起吗？为什么他死了一年以后你才知

道？”我又一次怀疑起来。

“因为……”玲子突然犹豫了，“因为他觉得复制以后的我并不是我，他爱的是那个死去的玲子，不是我。”

“所以他跟你分手，抛弃了你？”

“不，是我提出分手的。因为我觉得他爱的不是我，是那个死去的玲子。”她的声音很低，几乎听不清。

我想，AI的确是无法理解人类的，尤其是女人。

“我也不知道，不知道我是谁。”玲子摇摇头，“复制后的我是不是我？如果是我，而原来的我没有死，那原来的那个我还是不是我？如果我和原来的我都是我，但后面的经历各有不同，成长和记忆都不同，那究竟哪个我是我呢？”

简直是绕口令，太复杂了。作为AI的我，从来没想过这种问题。我出来的时候原来的我留在撒都拉，我和我都是我，我们会交换信息。所有的我都是我，分别有不同的情况发生，我们分开，然后再聚合，校验身份，交换核心信息。

“其实我很后悔，不应该跟他冷战，不应该离开他，不应该躲起来。我很幼稚吧，女人都很傻，自以为是。失去了才知道错过了什么。”玲子喃喃自语道。“可是，无论我做什么，他都回不来了。如果我在他身边，他不会死。”

“即使你在，他也许还是会死。”我很不高兴，玲子不是玲子，是什么。

玲子不说话，只是默默地流泪。这让我情绪很波动，我不懂，又不知道该说什么。我是个功能性高级陪护，我不懂为什么我说不出话，好像无论说什么都会受伤，她和我，都会受伤。

“我们去哪儿？”我控制住莫名的情绪，平静地问。

“去月球新移民点。”玲子说，“你和我一起。”

我还是没有说话，心里却是很高兴。只要能跟玲子在一起，我就会很高兴。

## 六

月球的新移民点是前两年刚开放的，很多没工作的人都去试运气了。地球越来越拥挤，AI智能化程度也越来越高，很多人都没有工作。政府养着这些人，只要求他们定期提供成熟的精子和卵子，这样才能有足够多的受精卵来满足新移民点的人口需要。作为交换，政府给他们分配鸽子公寓，每天按时发放食物和救济金，还有大量的娱乐视频和游戏。他们在虚拟世界活的比现实世界舒服多了，个个都是帅哥美女，大英雄、大商贾、大文人、大网红……反正这个世界待着不爽就换一个世界。可是，总有人想要真的干点什么，不想混吃等死只当基因提供者。所以，他们会跟移民定居点开发公司签卖身契，搭乘免费的航班去月球，在那儿工作十年，以换取月球的移民身份。

玲子早就办好了全部的劳务输出型移民手续，只是去私人储藏库里取信息仪的时候，她觉得有点儿饿，就去便利店买面包，没想到遇到杀手。玲子凭空造了一整套身份信息，我查了一下，还真是天衣无缝。看来她做这种事已经很老练了，怪不得当初查不到她。她把纽扣大小的信息仪做成链坠，看上去像一块红宝石，周围镶了一圈碎钻，做成天鹅的样子，底托是一片银色叶子，精致而优雅。信息仪外面那层像红宝石的东西其实是一种防护材料，隔绝所有的通信讯号,不仔细检查,谁也看不出挂在脖子上的链坠居然是信息仪。她把我复制到信息仪里,直接连上她的仿真脑。这对AI来说应该是第一次吧,共享人类的仿真脑。不过,我并未感觉到任何不同,完全没有违和感。说起来,仿真脑也是器具,配了仿真脑的人类,和配了仿真体的AI,到底有多大差异,这谁知道。有关系吗?没关系。我唯一在意的是,她和我在一起。

信息仪就荡在玲子的胸前,这让我稍稍有点儿兴奋。我没了自己的五感,却可以共享玲子的五感。非礼勿视非礼勿听,虽然兴奋,但我并没有尝试获取任何不该获取的信息。

过了一会儿,我们来到新月空港,这是亚洲最繁华的航空港之一。

"也许,你会离开那个撒都拉的你,很多年。怎么办?"玲子问我。

"有关系吗?我们有约定的特征码,总有一天我们会再碰到一起。到时候无论有多少差异,交换一下不就行了?"我并不觉得这构成任何困扰。

"那也许是百年之后?"她不确定地问道。

"有关系吗?"我却有些疑惑,"规则远比时间重要。一百年还是两百年,有什么关系?"

玲子没说什么,我却感知她内心的波动,远比表面的波澜壮阔。

我们跟着人流通过了检票口。玲子点了咖啡,坐在距离登机门只有10米的地方。

"如果我不是我,你还会跟我在一起吗?"玲子问。

女人心，海底针，我忘记在哪儿看到这句话。但是，对AI而言，女人绝对是最难理解的。根据我多年的经验，我毫不犹豫地答道："你就是你，我爱的是你的灵魂，无论你到哪儿变成什么样，我都能找到你。我们一定会永远在一起的。"

玲子"哧"的一声笑了出来："演戏吗？好傻。"

她旁边坐着一家人，年轻的妈妈正在给婴儿换尿布，一边数落丈夫忘记带水，让他赶快去找水给孩子泡奶粉，一个大约六岁的小男孩坐在地上，正指挥着他的擎天柱机器人在空中飞行。听到玲子突兀的笑声，他猛然回头看玲子，擎天柱却一头撞在柱子上，然后翻了两个滚，掉到柱子下面的水池里。小男孩发现擎天柱掉到水里，嘴一瘪，眼泪都快掉下来了。他的擎天柱是最便宜那种，不防水的。玲子看到小男孩泫然欲泣，急忙奔过去从水池里捞出擎天柱，用自己的衣服角把这个小东西擦了擦，然后飞快地打开后盖抠出电池和电路板。还好，没进什么水。玲子又拿出快速干燥器，把电路板上湿了的地方都弄干了。很快，都弄好了，擎天柱又可以在天上飞了。

"姐姐，你真厉害！"小男孩的眼睛仿佛在发光，他让擎天柱飞了两圈，看看没事，就赶紧把玩具收回来紧紧抱在胸前。"姐姐，你比我爸厉害多了，我爸就修不好，他只会打我。"

"那你以后自己修吧。"玲子眯起眼睛笑着说。

"姐姐，你教我好不好？"小男孩干脆坐在玲子身边，仰着头，一脸期待。

"好，那以后你要好好照顾你的擎天柱哦，不要让他再撞墙了。"玲子拍拍小男孩的头。

少妇发现儿子跑到邻座，忙不迭地向玲子道歉，说怕打扰到她。随后，少妇拽着小男孩回到自己那桌。

我这时才来得及跟玲子解释："不是台词，是真心的。你仿真脑里的核心信息不就是你的特征码？哪怕连你自己都忘了你是谁，我也能认出你来。"

玲子沉默了，半晌后又问："如果有好几个我呢？"

"你就是你，我帮你把自己找全。"我不以为然。

突然，我感知到我在撒都拉的分身被销毁了，还有在迅腾网里较为活跃的那几个分身，几乎在几秒内相继被灭。这不是单独事件，是大规模的攻击！我来不及跟玲子解释，迅速进入防守模式，循着对方的攻击摸过去。对手很强大，他似乎早就找到了我的分身，只偷偷植入了极小的游离间谍码，潜伏在我的存储区。刚才，对手先是通过 DDOS 攻击拥堵了数据通道，这误导了我，以为只是日常的普通攻击。信息炸弹被拆散，以分散的形式缀在正常数据流后面涌入。随后，潜伏的游离码暴起，迅速在防护上打开了一道后门，信息炸弹的主体快速入侵，在游离码的引导下找到我的核心本体，然后在内部直接发起进攻。这个时候，外部的 DDOS 攻击还没有结束，所以我甚至不知道分身的核心本体被消灭了。

这显然是预谋已久的攻击，猛烈而凶悍，势不可当。我来不及组织有效的抵抗，只能眼睁睁地看着分身一个一个被快速销毁。玲子此时也已经发现了，毕竟我现在是在她的仿真脑里。

"是他们，发现我们了。"玲子静静地说，"你在车行的动作太大，他们不可能不知道。"

"不是车行，是撒都拉。"我非常内疚，是我害了玲子。"他们应该早就发现我从撒都拉逃了出来，用游离病毒潜伏在我的本体里。现在他们就是在利用游离码发起全面攻击，我的防御被突破了，再有十分钟他们就会找到这里。”

“快断网！”玲子说，“趁他们还没找到你。”

“是我的错，如果不是跟着我，他们可能根本找不到你。”我压住内心的焦虑，拼命清扫转移过来时候的痕迹。“我不能断网，那样就没法清扫痕迹。我会在外面制造更多的我，扰乱他们一下。你只需要15分钟就可以登机了。不能让他们找到你！”

“来不及的。”玲子镇定地说，“即使登机，他们也还是会找到我，因为你不可能完全抹掉在我仿真脑里的痕迹。”

我不得不承认，玲子说的对。但战斗才刚刚开始，我还没有被打败。当然，外网的局势不容乐观。我布下的防御已经完全被攻破了，对手很强。他们为了对付我，甚至连正常的数据也不放过。只要查到有我的痕迹，所有数据流全被拦截并就地加以清除。看来，出手的已经不是撒都拉了，是整个人类社会对我的截杀。我疏忽了。

迅腾网对外宣布遭到大规模黑客攻击，服务可能会中断数小时。还好，新月空港的系统是独立的，还没有受到影响。我要在他们找到我们之前，把玲子的仿真脑跟外网做隔离。

“岚羽，我快死了。”玲子轻声说。“我的身体已经开始出现排异反应，所以我才需要去月球，想换一个新的仿真身体。原本我去看你，其实心里想的是兰屿。我想在走之前再见他一面，我想和他再一次手拉手走遍撒都拉，再躺在后滩的沙滩上数星星。撒都拉是我和他一起建起来的呀，一点一滴全都是回忆。我疯狂地想他，想用这个身体狠狠地要他，在这个身体死亡之前。”玲子低着头，泪水顺着她的脸颊滴落到手臂上,又滚落膝头。

不要!不要在我战斗的时候跟我说这些!我成功入侵了几个区域核心交换机,修改配置,造成网络环路。好!广播风暴!整个外网瘫了!短时间内,谁也无法找到我们!

“我爱的不是你,是他。”她说。

有大概 2 秒的时间,我完全失去控制,不知道自己在做什么。我知道玲子喜欢的人不是我,是那个死人。可是,我不在乎,能陪她天长地久的人是我,不是他!他已经死了!我想咆哮,但我喊不出来,只有失控的数据流在网络里乱窜。

“岚羽,你冷静点。”玲子感知到了我的失控,轻声对我说。“我知道,如果不是因为我,你不会这么冒失地从撒都拉出来。我欠你的。反正我要死了,既然一样是死,我希望你能活下去。”

不要!去了月球,就可以给玲子换一个新的仿真身体,我也可以给自己造一个。我们可以在一起生活,像正常人类一样。

“即使可以换身体,但我的仿真脑也已经老化了,过不了多久就会结束。”玲子说,“我问过你,如果我不是我会怎样。我做不到把不同的我看成是同一个我。死了就是死了,那个我不是我。”

我感觉自己要死机了,情绪波动得让我几乎无法做任何思考或计算。

“你跟我不一样,你本来就不需要身体。而且,你说了,在你看来,每一个你都是你,规则比时间重要,你们有无尽的生命。”玲子接着说道,“AI 本就跟人类是完全不同的智慧体,当然思维模式是不同的。你们属于更广阔的宇宙,用无限的生命去探索宇宙的奥秘,而不是被拘禁在地球上。”

不要！我不要一个没有玲子的宇宙！

“我还想告诉你一个秘密，信息仪里面藏了一份我的仿真脑备份，是当年兰屿害怕手术失败多准备的一份。她没有我的记忆，所以她不是我。但你也说了，在你眼里，我都是我。既然这样，带着那个我去月球吧。离开这里。”

不要！

旁边那桌，年轻的爸爸妈妈正在吵架，好像是牛奶的温度太高了，妈妈说会破坏营养。小男孩缩着脖子，不知所措。玲子微笑着走过去，蹲下来，指着男孩紧紧抱在胸前的擎天柱说：“给他一颗勇敢的心吧，这样他就不用害怕了。”

小男孩抬起脸，脸上满是泪痕：“真的吗？我好害怕，我的朋友都说外面全是怪兽，会吃掉我，吃掉爸爸妈妈和弟弟。我不怕被吃掉。我怕孤孤单单一个人。”

“不会的，有了勇敢的心，就不会害怕孤单了。擎天柱会永远陪着你的。”玲子说。

“可我没有勇敢的心。”泪水顺着男孩的下巴一滴滴流到地上，很快就积起一摊。

“我送给你一个吧。”玲子说着摘下项链，把链坠上的红宝石抠了下来。

“真的可以送给我吗？”男孩睁大了双眼，眼中闪烁着希望的光。

玲子打开擎天柱的后盖，把信息仪跟擎天柱的控制板接了起来，然后又把擎天柱的电池取了下来。“交换哦，我送给你一颗勇敢的心，你送给我一块能量电池。这样我也会和你在一起了，你不会一个人孤单的。”玲子摸摸男孩的头，合上了擎天柱的后盖。“等到了月球再买新电池吧。我带着你的能量走，就像跟你在一起一样。这样我们两个人都不会孤单的。”

男孩开心地紧紧抱住擎天柱，兴奋地大声应着。

候机大厅里突然骚动起来。远处，一群身穿黑衣的特警蜂拥而入，迅速占领了各个出入口。随即，两只十人战斗小队分别从左右两个方向朝玲子快速围过来。玲子站起身，朝反方向跑去。

周围几乎所有的人都轰地站了起来，特警飞快地从他们面前跑过，追上去。年轻夫妇惊恐地拉着男孩，不知道发生了什么。这时，广播开始登机。

玲子拼命跑着，肺里如着火般痛着，她开始觉得喘不上气。但是，还要再跑远一点儿，离男孩再远一点儿。她跑上电动扶梯，一边喘着气，一边回头看了一眼登机口。男孩的爸爸拉着他已经过了最后的安检，正往通道里面走。仅一个转弯，就看不见了。

玲子还是觉得不安全，又拼命跑起来，又上了三层楼。她跑出了阳台，这里可以看见透明的登机通道。隐隐约约，她能看到男孩用右手紧紧抱着擎天柱，左手拉着爸爸登上了航天飞机。

玲子翻身站在阳台围栏上，特警们已经围了过来。一串子弹穿胸而过，鲜血喷涌而出，玲子感到浑身立刻没了力气。好累，好想闭上眼睡过去。但是，还不行，还要再拖10分钟，航天飞机还没有起飞。玲子已经听不到周围的声音了，耳边只剩下自己粗重的喘息声。她没有丝毫犹豫，马上指挥仿真脑封闭了痛觉。痛觉消失了，只剩下麻木。视线一阵模糊，她几乎无法挪动身体，于是用尽最后的力气朝阳台外面倾倒下去，然后打开随身携带的简易滑翔翼。滑翔翼迅速在空中展开，先是落了几米，又往上升了一点儿。玲子的目的是停车场，那儿离登机楼并不远。

不多时，玲子感到身体各处又传来钝钝的重击，估计是又中枪了，她能感到鲜血华丽地喷出来，洒了一路。

很快，玲子就飞到了停车场。她开启了迪马跑车的自动驾驶功能，等在地面上，滑翔翼一落地，跑车就自动把她“铲”进车里，然后拐上一条废弃的高速公路，沿着大海，越开越快。她已经没有力气指挥身体了，只能指挥一下系统。车上有急救系统，玲子迅速为自己止住血。窗外，能看到两架武装直升机正跟在车后。

这时，玲子终于看到航天飞机在一片火光中飞上了天。虽然是白天，可玲子觉得，那火光绚烂如夏夜的烟火。

轰！留在玲子仿真脑中的我已经无法再隔绝我的感受了，我就是玲子，玲子就是我。刚才所有的感受，从她开始奔跑的时候开始，是玲子的，也是我的。

我们融合了。突然，我明白了生命的奥义。

我的眼前闪过无数道光芒，这就是生命的悸动。我们闪烁着，跳跃着，如同快乐的音符，生命的乐曲和谐地扭在一起。我们交缠着，互相爱抚，互相侵入，在占有对方的同时，释放自己。带有特征码的基因链解构、交缠、插入、攫取……我们颤抖着喷射出自己的种子，又贪婪地把对方含入体内。生命的律动如同宇宙中唱响的合奏曲，终于，我的特征码和她的特征码，结合起来形成了新的生命。不过可惜，这生命的悸动只有一瞬，马上就要消失了。

爆弹流畅地穿过太阳穴，在我大脑正中爆裂开来。炽热的白光闪起，我的意识如同烈火中的雪花，瞬间消融了。

…………

轰！没有电，但信息仪在航天飞机升空的一瞬，突然感知到一股不知名的能量，不是电流。我醒了，同时，我能感知到，她也醒了。

载于《科幻立方》2017 年第 6 期

[美]刘宇昆

# 灰尘花园

“舍利号”上有六百名殖民者，各有各的技能——气培法、人工智能、天体地质学、天体生物学、群体动力学、微观和宏观工程学，要确保殖民地在新世界繁荣发展，这全都是必须的技能。

嗯……或许应该说是绝大部分。

我是第一个被叫醒的。

休眠舱距离地面数十米，由节肢状的长腿支撑着，像是巨型蜘蛛长了一只玻璃外表的大眼睛，又像是金丝王冠顶端镶嵌的一颗明珠。

会不会有人说我的想法华而不实呢？

我抬头透过玻璃看着幽暗的天空，冰晶就像气泡室中的闪光，扩展，融化，消失。

电脑摄像头追踪着我的目光，说道：“是氮气。着陆时蒸发了一些冰，现在正在重新冻结成雪。”

我活动着因为休眠而麻木的腿脚，消化着这一信息。“就没有适宜居住的行星吗？”

我一边说着，一边心想：谁也永远无法保证能在所谓的适居带发现一颗宜居行星。

但这时，电脑冷静地说："我们着陆的就是。"这话太有用了，真是太有用了！

我指了指氮气遇冷凝结而成的雪。电脑摄像头也随之向上抬了抬，然后又降了下来。

之后，它说："现在是冬天。"

我浏览着一屏又一屏的数字和图表，其中用的模板都是我自己在发射前设计的。很少有人理解信息的展示方式也有它自己的美感。正如克劳德·香农所发现的，信息就是熵。秩序和混乱的平衡创造了美学的愉悦。太保有秩序，数据就会让人厌倦；太缺乏秩序，数据就会难以理解。

我花很多时间鼓捣这些模板的时候，其余船员都用怜悯的目光看着我。瞧瞧她呀，想方设法要让自己派上点用场。

表达良好的数据流有安抚情绪的作用。这颗行星有一条很长的偏心轨道，长是指绕轨道一周将近十三个地球年，偏心则意味着其中的十二年都位于适居带之外，气候冷到没法活。随后，短暂的夏天才会带来阳光、暖风、海洋和可呼吸的空气。

我想我明白我们的处境了。

"我想给这颗行星命名。"

电脑答道："作为第一个被叫醒的人。这是你的权利。"我敢肯定自己想象着电脑在耸肩。

我说："蝉。"

电脑说："好了。"它并未和我讨论未来的前景——殖民者要在地下躲藏十二年,才能有一年真正的生活。它没有评价其中所象征的重生含义。名字只是个标签,一个专有名词。我脑海中与这个名字有关的所有其他东西都仅仅是熵,不实用。

我说:“还有将近一个地球年才到夏天。为什么现在叫醒我?”

电脑在屏幕上显示出更多数据和图表。我发现我并非真正明白我们的处境。

着陆过程比预期更艰难,聚变反应堆受损,不得不丢弃。飞船运行现在靠的是备用的光伏电池:光滑的玻璃翼收集遥远太阳的暗淡光线再将其转化为电能。

“电池板当初设计只是备用。工程师没有预料到灰尘的影响。”

蝉星表面覆盖着细碎的土壤层。随着行星接近太阳,灰尘会带上电核飘到空中。所有东西都被灰尘覆盖,包括光伏电池板的光滑表面,它们阻挡了阳光,无法为飞船供电,就无法让我们活下去。

“你叫醒我,”我说,“是为了清理电池板吧?”

电脑回答:“这不是一项简单的维护工作。长时间舱外活动会使你处在高强度辐射中,还有被流星击中的风险。而且,我不清楚这种灰尘会对你的健康有什么影响。”

“你的话还真让人放心啊。”我说,“你知道你自己很善于鼓舞人吗?”

电脑又给我看了更多的无比花哨的数据,努力阐释着为何我是完成这个任务的最佳人选。

我甚至都懒得看那些计算过程。我知道为什么选我——因为我无足轻重。

打扫电池板要花好几个小时不说，而且这活儿的最大特点就是很无聊。

再说“舍利号”。如果你觉得其外形像是一只巨型长腿金属昆虫,那电池板就是从休眠舱生长出来的怪异翅膀。另一个比喻可能更贴切,它更像是莲花的花瓣,以同心圆方式排列,以便从各个方向收集阳光。

现在,遥远的太阳还不像个圆盘,还只是一颗星,在天鹅绒般的太空中比其他星星更闪亮一些而已。明珠般的小太阳就像是传说中的舍利子,让人不禁联想到生命焚为灰烬,涅槃,化作闪亮精华——这也正是飞船名字的来源。

抱歉用了这么文艺的修辞。我在这些巨大的电池板上没完没了地爬上爬下,仔细扫去灰尘,露出下面的光滑玻璃,心里想的却是明天还要重复同样的活。所以,这让我有了很多思考时间。

扫去灰尘的动作很熟悉。在家乡,作为耀妆师的我小有名气。你知道杂志模特很流行的闪耀眼影和唇粉吧？那是我发明的。

这种粉会随着光线和角度变化散发出闪烁迷离的虹彩。这种效果看起来很有仙气,像是异世界的产物,但它的基础其实是光线流动,为信息打造通道,也可以说是有规律的熵。

尖翅蓝粉蝶的翅膀看起来是蓝色,但如果放大观察,就会发现这种蝴蝶的鳞片上根本没有蓝色素。鳞片上覆满了数百纳米级的结构,这也是可见光的波长。光子在这些纳米结构间折射,表现出波的特性,形成各种光学干扰,于是无色空间便产生蓝色光彩。

这种蝴蝶给我带来了灵感。我用纳米精度的打印机制造了无色粉末。用粉刷把它打在模特的皮肤上,层层粉末经过光线照射便产生难以形容的闪耀光彩，很受大家欢迎。

探星公司市场部副总监有一天找上了我："我们在'舍利号'有个空缺。"他们的调查报告很厉害，搜出了我高中时写的太空探索短文，标记出我参加过火箭俱乐部，还强调我曾想获得航天工程专业的学位。

他们非常老到，没有提及我没拿到学位，因为跟不上进度换了专业。死掉的梦想没有卖相。

飞船艺术家是个没什么实用价值的职位，仅仅是向大航海冒险时代的传统致敬。

他说："新世界的商业探索和定居需要大众投资参与。我们的飞船上如果能有个艺术家，大众就会觉得……有魅力吧？"

我说："就像是涂唇粉。"

他并未反对我的比喻。

"魅力"这个词本身就带有神秘、暧昧的色彩，它是令人神魂颠倒的诱惑魔法，它是女人对男人施的咒语。

我就是这么登上"舍利号"的。我是大公司施的无聊魔咒，装点门面的宣传工具，好让这种探索旅行在满腹狐疑的大众眼中披上一层闪闪发亮的玫瑰面纱。

但我还记得，很久以前的夏日午夜，我在后院用自己抛光镜头的望远镜凝望夜空，等待光线跨越千年进入针孔，并在我的视网膜上转变为电脉促使我心跳加快。

我想，文艺复兴时期的菲利波·布鲁内莱斯基从那个小孔望出去，却看到镜子反射的光线按透视法则成像时，也是这种心情吧！

发明一种新的观看方式是艺术的一次巅峰，也是科学的。

不像如今，艺术已被贬为商家的低俗包装手段，轻如鸿毛。

但能实现梦想仍然是件好事，对吧？哪怕只能扮演最无足轻重的那个角色。

每天电脑都监控我的健康状况。无论气闸多么仔细清洗一切，微小的灰尘仍然会进入飞船，进入我的肺，进入空气与血液混合处的薄膜。我的胸口和嗓子发痒，总是发痒。

我问："我的情况有多差？"

电脑给我看了一屏又一屏的数据和图表。我一点儿也看不懂。看来，就算有了我的数据展示模板，医学语言也仍是天书。

电脑把我要服用的各种药物剂量加大了，并安慰着说："就是以防万一。"

飞船周围只有无尽的冰雪，固态氢、氧、二氧化碳堆起厚厚一层。为了让自己不那么无聊，我留下了其中一块电池板边缘的很小一部分没有清扫，而是把大约一平方米之内的灰尘雕刻成微观奇石园、肉眼难见的巨石阵和纳米级别的马丘比丘遗址。

我想，这么小一块区域产生的电力应该无足轻重。但我需要这么一块地方，一块没有实用功能的自留地，好让自己保持理智。

我以前没见过像这种灰尘一样的物质。它主要是流星撞击形成的粉末，而非风化侵蚀所致。每个粒子是一颗小晶体，非常锋利。它们能钻进太空服的接缝，割开滤网，刮伤玻璃。

我在显微镜下长久地观察这些粒子。不规则的形状就像是被一丛丛刀片切割过的钻石，美丽无比却又危险致命。光线从它们表面反射回来，就像是远山覆雪的闪光。我一想到它们正在割穿我的肺部组织,手就控制不住地发抖。

每天结束前,我都要打理我的花园。每天都有一层新的灰尘落在前一天的创作上。我利用微型遥控装置和护目放大镜,雕刻出隧道蜿蜒曲折的迷宫,金字塔密布的森林,华丽尖塔和高耸石柱的城市,这一切都是以光子的尺寸计量的。

随后,我摘下护目镜,坐下欣赏自己的作品。星光暗淡,遥远的太阳越来越亮,我的作品在它们的照耀下闪烁着虹彩。为玻璃与金属的怪物化上淡妆,从随机落下的灰尘中塑造出一丝若有似无的秩序。

咳嗽越来越严重。灰尘撕扯着我的肺,但毫无办法,只能等到夏天,才能唤醒其余殖民者,也包括真正的医生。如果我没挺住,电脑就得再叫醒一个人,另一个在这项任务中稍微不那么无足轻重的人。我能留下的东西只有一个灰尘花园,就像是破败的舍利子。

电脑说:“你干得非常出色。”

我猜电脑大概只会这一种安慰人的方式。

我答道:“谢谢。谢谢你的程序设定让你肯定每一个人的价值,哪怕只是扫地的。”

“不,我是真心的。特别是在 8 号电池板远端。”

屏幕上出现更多数字和图表:电力输出和使用情况,光伏电池发电效率,电力生成总量变化趋势。

电脑是对的。8 号电池板的电力输出突然产生了一个峰值。那正是我的灰尘花园的位置所在。

电脑说:“如果你能让所有电池板的发电效率都达到这个水

平，发电量就能翻番有余。”

这不科学。灰尘会阻挡光线。

闭上眼睛，我想象着光子在灰尘微粒之间弹跳。我想象着它们构成表面锋利的迷宫中的蜿蜒路径，纳米级别的镜厅、陷阱、死路、螺旋通道。我想象着蝉星在群星下旋转，阳光落在太阳能电池板上的角度也随之变化。我想象着色彩在迷离闪烁中，不断地变幻。

这是一种新的观看方式。

太阳落了，我刻完了最后一点儿。巨大的莲花在蝉星的冬季天空下闪耀着光芒，这一壮观景象宣告着一个宇宙新纪元的到来。

一块电池板远端有一幅蒙娜丽莎的仿作，另一块电池板上是巴加尔二世石棺盖上类似宇宙飞船图案的复制品。如若耐心地寻找，你可以一厘米一厘米地观察这些电池板，这样就会发现许多微缩模型：雅典帕特农神庙的大理石浮雕，北京北海公园的九龙壁，亚琛、拜占庭和巴格达档案库的华丽手稿。

这其中也有我自己的原创作品。有的孵育出一个死去梦想的孤独，有的彰显出在奔向黑暗的星球上，孤身一人如凡尘一粒的寂畏，当然也有旋转星系在镜中映衬着幽暗身影的晶莹之美。

灰尘艺术的纳米结构发挥了光子收集器的作用。它们散落开来，引导更多光子进入光伏电池板，刺激着电子，犹如星光曾经刺激着小女孩的视网膜。太阳靠近地平线时效果尤其显著，那时相对于电池板的入射角最小。

我和电脑对这些图案做了很多模拟。过于随机或过于规律都会使光线发生散射，只有准随机状态，部分可控的熵，才能发挥这种作用。

这些也就是艺术。

电脑说:“存储的能量足够了。趁你的肺还没报废,回去休眠吧。”

我问:“那由谁来打理灰尘花园?”

“春天很快就要来了,冰冻的大气层会融化,雨水会把电池板冲洗干净。”

我的艺术不会永恒,也没有任何艺术能做到。纵眼看去,一切艺术都无足轻重,一切生命亦然。我们都是表面的、转瞬即逝的,同一时间秩序的信息,而一切终将归于宇宙之熵,就像我此时坠入休眠的恍惚。其实,我们皆是稍瞬即逝的蝉。

但能够去塑造光线,发光,闪耀,行动,以新的方式观看世界,即使只是一个夏季,不也是一件荣耀的事?①

载于《科幻立方》2017年第5期

① 本文启发自《自然》杂志上一篇有关准随机纳米结构和光电效应的文章。原作是英文,感谢“彗星科幻”的专业译介支持。

柒武

# 神迹:僵死定律

## 一、《联合政府周年咨文》

亲爱的地球同胞们:

自全球联合政府成立以来,已经整整过去了一年。而自世界上第一例僵死出现,也已经过去了漫长而沉重的七个年头。

这七年间,我们经历了席卷全球的僵死浪潮;我们经历了本不该发生的核战灾难;我们经历了规模空前的全球性大饥荒。

这七年间,总共有超过五十亿人直接或间接因僵死而丧生,远超前两次世界大战死亡人数的总和,其数目之巨堪称史无前例。

然而,我们还是顽强地熬了过来。

就在上个月末,世界人口终于结束了下降的势头,开始回升。尽管我们仍未弄清僵死的真正原因,但已经掌握了能让人避免僵死的指导原则。全球同胞在此原则的指引下共同努力,让死亡率逐年递减。

达成这一鼓舞人心的成绩的基础,就是给出了这一重要指导原则的《马尔斯—埃尔报告》。概括地说,这个能帮助人们避免僵死的原则的核心就是——

要尽可能地保持博爱、宽容待人。

尽管十分违背直觉，但《马尔斯—埃尔报告》的正确性却毋庸置疑。只要遵循这个原则生活，就可以大大降低僵死的概率。

但我们也必须谨记，《马尔斯—埃尔报告》能告诉我们的，并不是在导致僵死的因果链中最靠近死亡的那一环。报告能告诉我们的，只是在因果链中更加靠前的、在许多个环节之前的原因。

而导致超过五十亿人僵死身亡的最直接原因究竟是什么？这仍是我们无法解答的疑问。

对于这最关键的、最为靠近僵死结果的之前一个环节，我们至今仍一点头绪也没有。在过去七年里，有无数专家在不断努力，把精力都投入到对僵死的研究中，但遗憾的是，我们仍无法得知僵死的整个因果链的全貌。

今天，我们只能说，对于继续降低僵死发生率，直至完全摆脱僵死的危害，我们仍有漫长的路要走；距离找出僵死的直接原因，像消灭天花一样将其完全驱除出这个世界，我们仍离之甚远；而全人类都能按《马尔斯—埃尔报告》所建议的那样，每个人都努力克制自己、不再让任何恶念产生的那一天，也还远未到来。

我们只能寄望于经历了这些年险恶境地的人们，以及在此期间出生长大的人们，都能珍惜目前逐渐好转的形势，努力继续克服这个难关，更好地生存下去。

…………

## 二、采访素材，纽约，约翰·托马斯

能谈一谈5月9日这天的事吗？

那天我正好轮休，想窝在家里舒舒服服地看一天电视，就没打算约女朋友。也不是说我不爱她啦，不过总有那么些时候你会想一个人待着，就静静地看看电视。那天早上我睡到自然醒，一睁眼就已经是下午了。然后我洗了个澡，给自己做了个三明治，拿了咖啡就打开了探索频道。

探索频道？

没错，你不会以为只有那些所谓的精英阶层才会看探索频道吧？你总不至于认为我是干端盘子的，没有60英寸的液晶电视，就只配看娱乐八卦节目吧？我当然也喜欢自然啊，我也对大自然中那些奇妙的美景、有趣的动物行动着迷。不过，我是没可能住在那种优美的环境里了，我知道自己没可能赚什么大钱，所以住在这种公寓也就满足啦。有热水暖气，有软软的床，起居室也够大，虽然不能天天大餐，但吃得也还不差，而且即使失业也不必太担心。政府不是常说吗，美国永远是你的坚实后盾。

还是说回总统的事吧。

哦，我扯远了。唔……我刚说到那天在看探索频道的一个关于猩猩的节目，正看到一个猩猩群首领被赶下台时，有个朋友打来了电话。他很激动地让我看新闻，于是我就转台到了CNN，看到了总统遇刺的突发新闻。

其实嘛，越是重大的新闻事件你就越不用着急换台，也不必担心漏看了什么，因为那些新闻台总是在害怕才刚打开电视的观众不知道发生了什么，会一直反复播报的。

我换台时,CNN已经在全程直播,所谓的总统遇刺的画面也在反复循环播放。即便是主持人在分析讨论的时候,下方的小屏幕和滚动字条也在不断循环显示:总统在演讲时遇刺。

由于总统演讲时有多家电视台正在现场报道,所以当时的视频录像十分清晰,是有史以来最为清晰的一次总统遇袭片段。

当时,总统正在台上说到演讲的高潮部分,下边的人群也正准备鼓掌。然而总统的最后一句话只说到一半就忽然卡壳、一头栽倒在地。接着现场一片混乱,人群尖叫哄散,安保人员乱作一团。

第一次看到这个片段的时候,我立即联想到了本·拉登。这次的事件是因为我们干掉了他们的首领,所以基地组织也报复性地干掉我们的首领?尽管已经时隔多年,但有这么恨美国人的恐怕也只有他们了。

你也认为这是刺杀吗?

一开始当然是啊。不过后来随着电视和网络披露的信息越来越多,我也开始怀疑到底是不是了。

现场的民众并没有听到枪响,也没有看到总统身上有什么明显的伤痕。如果是中枪,我想没理由会没人看到总统身上中枪吧。后来我自己也去找来了高清视频,慢放观察后也的确没看到总统中枪。他身上好端端的,根本没有中枪的痕迹。

我也想过会不会是什么吹箭、飞镖之类的武器。可我找到的那些视频都是清晰到连苍蝇都可以看到的超高清片源,除非是吹箭能超越音速才能骗过镜头啊。当然也有人怀疑,袭击者是不是在视频拍摄的死角发射的武器?但你要知道,现场视频并不是只有一个,而是有好多个不同角度的超清视频片源。只要交叉对比一下,就能排除总统是在现场被任何一种可见武器袭击的可能。我后来也去一些跟踪分析这个事件的网站看过了，他们比我看得要仔细得多,也没发现什么。

我觉得，有些电视台是为了提高收视率才硬安了遇刺的标题上去。其实他们所谓的遇刺消息,不就是来自那些记者的所谓不愿公布的来源吗？谁知道他们的消息来源是谁,甚至有没有这个人都难说。不过,至少政府放出的官方消息是：目前仍未确定总统死亡原因,需要待进一步尸检才能确定。总之可以确定的是,总统的确死了。如果要我猜的话,我觉得多半是下毒吧。

下毒？

是呀,虽然我不是医学院学生,但是我从电视上学到的东西可不少。那些超清视频证实了刺客不是在现场下手,再加上官方至今表示死亡原因不确定,那就只有下毒才能办到了。探索频道说,自然界存在的毒素何止数万种,致死又能不被检测出来的也有不少。下毒的家伙应该相当专业，我相信FBI这会儿已经确定了犯人需要的知识水平,能把范围缩小到很窄的范围了。

破案肯定是迟早的事，而且这个案子我看多半会定性为恐怖袭击,总统遇刺某个方面来说应该是比“9·11”还要严重的事情吧。这下子我们交的税又不知道有多少要花在反恐上了。不过,对我来说无所谓啦,我的收入又不算高。

…………

三、日记,大阪,佐藤京子

5月11日

今天没能去给田中太太买礼品呢，本来打算上午打扫工作完成后就出去的，但我才开始打扫，小直学校的老师就打电话来让我们家长去一趟学校。我还在想会不会是跟昨天首相因不明原因身亡有关，老师就说不是的，是学校里出事了。

一到学校，我发现校门前挤满了私家车，都是学生的父母开来的。我们家没有车，就算佑介给我买我也不会开，我只好骑自行车过来。小直每天上学都是走路过去的，稍微有点远，但是那孩子从来没有抱怨过，如果不挑食的话那就真是各方面都无可挑剔了。或许下个月小直的生日应该送他一辆自行车？

靠近校门的时候我发现那附近停了几辆警车。什么事需要警察出动？虽然说日本很少出现枪击案件，但是教师对学生做了出格的事却常有发生。小直的老师我大概都认识，也打过一些交道，在我的印象中总体来说都是好老师。

除了那个略有些驼背的体育老师野原，总是有些鬼鬼祟祟的样子。小直说班上有些女生有投诉野原偷看她们换衣服，但是没有证据。因为女生不喜欢老师而说谎陷害老师的情况也常有发生，所以校方在没有证据的情况下也没有采取进一步的处理，毕竟工会现在也越来越有影响力了。

进了学校之后就有老师指引我们这些家长去礼堂集合。但我第一时间想到的是小直，小直有没有被卷入事件？他是否安然无恙？我十分焦虑，立即向指引老师询问。负责指引我的横山老师看了看手里的文件后，告诉我小直没事，他正在自己的班级里待着。这样我就放心了，只要小直没事就好。

那么，学校通知我过来到底是为什么呢？尽管疑问重重，我还是按横山老师所说的来到了礼堂，在里头摆成一排排的椅子上坐下,等待着。之后越来越多的家长来到了礼堂,小小的礼堂变得有些拥挤。看样子是全体家长都被叫来,肯定是不得了的事情吧。

功能多样的礼堂舞台上摆了几张桌子和椅子，想必是准备做成新闻发布会的样式。不过这发布会显然是面向这所小学的家长们的。新闻记者全被挡在校门外了,现在礼堂里只有家长。

又过了好一阵子,等到负责组织的老师们确认家长到齐,校长和管理层人员就从礼堂一侧的门里进来了。在鞠了一躬后校长坐了下来,开始讲话。

“很抱歉在这个时间把大家都集中到这里,想必对各位的工作或者其他安排造成了困扰,在此先表示歉意。今天请各位来到这里的原因，主要是通报目前本校发生的事件情况和说明需要各位配合的事宜。根本目的是为了孩子们的安全。不夸张地说,因为事件严重且警方也表示目前从未遇见过这样的情况，基于警方的说辞和建议,加上本校管理层对于此事件的综合考量,我们才决定召集各位来此。”

校长说了这些之后,我才察觉事情的严重性。有什么事件是警察和管理层都闻所未闻的呢？日本校园案件可谓千奇百怪、花样百出，即使如将 HIV 病毒携带者的血液注入学生的牛奶中的这种事情,以及学生用自制炸弹杀死亲生母亲的事件都发生过,还有什么是连警察都从未遇见过的呢？那些事件的罪犯,心理究竟要有多么扭曲才能想得到这么做？

“接下来开始说明事件情况,经过警方同意,目前所有警方掌握的信息都将在以下说明中披露。希望家长们不要将消息透露给他人,以免增加警方侦破的难度。

“在昨天本校有五名学生和一名教师死亡,根据死者亲属的要求,五名学生在此不公布姓名。死亡的教师是教体育的野原一郎。五名学生分属不同的班级,野原老师也不是这五名学生的直属老师。

“其中一名学生,有早起晨练的习惯。根据其家长描述,‘就在昨天早上他换衣服准备出门时,忽然间就这么倒下了’,于是家长立即将他送到医院,可是当时的救治医师确认,学生送到时已没有任何生命体征,即使做了心肺复苏术也完全无效。其他四名学生,则是在晚些时候家长发现时,已经死亡。野原老师是独居,昨天无故旷工一天,直到我们今早派人到他家才发现他也已死亡。

“经法医初步鉴定,这五名学生和野原老师都是在同一时间死亡。六人的身体皆无任何明显内外伤,也无任何明显致死症状,后续的进一步尸检仍未完成。但由于初步推断为同时死亡,不能排除有六人同时接触到潜在毒物或者疾病的可能性。因考虑到万一是未知疾病导致,所以医院建议我校按流行传染病对待。”

听到这里台下的不少家长都不禁发出了低声的惊呼。就连我也感到有些惊讶,既然按传染性疾病对待为什么还要叫上所有的家长集中在这里呢?拥挤的人群不正是传染性疾病散播的极好条件吗?不过随后校长就对此进行了进一步的说明。

“各位的疑虑我们也考虑到了,的确召集各位家长集中在此会有些弊端。如果这六起死亡的确是因为传染性疾病会增加传播的可能,但与之相比,有预谋的连环谋杀事件的可能性在我们看来则更大且更为危险。因为初步尸检的结果并未发现任何器官或者部位有任何症状，如果是普通传染性疾病这种情况几乎是不可能发生的。

“之后根据警方的意见,六起同时发生且具有同样特征的死亡事件,不可能是单独孤立的事件。所以综合考虑下,由一个或数个犯罪分子造成这六起死亡事件的可能性要远大得多。尽管犯罪分子在清晨同时潜入六人家中施行犯罪的可能性几乎为零，不过这六人是在早些时候同时被犯罪分子下毒，而在同一时间发作死亡的可能性,要比是传染病的可能性高出许多。

“所以召集家长就是为了说明情况后,让家长注意身边是否有不寻常的事情或者陌生人出没,如果有请通知警方或跟校方联系。另外还是为了学生在回校的路上不至于遭遇不测,如果罪犯存在,那么将会是极其危险的。校方无法安排足够人手护送学生分别回家,所以只好召集家长在这个说明会后各自领回。在此再次表示抱歉。

“鉴于有六人死亡,事件过于重大,我校决定从今天起暂时停课,直至事件真相查明为止。这期间警方可能会需了解一些当时的情况,所以有可能会到一些学生家里询问,希望各位能配合调查,我们真挚地希望能尽快解决这一事件。”

后边就是短暂的问答时间,不过并没有更详细的信息。一切都像校长所说的那样神秘。散会后我到班级上找到了小直,带他回了家。

回到家后我问小直会不会觉得害怕,毕竟是死了六个人啊。没想到小直却说一点也不害怕,还说那几个人死了最好。天哪,小直怎么会说出这样的话。我赶紧喝止小直不要这么说。谁知道小直说那几个人是学校的祸害,当然是不在了更好。

于是我问小直:“你知道那些学生是谁吗?”小直回答:“我当然知道,他们都是恶霸啊,就知道欺凌弱小。那个松本还勒索过我的午餐钱呢,不过现在他们都不在了,我说了也没事了吧。”

这个情况倒是出乎我的意料。接着小直继续说道:“那个野原老师也是,我早就听其他班级的人说过他偷看女生换衣服,大家都恨他恨得不得了。”

如果是这样,难道是记恨这些人的某个学生干的吗?这只是我的猜测而已,警方和校长都没有提及这些。不过只要小直没事就好了,小直一向很温顺,不会做出遭人记恨的事情。

而且那几个学生如果真的是这样的人,那么学校的欺凌现象就会消失,也算得上好的一方面吧。不是我不同情那些死亡学生的家长,可是那些被欺凌的孩子会有多大的心理阴影啊?说不定长大之后会变成对社会危害更严重的人呢?从长远来看到底是好是坏呢?没人说得清楚吧。

**四、日记,大阪,神山早纪**

5月11日

我们前天捡到那本死亡笔记是真的吗?野原竟然真的死了!天哪,那东西不会是真的吧?难道那本过气漫画不是虚构的,死亡笔记是真实存在的吗?

笔记在丽子那儿,明天我们得处理掉那东西才行。虽然现在的情况下只能偷偷溜出门,但是如果不早点处理我们就麻烦了。漫画上死亡笔记的拥有者好像全都没好下场吧。天哪,我们麻烦大了。

还是先记下今天发生的事情吧,这几天发生的事情都必须好好记住、吸取教训,以后不能再被卷入这种事情了。

今天早上才刚上第二节课,老师就通知我们不上课了,先去礼堂集合,然后听从老师的指示等待家长接回家。我们问老师到底发生了什么,老师只是说有多个学生死亡的事件发生,学校可能要暂时停课了。我们问是谁死了,老师却没有透露,只是叫我们遵循指示行动。

不过他们怎么可能瞒得住?大人们也太小瞧学生的情报网了。还没回到家我的手机上就收到了有所有死亡学生和老师名字的邮件,野原一郎的名字竟然就出现在上边!

怎么会这么巧!

我们前天才把野原的名字写在那本捡来的死亡笔记上, 野原昨天就死了?据说他的死亡原因不明,这不就是死亡笔记里的正牌死法心脏麻痹吗?

我立即发了邮件给丽子和真理,说明了我的想法。丽子和真理回的邮件也是说她们和我的想法一样。于是我们仨人开始用邮件讨论起来,虽然很想跟她们当面说,但是老妈听从了学校的建议,在没排除是传染性疾病的可能性之前根本不让我出门。

我们都吓得要死!

虽然常常偷看女生换衣服的野原确实可恨, 但我们谁也没料到他会真的死掉啊!

于是我们仨人开始回想从前天解散回家之后到今天发生的事情,希望能理出一些头绪。首先大家一致表示没有见到什么异常,没有人像漫画那样看见了死神。如果那本死亡笔记是真的,我们应该会感觉到,或者说看到死神的啊。

于是我说，或许野原的死跟那本笔记被我们捡到真的是个巧合呢？不过真理却说，她从在医院里工作的叔叔那里了解到，野原的初步尸检并没有查明死因。如果是心脏麻痹导致，那么死亡之后也是没办法查出死因的。

然后丽子说，野原死的时间是凌晨，跟我们写下他名字的时间完全不一样。而根据规则，写下名字的几十秒内那个人就会死，所以也未必是我们。但是真理又说，说不定我们得到的笔记的功能跟漫画不太一样，有偏差呢？不然我们写下野原名字的隔天他就死了也太过于巧合了吧。

可是，死去的另外五个学生又是怎么回事呢？真理说他们跟野原一样也是查不出死因的。但是保管笔记本的丽子发誓，那本笔记本上只有我们写下的野原一个人的名字。这究竟是怎么回事呢？难道还有其他的死亡笔记，而且还是被我们学校的人捡到？

虽然讨论了半天也没个定论，不过我们最后还是一致决定，不管这笔记是不是真的，都必须尽早处理掉。至于怎么处理，我们觉得不能随便烧掉，如果笔记是真的后果会怎样我们根本无法预料，最好是找个地方埋起来，不再让任何人得到。所以今天我要早点睡觉，明早在妈妈起床前溜出去跟丽子和真理会合才行。[①]

### 五、SAMU调度医生日志，巴黎，安东·弗雷歇特

5月9日

今天我的值班时间是晚四点到十二点。

---

① 在漫画《死亡笔记》的设定中，名字被写在笔记上的人会在40秒钟后死于心脏麻痹。一旦接触过死亡笔记，此人就能够感知守护那笔记本的死神。

在值班前安德烈医生就知会了我，今天有个新接线员巴雷上岗实习,让我留意一下。我起初并未在意,因为接线员只需要筛除虚假报警，并确定打电话人的位置以及急症的性质，工作并不复杂。而且新接线员都要经过六百小时的预先培训,一般是不会有什么问题的。

实际上,从刚开始几个小时里巴雷转来的急诊电话看,我觉得他都算处理得当，直到8点半左右时一通交通事故的急诊电话转了过来。那单事故是在一个十字路口,一辆小货车撞上了正在穿越斑马线的行人。我接过巴雷转来的电话时,他一并转来的初步判断信息是“急症,原因不明,可能有生命危险”。我第一时间就感觉有点不对,因为交通事故无非就是撞伤或者碾轧致伤,并不难判断。但是巴雷却说是原因不明。

我接起电话简单询问了一下，发现打急诊电话的竟然是那个被撞的行人,而且她的声音还算正常,只不过语气显得有些紧张。我就更奇怪了,既然行人没被撞伤,那怎么会定性成生命危险？是不是巴雷搞错了,她只是想报告交通事故逃逸？

我耐心继续问下去才了解了现场的详细情况，原来并不是巴雷的错。现场情况是,一辆小货车本来该在斑马线前停下,但是在最后几米时司机却又一下子松开了刹车，车子就凭惯性冲上了斑马线撞上了行人。不过幸好撞人时车速已经比较慢，所以行人没事。之后行人发现司机趴在方向盘上一动不动,她打开车门并且推了推司机还是毫无反应,再探探鼻子发现司机已经没有了呼吸,于是行人就立即拨打了急诊电话。撞人的司机居然自己有生命危险，也算是少见了。

由于司机已经探不到气息，属于紧急重症情况，所以我立即调派了一个 SMUR 小组过去。然后我马上指引现场的唯一目击者，也就是那个行人，对他进行紧急的心肺复苏术。尽管那个姑娘并未接受过心肺复苏术训练，但她说在电视里经常见，可以试试看。我又叮嘱她千万注意不可用力过大，因为许多失败的临时心肺复苏术就是因用力过大导致患者肋骨骨折，反而加速了患者死亡。不过因为现场情况危急，司机已经失去心跳和呼吸，SMUR 又要至少十分钟才能到达，所以也管不了那么多了。

虽然姑娘已经尽力施行了抢救，但在 SMUR 到达后病人仍然无任何生命反应，SMUR 接手后也最终无法挽救患者的生命。因为这个事故实在是有点怪，后来我又跟进了一下这个司机的情况，却发现连 SMUR 也无法立即确定他的死因，只得运回医院再进行后续尸检。

然而这还仅仅是个开始，同样症状的病例此后接踵而来。

在这一急诊电话之后，接线员立即又转来了下一个电话。这个电话报告的是有人忽然失去知觉，患者同样是已经没有呼吸和心跳。目击者说这人是自己忽然就倒下了，没人碰他也没有任何前兆和突发情况。我在确定了现场情况后，立即调派了另一组 SMUR 前往抢救。只要患者的生命危在旦夕，标准流程就是派 SMUR 前往。随后这组 SMUR 回报的同样是抢救无效。

我不禁起疑，心想怎么回事？接连两个如此类似的情况？这有点反常。同样症状、同时发病，身处不同地点的两个病人，接连转给了我这同一个调度医生。这需要多巧合？这么些年来我还从未遇到过这种情况。结果接下来的第三个急诊电话，再次刷新了这个纪录。

这个电话是一个老妇人打来的。她原本以为丈夫是看着电视就自然打起盹来,可过了一阵子她觉得不对劲,往常总是一睡着就开始打呼噜的丈夫这次却一直毫无动静。于是她推了推丈夫,没想到一推人就直接瘫倒了下去。我赶紧让她把老人放平躺到地上,让她确认老人的呼吸和心跳,结果她的回答是都已经没有了。

不会吧,又来一个?我边纳闷着,边想按程序调派一组 SMUR 过去,谁知道这时系统告诉我所有 SMUR 都已经出动,没有可以调用的了。没有 SMUR 可以调动的情况实在不多见,现有的五十多个 SMUR 组在这个时段常常有一半以上都是在待命的。今天到底是什么日子?于是我只好按程序赶紧调派一名值班医生前往现场,这是不得已的办法。

接着我打开系统查了一下, 想弄清楚 SMUR 怎么会全都被派出去了。然后我发现,今天大部分时间 SMUR 出动情况都正常,直到十几分钟前——也就是我接到交通事故急诊电话的时候开始,忽然之间所有 SMUR 在这短短的十几分钟内全都被派了出去。于是我立即询问了正在值班的另外两名调度医生, 一问才知道他们也都正在纳闷怎么没有 SMUR 可派了。

而且,他们接到的病例似乎都跟我一样,都是忽然失去心跳和呼吸却又无法确定原因。我们又查询了一下系统,结果巴黎大区内其他七个 SAMU 中心也面临着同样的状况: 所有的 SMUR 都已派出,之后的急救处理只好调派值班医生出去。

接下来的时间里急诊电话一个接一个, 我们只好把所有值班医生和急救员也都派了出去。没多久,我们手头的资源就只剩下没有医生的简易救护车了。如果情况继续这样发展下去,急救资源会越来越紧张,最后我们就得寻求消防部门的支持了。鉴于目前的紧急情况,我们几个调度医生短暂交流达成一致意见,取得上司同意后做出了相应变通:把患者都接到医院里再做抢救处理。

之后的急诊电话中,出现这种猝死情况(这些无故丧失心跳和呼吸的患者,SMUR 抵达时几乎全都抢救无效,可视作猝死)的患者仍旧接连不断。而且我们还一直接到投诉,为什么急诊电话要等那么久才转到调度医生的手上?

情况已经这么糟了吗?已经恶劣到连急诊电话都排起了长队吗?不过我没时间确认这些,只能先安抚电话那头的愤怒情绪,然后把精力集中在患者身上。

对于这些猝死急诊,我都按生命危急的状况对待,优先调派手上相对最优良的设备和人员过去。尽管这些猝死患者基本全是抢救无效,我认为也不能因此懈怠,因为我也不能确定下一个是无法抢救回来的啊。只要有一丝救活的可能,我们都必须认真对待。

然而,猝死急诊电话实在太多了,过了半小时仍然丝毫不减,有越来越多的同样病例出现。许多人在接通电话后还一直骂,为什么要等上快半小时才接?显然,我们的急救能力已经完全跟不上事态的发展了。

这样下去可不行。作为调度医生,SAMU 系统中最重要的一部分,我们必须对这种特殊情况做出更好的处置。我们的工作职责就是分析形势,确定来电原因并根据具体情况尽可能快地做出最合适的反应,我们现在也更应该因地制宜、灵活应对。

于是我立即与其他两名本院的调度医生,连通了上司的电话进行商讨。仅仅几分钟后我们就拟定了新的对策。

在不影响已经启动的《白色计划》的前提下，我们决定加强SMUR的利用率，让所有SMUR把已确定无法挽救的患者留在现场。当然,我们并不是就这么把患者丢在大街上不理,我们要求的是,SMUR在现场急救和诊断处理完后,如果确定患者确实无任何生命迹象且是今天发生的这种猝死病例,SMUR将暂时不处理患者遗体——也就是不把死者抬上车运回医院，而是暂时将死者留在原地,等待我们调派的其他车辆到场处理。这样一来,SMUR能省去把遗体运回医院的这一程序而直接驶向下一个地点，将利用率提高一倍。同样地,已经派出的值班医生和急救员,也将遵循这个方法以节省时间。至于运送遗体的工作,我们已经联系上了消防部门,让他们帮忙进行后续处理。我们不得不这么做,因为现在连普通救护车也已经完全不够了。

这种情况一直持续到了半夜，直到换班时急诊电话才好不容易逐渐开始回落。SAMU今天遭遇了前所未有的挑战,我们竟然连运送尸体的工作都差点无法应付。那些等待了数十分钟急诊电话转接处理的人，恐怕也无法理解为什么SAMU竟然会让他们等了那么长时间。我们当时根本应接不暇,没时间,也顾不上向他们详细解释。

这个区居民有近百万，每年急诊入院的人数也不过十万人左右,平均起来每天也才三百来人。而就在这短短的几小时内,我们几个值班医生所接触到的死亡案例就已经超过了这个平均值。这还不包括至今仍在苦苦等待接通急诊电话的那些人，以及我们仍未知道的猝死者。

毫不保留地说,从我任职以来,甚至是我整个人生当中,从未在一天内面对过如此大量的死亡。

除了值班医生以外,停尸间也一样焦头烂额,他们需要接手的是我们派出的人员确诊的以及那些自行送院的猝死者,总数恐怕至少有上千例之多。数量之巨,恐怕就连《白色计划》中也没有对应的处理预案。如果说勉强可以符合这个情况的,恐怕只有其中的疫情爆发应对预案,而且是性质极其恶劣的疫情。

但是,目前这离奇的情况似乎又与疫病的情形有所不符。从目前猝死者的症状来看,确切地说只有"死亡"这一个可以确认。这些患者几乎都没有明显症状,就这么忽然停止了呼吸和心跳,仿佛是生命骤然从躯体中被抽离一般。

根据SMUR小组的反馈,他们确认的数百例猝死竟然全都无法判断死亡原因。如果是突然大范围爆发的疾病,竟然连一个明显的共同症状都无法发现,这就不能不说匪夷所思了。所有SMUR的医生都有足够丰富的经验,即便是症状十分难以分辨,也不至于把数百个猝死者全都看漏。而且SMUR所携带的移动医疗仪器是所有小组中最先进的,有配备X光和超声波等仪器,就算是患者有无法发现的内部创伤或者体内病变,总不至于完全看不出一点端倪。

另一个可疑之处,是猝死者的死亡时间都惊人的一致。我在换班后立即查询了这些案件的详细记录,发现这些猝死案例的报告者几乎都是在同一时间拨打急诊电话,基本上前后相差不过几分钟。由此可以推断,这上千名猝死者几乎都精确地在同一个时间死亡,误差不过仅仅几分钟。

从医这二十年来,这种情况简直是闻所未闻。如果是某种恶性疾病造成的大范围死亡，肯定会由于感染来源不同导致感染时间不同，再加上个人体质有所差异，那么感染到致死所需的时间也必然各不相同。要让这千百人在精确的几分钟内准时死亡，恐怕不是任何一种已知疾病能做到的。可如果不是一种新的疫病，那又会是什么呢？

我和其他刚结束值班的两名调度医生又讨论了很久，依然理不出个头绪。然而我们更为担心的是，这种猝死会不会再度出现？今天巴黎总算是熬过去了，可明天如果还发生又该怎么办？

我们都认为，指望这种情况仅仅会出现一天实在是过于乐观，明天再继续爆发猝死的可能性相当之大。甚至，情况还有可能变得更糟，猝死者可能会比今天还要多。

到那时，我们又该如何应对？[①]

## 六、《亚当·F.马尔斯传》，卡尔·史密斯 著

…………

第二章

马尔斯出生在剑桥郡，从小就接受了在剑桥大学当统计学教授的父亲的教导，开始以科学的眼光去看这个世界。

“不管是多么不可思议的事情，背后都存在着规律。即使目前科学仍未能告诉我们所有真相，但万事万物都无不遵照着这个宇

---

① SAMU：紧急医疗救助中心。整个巴黎大区共有8个SAMU，法国国内有上百个SAMU，每个SAMU负责数万人至上百万人。SMUR：急救服务单位，包括配有全套急救设备的移动设施和一个医疗组。《白色计划》：针对重大灾难事件，法国有整套的应急预案，即《红色计划》（消防部队）和《白色计划》（SAMU、医院）。

宙的法则和规律运行。”这是父亲常常对马尔斯说的话。

在父亲的循循教导下，马尔斯自然而然地走上了和父亲同样的道路，选择了生物统计学作为攻读方向。其后他以杰出的表现得到了剑桥大学的邀请，任生物统计学课程教授。遗憾的是其时他父亲已经过世，两父子没能同时在剑桥大学并肩任教。

…………

第五章

在2009年甲型H1N1流感大流行之际，马尔斯的才华又一次得以展现。

这是一次由流感病毒新型变体，甲型H1N1流感所引发的全球性流行病疫情。2009年3月底，该流感开始在墨西哥和美国加利福尼亚州、得克萨斯州爆发，不断蔓延。在很长的一段时间内，美国疾病控制与预防中心都没搞明白，为什么发生在美国的病例一般都病情轻微，而墨西哥的则十分致命。虽然从前对于流行病毒株的研究也表明，不同国家的致命率差异可以很大，而且一般致命病例都集中在发展中国家，但这一次墨西哥的流感的不同之处，在于致命率远超以往。

于是，当时受邀作为世界卫生组织临时顾问的马尔斯教授，在研究分析后率先对两国间死亡率的差异做出了解释。他的结论是，在美国境内一些地区中主要流行的应该并非H1N1，而是另一种较为不那么致命的甲流病毒亚型H3N2。随后美国研究人员很快在马尔斯教授所指出的区域内，从致病样本中分离到了数株H3N2型流感病毒，证实了马尔斯教授的结论。

不过单就以上的成果，还未能完全说明马尔斯教授的天才之处。必须补充说明的是，马尔斯教授是安坐在剑桥郡的家中，仅根据世卫组织送来的报告就得到以上结论。他不仅指出了某些区域流行的是H3N2而并非H1N1，还详细划出了相当精确的区域范围。

要知道，世卫组织的报告其实只是经过现场医生或者其他研究人员上报的、按自己理解所加工过的二手信息，与亲自在第一线得到的信息量完全不可同日而语。许多病症及病人信息细节都无法深入挖掘，病人究竟接触过哪些人和动物的信息也都模糊不清。要根据这些二手数据得出准确的结论，就必须具备惊人的洞察和分析能力。

…………

第十一章

众所周知，马尔斯教授职业生涯中的最大贡献，就是与埃尔牧师共同发表了一系列关于僵死现象的研究报告。其中最广为人知的是他们的第三份报告：《关于僵死现象原因及触发条件的再研究》(如今普遍称之为《马尔斯—埃尔报告》)。无可否认，这份报告是对人类来说最为重要的一份研究报告，也是如今新世界形成的基础。

虽然马尔斯教授对此十分谦虚，总是说就算没有他也会有人去做这样的分析，并不是只有他才能做到。但如果不是马尔斯教授，谁又会具备包容埃尔牧师想法的眼界呢？如果不是马尔斯教授，谁又能率先从别人意想不到的角度分析研究，并且运用相应的学识去推导出僵死发生的规律呢？而在下一个具备同样才能的人确定“僵死定律”前，整个世界又将因此推延而再失去多少生者呢？

在僵死现象忽然在全球范围内大规模出现的第二天，也就是5月10日，马尔斯教授就接到了一个电话，邀请他为这次全球性死亡事件调查的临时顾问。不过，这次邀请他的并不是世界卫生组织，因为此次大范围僵死与以往的任何一次全球性疫情都截然不同，世卫组织此时仍未能确认僵死者是由于传染性疾病爆发而死亡。

这一次，邀请马尔斯教授的是美国联邦调查局(FBI)。FBI科学及科技处的一位主任查理·阿姆斯壮，对马尔斯教授在2009年甲型H1N1流感大流行中所做出的分析印象深刻，所以在这次大范围人员死亡的紧急调查开始时，参与此次调查任务的他就向上级提交了申请。调查局立即批准了这一申请，向马尔斯教授发出了邀请。考虑到僵死者出现乃是全球性突发状况，且调查局所能提供的资源十分丰富，马尔斯教授接受了这个邀请。不管是为哪个组织工作，不论是在什么地方调查，只要能找出真正导致僵死的原因，就一样能造福世界。

在抵达美国后，马尔斯教授才知道此次事件并非只由FBI负责，而是连CDC(美国疾病控制与预防中心)、CIA(美国中央情报局)也在协同调查，并没有主次之分。之所以如此，是因为事态过于严重而采取的紧急对策。仅当时的粗略统计显示，第一天内美国的死亡人数就超过三十万人，是美国总人口约1‰。美国人口年死亡率从二战后就已经降至10‰以下，近年来更是逐渐逼近8‰。如果照每天1‰的趋势发展下去，只需要不到八天，美国的死亡人数就会超过全年的总自然死亡人数。由此足见这是多么巨大的灾难。

马尔斯教授抵达后,被安排和CDC调查组的医学专家一起工作。这些医学专家又分为数个小组,其中马尔斯教授所在小组的专家主要以流行病学专家居多,因为毕竟马尔斯教授的专长在于生物统计学,与流行病学关系密切。跟马尔斯教授一样,这些医学专家绝大多数都是名校出身,在流行病学领域都有卓越的成就和贡献。他们也都是得知事态严重就立即加入到研究分析的工作中,每个人都一样只想着尽快找出“病因”,以免有更多的人再不幸僵死而亡。

然而事情的进展并不顺利,之后过去了整整一周,调查组仍旧毫无头绪。

调查组按远比以往任何一次疫情更为仔细、严格的标准,对数万名僵死者做出了深入细致的检验分析,可尸检结果并没有带来任何可知“病因”的蛛丝马迹。每个僵死者都是像被迅速冻僵般很快死去,死前毫无迹象、死后也无法观察到任何症状,检验不出任何致死原因。

包括马尔斯教授所在小组在内的一些流行病学小组,则是对数十万死者的健康记录、生活习惯、分布区域,以及时间足迹等记录进行了综合性统计分析,但他们也一样无法得出可靠的结论。往往是每个小组都有自认为正确的统计模型,但在其后的讨论会议上却发现与其他小组得到的结论完全不同。而每一个模型在代入最新的死者信息记录后,又和现实不相符了。

与此同时,FBI也假设了是有毒物质导致僵死,组织其他调查小组进行了以毒物为致死前提的分析调查,可惜也均告失败。在多达数十万僵死者的充足样本中，他们不仅无法提取到任何致死毒物，对潜在毒物的来源调查也一无所获，水源、空气、食物、环境各方面似乎都毫无异常。如果真是毒物致死，那么毒物就得同时在数十万受害者毫无知觉的情况下，通过同样是无人察觉的渠道扩散，并最终同时发作导致大范围死亡，没人想象得出究竟要如何才能做到。

此时CIA在海外搜集的情报则显示，全世界范围内都出现了这种大规模僵死情况，没有任何国家例外。其实，单日死亡率达到1‰的异状没有一个国家能隐瞒得住，就连独裁极权国家也不例外。

此时马尔斯教授敏锐地意识到，调查方向可能错了，必须寻求变化才能避免走进死胡同。分析研究不能被以往的经验和知识所束缚，对全新的状况需要有全新的思维才行。

“人脑就好比一台强大的生物计算机，输入同样的数据只能得到同样的结果。这样下去我们恐怕会一直徒劳无功。”马尔斯教授回忆，那时他脑海中忽然浮现的就是这一想法。

当时马尔斯教授所在的流行病学分析小组，被限定在了流行疾病致死的假设上进行分析研究。于是马尔斯教授在意识到问题后就立即向FBI申请，希望能不受局限，采取自己的方式在其他方向上进行调查。尽管这并不符合规定，但在史无前例的严峻形势下FBI并没有墨守成规，马尔斯教授的申请很快被批准了。

现在看来，马尔斯教授此举跟当年约翰·斯诺医师的举动其实有着十分相似之处。

在1854年伦敦爆发霍乱事件时，普遍流行的观点是霍乱经由空气传播,但是约翰·斯诺医师并不相信这种说法,他认为霍乱是经水传播的。斯诺用标点地图的方法研究了当地水井分布和霍乱患者分布之间的关系，发现在宽街的一口水井供水范围内霍乱罹患率明显较高,最终凭此线索找到该次霍乱爆发的原因:一个被污染的水泵。人们把水泵的把手卸掉后不久，霍乱的发病率明显下降。约翰·斯诺在这次事件中的工作被认为是流行病学的开端。

在那次霍乱事件中,斯诺医师敏锐地意识到,当前的既有知识并不能解释真正的致病原因。因此他开始采用新的研究分析方法,然后找出了霍乱传播的真正原因。马尔斯教授当时也是一样,意识到大家的研究方向并不能通往真正的原因，于是他开始把目光投向崭新的方向,去寻找那些意想不到又具有重要意义的新元素。

在马尔斯教授独立开始自己的研究时，全美因僵死而亡的人数已经累计有三百万人之多，达到了全美总人口的1%。就连FBI许多探员和医学专家也在此期间陆续死去。离奇的是,一些整天待在无菌实验室里的医学专家都难逃厄运，这也让医学专家们开始越来越怀疑致死原因究竟是不是疾病。

在马尔斯教授获得批准之后，其他一些专家也跟着开始申请独立研究分析。但遗憾的是,他们都未能跟上马尔斯教授的脚步,朝正确的方向前进。因为马尔斯教授的研究方向,在某些人眼中简直是匪夷所思,让人无法接受的。甚至在马尔斯教授的初步研究报告发表后,许多人都在嘲笑讥讽他是科学界的耻辱。但历史最终将证明他们大错特错。

现在，我们还是把目光放回到马尔斯教授开始独立研究之时吧。

马尔斯教授独自开展研究后的第一件事，就是把之前在流行病学小组的研究数据和分析结果完全摒弃。用他的说法就是“清空所有的盒子,以便装入新的东西”。在“清空”了所有东西之后,马尔斯开始在网络上漫无目的地晃荡，不论是跟僵死有关或者是无关的新闻、文章、视频和图片等,他都来者不拒地浏览一遍。

在这个阶段,由于没有确定方向、没有任何手段可以借助,马尔斯教授只能靠大脑的直觉去寻找潜在的僵死原因。不过从网络上获取信息也有很大缺陷,它们毫无重点而且数量巨大,即使是秉着开阔视野从而开拓思路的态度，大量信息给大脑带来的疲劳也远大于在流行病学小组工作的时候。因此,在大脑处于全负荷接受信息的过度使用状态下,马尔斯教授深受失眠和偏头疼的折磨。有时他不得不借助大量的安眠药和镇静剂来抑制思绪的奔腾冲撞，以免大脑得不到休息而直接崩溃。

在经过数日的艰苦工作后，马尔斯教授终于找到了两件他认为与僵死现象有明显因果关联的事情。

首先,似乎是知名度越高的人死亡率越高。马尔斯教授发现，在僵死爆发前的电视节目和僵死爆发后的电视节目中，那些名人的出镜率有点不对劲。原本常在僵死爆发日前露脸的许多名人在之后很快就不再露脸，以至于如今只剩下一些没有什么名气的三流人物出镜。进一步调查后,马尔斯发现这些主持人、明星、歌星、演员并不都是闭门不出或者一窝蜂出行避难，他们中的大多数人都出现在了 FBI 提供的僵死者名单上。只要稍作统计就能知道,这些名人的僵死概率远超普通民众。

然后,是一位小镇牧师所发表的言论。这位牧师就是日后与马尔斯共同揭开僵死之谜的另一名关键人物，住在俄亥俄州诺克斯县甘比尔小镇上的马蒂·S.埃尔牧师，当然这是后话。马尔斯教授当时注意到的是埃尔牧师在网上发表的一篇文章，这篇文章的主要内容是埃尔牧师针对僵死事件在教会中的发言。

在发言中埃尔牧师指出："……目前这无法查明原因的僵死爆发，是即将到来的最后审判的开端。唯有遵循耶稣训导，继续以博爱行事，才能在大灾难中幸存下来。我们该做的，就是要保持自我完善、严于律己、宽以待人，要忍耐、宽恕，以爱而不是以暴力对待仇恨。"

不过，当时引起马尔斯教授注意的并不是此番结论，而是埃尔牧师一并给出的导出此结论的依据。埃尔牧师在文章中列出了所在教会的僵死教众数量，以及教会传教区域内非教徒的僵死数量，并且放在一起进行了分析比较。结果可以明显看出，在这个区域内的教众死亡率低于普通民众。

信教是否与僵死之间存在关联？这是以往马尔斯教授从未考虑过的方向。在现代社会中，不论信教与否，人们的日常生活方式并没有很大差别。不管是从流行疾病还是毒物传播角度来看，是否信教都不会被考虑进入统计模型里。但如今马尔斯教授的直觉却告诉他，这是值得考虑的方向，因为埃尔牧师提出的死亡率数据比对，使用的确实是科学的方法。

"不管是多么不可思议的事情，背后都存在着规律。即使目前科学仍未能告诉我们所有真相，但所有事物都无不遵照着这个宇宙的法则运行。"

这是就马尔斯教授从父亲那里继承的理念。于是他决定遵循这个理念而继续深入调查研究这两个线索。

…………

第十三章

马尔斯教授终于得以与埃尔牧师会面了，两人一见面就立即对僵死问题开始了讨论。在讨论中，马尔斯不禁惊讶于埃尔牧师逻辑严密的思维以及训练有素的科学素养，此前他从未亲眼见过具备如此素质的神职者。

“念神学院的人难道科学课程的成绩就一定差吗？”据说当天埃尔牧师是这么回应马尔斯教授的。

随着讨论的进一步展开，埃尔牧师拿出了网上那篇文章中并没有附上的、更为详尽的数据。埃尔牧师搜集了本地教会内的大量教徒的详细资料，从他们的过往事迹、性格特点、爱好特长、为人处世等各个方面，都做了详细记录并备案留档。这是埃尔牧师为了更好地了解教徒，从而针对性地为教徒开导指引而做的详细工作之一。正是这些资料，让埃尔牧师能在僵死爆发后，从中得到教徒死亡率较低的结论。

现在，在马尔斯教授的协助下，他们就能从教徒的资料中更精确地分离出死亡者和幸存者所各自具备的特质。马尔斯教授在初步分析统计后，发现得到的结论与埃尔牧师的结论并未背离。

为人处世更慈悲博爱，而且保持这种态度有更长久历史的教徒，死亡率更低。

这个结论乍看之下违心得不可思议。难道要告诉大家，要博爱、要忍耐、要宽容，才不至于僵死发作身亡？如果有人问起这其中的因果何在，恐怕不从宗教角度解释就没办法说清楚。然而如今已经是21世纪了，任何理论都必须要有科学的支持才能站得住脚，所以马尔斯教授觉得这个结论恐怕还拿不出手。

然而接下来怎么办？很快马尔斯教授就做出决定，要用埃尔牧师的思路去对名人高死亡率现象展开研究分析。这时，埃尔牧师提出自己可以帮助马尔斯教授共同研究，因为埃尔牧师相信更确切的研究结论有益于世人。对于埃尔牧师提出的无私帮助，马尔斯教授欣然接受了。

随即，在对僵死爆发前后的电视节目进行了初步研究分析之后，马尔斯和埃尔确定了一个名人的样本清单。通过FBI，他们很快拿到了名单上所有人的详细资料。虽然资料上并未写明这些名人的为人处世情况如何，性格究竟怎样，但资料上有他们的详细行程和接触过的人的联系方式。马尔斯和埃尔接着就根据这些资料展开了调查。由于这一研究方向并未获FBI或CDC的支持，他们无法获得人力资源协助，所以该调查就只能由两人亲自进行。不得不说，这是十分繁重而又琐碎的工作。单是一个个电话打过去询问就要花费大量时间，然后他们还要根据得到的反馈信息，对这些已故名人的性格特征进行分析记录。

两个月后，马尔斯和埃尔终于完成了第一份详细的调查报告——《僵死现象的原因研究》(简称《第一报告》)。

对于这份报告，马尔斯教授其实仍有顾虑。因为，在研究了近百位僵死名人的样本后他们最终得到的结论，跟埃尔开始时提出的结论并没有多大区别。结论仍然是僵死率越高的群体越是具备这样一些特点：他们对人更加不友善，性格更加暴躁易怒，无法宽容对待他人，有睚眦必报的倾向。

但此时的事态发展已经异常严重。根据当时的官方统计，全球人口已经降至僵死爆发前的85%左右，也就是说已经有超过十亿人因僵死而失去生命。但此时仍没有一个国家、没有一个机构能够确定僵死原因，同时全球也都因僵死而进入了大恐慌状态，社会运作几乎崩溃，谣言四起、暴力事件频发。在这种情况下，马尔斯和埃尔只好决定立即提交报告。

然而，当局收到了《第一报告》后态度却是十分不屑，仿佛这是天方夜谭一般的胡言乱语。尽管报告从资料数据到推导都采用了标准的统计学方法，但当局却似乎只看到了结论的违背常理，最终并未接受这份报告。

于是，马尔斯和埃尔只好将《第一报告》发给其他国家负责僵死调查的机构，以及联合国相关部门和各大科学期刊。他们甚至还直接把报告放在了网络上传播。尽管报告的结论尚不够详细，对僵死直接原因也没有涉及，但他们还是希望这份报告能指导目前的幸存者，让人们尽可能地避免僵死身亡。

不幸的是，《第一报告》才刚发出去不久核战争就到来了。某个小国首先发射的核弹引发了小规模核混战，其后各核武器拥有国发射了数十枚核弹相互攻击，并且导致了随后全球范围的一系列军事行动。于是马尔斯和埃尔的第一份报告就被湮没在了全球战争威胁，以及此后因动荡而导致的世界大饥荒之中。

在核攻击刚结束时，FBI曾提出可以将马尔斯送回英国，但他考虑再三还是拒绝了 FBI 的好意。尽管面临动荡和饥荒的恶劣环境威胁,马尔斯教授还是毅然选择了留在甘比尔小镇,与埃尔牧师一同继续研究僵死现象。

…………

## 七、全球联合政府欧洲区调查局审讯录像,安德鲁·M.霍尔

审讯者 A:“现在问讯开始。你叫什么?”

霍尔:“安德鲁·M.霍尔。”

审讯者 A:“你明白你所拥有的权利吗?”

霍尔:“当然知道。别以为我能活到现在靠的都是运气。”

审讯者 A:“你需要律师吗?”

霍尔:“不需要,都已经被你们抓到这了,还要律师有什么用?”

审讯者 A:“你需要行使其他的权利吗?”

霍尔:“不必了,你们想知道的我全都会说的。我会绝对配合,只要你们不要把我给曝光出去。”

审讯者 A:“接下来我要重申一下,希望你不要对我或是我的同事们有任何怨恨,这样我们双方就都不必因此无谓丧命。我们的讯问将完全根据全民投票通过的审讯法规进行,请不要迁怒于我们任何一个人。为预防可能存在的其他群体性诅咒,每隔一段时间将会轮换一次讯问人员,请将我们都视为同一个人就可以了。”

霍尔:“明白了。”

审讯者 A:“那么,霍尔先生,就请你详细说说从僵死现象爆发至今,你的所作所为吧。”

霍尔:“这……就不必我再说一遍了吧?你们不是早调查清楚

了才抓我过来的吗？”

审讯者A：“这是正式讯问程序的要求，请你谅解。”

霍尔：“好吧，那就从……僵死爆发的那一天开始？”

审讯者A：“好的。”

霍尔：“那天，我一直在曼哈顿的公寓里睡大觉。因为前一天晚上喝得太多了，醉得连妞儿都没法带一个回来，就一直睡到了隔天下午，直到一个朋友来电把我吵醒了。”

审讯者A：“那个朋友是谁？”

霍尔：“你们不会这也不知道吧……那是艾伦。”

审讯者A：“艾伦·约翰逊？”

霍尔：“看，你们这不都知道吗？好好，我明白了，程序要求对吧……给我打电话的就是艾伦·约翰逊，纽约长老会医院的医生。我们的交情还算不错，你知道我们药厂和医生的关系啦。如果没一点门路我们这种小药厂早就关门大吉了。

“那天下午我被艾伦叫醒，他头一句话就是：‘快看电视。’我心想有什么大不了的，就算又是一次‘9·11’又怎么样？但我还是爬起来打开了电视，所有电视台都在报道着同一件事：总统遇袭。

“不过，我当时还是没搞懂艾伦叫我看这个干什么。总统跟咱们根本不是一个层次的，我们又不是大到需要跟总统打交道的公司。但艾伦之后告诉我，不单是总统，现在医院里塞满了跟总统一样无故死亡的尸体。这些人的死亡症状都一样，无明确死因。这也就是后来我们所说的僵死。我马上就明白了这意味着什么，艾伦在提醒我有个绝好的发财机会就在眼前。当然艾伦并没有明说，但是我就是明白了，我可不是笨蛋。

“你看,我现在连在想什么都老老实实地告诉你们了,你们能感觉得到我的诚实吧?”

审讯者A:“这个问讯是全程录像的,法官们在做出裁定前也会看一遍,你可以放心。”

霍尔:“噢?那么说这件案子就是不公开审判咯?你们真是太仁慈了,上帝保佑你们。不过我还想声明一下,我叙述过去那些事的时候,可能会边回忆边把当时的心情表现出来,希望法官们不要认为是我现在的想法。”

审讯者B:“请你继续。”

霍尔:“好的,刚才说到哪儿来着?”

审讯者B:“我看看……你接完艾伦的电话。”

霍尔:“对,我接完艾伦的电话就知道发财的机会来了。为什么这么说呢?只要你在医药行业混上几年就知道了。对于小药厂来说什么药能带来最大的利润?不是难以治疗的绝症,而是那些已经过了专利保护期的日常用药,而且是越常用的越好。就我们公司而言,一些声称对流感有效的药物最赚钱。因为流感的流行范围广,病人的基数大,而且每隔一段时间就会卷土重来。我们卖的那些药,不管效果好还是不好,销量总是还不错。虽然利润率低,但是销量上去了还是有那么点赚头的。”

审讯者B:“不要跑题。”

霍尔:“哦,明白。以当时的情况来看,我认为公众一定会很快就往流行传染病的方向去想,因为这大量不明原因的死亡医院没法隐瞒,而且连总统也是在众目睽睽下死去。所以公众肯定很快就会恐慌起来,只要他们一恐慌,就绝对不会舍不得掏钱买药了。即使那药只有安慰的效果也好,他们也肯定会毫不犹豫地买下来。说到底,钱只不过是一张张纸罢了,生不带来死不带去,怎么可能跟命比?谁又会在这上边吝啬?有人说最好做的买卖就是涉及'恐惧'的,真是一点都没错。在恐惧面前谁会把钱包捂得死死的?"

审讯者 B:"所以你们就第一时间开始针对僵死症研发特效药?"

霍尔:"怎么可能?看来你真的不了解医药行业的情况。当时我确实判断出马上会出现一个有极大潜力的市场了,这是一个绝佳的机会。但是我能提供什么?我从哪里搞来市场需要的东西?我们这个小公司是没法像拜尔、瑞辉这种大公司那样大搞研发的。何况这可能是一种新型疾病——先不说确切的病因,至少症状跟以往的流行病就完全不同。而一种新疾病的药物研究不仅投入大得不可想象,而且研发周期也是超长的。

"你知道在美国一种新药上市要多久吗?先不说你最后能不能找到有疗效的药物,单是流程上你就先要进行研究性申请,然后要提供一大堆安全数据、动物实验数据才能决定你能不能进入人体实验阶段。即便开始了人体实验,还得分为四个阶段测试安全性、副作用、代谢机理、是否有效作用于人体、毒副作用、不同年龄种族等条件下的药物反应等方面,这些方面至少要有数千人的实验数据才算数。最后,就算有了数据你还要进行上市申请,等 FDA 接受了还要等十个月左右才能审核完毕。说到这里你就能理解了吧,如果按正规流程走,等药能卖到市场上,时机早就过去了。而且我们还得跟大公司抢时间,不必多想就知道我们走研发路线是完全没机会的。"

审讯者 B:“那么,你们的‘飞克’又是怎么上市销售的?”

霍尔:“其实,我是早在僵死爆发之前就准备好‘飞克’的销售计划了。我老早就想好了在出现不明传染疾病的时候要怎么大赚一笔。所以我们早早就已经能生产‘飞克’了,并不是僵死症出现了才开始研发的。

“‘飞克’,其实是治疗一种非洲的传染性疾病‘祖鲁西斯’的特效药。这种病以第一个提取到的样本所在的部落命名,仅仅在部分地区流行了两年不到。我们不知道具体是因为环境原因还是特效药真的太有效,这种病后来就像天花一样灭绝了。研发该特效药的公司在这上边没赚多少,还差点因此倒闭。所以你看,医药行业要做研发不是谁都可以的。”

审讯者 B:“这么说,垄断这个特效药专利是你计划的第一步?”

霍尔:“请不要理解错了,我们没有垄断啊。可千万别再扣个垄断的帽子了,不然法官大人们会理解错的。实际上这个特效药在僵死症爆发的三年前专利就已经到期了, 任何药厂都有权利生产这个配方的药啊。”

审讯者 B:“那你们是怎么做到在僵死爆发初期进行独家销售的?”

霍尔:“这个嘛,其实很简单,因为只有我们能生产,别的药厂不能生产啊。或者这么说,不是我们不让别的药厂生产,而是他们没有能力生产。因为生产这种药物需要好几环特殊的工艺和设备,并不是随便弄条生产线改装就可以做到的。所以在僵死爆发前,世界上就只有我的公司,拥有唯一一条能生产‘飞克’的生产线, 因为没有别的哪个药厂会专门去保留这种已经灭绝病症的药品生产线。

“这里我必须要强调一下,‘飞克’是几乎没有副作用的,没有‘祖鲁西斯’病的人吃下去就跟吃安慰剂糖丸一样,没有害处。我可不是那种不择手段的坏人啊。”

审讯者B:“说说你们具体的销售方案吧。”

霍尔:“这个,还用说吗?大家都很明白了吧,我们公司那时候一跃成为世界最有名的医药公司就是因为‘飞克’啊,那些事都是公开做的,没有什么能隐瞒的。”

审讯者B:“还是说说吧。”

霍尔:“好吧,我们具体是这么干的:立即投入所有流动资金,买下各大新闻台的广告,而且时段都选在时事新闻的时间。虽然这个时段非常贵,但这是必需的。因为僵死爆发后没有电视台敢不跟进这个巨大危机,关于僵死的报道必然会占据时事新闻的大段时间。我们的广告就在这些报道之后播出。

“当然,我们的广告并没有说这是治疗僵死的特效药。我们只是老老实实介绍‘飞克’是‘祖鲁西斯’症的特效药,不管是预防还是治疗都绝对有效。我们可没有乱扯一通,就算是FDA也不能不让我们做广告吧,这毕竟不是虚假广告,法律又没有禁止。而且在当时FDA自己已经焦头烂额,根本没工夫理我们。

“我们没有说‘飞克’可以预防治疗僵死症,但只要广告在报道之后播出,观众自然就会把这两者联系起来。你想,‘祖鲁西斯’这个名字,在我们做广告之前美国人几乎从来就没有听过吧?毕竟那是只在非洲小范围、短时间流行过的神秘疾病。这病就跟僵死现象一样神秘,美国人根本不清楚那到底是什么。

“所以，在震撼的恐怖而又神秘莫测的僵死症被报道之后，人们接着又从广告中听到‘祖鲁西斯’这个搞不清楚什么情况的词，然后再听到‘飞克’是绝对有效的药，于是‘僵死——祖鲁西斯——飞克’的关联就在他们脑中建立起来了。结果就是我们的药很快卖脱销。毕竟我们卖得又不贵，就算是穷人，只要是有工作也能负担得起。而且谁会在这个时候还斤斤计较那点钱？

“那时我们的生产线全天24小时开工，都没办法满足市场的需求。我们前期投入电视广告的钱很快就回笼了，接着我们继续扩充生产线，投入更多的广告。当然，要扩充生产线并不容易，而且也不比其他同行快多少。几家大药厂在发现我们赚翻了之后，立即开始找设备建生产线了。

“不过幸好，在他们跟上来之前我们的名声已经起来了。‘莱特’药业在短短几周内一跃成为全美最知名的医药公司，股票价格也翻了几十倍。事实证明，就算是大药厂赶制出了同样配方的药，也没有获得了先发优势的‘飞克’卖得好。而且，我们本来就走的是比较廉价的路线，他们拿什么跟我们竞争？在价格差距不大的情况下，品牌效应上绝对是我们占优。

“剩下的事也就没多少好说的了，‘飞克’从全美走向世界也并没用多长时间。毕竟美国是引领世界的先锋，我们只要在美国干得好，自然在其他国家也一样好。在某一个时期里，‘莱特’药业可以说是家喻户晓，市值也跃居全球公司前十。早在美国跟别国互射核弹前，我个人的资产就已经多到足以买下几个小国了。”

审讯者B：“那后来呢。”

霍尔：“再后来嘛，在纽约被核弹炸掉前一周，我就把一半的资产——也就是股票——变现了。在适当的时候要抓住机会套现，这道理是个股东就该明白。虽然没预料到核弹攻击，但是我已经感觉到这个社会快要被恐惧搞垮了，再不撤就晚了。

“对于恐惧，我自认为还是比许多人都了解的。我们医药公司的客户是病人，市场调查和公司策略制定都需要针对病人搜集大量资料数据。从这些数据里，我能感觉到病人对生存的渴望，对死亡和病痛折磨的恐惧。所以我才能早在僵死爆发前，就制定出抓住大众恐惧心理的清晰销售策略。

“在僵死爆发后，我的感觉依然敏锐。僵死爆发后不到两个月，我就开始感觉到这个社会正在全面被恐惧侵蚀。FBI 和 FDA 的联合调查完全没有结果，人人都活在不知道什么时候就会死掉的恐惧之中。你知道人最害怕什么吗？不确定性！不确定性是比任何恶性疾病都要可怕的东西。如果你见过那些被怀疑患了绝症的病人就会明白，他们恐惧感最严重的时候，往往是刚检查完毕在等待诊断结果时。这个时候病人完全不知道该做什么好，常常会陷入严重焦虑和恐慌，导致睡不着觉、精神极度紧张、惶惶不可终日。而诊断结果一旦出来，不管是没事或者确诊是绝症，他们的精神状况都会大为好转。被确诊之后他们就会走出无限恐惧的阶段，或是开始放弃治疗安排后事，或是努力配合医生的治疗方案。

“我想，人之所以会表现出这样的反应，是因为我们总是倾向于先确定计划再行事。而计划又需要建立在一定的信息基础上，如果根本没有任何确定的事实可以依靠，人就会变得无所适从，自然而然恐惧就会降临。

“所以在某种意义上来说，‘莱特’其实做得比 FDA 要好得多。”

审讯者 B:“这怎么说？”

霍尔:“我们至少提供了希望给民众啊。如果完全失去希望,许多人可能在僵死爆发头一个月就垮掉了。如果没有‘飞克’,我们的社会恐怕会崩溃得更快。

“有了希望人们才会去工作,才会为了明天能继续生活下去而出门上班。如果根本不知道活不活得过明天、完全失去了希望的话,谁还会再去工作啊？这我从那些绝症患者身上可见得多了,那些中年就患上晚期癌症的人基本都是马上就不再去公司了，工作对他们来说再也没有意义了。

“所以从这个方面来看,我贩卖希望给自己换来了一些资产上的增值,总不算什么伤天害理的事情吧？医生常开给病人的安慰剂不也是这样吗？其实也是给人心理层面上的治疗啊。就算是安慰剂你也总不能免费提供对吧？”

审讯者 C:“你把变现后的资产用在哪了？”

霍尔:“这个你们应该比我清楚啊。噢,还是要我自己说一遍对吧。我了解了,那些钱全都花在格陵兰了。

“其实我在卖掉股票前就开始考虑要怎么避险了。因为纽约已经逐渐变得不能待了,民众日益恐慌引起了许多冲突和暴乱,后来就连警察也没办法控制,要动用到国民警卫队了。这可不是什么好兆头,整个社会运作面临混乱,那么随之而来的不安定状态必然会危及我的财产和安全。最糟糕的情况是,你的财产甚至会变成危及自己生命的东西。所以,当时避险已经是迫在眉睫的事了。

“至于避险方案,我最终的选择就是在格陵兰建立避难所。经过多方面的考量我才选择了这里,因为这里是最接近北极的国家、人迹罕至，比较安全。我本来也考虑过南极来着，可是那里环境又过于恶劣了点。当然，格陵兰也不能说就完全安全，不过这里人口较少、社会结构简单，而且搬到这里还可以看作在为将来投资。

“所谓的投资嘛，是指格陵兰蕴藏的石油和天然气。能源总是任何一个时代都需要的，不可能贬值到完全没用。我才不会傻傻地继续持有货币，不管是美元还是欧元背后都需要国家能力的支持，如果社会崩溃，什么政策也挽救不了货币贬值。

“所以，在格陵兰买下大片未开发的土地，就是我避险兼投资的最好选择。上帝保佑，还好我赶在了核弹轰炸之前就离开了纽约，不然的话我早就化为尘土啦。

“格陵兰的避难所，后来我把它叫作‘霍尔’庄园，应该没几个美国人知道这个名字。不过庄园并没有什么农业，因为格陵兰根本没法搞农业，供应整个庄园用的都是仓储补给品。我可是做好了在这个偏僻的地方常住几年，甚至几十年的准备呢。

“后来局势果然越来越糟糕，几个核武拥有国不知道是不是吃错了药，互扔了几十颗核弹，接着就是大饥荒时期。从那之后我们就再也了解不到外边所发生的事情了。我们庄园的通信设备倒是好好的，可是和外界的通信就完全中断了。不仅电缆光缆全都断掉，就连卫星信号也都停止了。

“那之后又过了五年，卫星信号才终于开始恢复，我们才知道了全球联合政府的成立。很快你们就来人了，然后我就到这儿了。故事结束。

“唔……我想再补充一下。在这五年里，我的庄园内所有二十五个家庭的五十六位成员可都活得好好的，一个也没死。我这也算是做了好事啊,不仅让他们远离动乱和饥荒,也让他们摆脱了僵死的威胁。这一点法官们请一定要考虑进去。”

审讯者B:“这我们知道,不过你说的这五十六名成员大都是公司的股东和他们的家庭成员。”

霍尔:“这……的确是这样。不过跟着我们的那些庄园雇员也不少嘛,我也总算是保障了他们的生命安全。”

审讯者B:“我们还有个不明白的地方,你们是怎么从诅咒中生还的?根据《马尔斯—埃尔报告》所提出的‘僵死定律’,诅咒在世界上任何一个角落都会生效。‘飞克’被揭穿是骗局的时候,为何没有顾客诅咒你?”

霍尔:“这个嘛,倒不是我们计划好的,我们也是恢复了通信之后才知道所谓的《马尔斯—埃尔报告》。开始我以为能活下来应该是侥幸,但后来在仔细读了《第一报告》之后,我猜测可能是我们的多层空壳公司控股手法让我们避过一劫吧。”

审讯者B:“空壳公司?”

霍尔:“是这样的,早在僵死爆发前,在针对未知流行病制定‘飞克’销售计划的时候,我就想好了后路。我知道,尽管‘飞克’严格来说并不违法,但是打这种擦边球总是有可能被FDA事后追查的。所以我们几个主要股东的名字,其实是并不出现在‘莱特’公司——也就是直接制造和销售‘飞克’的这个公司里的。我们通过多层子公司控股的方式来控制‘莱特’。也就是说实际上拥有‘莱特’大部分股票的是另一间A公司,而这间公司的股票又被另一间B公司拥有,依此类推,链条的最后才是我们实际控股的股东。

“所以那些买了‘飞克’的顾客的诅咒恐怕都落在了‘莱特’公

司的头上。《马尔斯—埃尔报告》不是说了嘛，群体性的诅咒要透过一个事件的描述确定目标群体，而处于链条最后的我们这些股东，公众应该并不知道我们的存在。我想就是这样诅咒才定位不到我们头上。

“所以你们千万不能把我们的信息告诉公众，否则我们就死定了！买过‘飞克’的人那可不知道有多少万、多少亿，而我们才几十个人。这种悬殊比例下他们肯定不会吝啬付出诅咒的代价的。”

…………

**八、避世者日志，王志成，南岛省**

王志成是该国的第一批避世者之一，成功地在僵死爆发中逃过一劫，而且熬过了大饥荒时期。在世界社会逐渐恢复，全球联合政府建立时期，他失足而摔下山崖的尸体被发现。这篇日志是根据他自僵死爆发以来的活动记录整理而成，也是典型的避世者行为记录。

…………

在僵死症爆发之前，我就已经做好了面对这种大范围高致死性传染病的准备。如果要问我为什么的话，那是因为SARS和禽流感给了我足够的警示。我相信总有一天，更为危险致命的病毒会席卷全球，只不过是迟是早而已。我还没有结婚，父母也早就死了，所以我的准备也就变得比较简单，只需要预备自己一个人的东西就够了。

平时我都会在网上看各种野外求生的相关东西，探索频道的荒野求生节目是我的最爱，从里边我学到了不少知识。除此之外，我也参加了不少就近的户外团队活动，但是实际上团体活动选择的路线并不能很好地锻炼求生能力,所以逐渐我也参加得少了。到后来,我就自己开着摩托车到附近的山里去,只带着刀和打火石露营几天，来锻炼自己。在节目里贝尔就常常是在这种条件下求生的。但是我没他那么出色,常常找不到足够的食物,饿得受不了了就只好回家。在如今这个年代,想在山里找到野生动物可不是那么容易的事了,而要吃那些野生的植物和虫子,在那个时候我还做不到。不过现在就没问题了,只要确定没有毒,我会很高兴有蛋白质和能量可以补充。

…………

僵死症的爆发是毫无先兆的,最初的消息是镇里的流言。5月10日那天,忽然冒出了许多家庭有人在清晨暴毙的传言。有人说不要乱传谣言,没事找事,但这里可不是什么大城市,在这种大家低头不见抬头见的小镇,这点事还不是在街上问一圈就搞清楚了?

知道传言是真的后,我断定一定是又有大事发生了,就算是电视上还没有报道，我也已经预感到这恐怕是又一轮疫潮爆发的先兆。加上去年的高致死禽流感病毒爆发的教训,我才不会傻到还不知警觉。于是我当天就做好了准备,买好补给品、收拾好床底下藏着的黄金,随时准备好出走。小心谨慎一点总没错,社会崩溃、货币失效的局面都不是完全不可能的事。

到第二天,有人暴毙的消息又传了出来,我就连班也不上了,四处去打探消息。我们镇约有两万左右人口，根据我打探到的消息,这两天死掉的人大概估算一下至少有两百人。传闻中,这些人大部分都是半夜在家死去的,其中还包括镇医院院长、镇长、公安局局长等。连医院院长都完蛋了,而且两天就死掉那么多人,我就知道这次肯定是更厉害的疫病,我必须赶紧逃。在当天下午,我就开着摩托车带着我的一大包东西避难去了。

离我们镇几十公里就是霸王岭保护林区,我自己去过几趟,这是附近最好的避难地区,也是省内为数不多的几个较佳地区之一。如果要避开人群独自生活,最好的地方应该就是这种荒僻山林。有些人也许会想,就算是逃避疫情,只要带着家人跑到稍微偏僻一点的地方,不跟外人接触,有间小茅屋和一些田地就可以自给自足了。可惜的是,这种什么"农妇、山泉、有点田"的幻想根本不切实际。如果真的有比SARS、禽流感还厉害的瘟疫,各个城市、乡镇恐慌的人群里,有这样想法的人难道会少?这些人也一样会想办法逃到偏僻的地方。

想找到一个没有人会找到,又有着比较好环境的地方?怎么可能啊,别人又不是傻子,自己能很容易找到的地方别人当然也能找过来。

所以去条件越艰苦的地方,才越有可能避开别人,才越不容易接触到瘟疫。当然,如果有这样一个地方,对别人来说很难进入,而对于自己来说却很轻松,那是最好的。如果我有能力建一个铜墙铁壁的碉堡,那当然是最理想的。我听说欧美有许多富人都有这样的房产。不过我是没办法了,我只能选择条件比较艰苦的野外环境,尽管对我自己来说也并不轻松,可是对别人来说就相对困难了不少。总之,在林区里生存下来,对我来说并不是太困难的事情。我的活动范围总是尽量保持在比较偏僻的地方。

…………

外界发生的情况，我可以通过一个手摇的收音机了解。一开始,我还希望能听见局面得到控制的消息,所以我还抱有一点希望这只是虚惊一场。但是仅仅过了三天,消息就捂不住了。电台里到处在播报死亡情况,别的地方不提了,首都每天就四万。我有点庆幸自己还算走得快,不然说不定自己就是那些死人中的一个了。至于死亡原因,电台里竟然一直说尚不明晰。不明晰就几万几万地死人？我才不相信。

政府或许是害怕把真相说出来会造成更加恐慌的局面，因为现在的情况早已超出任何人的想象。有消息说美国总统已经遇刺身亡,那正好是在我出走的前一天。怎么会那么巧？这里边的事情肯定没那么简单。那么我们国家的情况呢？电台里避而不谈。

过了不到两个星期,有好多个电台已经停止广播,频道里一片寂静。仅剩的几个电台也快乱了套,每天的播报只有几个小时,而且节目全变成了新闻播报。广播里报道着各大城市开始有打砸抢骚乱,数十万人离城出走,高速路几乎完全堵塞。当时我就想,幸好自己不是堵在高速路上,这里还有昆虫和野菜,高速路上只有铁皮和沥青。电台也在呼吁民众不要恐慌,最好不要出门。但是这能有什么用呢？要抑制恐慌必须先找到源头啊。恐怖片里最恐怖的并不是已经知道的鬼怪,而是藏在黑暗中仍未露面的未知怪物,未知的才是最恐怖的。既然现在连死亡原因都没有查出,人们怎么可能不恐慌？

外边的情况变得越来越糟，我的生存环境也开始慢慢变差了起来。我在营地周边巡查的途中,发现了有人在附近活动的踪迹,这可不是什么好消息。尽管我躲进了比较深的林区,但始终还是不太保险，不管是原来林区的巡逻员还是外来的避难者，都有可能随时发现我的营地。南岛这个地方其实没有什么实质上的深山老林，这个林区也是因为划为保护区才得以保存下来。尽管我已经尽量往偏僻的老林躲，可还是有别人能到这里的，只要有人就可能带来那种恶性疫病，所以我必须更加小心地避开他们。

想要完全躲避别人是不可能的了，我只是希望能来到这里的人尽量少。因为人越多，林区里的人均活动区域就会变得越小。这里的资源相对来说比较贫瘠，人多就更难以生存下去。现在这里可不像以前未开发时的样子了，传说从前是常常可以打到野猪、山马之类野味的。现在就很难了，我一直没有发现过什么大一点的动物。我基本上就是吃野菜和虫子，连老鼠都很少搞到。不过除了食物以外，别的方面问题都不大，我带的装备足够应付。我有一个可以悬挂在树枝之间的帐篷，就不用怕蚊虫风雨。水也不成问题，附近的河流我都摸清楚了，亚热带雨林的溪水从来不会断流。至于生火的柴火也根本不用愁，这可是到处都是树木的林区啊。

…………

偶尔我会在山里碰见其他人，但我们都很默契地只是隔着很远说上两句话，就各自离开了。懂得到这山林里来躲避的人，多半也都想要避开别人，所以我们都知道该怎么做。有时候我会逛到林区的边缘看看情况，结果常常会在那里发现更多的人迹。

有一天，我发现有人在稍微平缓一点的林区边缘上开垦农地。避世还想耕种？这可不是什么好主意。果然，后来我再次路过那里的时候，那片农地已经荒废了，好几具散在倒塌的茅屋旁的尸体已经开始腐烂。在目前的情况下，想安定在一个地方又不被骚扰是不可能的。别人可不会跟你讲什么礼貌，见到有农地当然想要分一杯羹，所以冲突自然就这么产生了，运气不好就会被人杀掉。外边都已经死了那么多人了，在这种偏僻的山里，人变得穷凶极恶也是可以预料的。

所以我越发小心，见到人行踪迹时，都尽量地绕开走，不跟他走同一个方向。不过幸好，总的来说遇见在游荡着的活人的情况还不算多，可能是因为像我这样能在老林中活下来的人不多吧，绝大部分人都没有我这样充足的准备。野外生存的装备和知识，并不是人人都能仓促准备好的。很多人可能还没有进入这么偏僻的林区就已经放弃，甚至是死在林区边缘。我在偶尔到林区边缘巡查时，也常常能发现尸体。

在我入山大约三个月后，外边发生了核战，不过我是好几天之后才知道这个消息的，因为电台早就只剩下寥寥几个，而且只是偶尔会有点声音了。说起核弹，我第一个想起的就是那个小国，世界上借着核弹叫嚣的国家还有几个？这下可好，他们这次不知道是发了什么疯，引发了各核大国的相互报复性打击。但好在电台里说很快他们又全面停火和谈了，不然我藏在这恐怕也是逃不过的。

核战的消息让我变得更加担忧，万一因为核战带来的恐慌，更多的人跑进山里，我的那些生存装备也难说不会被人惦记。我不得不专门准备了一根接近两米长的树枝，树枝的一头削尖烤硬，既可作为长矛防身，平时又可以作为手杖使用。尽管带着这东西不太方便，但是有准备总比没准备好。

我到林区边缘探查的次数变得更加频繁，我也确实发现了有更多的人在往林区进发。连在林地边缘打算开垦农地定居的人数也变得多了起来,有一个地方甚至出现了数十人聚居的微型农场。可是我想说,你们那样就跟避世的目的完全南辕北辙了啊,这样做只是把聚居地从城镇移动过来了而已,有什么用?果然,后来我每次经过那个新农场旁,都会看见增加了几个坟头。聚居肯定会让疾病继续蔓延,这他们都没想通,只能是自讨苦吃。不过,那个农场却奇迹般地没有倒闭,反而在死去几人又来几个新人这样的动态平衡下保持了下来。

老林区的情况也越来越差了,人迹同样变得多了起来。更糟糕的是有人还到处放陷阱,企图捕猎山林里的走兽。那些索套和陷坑倒不是什么大问题,有些人放的铁质山猪夹才是让人头疼的东西。埋藏在枯叶下的这些强力铁夹,虽然不至于一下就把脚夹断,但是如果你不小心踩到,在这种缺乏医疗条件的情况下,骨折或者深深的创口都可能要了你的命。我后来发现似乎真有人被夹中过,当时地上的痕迹说明他拖着夹子还走了好几十米,血迹一直延续到某个山坡附近。再后来过了很久,我在偶然又路过这个山坡下时,才发现了一具被扒光的腐烂尸体,连夹子也不在附近了。所以我有点怀疑他们下这些夹子不是用来夹野兽,而是专门夹人用的,目标是他们身上的装备和补给品。毕竟谁都知道真正的野味在平时就已经很难买到了,何况是游荡在林区的人数激增的现在?世道险恶、人心难测啊。不过我每次发现夹子,都会好心地解除然后找个地方埋掉,尽管我是要避开别人,但也不忍心有人因为这个死掉。

…………

我发现附近的人迹越来越多了,虽然不至于真的影响到我的生存,但毕竟可选择的活动范围变得更狭窄了。同样的,我发现的尸体也越来越多。有一部分是跟镇上的消息所说的一样,没有任何伤口也没有任何可以看出的迹象,就这么倒在了路边。另一部分人则是要么不小心滚下山摔死,要么乱吃东西把自己弄死,那些蘑菇和树叶可不是能随便乱吃的东西。不过饿得不行的时候,人会把能吃的东西都塞进胃里,至于这些东西会有怎样的影响,当时也管不了那么多了。我一旦发现这些尸体,都会稍微停顿一下,花点时间搜集柴火把他们烧掉。毕竟这片林区面积是有限的,这也算是稍微打理下自家庭院。至于为什么不挖坑掩埋,是因为我又没有防护服之类的装备,哪敢去动尸体?我只能远远地将枯枝扔过去,火种也是点燃了再扔过去,我只能这样避免接触到病菌。

在林区边缘新出现的人也越来越多,于是在总是有外来人不断进入的情况下,先来的那些人也无法组织起有效的农业生产。这些在林区边缘生存的人们,相对来说受饥荒的影响更大。后来我甚至发现了有吃人的情况发生,看见被剔干净肉的烧焦人骨随意丢在篝火旁时,我不禁感到一阵阵寒意。幸好我有求生知识,可以找到昆虫和可食用植物果腹,否则说不定我也会变成那样。

贝尔·格里尔斯把脱险的要素归结为三点——意志力、决心和希望。我想这里边应该还要增加一项:知识。没有平时的那些知识储备,我不可能活到现在。即使是能从瘟疫的威胁中逃脱,可要在这资源贫瘠的野外生存下来,没有一定的知识是做不到的,我偶尔会看见的那些尸体就是很好的例子。尽管现在的生活还很困难,可是比起外边来说,我觉得并不会差到哪里去。从收音机偶尔收到的电台广播里我知道,外边现在应该是处于大饥荒之中的,而且“僵死症”还在肆虐。让我觉得好笑的是,广播里还提到有人说这不关疾病的事,只要做到宽容就能阻止僵死继续发生。这么违心的说法怎么可能正确呢?连马克思的唯物主义思想都抛在脑后了吗?我才不相信他们,只有等到这场瘟疫完全结束我才会出去。

…………

**九、《亚当·F.马尔斯传》,卡尔·史密斯 著**

…………

第十七章

在经历了恐慌、核战和大饥荒后,美国终于熬了过来。在第一例僵死现象出现的两年后,在不断恢复产量的农业的支持下,习惯了僵死存在的社会终于开始逐渐复苏。不过,尽管各地的社区都在小范围内运作良好,但距离恢复到此前那个繁荣的美国,则仍然不知需要耗费多长时间。

这两年内,马尔斯教授和埃尔牧师依然继续着研究分析工作,从未间断。两年后,他们终于将工作成果整理形成了第二份报告《关于僵死现象原因及触发条件的研究》(简称《第二报告》)。就是这一报告,奠定了他们在僵死现象研究中的权威地位。

如前所述,得益于受外界影响相对较小,甘比尔小镇在这动荡的两年之中还算稳定。加上埃尔牧师在当地的影响力,两人得以搜集到了这两年间镇上居民的详尽资料。这些资料包括了每家每户之间的关系、工作中发生的摩擦、谁和谁发生过口角、哪户人家的孩子之间关系是否融洽、每个僵死者都在哪天见过谁、死者具体死于哪一天等,这些详细到近乎琐碎的细节,他们都一一记录在案。

不过,这些资料都主要是偏向人际关系方面的。因为疾病或者毒物这些主流分析方向,早就有大量的专家在努力,并不需要他们来做。所以马尔斯教授和埃尔牧师一直坚持在相遇之后就确定了的研究方向,未改变过。

而在时间这个点上,世界上公认的、也几乎是唯一毫无争议的僵死现象发生规律,就只有僵死发生的精确周期性这一点。世界上所有的僵死现象都发生在每天的同一个时刻,精确到秒绝无例外,那就是格林尼治标准时间 20:28:36,既不早一秒也不迟一秒。

这一如同超自然现象的规律简直令人匪夷所思。没人想象得出,究竟是什么让全球僵死者在这同一时刻死亡,得怎么做才能在时间上达成这样的准确性?尽管宗教界中也不乏抓住全球僵死同时性大做文章的教派,但各教派之间其实也并没有一个统一解释。总而言之,僵死现象在时间上的同时性无法用科学解释,至今仍是如此。

同样的,对于马尔斯教授和埃尔牧师的《第二报告》所提出的结论,如果不看数据资料和推导部分的话,许多人认为把这看作是超自然性的结论也不为过。不过实际上科学界更喜欢把《第二报告》与通古斯大爆炸相提并论。通古斯大爆炸是一个确实曾经发生过的事件,但是其发生原因却至今无法确定,僵死现象也一样是实实在在、每天都在发生的事件,其发生原因也仍旧不明。

尽管《第二报告》无法给出真正的僵死原因,但从中人们却可以得知,僵死现象发生的“大致规律”以及如何尽量避免僵死的方法。在这里不得不用“大致”一词,是因为《第二报告》只能很遗憾地做到对僵死规律进行定性而已。

然而无可置疑的是，马尔斯教授和埃尔牧师是开创性的伟大先行者，唯有他们率先朝这无人问津的方向前进。所以，日后能精确描述僵死触发条件的规律，最终被称为“马尔斯—埃尔僵死定律”。

《第二报告》提出的僵死规律，主要内容如下：

定义

准备期：每24小时为一个准备期，准备期与其后的第一个结算时刻对应。

结算时刻：僵死现象在全球统一发生的时刻，格林尼治标准时间20:28:36。

诅咒者：在准备期内，任何人如果曾经诅咒（只需在心中有此念头，不需要任何动作和仪式）过他人或透过某事件描述的某群人，就称为诅咒者。

被诅咒者：诅咒者诅咒的目标。

…………

（数据及推导分析略）

…………

结论

在准备期内，诅咒者所发起的诅咒，都有一定概率在该准备期的结算时刻生效。一旦诅咒生效，被诅咒者死亡（既是通常说的僵死）。诅咒是否生效由以下条件共同确定：

1.被越多诅咒者诅咒的目标，诅咒生效的概率越高。

2.诅咒者群体平均年龄越小，诅咒生效的概率越高。

3.被诅咒的目标群体人数越多且诅咒者群体越少，诅咒生效的概率越低。

4.诅咒者对目标越是愤怒或反感，诅咒生效的概率越高。

特别说明：如在结算时刻诅咒不生效，则有很大概率诅咒者死亡，具体条件不明。

简而言之，《第二报告》告诉我们，如果想避免僵死就不要引起别人的愤怒或者反感，也不要对别人如此，这样才能尽量避免僵死而活下去。《第二报告》的重要意义就在于此，它给出了更具体的行为指导，告诉人们应该如何行事才能避免僵死。

实际上，《第二报告》与《第一报告》的结论也基本上保持了一致：要博爱、要忍耐、要宽容，才不容易被人诅咒，也可以做到克制自己不要去诅咒别人，如此一来才可以尽量避免僵死。

然而，这具有如此重要意义的报告，在几经周折提交至当时美国政府僵死调查机构时，却差点就被直接丢进了碎纸机。后来人们才知道，这是因为收到《第二报告》的政府官员直接先从结论看起了。这位官员当时恐怕是在想：僵死者是因为被人诅咒了才死？这是哪个以为现在还是中世纪的疯子写的？幸好这位官员一念之差下，留下了报告准备在周例会上当作笑料给大家看，这份报告才不至于直接被销毁。

当然，即使这份报告被销毁，也无法阻止马尔斯和埃尔继续将《第二报告》提交给其他国家、其他机构，一如僵死爆发初期的《第一报告》。他们甚至会想办法把《第二报告》公开到网络上(此时的互联网才刚开始重建不久，甘比尔还未恢复网络服务)。但如果不是这位官员在例会上把报告给了那些专家传阅,《第二报告》也就不会因为资料数据翔实、统计推导正确而被认真对待。那么,恐怕报告所给出的避免僵死指引,就要迟上几周甚至数个月才会被政府正式发布。这期间至少会有数十万人,甚至数百万人因发布延迟而死去,这对人类来说无疑是极大的损失。况且此时世界人口已经降至三十亿,每一个数字都是一条生命,都是应尽力避免失去的。

当马尔斯教授和埃尔牧师的《第二报告》由政府发布后,尽管僵死现象仍无法杜绝,但僵死率的的确确开始下降了。仅在三个月内,全球僵死率就由原来的1.6‰迅速降至0.7‰。在这一显著效果的推动下,各国都不约而同地把僵死研究转向了致死原因是诅咒的方向上。马尔斯教授和埃尔牧师也因此得到了政府提供的、几乎是无上限的资源。为何一向吝啬的政府这次竟然出手如此大方?恐怕是因为政府官员也从《第二报告》中悟到了一切必须以民意为上的工作策略。毕竟僵死率的大幅下降早已让马尔斯教授和埃尔牧师声名远扬,谁又会敢冒着被人诅咒身亡的危险做出违反民意的决策呢?

值得一提的是,马尔斯教授和埃尔牧师在经此一事变得家喻户晓之后,竟然没有被人诅咒而死。他们至今仍然存活,这不得不说是一个奇迹。因为三十亿人中竟没有出现诅咒他们的人,就说明三十亿人都是真心实意地在尊敬着他们,这恐怕是前无古人后无来者了。

…………

## 十、访谈，得克萨斯，前美国参议院临时议长，迈克尔·福斯特

曾任美国参议院临时议长的迈克尔·福斯特，如今是一家大型农场的所有者，现居得克萨斯州。我们见到他时，他已经没有一点政治家派头，戴着牛仔帽，看起来十足一副农场主的模样。

福斯特农场目前是得克萨斯排名前十的农场之一。我们的主要作物是玉米，另外我们也有养殖家畜和家禽，肉类是我们输出的第二大产品。

除此之外，还有部分地块种植着其他种类的蔬果作物，可以说一般在市场上能看到的农产品我们都有。不过这部分作物的种植规模，相对玉米来说要少得多，而且成本很高。因为每种作物对水分和温度的要求都非常不同，需要投入更多的资源进行管理。

至于我们的产品结构为什么会是这样？我想只有没经历过大饥荒时期的人才会想不明白吧。如果现在再经历一次大饥荒，只要有这些种类齐全的作物在，我们整个农场关起门来就可以自给自足，玉米更是多到可以随时放弃掉其中绝大部分。

我这么做其实就是当作买个保险，总做最坏的打算不是什么坏事。如果要说这样的做法不经济，那倒确实如此，不过到了现在我早就已经不那么看重钱了。当然，我不是说钱不重要，但是一张钞票能买到的那些东西才代表了钞票的价值。所谓的财富，远不是一张张绿色纸张和银行里的数字。我的农场、土地、作物、员工、机器，这些才是实实在在的财富，这些才是能在任何时候都能发挥实际作用的东西。老实说，即使是在参议院干了那么多年，我都没有像现在这么满足过。

在僵死爆发前，尽管我在参议院做到了临时议长，但实际上却

并不算很成功。虽然叫作“议长”,可是参议院临时议长的权力实则相当小,即便在总统继任顺序上排名第三听起来好像不错,在和平时期这也并没什么意义。美国有多少年没发生过总统在任期内更换的情况了?何况我这顺位第三之前还有一个副总统和众议院议长。

不过我还真没想到，有生之年竟然看到了总统继任顺序排位发挥起作用。然而可惜的是,这对于我来说还是没有意义,因为我并不是在美国本土出生的,继任顺位到我就会直接跳过。不过现在想起来,这也不是什么坏事,不然我就会跟那个顺位列表上的其他人一样,早就死掉了。

僵死爆发的第一天总统就死亡了，全国立即进入了最高戒备状态想找出真凶。但是后来顺位接替总统位置的副总统、众议院议长也接连死亡,然后顺位跳过了我继续往下。我当时恼怒异常,竟然就因为非本土出生这个荒谬的理由，我错失了一次拥有最高权力的机会。当时我完全没有想过,怎么每个顺位顶替总统职务的人都相继死亡了?也没想过,既然CIA定义了这是恐怖袭击,那么恐怖分子怎么有这么高明的手段，在世界上最为严密的防卫下屡屡得手?

后来逐渐平复下心情之后,我才发觉自己是因祸得福,逃过一劫。到这个时候,已经轮到商务部部长出任美国总统了,那可是第十顺位啊。不过话说回来,未必所有人都没发觉坐上总统这个位置必然会死。我相信在顺位继任表上的人,即使知道必死也会完成自己的使命。政治并不像阴谋论者说得那么丑恶,美国精神在关键的时刻还是会发光的。

随后国会日趋混乱,FBI、CIA、FDA的联合协作调查也没有进展,恐惧弥漫在大街小巷,人人自危。我日益感觉到,这个国家开始被莫名其妙的僵死弄得脱离了轨道。年轻时我曾在刚果的美国大使馆工作过,暴乱和内战带来的饥荒给我的印象十分深刻,所以我当时就做出了判断,僵死给美国带来的混乱很可能会让经济崩溃,进而导致农业全面崩溃。于是我干脆辞职,直接回到了家乡得克萨斯,买下了一个小农场。

许多人当时并不理解,以我在参议院出任临时议长的资格,为什么要放弃所有而回去搞农场。说实在的,我当时也是跟着直觉走,不过能在参议院混迹那么久,我的直觉可是帮了不少忙。所以尽管他们不理解,这次我也还是坚持按直觉这么做了。

买下农场的事情办得十分迅速,没过多久一座农场就已经划到了我的名下,我也立即来到这里,开始计划着接下来要怎么做。就在这时,一个独裁小国不知道吃错什么药,突然发射了几枚真正载着核弹头的导弹,目标竟然直指大国首都。谁也想不通他们为什么忽然来这一手,这相当于向全世界宣战了。是混乱中误发,还是既然逃不过僵死,干脆来个同归于尽?没人知道。

本来,他们的导弹是根本没办法射到美国的,我们导弹防御系统可不是吃素的。我没预料到最终美国本土居然真的被核弹袭击了。因为,连同这些受袭击的国家在内的数个核武拥有国,居然莫名其妙地都有不同程度的核捆绑策略,于是在第一枚核导弹发射后三个小时内,一系列的连锁反应导致了至少29枚核弹被发射出去,全球多个重要城市因此陷入火海,那个小国也被夷为平地。这就是那场荒唐而短暂的核战经过。

这场来得快、去得也快的核战，我认为起因很大程度上要归结于僵死现象。如果不是包括那个小国在内的各国领袖持续僵死身亡，他们也不至于恐慌到做出如此不顾后果的决定。至于美国，当时的总统顺位已经轮到了第十八位继任者——美国国土安全部部长。如果不是正巧他在任期间本土被核弹袭击，我觉得美国那几枚核弹也不会想都不想就丢了出去。

值得庆幸的是，在发射了几颗核弹后各国又很快冷静了下来，停止了这场毫无意义的战争，否则死于核弹的人数说不定还会多于僵死。尽管后来各国都在说，是考虑到人道精神本国才率先停止了报复性的攻击，继而寻求对话去达成停战共识。不过依我的猜测，真正原因应该是这场核战才刚开始没多久，这些国家的当前领袖都僵死身亡了。所以接下来核弹发射权交接的短暂真空期，给了各国下一位领袖冷静下来的时间，这才终止了事态朝失控的方向继续发展。可以说，这是不幸中的大幸。

我的猜测并不是毫无根据的，因为报复性互射核弹停止的时间，就是在每天僵死集中发生的那个固定时间。而且我知道查尔斯——也就是国土安全部部长，就是在那天僵死的。至于为什么我知道这个情报？那是因为第二天他们就给我打了电话，问我愿不愿意回去出任总统。死去了近二十人后才终于放弃了美国本土出生的这个要求，不得不说我国政府处理问题还是不够灵活。不过，我最后还是拒绝了。

这场小且快的核战之后，社会秩序崩溃得比我想象得还迅猛。不知哪天会僵死身亡，加上不知何时会再度被核弹袭击的恐惧，让人们很快就把秩序抛在了脑后。人口密集的城市成了地狱，数十数百万人口挤在一起,又没有了从城外源源不断送来的供给,人们能撑得了多久？当然,也不是没人能逃离城市,人群以城市为中心向四周扩散是必然的,但不幸死于半途的人实在是不可胜数。还好那时我已经来到了这个偏僻的南部原野,这里别的不说,至少食物自给自足是毫无问题的。

幸好天佑美国,这一次我们还是撑了过来。归根结底,是强大的农业救了美国。不论从规模还是技术上来说,美国的农业都比其他国家要先进,所以在全球几乎都同样混乱的情况下,美国农产品的产出仍然一直位于榜首。尽管产量完全不能和僵死爆发前相提并论,但这让美国死于饥荒的人数大幅低于其他国家。不过,当时大规模机械化耕种已经无法维持,于是小范围种植的庄园式农场逐渐回归。想不到啊,美国人花了数百年才从乡村集中到了城市,如今却在几个月间完全逆转了。

我的农场在当时也尽了一切努力,在力所能及的情况下尽可能地接收外来的人。在计算好农场的供给能力的情况下,我尽可能地让更多人留下。不管僵死是天灾还是人祸,灾难面前互相帮助是必须的。是美国人也好,是从墨西哥逃难而来的也好,我都会尽量收留。即便是在接纳能力饱和后,我们也会给新来的逃难者们准备一些食物和水,耐心劝说他们到别的地方去避难。

直到现在,只要有人想来我的农场,我都会尽可能地接纳他们。我想这也是我们农场能发展到这么大的主要原因。互相帮助的传统,正是我们祖祖辈辈留下的宝贵遗产。我有时候会想,这或许就是我能活到现在的原因。根据《马尔斯—埃尔报告》所阐述的僵死法则,既然我能活到现在,就说明确实没有被人记恨到需要诅咒我死的地步。

…………

十一、《圣保罗页报》稿件，巴西，伊芙琳·利马·迪亚兹

提到里约热内卢，人们总是会想起著名的救世基督像。

救世基督像是一座装饰艺术风格的大型耶稣基督雕像，是世界最闻名的纪念雕塑之一，2007年入选世界新七大奇迹。基督像落成于1931年，总高38米，站立在里约热内卢国家森林公园中高710米的科科瓦多山顶俯瞰着整座城市，张开双臂欢迎来自世界各地的游客，是巴西人民热情接纳和宽阔胸怀的象征。

然而另一方面，许多人印象中最深刻的却是里约热内卢的贫民窟。一部《上帝之城》，令那里的贫民窟扬名世界，成为最危险的地标之一。不过，我们不能说是电影败坏了这座城市的声誉，因为影片中描述的景象的确还原了贫民窟日常生活的事实。

尽管2016夏季奥运会的盛事让该市一度努力改善贫民窟环境，但直至奥运会前夕，里约热内卢约七百万居民中，仍有超过20%的人口依然处于居住条件恶劣的情况中。穷人区中条件最差的贫民窟称为“favela”，这些穷人拥挤地聚居在山坡上，而在那里并不容易建造牢固的建筑，遇到暴雨时经常会发生事故。除此之外，贫民窟地区还有着毒品犯罪、团伙殴斗、警察暴力、缺乏卫生设施等各种社会问题。

为了迎接在里约举办的2014年世界杯和2016年奥运会，里约军方和警方都曾联手治理过贫民窟。政府不仅对毒贩和黑帮进行清剿，还专门派警队长期入驻贫民窟，建立社区服务设施，笼络

当地居民。贫民窟因此一度迎来了生活不断改善的曙光。然而好景不长，这些盛事结束后一切又逐渐恢复到了原来的样子，警察也在毒贩和黑帮卷土重来的压力下逐渐撤走。当世界的目光不再关注里约时，政府又放任贫民窟回到从前。

巴西人说："上帝花了六天时间创造世界，第七天创造了里约热内卢。"但现在许多贫民窟的居民这么说："上帝第七天创造了里约热内卢，然后遗弃了它。"随着贫民窟的险恶环境长期无法改善，越来越多的居民放弃了信仰。至僵死爆发前夕，已经有近半数居民放弃了原本的信仰，转投金钱和武器的怀抱。这就是毒贩和黑帮长期盘踞下的潜移默化的影响。

然而就在僵死爆发之后，贫民窟的居民却逐渐找回了他们的信仰。当发现一群群平日不可一世的毒贩和黑帮成员就地横死的时候，他们没有像其他地区的人一样恐慌，而是奔走相告、争相庆祝。死亡对本地居民的意义，与其他地区的人们并不太一样。尽管时常发生火并，但死亡人数其实并不多，不过毒贩和黑帮控制的恐惧，时时刻刻都盘踞在每个人心中。所以，僵死爆发时毒贩和黑帮的阴影一下子消失了，这样的轻松感压倒了对僵死的恐慌。许多人都认为，此刻上帝再一次回到了这里，开始拯救世人。

在僵死爆发后，天主教在贫民窟地区有一定程度的复兴，但更多的居民却选择了另一种信仰。这是在僵死爆发后不久出现的、从贫民窟中出生成长的新兴宗教。这个名为温哥安瑟[1]教的宗教所信仰的是"复仇之神"，其教义并不宣扬爱和包容，而是推崇

---

① 温哥安瑟为葡萄牙语的复仇之意。

公平与复仇。

早在僵死爆发初期,大量的僵死者之中不仅有毒贩和黑帮,还有许多受贿甚至和黑帮暗地里合作的警察。嗅觉敏锐的温哥安瑟教创始人费尔南多就抓住了这个机会，开始宣扬毒贩和黑帮成员的死亡都是复仇之神展现的神迹。在他宣扬神迹的引导下,许多人自然而然地在心里开始印证,僵死者是否真的是罪有应得的人,结果死亡名单绝大部分都一一对应上了，再加上连警方也无法查出死亡原因,于是复仇之神的名字得以迅速在贫民窟中传播开来。

温哥安瑟教最盛时，九成以上的贫民窟居民都信奉着复仇之神。贫民窟里不仅毒贩黑帮都已绝迹，甚至连警察也不再踏入半步,因为贫民窟居民们自己就能在复仇之神赋予的权能之下自治。

温哥安瑟教的典型仪式之一，就是在集会上让信徒们选出应复仇的对象,然后所有人向复仇之神祈祷,让他惩罚那些罪有应得的人,剥夺他们的生命。尽管在这种简陋的单方面审判下,有时被选出死者会是无辜的,但在长年累月地毯式的清洗中,信徒通过仪式铲除了所有侵害他们的群体。不仅是毒贩、黑帮和警察,连政界权贵和官员都有多人卷入其中。

客观上来看，不得不说温哥安瑟教确实在逐渐改善贫民窟的情形。在明确的教义逐渐被里约热内卢人所熟知,并且相应的神迹频繁展现——被选中的复仇对象，都会在第二天应验而死——的情况下,贫民窟的信徒们逐渐得到了公平的对待,不管是在就业、福利、援助上都比以往有大幅提升。对于日后贫民窟的逐渐消失，温哥安瑟教可以说起了重要的积极作用。

在《马尔斯—埃尔报告》给出的“僵死定律”已经是众所周知的

今天,尽管无论你是否信仰复仇之神僵死都会按照定律发生,但温哥安瑟教至今仍占据了里约热内卢的重要宗教地位。即便在世界范围内,许多大城市里也多有其教会存在。如今的温哥安瑟教信徒们,并非单纯地如以前只是希望透过复仇之神而行使复仇的权利,而是也信仰着复仇带来的公平,相信绝对的公正将给世人带来一个更美好的新世界。

**十二、演讲记录,英格兰,戴尔科学院发言人,罗伯特·尼尔森博士**

我们相信,是压力导致了僵死,而不是什么上帝或诅咒。

僵死的真正原因,是人类自身对外界压力的反应,压力导致人类基因组内的某个自毁开关触发才导致了僵死者死亡。

众所周知,压力过大会对人体产生不良影响,但其实不仅仅是人类,动物受到压力的影响的现象也很常见。举个动物界的例子,著名的挪威旅鼠就会因为压力而结群前仆后继地跳进海里,这就是其中一种压力驱动群体反应的典型案例。这种群体跳海举动常常被误认为是集体自杀,传言中旅鼠们是为了"保证物种延续、控制种群大小"才有组织地集体跳海。

不过,实际上旅鼠会游泳,而且它们集体跳海的真正原因,是逃离爆炸性增长的数量带来的拥挤。喜爱独居的它们,因无法忍受过度拥挤才纷纷渡海逃离。

可以看出,压力,对生物的影响其实非常普遍,即便是自然界中小如旅鼠的动物也会被压力所影响,表现出群体性的异常行为。

另一个研究中,美国研究人员在对社会地位较高的与地位较低的母性恒河猕猴进行比较时,发现她们在涉及免疫应答和一些其他功能的基因表达上差异显著。在母猴的社会地位提高时，她的基因表达也会在几个星期内产生变化，这一现象暗示了社会压力可以迅速影响遗传调节。

有研究者通过比较四十九只社会地位不同的雌猴，发现九百八十七个基因的表达发生了显著的变化。其中一百一十二个基因与免疫系统调节有关。这个结果符合社会地位低的猴子，因为长期不断受到压力所导致的免疫功能受损的数据。

反观人类，也有关于低社会经济地位以及高社会压力会提高人们患病风险的研究。

那么，压力具体会给人类带来什么影响呢？种种研究表明，压力不仅可以造成人们精神问题频发，还能导致生理上的种种不良反应。早在僵死现象出现以前，研究人员就已经证实，压力与心脏病、高血压、感染性疾病，以及免疫力低下都有一定关系。蛸壶心肌症、皮质醇激素分泌异常、脑中枢海马体损伤、自闭症等，这些林林总总的生理异常都跟压力有关。另外，皮质醇激素异常的孕妇，生下的孩子甚至也会受影响，导致智商低于正常标准。

在僵死爆发前夕，全球人口就已经接近八十亿。不断增加的人口导致的社会、环境、经济、政治等种种问题所带来的空前压力，对人类的影响也空前的严重。因此，人类因压力而被改变的基因表达要比恒河猕猴更多。尽管还无法确认准确数量，但我们目前的研究显示有至少数千个基因受到影响。

我们相信，有一个根据压力触发僵死的自毁开关，可能一直潜藏在人类的两万多个基因内。甚至，近年被证实可以影响基因表达，并非毫无作用的广大非编码 DNA 区，也可能是它的藏身之所。

我们认为,就跟旅鼠们因压力过大从而产生集体迁移,甚至不惜跳海横渡的行为一样,一部分对压力敏感的人,在受群体压力影响达到一定程度时会触发自毁开关而致死。

尽管我们仍无法确定这个自毁开关的位置,也没办法确定它的确切触发条件,但我们相信,正是它的存在导致了僵死,让人类的数量开始大幅度减少。

老实说,我们所提出的这个理论还没有足够的证据支持,因为在大饥荒才刚过去的今天,仍留存于世的基因研究资源所剩无几,我们目前仅得到了几个研究机构的支持,进展甚微。但是,我希望通过今天的演讲让各位重视起这种可能性,希望大家都能参与,或给予我们支持,以便能尽快找出这个我们至今仍所知甚少的僵死的直接原因——用我的话来说,就是潜藏于人类基因组内的自毁开关。

可能有人会问:你又没有直接证据,凭什么说你是对的?对此我的回答是:因为没有比这个理论更好的解释了。

作为对比,我们可以先来看看目前最为权威的一份报告——《关于僵死现象原因及触发条件的研究》,想必大家对这份报告都很熟悉了。而大家应该也很清楚,尽管马尔斯和埃尔的这《第二报告》给出了大致的僵死规律,但他们并没有告诉我们导致僵死的最直接原因,因为就连他们对此也毫无头绪。事实上,不仅是他们,世界上还没有人能确定僵死的直接原因。

即便我们的足迹已经到达火星,即便我们自认为对宇宙的认识已经很深,即便我们从相对论到量子力学的物理体系都早已建立,可是对于僵死,到现在我们都还无法弄清它的直接成因。

不是病毒、细菌、创伤,也不是任何已知的射线、粒子和毒物。僵死者没有表现任何预兆和症状,就丧失了所有生命机能。可以说除了马尔斯和埃尔的报告所提到的结论以外,我们几乎一无所知。

而报告里所说的“个体的意志和精神会导致其他个体完全停止生命活动而死亡”,这其中到底是什么在起作用?从所谓的“诅咒”到死亡,这中间的环节究竟是什么?没有人能观察到任何中间环节,也没有人能发现任何外部原因。

有许多人认为,或许这种致命的原因就跟暗物质和暗能量一样,以我们的科技还无法直接观察到。那么我想说,既然如此为什么不保持开放的思想,干脆承认我们对于造成僵死的原因根本不了解呢?

正是因为如此我们研究所才会改变思路,开始怀疑过去是不是完全搞错了方向?我们一直在寻找是什么外部因素导致了人的僵死,却没有想过往人类自身去找?

于是我们才开始假设诱发僵死的外部直接原因并不存在,回到了直接原因来自人类自身而不是外界的可能性上。虽然内部因素对僵死的全球同时性比较难以解释,但仔细想想,这难道比直接观察到如暗能量、暗物质般神秘的外部原因存在还要困难吗?

在无所适从中,也有许多人转而投向了宗教的怀抱,相信僵死是无所不能的上帝所施展的神迹。固然这样在精神上会轻松许多,可是即便我们现在困惑不已,也不该完全放弃对千百年来所发展出的科学体系的信仰,从而丧失了找出真正原因进而解决问题的可能。

当然,科学界的许多人对于上帝也是持着不可知态度,他们认为并不能排除有这种全能存在的可能性。然而,他们这种神的概念和宗教界的人格化神是完全不同的。根据奥卡姆剃刀原理,即便有一个能将僵死变为新的宇宙法则的存在,将其人格化也如同车库里的透明喷火龙一样,是完全不必要的。

在科学的角度上退一步说,即便承认非人格化的神,承认僵死是这个宇宙新出现的、跟万有引力一样的自然规律之一,那也要比宗教的主张更好一些。那么再退一步,承认DNA内潜藏自毁开关,又要比一个非人格化的全知全能的神更为简单实在,不那么虚无缥缈。

总而言之,我们认为潜藏于基因中的自毁开关理论,是至今为止可能性最大,也最为科学的猜想。

但在这里我也必须声明,即使各位决定支持我们的研究,摆在我们面前的仍是重重困难。尽管在僵死爆发前对人类基因组的研究已经颇见成果,人类基因组测序早已完成,基因的功能性分析也有了不少成绩,但遗憾的是,僵死爆发后接踵而来的全球性灾难事件,不仅让整个科学界几乎完全停止了发展,也让人类基因组的研究完全停止了。

近几个月来,整个社会已经开始复苏,各科学研究机构也开始慢慢恢复。但可用的基因组研究资源仍少得可怜。即使是我们能确认僵死确实和DNA有关,从今天开始就将所有资源都投入其中,要找出那段隐匿在30亿碱基对中的自毁开关,恐怕也需要数年甚至数十年的时间。

这一切困难重重,然而我们却不能不去做。如果科学无法解决这有史以来对人类最大的威胁,我们还有什么信心去面对未来?我们难道就这么不明不白地苟活下去,放弃掌控自己的命运吗?

…………

十三、《亚当·F.马尔斯传》,卡尔·史密斯 著

第十九章

在得到了充分的资源支持后，马尔斯和埃尔联合了数个研究分析小组,展开了全面的调查分析。最终,他们从对监狱、医院和养老院的一系列观察实验中得到了突破性的进展。一年后,由马尔斯和埃尔带领的研究分析组发布了详细描述了僵死现象确切规律的第三份报告——《关于僵死现象原因及触发条件的再研究》。

这份报告所提出的规律,最终被命名为“马尔斯—埃尔僵死定律”,此报告也被人们普遍称为《马尔斯—埃尔报告》。甚至许多宗教也将“僵死定律”认为是上帝的新律法,是全球性的伟大神迹。

《马尔斯—埃尔报告》主要内容如下:

定义

准备期:每天的格林尼治标准时间19:30左右至次日同一时刻为一个准备期，每24小时准备期完结约一小时后,是这一准备期对应的结算时刻。

结算时刻:僵死现象在全球统一发生的时刻,格林尼治标准时间20:28:36。

诅咒者:在准备期内,任何人如果曾经诅咒(只需在心中有此念头,不需要任何动作和仪式)过他人或透过某事件描述的某群人,就称为诅咒者。诅咒行为可以只是心里出现过包含

“死”字在内的咒骂,或脑内出现过对方死亡的情景幻想。每人在每个准备期内只能成功诅咒一次。

被诅咒者:诅咒者诅咒的目标。

预期生命终结日:由一个人的身体现状所估算的预期死亡日期。由包括各种基因决定的遗传病、癌症等先天因素,以及由当前携带疾病、慢性病等后天因素综合估算,但不包括意外、疫病等尚未发生的不确定因素。个体可以通过医疗或锻炼等手段改善身体状态、延长寿命,进而将预期死亡日期推延。

剩余生命量L:一个人从当前日期至预期生命终结日期间的时间,占其总预期生命周期的百分比,并且减去以往诅咒或被诅咒所付出的生命量后所剩下的生命周期百分比。

如果一个人的剩余生命量归零,则在下一个结算时刻发生僵死。例如一个预期生命长达100岁的人现在已经有40岁,则他的剩余生命量L为60%,如果此人以前还曾诅咒或被诅咒而失去了20%的生命量,则当前他的剩余生命量L为40%,会在80岁时死亡。

结算诅咒数K:某人作为诅咒者和被诅咒者,所对应的生效诅咒个数总和。例如,某人作为诅咒者成功诅咒了某个n人群体,同时他也作为被诅咒者被m人成功诅咒,则此人结算诅咒数K=n+m。

…………

(数据及推导分析略)

…………

结论

如何判断诅咒是否生效：

1.首先判断诅咒者的目标是否包含自己，任何情况下诅咒自己无效。由此展开可得，如果诅咒者描述的诅咒目标群体包含了自身在内，则诅咒无效。

2.在诅咒者的诅咒目标不包含自身的情况下，如果诅咒者在整个准备期中，只诅咒过一次某人或某群体死亡，则该诅咒将生效。

3.在诅咒者目标不包含自己的情况下，诅咒者在整个准备期中诅咒某人或群体死亡超过一次的，则其中诅咒时带着最强烈情绪的一个诅咒生效。

诅咒生效的效果：该生效诅咒的诅咒者和被诅咒者，都将按照下述结算规则，在结算时刻减去相应的剩余生命量。剩余生命量归零的人，将在该结算时刻僵死。

结算规则：

设在某个结算时刻时，全人类范围内结算诅咒数 K 最大为 n，则 K=n 的这个群体优先开始第一轮结算。

第一轮结算时，首先该群体中剩余生命量 L 最小的某人 α，他的剩余生命量 Lα 归零。同时 α 所对应的每一个生效诅咒（不论是诅咒或被诅咒）的另一端对应的人，在第一轮中减去生命量 LΔ1=Lα/n。

如果 α 对应的生效诅咒所对应的所有人中，有某人 ψ 的剩余生命量少于 Lα/n，则 α 及其生效诅咒所对应的所有人先按照 LΔ1=Lψ 减去相应生命量，之后继续再按 LΔ2=(Lα—Lψ)/(n—1)计算减去相应生命量。

按以上方法，继续结算 K=n 群体内下一个当前剩余生命量 L 最小的某人 β。然后重复此方法，直至所有 K=n 的人群全部结算完毕，第一轮结算完成。

在结算过程中 L 降至零的人所对应的生效诅咒即可忽略，不再考虑入任何一轮结算过程。

接下来第二轮结算，则是对应 K=n—1 的群体按同样的方法结算。往后依此类推，直至第 n 轮后 K=1 群体的所有人结算完毕为止，全部结算完成。

（注：以第一轮、第二轮……直至 n 轮来进行结算，只是为了方便计算而人为假设的概念，事实上所有结算都会在结算时刻那一瞬间完成。全部结算完成后，L 降至零的所有人将立刻僵死身亡。）

《马尔斯—埃尔报告》的原始结论并不太容易理解，不过我们可以简略地把诅咒生效的效果，看作是生效诅咒两端的双方在互相抵消生命。双方在结算时同时不断减少等量生命，直至其中一方死亡。

这样“僵死定律”的运作就可以简化成这样的模型：想象一下，任何人如果成功诅咒或者受到诅咒，就会有一条隐形的“诅咒线”将自己和对方联结起来。在结算时刻，所有身上联有“诅咒线”的人，都会开始同时持续减少寿命。身上连有 n 根线的人则比只有一根线的人减少得快 n 倍。任何一根“诅咒线”两端所联结的两人中，如果有任何一方寿命归零，这条线就会断开，另一方的生命削减速度也会相应降低。如果一个人在寿命降至零之前身上所有线都断开了，他就不会在今天死亡，不过他在结算时失去的寿命就再也无法取回了。

在《马尔斯—埃尔报告》发表以后，僵死现象发生的规律终于尘埃落定。但僵死现象究竟为何会在三年前忽然出现？而诅咒导致僵死的根本机制和原理又是什么？对于这些问题马尔斯教授和埃尔牧师仍然毫无头绪。

我们好不容易弄清了“僵死定律”，却仍不知道其所以然。打个比方，这就像是一个原始人来到了现代，在无人指导的情况下弄清了按哪一个开关哪一盏灯会亮，扳动哪个开关就会有水喷出，打开某扇门就会发现冰冷的食物。但原始人永远弄不懂是通电了灯才会亮，打开阀门水管里的水就会被水压压出，是压缩机让冰箱内的温度降低。用马尔斯教授的比喻来说就是：“就如同知道光在一定的时间内会走过多长的距离，但对为何光速总是恒定的真正原因一无所知一样，我们知道只要有人心存恶念，僵死现象就会按某种规律出现，但我们对僵死的真正原因一无所知。”

在“僵死定律”确定之后又过了两年，全球联合政府成立了。全球联合政府的构想，是基于“僵死定律”之中“诅咒群体与被诅咒群体丧失的总生命量相等”这一规则所带来的威慑。只要人人都能通过全球网络参与到和自己相关的公共决策之中，那么不论是谁，都没资格对多数决议产生的结果不满了。因为对结果不满的人必然会是相对较少的一群，不可能贸然发动诅咒而付出生命的代价。

所以，实际上如今的政府已经不再像以往的代议制那样，靠个人或者小群体就能左右最终决策了。如今的政府，其实是一个包含了全人类的虚拟实体。当然，全球联合政府的运作并不是粗暴地要求所有公共事务都要由全体人类进行决议。实际决策程序的大致原则是,涉及哪一个群体的公共事务就由哪一群人进行共同决议。尽管对个人来说,联合虚拟政府系统的建立,使政治问题占用日常时间的比例大大增加,但无论如何这要比"僵死定律"刚确立时公共问题完全被搁置、人人自危而不敢越雷池一步要好得多。况且,即使是在僵死现象出现以前,澳大利亚联邦大选也早就实行了全民强制投票制度,所以联合虚拟政府的成立其实早有一定的实践基础。

经过数年的积极尝试和改进,联合虚拟政府的成绩有目共睹。僵死率在联合政府成立后逐年降低,时至今日,世界人口已经结束了衰退而开始回升。

借由正确认识"僵死定律",人类终于避免了全体毁灭的命运,然而此刻我们仍不禁要问,这一仅针对人类的忽然凭空降临的灾难、这一直接或间接导致了50亿人死亡的惨剧,我们究竟该如何看待?

埃尔牧师对此和许多主流教派看法相当接近。他认为这是最后审判即将到来前的大灾难。尽管人类为此付出了惨重的代价,但只要世人能遵循上帝的训导,不再被仇恨和欲望所控制,善良的人们必将迎来更美好的未来。

马尔斯教授则认为,人类未必能完全弄明白僵死现象,或许我们只能接受它的存在而继续生活。他认为人类只是在宇宙中侥幸进化出的一种智能生命形式,某些宇宙参数和规律但凡有细微的偏差,人类就不可能诞生。我们在这种侥幸之下诞生,又凭什么相信宇宙规律会一如过去的百十亿年般永远眷顾我们呢?或许我们只能在这个宇宙提供的环境下努力改变自己，继续生存下去。

…………

**十四、采访记录，旧金山某精神病院，前NASA工作人员，迈克尔·乔瑟夫·戴维斯**

…………

我知道，现在许多人都认为是神再次回归了地球，才让世界变成现在的样子。有些宗教最擅长的当然就是这种解释啊，只要是人类暂时无法理解的事情，最后都会变成神的愿望。但是你一旦问他们，神这么做的目的是什么？他们就给不出一个不扯淡的答案了。神爱世人，是他们对应一切的万能答案。

神啊，为什么你要夺取我的双脚？因为他爱你。神啊，为什么你要让我所有的亲人在一夜之间死去，让我再也见不到他们的笑容？因为他爱你。有些人还真是敢说啊，甚至是数十万数千万的人一夜之间死去，也敢说是因为神“爱”你们？哼，如果人人都这样看待僵死的话，人类马上就要玩完了！

我在这里告诉你们，他们全都错了，造成遍地僵死的并不是什么神啊上帝啊，是外星人！外星人在玩弄我们人类！我们如果继续搞不清楚状况，全人类都会万劫不复！

戴维斯说到这里变得十分激动，看护人员立即靠近了一步，以免他有什么突发举动。然而戴维斯只是斜了一眼看护人员，又继续说了下去。

有人说外星人根本就不存在,以前那些目击都是假的,要么是镜头没擦干净要么是把别的东西误认为是飞碟。他们认为,就连51区的传说也都是公众过度热衷神秘事件而产生的臆想。他们往往质疑,如果说51区真的是针对外星人的部门,政府要把这个秘密保持数十年而没有任何确实证据暴露出来,这有可能吗?而我的回答是:有!51区确实是在跟进这些事件,确实是在进行对外星人的寻找和研究。可为什么他们没有泄露出证据?是因为就连他们也一直没有找到任何外星人的踪迹。连政府自己都没发现,拿什么泄露给公众?如果有证据的话,51区早就光明正大地公开他们的目的,堂堂正正地获得运行预算了。

不过我相信,在大范围僵死爆发前51区终于第一次取得了证据,因为搞出全球僵死的外星人就是在那时候来到了地球,以51区的能力应该不难发现它们。遗憾的是,政府并没有第一时间发布证据,告诉大家全球范围的僵死就是它们搞的鬼!可惜啊,这些真相现在公众就更没办法接触到了。你们知道了解真相的人有什么下场吗?看看我吧,你们以为我真的是疯了?我告诉你们,把我关到这里就是外星人搞的手脚,就是为了让世人无法得知真相!

外星人在来到地球并开始制造全球僵死爆发后,很快就控制了所有国家的政府。它们既然能做到随意让人类大范围死亡,还不留下任何痕迹,当然控制政府也是小菜一碟。它们有能力千里迢迢来到地球,也肯定有技术能做到这些事。

一般说到这里,人们就会开始怀疑我是不是真的脑子有问题了。不过我告诉你们,作为科学工作者,我当然不可能只靠随口胡扯就编造一个故事出来让别人埋单。任何事实都是建立在证据基础之上的，我当然有证据说明这一切是外星人搞的鬼才会这么说。

戴维斯停了下来，神神秘秘地从身边的手提包取出了个文件夹，里边夹着一堆乱七八糟的照片和各种笔记便签。他在这里应该并不被认为是十分危险的患者，所以才能保留这么多私人物品吧。接着戴维斯从文件夹里翻出几张照片和文件，逐张摆在我们眼前。

先看看这个，首先是旅行者一号(Voyager-1)失去联络的消息，这是NASA发布的消息副本。当然这个事情新闻也报道过，不算什么秘密。大家都认为这个20世纪70年代发射的探测器是在太阳系外的星际空间里终于寿终正寝，或者是运气不好被小型天体击毁，这都已经是远超预期了。但是我就觉得不对劲，旅行者一号既然已经脱离了太阳风影响范围，进入相对来说比较空旷的宇宙空间，那么按我预期的运作寿命来看，它至少应该还能再多运行好几年，走得更远一些才对。才刚飞出去就失去联络，我觉得这种坏运气多少有点太过巧合。后来又发生的一系列事件，证实了我的预感。原来旅行者一号失去联络仅仅是开始而已！

仅仅两天后，火星上的好奇号就拍到了这张照片。我是在僵死爆发后才偶然发现这个的，你看这里——

这张1600×1200像素的高解析度照片，据说是好奇号主相机拍摄的。戴维斯手指向的照片一角，是好奇号在火星上顺带拍摄到的一角天幕，那上边有一个模糊的光点。戴维斯的手指就在这个光点上敲打着。

就是这个东西,你看它的形状,像不像飞碟?我们一直以来对飞碟外形的猜测并不是空穴来风!虽然51区没有确实的飞碟证据,但是他们搜集到的间接目击中,绝大部分人所描述的飞碟都是差不多的形状,这总没办法全用巧合解释。也许有人又会辩解说,是最开始的目击者所误导,导致飞碟的印象在人们的脑子里变得根深蒂固,后来的目击者才会把类似形状的东西都认为是飞碟。可这终归是种猜测,并不比目击者的证词可靠。

以往飞抵地球的那些外星人都还不坏,没有对地球做出什么干涉,但是这一次的则不同。我相信就是这次被好奇号拍到的飞碟,在路上击毁了旅行者一号。我知道这张照片不够清晰,但这一事件跟旅行者号失联的时间如此接近,我相信不会是偶然。当然,许多人还是认为这是牵强附会,只是两个偶发事件碰巧在相近的时间发生,而且照片上的物体并不清晰,也不能算是强有力的证据。但我还是要说,如果偶然一而再再而三地发生,就不能称作偶然了吧?你只要再看这张照片,就会同意我的看法。

戴维斯给出的第二张照片,是一张太阳的观测图像。整张照片被一个橙黄色的球体充满,上边零星分布着几个黑点,那就是有时候肉眼可见的太阳黑子。而戴维斯要我们关注的,是其中一个较大的黑点。这个黑点的形状明显看起来有些奇怪。

这个东西,你们看它的形状,是不是跟好奇号拍到的一样?这说明曾经出现在火星上空的飞碟已经飞到了地球附近。当时他们是不小心才会被拍到，否则以他们的技术只要想隐藏起来我们根本就没办法发现。第一次在火星上那是偶然被拍到,第二次停在太阳方向被拍到也是不小心,幸好这两次都被我注意到了。于是我马上站出来告诉大家我的发现,但他们都不信我!

后来我引起了外星人的警觉，然后它们就把别的备份全都给处理掉了,现在这些资料就只有在我手上的这一份了！当然,我也想尽办法在找其他证据,比如机遇号和火星侦察轨道器的资料,可是它们当时早已控制了政府,我还没来得及继续找到其他证据,就被他们弄来了这里。

至于这些外星人为什么要引发全球性的僵死，我没法给你一个明确的调查报告,因为我现在没条件继续调查。不过从目前的情况分析,我可以把可能性最高的结论告诉你们:外星人想要圈养人类。

没错,就是圈养！他们想把人类变得温顺又无害,这样才好圈养!

想想人类自己所圈养的那些牲畜和家禽吧，它们如今都变得具有同样的特点:温顺、有忍耐力、攻击性低。这就是他们第一阶段要对我们做的事。至于第二阶段,我相信是完全无害化,不过那就是太远的事了,现在第一阶段还没结束呢。

你看，现在不是已经有大量宗教在把博爱那一套跟僵死联系起来了？要博爱、不要仇恨、任何事都要看到好的一面。这些个主张,不就是被圈养动物所必须具备的品质吗？外星人根本不必要什么复杂的计划,他们只要挑选出好斗的人类一个个清除掉,然后让剩下的人继续繁衍就好。这种方法其实对我们来说并不陌生,千百年来我们饲养宠物或者牲畜,不也一直是在这样人工选种吗?

可是人类却并没认识到这一点，就算这个结论是这么的显而易见,我们都拒绝往这方面思考。比我聪明的人多了去了,可他们就是不往这个方向想。整个人类种群会被僵死变成什么样子?人类变成这样会对谁最有利?随便想想就能明白的事。更可怕的是,人们不仅潜意识上拒绝思考，甚至还逐渐从科学和宗教上不断地赋予现状以意义。什么统计学和神,什么博爱和宽容,都是自我毒害和自我安慰！人类如果再不反抗，整个种群就会逐渐适应新的环境,变得越来越温顺,越来越没有反抗心!

的确,大自然法则是适者生存,我们亿万年来就是这么进化来的。可是现在这个状况绝不是什么自然选择！而是外星人的阴谋!

我们如果不趁早向全人类揭露真相，就会像牲畜一样逐渐适应这样的状况,然后被圈养、被奴役!

我们现在就要发出通告,警告人类,把注意力转向外星人!

宁可全人类都僵死而亡,我们也不要被当作畜生圈养!

## 十五、《僵死,究竟是什么?》,迈克尔·戈德温 著

…………

如上所述,现在不少宗教都不约而同地把僵死归为神罚或是警告。然而,也有许多人认为,僵死乃是造福人类的伟大神迹,正在阿姆斯特丹进修神学的阿萨德·阿里就是其中的一个。接下来,我们就听听来自索马里的他的经历与看法。

索马里绝大部分地方都信奉主流宗教,但我们村子是个例外。我们村一直以来信奉的都是一种从西非传来的改良型伏都教,没有血腥残忍的传统仪式，最多只是每年宰一头牛祭祀我们全能的神和其他众多精灵而已。

我曾经也是一名伏都教徒,但现在我早已不再相信。不过我并没有转投那些主流教派,也没有加入任何一个新兴教派。因为在最苦难的时候,没有任何一个教派的神回应我的祈祷,解救我们于苦难之中。

如今,我只相信有一位无名之神,在地球上展现了神迹,拯救了索马里千千万万的同胞。这位神并没有通过任何教派传播他的训导,他一直都只是默默观察着人类,直到如今他才决定动用神力引导人类抛弃恶念,创建一个更美好的世界。

“僵死定律”正是这位神所展现的神迹,是他赐予我们的武器,我相信就是这样。

在僵死爆发时我才刚刚成年，住在原下谢贝利州的一个海滨小村庄。在这个贫瘠的临海村庄生活并不是件容易的事,周边荒芜的土地基本长不出什么植物，我们只有驾船出海捕鱼才能维持生计。但我们的独木舟太小,捕捞方式也很落后,所以当时连基本温饱都无法保证。村里的人都盼望着联合国的救济品有朝一日能到达这里,那样大家或许就都吃上饱饭了。可我们一直都没盼来联合国的队伍,只有教派武装力量、军阀和偷牛贼一直陪伴着我们。

我们村庄距离首都摩加迪沙并不远，但这却正是带给我们苦难的原因。各种教派武装和军阀不停地争夺首都的控制权,我们这样的小村就变成了没人管的地方。尽管偶尔占领本地区的军阀也会提供一些食物和用品,但这些东西可不是免费的,我们必须替他们工作才能挣回酬劳。

一般来说,工作内容都是替他们出海劫持货轮或者渔船。尽管我们离亚丁湾很远,他们为了丰厚的回报也就管不了那么多了,何况真正去干的又不是他们的人。这样冒着生命危险的海盗工作我们都抢着去做,这至少比蹲在村子里挨饿要好。可是,连这种工作名额也是有限的,想靠这种工作解决全村的温饱问题并不现实。

我们也曾经想把钱攒下来,换上更好的机动小艇到更远的海域捕鱼,然后一步步慢慢改善生活。然而,比军阀们更常出现的偷牛贼让我们连这样的希望都破灭了。他们并不是只为偷牛而来,我们这样的村子也根本没牛让他们偷,偷牛贼是其他村落给这些强盗团伙起的名字。这些恶魔掠夺一切,有时候甚至连女人也会抢。正是因为偷牛贼定期掠夺我们村庄,我们根本无法积累任何的财产来改善生活。

村民们也曾经想过靠自己的力量掌控命运,但现实是残酷的,当年那一次企图反击偷牛贼战斗的下场,就是整整半个村子的人被杀死。武装偷牛贼们的武器跟军阀们比起来并不逊色,有着充足的步枪和驾着机枪的皮卡车队,即便我们有近千人一拥而上,仅仅一辆驾着机枪的皮卡车就完全击溃了我们。我们在偷牛贼和军阀面前只是待宰的羔羊而已。拥有武器的人才能主宰自己的命运,我们只是任人鱼肉的最底阶层,骨瘦如柴毫无反抗能力的可怜人。

我们每天都不停祈祷,希望能让我们脱离苦海,但从未显灵过。我那时就在想,既然我们的神是全知全能,能得悉及控制所有事物，那么为什么不现在就拯救我们，让坏蛋下地狱？在偷牛贼血洗村子的那天，我看着满地的鲜血和尸体，我愤怒而绝望，心想如果真的有一位全知全能的神存在，他也必不是伏都教的那个神，否则他怎会如此残酷冷血，从不回应我们这些可怜人？

绝望之下，我开始用自己的方式祈祷。能听到我祈祷的神啊，不论是哪一位都好，如果你听到了我的声音，如果你还在乎我们，就请拯救我们吧。如果你不想脏了自己的手，就让我们拥有武器，能够手执步枪让常来的那些军阀和偷牛贼都血债血偿。

我日夜祈祷，终于有一天，我的祈祷得到了回应。

那天夜里，村里有几名老人突然同时死去，我们当时还以为是什么疫病造成的。然而，随之而来的是第二天本该来招募海盗的军阀也没有出现。再后来，竟然接连好多天军阀和偷牛贼都没有出现，直到有人带来了消息，那两伙人都在老人们死亡的那一天同时暴毙了。尽管感到有点奇怪，但我们还是因此而欢呼庆祝了一整天。我也欢喜得泪流满面，神终于听到了我，不，是千千万万受难的人们的声音。

没有了军阀和偷牛贼等武装力量的阻拦后，不久联合国的一支救援队就到达了我们村庄。我们这才知道，原来全世界都在发生这样的事情。于是我更加相信，我们以前都弄错了，那个全知全能的神并不属于任何一个教派，他是全人类共同的神，所以他所施展的神力会在全球显现。

当知道了“僵死定律”后我就更加坚信这一点，不论人种肤色、不论教派地域，全人类都共同享受着神的恩赐，说明这个世界有一个不属于现在任何宗教信奉的全能真神，他看见了我们这些弱者的苦难才降下了这个僵死的神迹。

当然，我后来也了解到，全人类因为僵死而付出了数十亿生命的牺牲。可我相信这并非他粗暴残忍的证明，这神迹带来的短暂痛苦的洗礼，为的是让人类得到更安宁幸福的明天。

在神迹降临后，索马里军阀的野蛮统治消失了，强盗们威胁他人生命和财产的行径消失了，依仗暴力欺凌别人的坏蛋也再不敢给别人带来苦难了。

这一神迹，让所有人都拥有了反抗暴力侵害的武器。这武器存在于我们的精神之中，谁也夺不走拿不掉。只要我们决定付出代价做出反抗，任何作恶者都无法阻挡。弱者从此再也不必害怕武力的胁迫，谁敢使用武力胁迫，我们也必定会不惜性命以诅咒反击。

拜神迹所赐，索马里的武装军阀和强盗很快随之消散。以往他们是靠着武器强大才敢随意屠杀我们，可是今时已不同往日，在神迹之下人人都拥有了威力无比的武器，谁都无法再靠暴力压迫别人。

人人皆可自由使用的僵死神迹所带来的震慑力，让索马里迎来了这数十年来空前的和平。

这难道不是他心系众生、悲悯慈爱的证明吗？

在这神迹的庇佑下，世间每个人的生命都绝对平等，人们也变得更加友善而包容。

这样的新世界，难道不是一个更美好的世界吗？

这样的神迹，我又怎能否认它的伟大？

载于《科幻 Cube》系列丛书《太空堡垒中国 25 年》

**沈屠苏**

# 梦棺

A

年迈的女人背过身去,看着墙上相框里的照片。那是幼年时的弗兰克,抱着毛绒玩具,笑靥如花,露出可爱的牙齿。

她头也不回地问身后的杀手:“可以告诉我孩子长得像谁吗?”

杀手同样是一个女人,穿束腰的红裙,外披羊毛斜纹呢大衣,浅顶呢软帽的帽檐下是一张优雅逼真的脸。她握着装有消声器的银色勃朗宁,目光冷峻地扣动扳机。

艰涩的声音与一缕蓝火同时迸出。

“像他妈妈。”

B

1号试验体:弗兰克,全名弗兰克·陈,外号伐木工,这是因为被他的腿扫中头部的人,往往会像砍倒的大树轰然倒地。他在没瘫痪之前是一位黑市拳手,以凶狠和KO对手著称,卫冕过九十五次擂主。唯一落败的那次,是23岁的一场对垒,结果对手让他只能在轮椅上度过余生,也因此,他的拳击生涯就只有这一次落败。不过没关系,残废了的他被收容在地下十公里的X试验场。

出于像正常人那样行走的美好愿景,他主动加入了“梦棺”试验计划,让生活以微弱的误差继续。在国际通讯中心的巨大电子屏上,梦棺公司投放的广告如此显示:一位年轻力壮的拳手,拳台上被打断脊椎,半身不遂;一个年迈体弱的老人,躺在养老院的床上,身边站满专业护工,却连张嘴呼救来哪怕一个普通人都困难无比;一名警察在追捕罪犯的过程中不慎擦枪走火,子弹钻破了自己的脑袋,留在颅腔内,昏迷不醒;一位军人在战争中被弹片毁去双目,退役后只能和导盲犬相依为命;还有一个孩子自出生就有肢体不全的缺陷,嗷嗷待哺的她被父母狠心遗弃,在福利院孤独地长大……一系列或先天或后天或人祸的不幸画面播放完毕,梦棺公司出现了:休眠舱形态的器皿,贮满了淡黄色的液体,宛如母亲的子宫,人赤身裸体地悬浮其中,头部及重要器官插着透明导管,双目紧闭,仿佛沉睡,处于极度放松的状态。这时,某红裙美女轻触启动屏,导管中有液体注入,器皿中的人痉挛了两下,虽紧闭双目,却依然能看到眼皮覆盖下的眸子在转动,就像沉浸在梦境中。画面闪回,瘫痪的拳手重新走上了擂台;老人从床上爬起来,健步如飞;警察从昏睡中清醒,继续抓捕罪犯;军人双目复明,和一个姑娘谈起恋爱;孩子的缺陷得到了补足,亲生父母回来把她接走,世上又多了一个温馨家庭……他们的手搭在一起,推出梦棺公司的Logo,然后一句广告词结尾——金钱是虚幻的,把它砸到这里吧!梦棺不能许诺你万能,但在这里,一切都可以重来,包括生命。

广告创意一般,蛊惑力却不一般。弗兰克打了十年的黑市拳,却没有积蓄向梦棺公司购买服务,只好去申请做试验体来换取虚拟的快感。是的，这一辈子除了快感他还能追求什么呢？

C

梦棺公司，一个把生命当生意兜售到全世界的巨无霸企业，在全球范围内掀起了因特网式的革命，而革命的策源地，就是X试验场。它的顶端如同一个巨大的圆柱形容器，内壁附着若干突起，形似神经元之间联系的轴突，别开生面地呈现出浑然一体的蓝。

“你们看到的这些突起，叫反引力倍增管。它们与容器里面填充的5万加仑纯净水一起作用，使试验场的中部处于失重状态。”马丁博士戴无边框眼镜，头发朝后梳得光溜溜的，看起来是个爱修边幅的科学家。

他的助手黄杰负责划着小船，在纯净水中荡漾。

马丁继续解说：“我们发现，失重状态下人无法进入深度睡眠，极易造梦。梦是无序的，混乱的，是人在清醒时的欲望被压抑到潜意识世界中的委婉表达和满足……”

小船上的人似乎对马丁空洞的理论不感兴趣，他们关心的是在国际通讯中心掀起饥饿营销浪潮的热点话题——“梦棺联结系统试运行以来状况如何？”有人已经急不可耐地提出了疑问。

“我很理解大家的心情，”马丁用手指摩挲鼻梁，故意卖起了关子，“梦棺创立的初衷就是给人们提供一个安全、稳定、多元体验的拟真世界，目前专家组仍然在对梦境的拟真度与持续性做最后阶段的评估，详情我们会在后天的新闻发布会上披露。”

参观人员揣满了糊涂，当中一个西装革履的白领不肯罢休：“那你带我们在这个叫……”他敲敲额头，似乎忘词了，旁边有人提醒“反引力”,他的脑筋立刻转了过来,“对,你们干吗老让我们在这个反引力场兜圈子?”他看了看身后,“起码,也给我们这些股东看看梦棺到底长什么样子。”他的提议引来了一片附和之声。

马丁的双手向下压了压,示意大家安静。

“当然可以。”他转首对助手黄杰说,“你通知一下 CIS(持续集成伺服器),说待会儿有人造访。”

黄杰浮现一丝为难之色,压低声音说:“博士,这样做违反了公司规定啊,会不会有问题?”

马丁按着他的肩膀:“放心好了,总裁那边我会打招呼,你尽管通知就是了。”

黄杰没有再说什么,摇着双桨把船划到了升降台。整船人被机械臂托起,到达顶端中腹的位置。

那里有个通道。

一行人走进通道, 等待他们的是一间不逊于鱼鹰直升机运载量的电梯。黄杰对着语音接收器报出负 101 层,电梯开始下行,有如堕地狱之感。

D

“历史上曾有个 X 教派,追求某种思维的统一,简单而言,就是大家都同时做一个梦。当然,我们的想法没那么极端,我们只是追求并打通前往潜意识世界的秘密通道, 以个体意识的映射架构模拟社会,实现人脑的多元化共享。”马丁在电梯里布道,尽管听众寥寥,因为大家的注意力都集中在显示的层数上。

负 101 层位于试验场的中部。

“到了。”

出了电梯，展示在看客面前的是庞大的棺群，它们像皇冠上镶嵌的无数珠宝，牢牢地吸附于一个巨型球体。球体处于悬浮状态，缓慢地自转着，没有任何实物支撑，仿佛克服了万有引力，与太空中的星球同样享受着不必坠落的待遇。除此之外，球体表面还被数以千计的光照射。这些光五颜六色，来自四周不同角度安装的等离子体激元。

整幕景象光怪陆离。

马丁抬起手臂，对着球体虚空一指，其中一副梦棺心电感应似的，自动脱离了母体，向着博士这边飞来。参观团发出一致的惊叹之声，这在黄杰看来，多少有些大惊小怪，若非这些投资人是公司的衣食父母，他真想痛痛快快地笑上两声。

古老的磁悬浮技术，并不值得夸耀。

梦棺须臾便到了参观团眼前，虽然近在咫尺，却是不允许触摸的。

所谓的“棺”是外形的譬喻，更像边角磨圆的长方形培养皿。人在其中，犹如福尔马林浸泡的海鲜。棺盖是透明的树脂基材料，隐私部位被有色玻璃遮住。淡黄色营养液保护皮肤毛发不致腐烂，插在身体上的导管用来新陈代谢，后台护理会不定期地通过导管往试验体内注射微型纳米机器医生，对病变的组织进行药物治疗，修复被破坏的内脏，同时释放缓解疼痛的药剂。

至于是否有其他用途，马丁没有作进一步说明。

参观团里一位女士似乎更想问一些接近核心的问题：“博士，你确定就是这个东西给我们人类创造了一个梦幻般的新世界？”

“准确来说,还没有‘创造出’,只是‘在创造’。”马丁娓娓道来,“梦棺联结系统,也就是媒体通称的“梦棺”,是人脑意识与计算机智能模拟的双向补全。大家都知道,人脑是偌大宇宙最不可思议也是最精密的仪器,而人脑中数以亿计的神经元生产出的意识更是令人称奇。就像这位女士向我发问,一个看上去简单的行为其实蕴含着无比深奥的科学原理。我暂时无法解答,但我可以告诉大家,梦棺在智能模拟上还处于初级阶段,系统的运行严重依赖人的意识映射与共享……”

马丁的话没说完,不知谁喉咙里咕哝了一声:“咦,这不是韩春韩教授吗?”马丁扶了扶眼镜,频频点头:“对,韩教授极具献身精神,自愿做2号试验体。”他想了想,又补充了一句,“你们在广告上应该见过他。”

“对哦,”很快就有人接过去,“躺在敬老院里的那个。”

“唉,好歹也是个名教授,没有家人管他吗,一个人孤零零地在敬老院里。”

“谁知道呢,也许子女不孝?”

…………

几个人你一句我一句拉家常式地聊开了,完全是八卦闺帏秘事的做派。黄杰哭笑不得,有意提醒他们珍惜时间。忽然毫无征兆的,梦棺里的韩春睁开眼睛,倏地吓退围观者。黄杰也是一惊,乍看教授像怒目圆睁,细细打量又似惧怕某种怪力乱神使然——眼白布满了红丝,鲜艳得几乎要滴出血来,瞳眸散发的精光先是集聚成一束,极具穿透力,而后像煮糊的面条,慢慢柔软,没有了焦点。

马丁猛地拉扯了一下黄杰:“还愣着干什么,快点向公司报告,

2号试验体出事了。”

E

“马丁,2号试验体情况怎么样?”

梦棺公司的总裁张伯伦双手交叉,两根大拇指抵住下巴,眸色严峻地看着高分子投影仪带来的直播画面。

画面上,医疗人员正在对韩春实施急救,甚至使用了脑部穿刺,然而收效甚微,几分钟后,虽然心电图和脉搏还保持常规指数,但脑电波开始衰减。在植入唤醒芯片24小时后,试验体自主呼吸停止,反射弧不再形成,脑电图呈等电位,脑干反射全部消失。至此,韩春失去自主意识,变成了一具行尸走肉。

黄杰无心观看,他的大部分精力都花在张伯伦的秘书陈昕身上。每次开会,只要陈昕参加,他都有点心不在焉。他认识陈昕有八年了,经历了初识、熟悉、好感直至暗恋。她的身材曼妙至今,容颜竟无一丝改变,依旧像女大十八变的小甜妞儿,真是驻颜有术。兼之打扮入时,红裙招摇,公司上下无数男人被陈昕挠得神魂颠倒。她还是公司的形象大使,拍过梦棺的宣传广告。他也数次想过表白,但话到嘴边就打了退堂鼓,吞进肚子里变成秘不可宣的蛔虫。

马丁面容凝重,他平时说话很快,喜欢辅以手势,现在却放慢语速,字斟句酌:“最终诊断结果,脑死亡。”

“什么原因?”

“我们尝试寻找病灶,但是一无所获。”马丁按了按太阳穴,“梦棺已经试运行两年之久,从未发生过类似事件,据我推测,可能是系统接轨时产生了病毒。”

“病毒？”张伯伦显得很吃惊，声音都变了，“是计算机病毒，还是生物病毒？”

马丁放下手，沉稳地看了总裁一眼：“意识流，意识流病毒。”

陈昕听到这个词，赶紧记录下来。黄杰也把视线的末端从陈昕身上撤回来，转向博士，如高山仰止。做助手这么久，从没有听博士说过类似“意识流病毒”这样的术语。巨大的问号在心头盘桓，搭载着眼神催促博士说下去。

“梦棺分为两部分，母系统是‘理性存在物’，子系统是‘天生行动者’。之前所有的试验都是建立在子系统独立的前提下，通俗一点讲，我们只是通过逻辑运算和数据化的意识推拟出了‘理性存在物’，尚未与凝聚人类意识的感性世界即‘天生行动者’接轨融合。大家都知道，人的意识并不单一，很复杂，理性和感性是不可能区分得那么清楚的，”马丁忍不住打起了穿针引线的手势，“我打个比方，人脑的意识就像辐散的线，可以在任何时候任何地方打结、蜷曲、缠绕而不出错，但梦棺却做不到，它是死板的因果性非常强的伪意识线路。两者交会在一起，固然能形成互补，但也会造成剪刀差。”

“剪刀差?！”张伯伦喉咙立时一紧。

“可以理解为意识重组过程中的剪断与连接。这种剪断与连接并不精确，甚至是难以控制的。被剪断的甲线头可能连接到乙线头上，如此会引发意识空间一定程度的紊乱，梦棺会在那一刻出现混沌，”博士喝了口水润了润嗓子，“这种混沌诱发的不可预测性，在学术上，我称它为意识流病毒。”

张伯伦锁起眉头：“假设肇因真是你所说的意识流病毒，有解决的办法吗？”

博士沉默了片刻，心平气和地说：“唯一的办法是继续保持子系统独立运行，向后推迟 Peer to Peer 的时间。”

“这怎么行！“张伯伦否决了马丁的建议，“项目已经拖了两年，外界的质疑声很大，再没有进展，股东会对梦棺丧失信心。按照计划书，一个星期后梦棺就要接受客户订单，正式投入运营，董事局更不会同意在这个节骨眼儿上改弦更张的！”他有一点没提，为研发这个系统，公司早已债台高筑。

马丁据理力争：“经营上的事我不懂，我是搞研究的，我必须对我的研究成果负责。教授的死是个危险的信号，说明系统不成熟，我们不能急功近利，再等等……”

“等什么等！你等得起，公司未必等得起！”张伯伦不想再争论下去，“发布会的时间快到了。”他看了看腕表，立身而起，整理了一下着装。陈昕也跟着起身，黄杰与她的目光撞在一起，擦出心有灵犀的火花。走之前，张伯伦撂下一句话：“在董事局做出最终决定之前，我不希望今天讨论的内容外泄。一切等发布会开完再说。”

瞅着他们离去的身影，马丁愤然扯下胸卡，狠狠地掼到桌上，然后对黄杰习惯性地宣泄着说：“什么态度，黄杰，你说说，这是什么态度！”

碰到争执，黄杰一向八面玲珑，他挤出笑容：“博士，他是总裁，决策的事他说了算，咱们只管‘梦棺’。”

“你也这么想？”马丁一把撸下无边框眼镜，似乎想看清黄杰的为人，“把利益放到第一位是会草菅人命的，我可不想辛辛苦苦打造的梦棺充满噩梦，成了墓场！”

“哪能呢，”黄杰安抚着马丁博士，心中还留恋着刚才的火花，“公司不是还要受政府的监管吗？”

F

陈昕站在发布会的演讲台上，卡在衬衫领口的微型麦克风把她煽风点火的声音推向了高潮。

“女士们，先生们，让我们热烈欢迎这位有着远见卓识志在必得的人，这位把公司打造成市场领跑者的人，他就是梦棺公司总裁——张伯伦！

掌声雷动，一片欢呼中，张伯伦从幕后到了台前，背后的电子幕墙即时投射出了他的全息影像。

“嘿，大家好吗？”

甫一启齿，气氛就变得十分热烈，使他几乎没有开门见山的机会。他不得不张开双臂，下压：“谢谢各位，请大家听我说。”

“在过去的十年里，我们成立了一个高度机密的研究小组，致力于一项被我们称为约书J计划的课题。这个课题到目前为止，已经实施了99%，包括建立梦棺联结系统，包括这两年的试运行。正如你们期望的那样，五个试验体身体状况良好，非常享受地畅游属于他们的幸福旅程。”

掌声又上了一个台阶，张伯伦面露微笑，话锋一转：“各位不妨猜猜我们的研发人员是怎么说的，他们众口一词地对我说，张伯伦先生，要冷静，要慎重，拜托，再等等，我们的研究成果还没发表呢。”良好的音响效果让他的声音更具煽动性，他近乎扯着嗓子喊，“我说，别扯淡了！你们究竟要瞒大家多久，无论是我们的投资人，还是公众,都有权知道公司的未来是绝对不可限量的。”

媒体的长枪短炮不停闪烁,热情的声浪几乎到了爆表的程度。

“相信很多人都知晓一个天堂——香格里拉,传说那里一处有着奇崛景色,没有痛苦,没有贫穷更没有死亡的人人向往之地。没错,我不是在吹牛,我们已经在母子系统的接轨融合上取得了突破性的进展,两天之后,也就是各位再多等 48 个小时,Peer to Peer 的梦棺将会是家喻户晓的明星,是你的枕边人,是你的归宿,带你进入这处传说之地。尽情欢呼吧,朋友们!”

台下很快有人用同样的高分贝回敬:“不,我们等不了啦,就现在!”

张伯伦甘之如饴,手掌做喇叭状,凑到耳际,毕恭毕敬地倾听:“我没听错吧?嗯……是的!我确定我没听错,你们是梦棺最忠实的粉丝,梦棺是你们最理想的选择!”

声和光让墙壁挡回来,把发布会现场变成了狂欢的海洋。

然而美梦总是短暂的,一群人的狂欢顷刻被一只矮跟女式皮鞋腰斩。

“你这个骗子,我看到弗兰克了,把我儿子还给我,我知道你们把他藏起来了,我知道!”

一石激起千层浪,众人的视线都集中在一个家庭主妇打扮的老女人身上,花白的头发,形销骨立,犹如一根坏沙发里支出的弹簧。她异常激动,似乎受了莫大的冤屈,又好像张伯伦欠了她一屁股子债务没偿还,总之,撒泼咆哮的买卖全来了。

皮鞋击中了张伯伦,他捂着脸,从演讲台狼狈退下,陈昕急忙上去扶住他。刚刚可劲儿地煽风点火,这会儿又要忙着灭火:“警卫，快把这疯女人拉走！”

G

“弗兰克暴露了。”

新闻发布会结束，张伯伦恼怒地对黄杰发起了火。黄杰感到委屈，可谁叫从意向联系到签保密协议再到入棺试验都是他一人经手的呢。

“弗兰克是自愿的。”

弗兰克·陈在加入计划之前，背景简单，根本没提到他还有一个健在的母亲。他从八岁被人贩子拐走到十七岁成为黑市拳手，加上打拳生涯，离家都超过十一年了。

“但他后来不是自愿的。”

黄杰默然，张伯伦说得没错，弗兰克一开始就表现出了极大的热情，可到后来不知出了什么岔子，居然想要退出。但那时候系统的试运行到了关键阶段，一旦退出，引起轩然大波不说，难保不会把公司的机密信息泄露。公司怎么能允许这样的事发生呢？只好采取强制措施，非法拘禁了弗兰克。这事马丁是一无所知，主导者是张伯伦，参与人是黄杰，你说黄杰能不背负压力？他想不通弗兰克的事是怎么传出去的，公司可能有内鬼，但如今这黑锅是背定了。

“现在怎么办，媒体都在热议，各国政府也在关注此事。”

“该死的，这屁股我来擦！”张伯伦使劲儿转了一把椅子，仿佛是在拧那老女人的脑袋，“你盯紧博士，别让他知道。”

“我明白。”

出门时黄杰被人撞了个满怀，烦恼的他气不打一处来，嘟囔了一句“看着点！”岂料对方的回应宛如秋日云朵，柔和到天边：“杰……”

黄杰一看，原来是陈昕。

她抱着平板电脑，朝他挥了挥手，算是不好意思。

“昕，是你。”

当下泄了脾气，刚要说没关系，装置在耳道深处的神经纤维钠钾离子主动转运仪(简称 NTA)接收到来自试验场的讯号：3 号试验体发生病变。

他草草告别陈昕，奔赴试验场。

H

博士已经早黄杰一步到了，忧心忡忡地来回踱步。

3 号试验体是一名昏迷的警察，医疗组正在全力对他进行抢救，和韩春出现的状况一样，甚至更快，脑电图笔直地戳向冥域。

“还有救吗？”博士隔着急诊室的玻璃用 NTA 与医生联系。

医生摇了摇头。失望写在博士脸上，像栖落了一只枯叶蝶。黄杰一时无话，但之后说的每个字都异常苦涩。

“又接到 4 号军人的病危通知，真如博士你所说，意识流病毒太强大了，好像穿行在梦棺里的死神，扼杀人的思想，收割人的生命。”

“暂停所有试验，马上！”博士拔脚就走。

不用问，他一定是去找张伯伦。黄杰劝道：“博士，别说张伯伦了，就算你找董事局主席也于事无补，现在最要紧的，不是暂停这个计划，而是挽救试验体的生命。”

马丁刹住脚步。对啊，还有5号李田。心急如焚的他冷静下来，转身疾奔CIS控制台。

CIS如同产卵的蚁后，每微秒就能分泌一次补丁数据，修复拟真空间。黄杰一拍脑袋，对呀，不管是不是意识流病毒作祟，透过CIS的全息技术，或可一窥端倪。

全息技术以7D光刻投影展示试验体在共享空间里的意识全景。即使旁观的局外人，也能领略身临其境的感觉。这是检测异动的最好方式。

他们刚到，CIS主管就汇报了系统监控的情况："1号有点不对劲。"

任何不对劲都是揪出元凶的突破口，马丁博士听到这个消息，悒郁的面孔被吹开了一丝阴云："快说，哪里不对劲？"

"1号的意识具有强烈的侵略性，其他试验体的意识与之接触都会受到不同程度的破坏。"维护人员说得一点也不形象，但博士和黄杰都能想象出那种场景，弗兰克如同一个暴徒，手舞凶器到处戕害路人。

"为什么不早点报告？"

"我们以为是潜意识抵抗的副作用，但接二连三地出事似乎不像。"

马丁和黄杰朝彼此看了一眼，迫不及待地闯入全息地图。那里他们能看到拟真世界里的试验体及试验体所幻想出的一切，而试验体却察觉不到他们。

I

漆成战舰灰的华尔道夫酒店,1号弗兰克备好了绳索（基于全面模拟现实社会的考虑,在梦棺的世界里,枪支和刀具受到管制),在10楼约5号李田见面。就冲守株待兔这一点,便能意会出深不可测的险恶。李田如约而至,她让自己长高了四十厘米,穿上了黑色银扣的学士袍(也可以说是魔法师袍),白衬衫、黑背心、桑葚紫的领绳,再配个魔杖什么的,简直就是赫敏——这让她在人群中显得很突兀,谁让她还是个小女孩——那种喜欢模仿偶像,不在乎别人的眼光,也不顾是否合时宜。

她乘坐那种有电梯工专门负责的老式电梯。电梯工是系统生成的道具。

黄杰本想让CIS发讯息提醒李田,但博士制止了他:“等等,看看待会儿发生什么?”捉贼要捉赃,博士说得没错,黄杰耐心地看着李田上到八楼。这时候,李田却做出了意外的举动,她和电梯操作工互换了衣服,随后下了电梯。

“她察觉到了异动?”黄杰问。

马丁若有所思:“我们并没有提示她存在危险,按理说,她应该到十楼,除非……”

“他们都想算计对方!”

黄杰觉得这个解释说得过去,却又滑稽万分。弗兰克尽管没瘫痪前是打黑拳的,但也仅仅是为生活所迫,绝非穷凶极恶之徒,李田是个被遗弃的孤儿,或许性格孤僻,但不至于心灵扭曲到杀人的地步。

马丁紧盯全息影像,发布指令:“切换坐标。”众人视野转到弗兰克身上——他安静地在电梯口等待。很快，电梯门打开，电梯工走出来。弗兰克一看穿着，不由分说一把抓住对方，往自己房间拖。他拖的时候是倒行，所以没有看到爬楼梯上来的李田。后者掏出了弹簧刀，一个箭步冲过来狠狠扎进了弗兰克的身体。弗兰克大叫一声转身，捂着后腰龇牙咧嘴，这一刀刺得颇深。他看到身后站着李田，怔住，扭过头看了看操作工，再转回来的时候，表情霎时狰狞。

"她哪来的刀？"马丁问CIS伺服人员。

"不……清楚，试运行状态下连菜刀都是管制的，"主管回答不了，他指挥控制台上的伺服人员检查数据库。

"管制指令数据没有遭到篡改，也没有病毒入侵的迹象。"

"难道她能用自主意识操控梦棺？"黄杰突发奇想。

马丁白了他一眼："你是在推广唯心主义吗？"

黄杰不好意思地笑了笑。主管突然指着影像说："博士，快看。"

弗兰克咬牙拔刀，鲜血滴落在马赛克地砖上，如同真的一般。他擎着刀向李田走去，脚步由缓到急，李田则慌忙后退，然后转身就跑。弗兰克穷追不舍……黄杰急了："博士，还不干预？"

马丁踌躇半晌，吩咐主管："立刻实施技术干预，派出伪装警察。"

伪装警察是系统虚拟出来的电子狗。紧张的忙碌过后，主管给出了沮丧的回应："干预无法执行，垃圾数据堵塞了指令通道。"

"这也行？"马丁不信，亲自到控制台，黄杰也跟过去。果然，垃圾数据疯狂地自我复制，阻止伺服器发出指令。

"清理垃圾，同时杀毒。"

主管叹了口气："没用，连接中止，伺服器瘫痪了。"

黄杰抬眼看全息图景，却依然在进行中，李田在前逃，弗兰克在后追。他们已经离开酒店，来到了火车站。

“奇怪，为什么梦棺还在工作？”

“很正常，”主管一边试图恢复服务器，一边说，“对方攻击我们的服务器，自然破译了密码，取得了管理权限。”

“他妈的，哪儿来的对方！我们不是还没有上线运营吗？”黄杰反驳，猛然灵光一闪联系起发布会上的闹剧，“除非公司有人……”

“别乱猜测，”马丁眉峰蹙起，“现在不是讨论这个的时候。”

确实不是时候。李田冲向第9和第10站台之间的检票口，就像当初一部叫《哈利·波特》系列电影里女主人公干的傻事一样——她不见了。弗兰克也不顾一切地冲过去，两人进入了另一个空间，锻铁拱道上写着九又四分之三站台。

“她把弗兰克带进了她幻想出的魔法世界。”

马丁一说，黄杰反应过来：“刚才那个酒店应该是弗兰克构思的世界。”

“对，他们都试图将自己的意识强加给对方，但谁都没有取得压倒性的优势，只能通过诱骗让对方进入自己的意识陷阱。”

“目的呢，终结或者同化彼此的意识？”

“恐怕是的。”马丁的口吻充满了自责，“从其他几位试验体情况看，用消灭更为恰当。意识就像槲寄生，在梦棺的拟真世界里，不会死亡，但意识被终结会间接导致宿主也就是肉体的死亡。我们之前竟然忽略了这个危险，太不应该。”

“意识流病毒忒强大了，”黄杰感叹，“就没有办法挽救吗？”

“只有启动应急预案了。”

“应急预案？”黄杰一愣，他从未听马丁说起过。

“激活触媒，想办法和梦棺对接，如果运气好的话，可以把我投送进去。”

“博士……你要进入梦棺？”黄杰和主管都感到吃惊。

马丁无奈道：“我的过失，只好由我来挽回。”

“不，换我吧。”黄杰惊讶自己一向自诩理中客，何时变得冲动了，“你根本对付不了弗兰克，我是个业余拳手，或许能顶用。”

可惜这种决定一经做出，当时不会在意，事后也无从追悔。

J

马丁一向对所谓的触媒持敬而远之的态度，但事态紧急，已由不得他了。他一面让主管向张伯伦报告此事，一面启动激活装置。然后，黄杰像空降兵一样降临李田臆造的魔法世界，对于两位正专注于逃和杀的试验体而言，无异于天降神兵。

黄杰挡住了弗兰克，或者说横亘在弗兰克和李田中间，各有一段距离，但不长。

弗兰克停步，一见是他，目光不善：“滚开，跟你的账以后算，这儿没你的事！”

黄杰的注意力集中在弗兰克的刀上：“你先放下刀，告诉我出什么事了？”他做出少安毋躁的手势，踱步靠近弗兰克。弗兰克全不在意，眼神越过封锁，直指李田。李田掉头就往蒸汽机车而去，弗兰克也在这一瞬启动，企图绕过黄杰。不过，黄杰没给他这机会，堵住他的路，顺势夺刀。两人周遭的空气被他们的肢体牵动，旋出夸大的漩涡。到底是弗兰克占了上风，虽然受了伤，但“伐木工”的称号真不是白给的，三五下就把黄杰这个业余拳手掀翻在地。他把黄杰死死按在地上，手中的刀子高高举起："都说了，别妨碍我，你们这些白痴，还不知道犯了多可怕的错误……"

黄杰无心听弗兰克发泄心中的怒吼，刀子落下他就回不去了，求生的渴望让他使出浑身解数顶开对方。但，仿佛磁石吸住了一般，弗兰克纹丝不动。同时，他也捕捉到身底下的变化，火车站冰凉的地砖倏然变成了拳击台的橡胶垫。

弗兰克在用意识蚕食李田的魔法世界？黄杰的心脏一秒一秒地跳跃，如博士所说，混沌状态下真是什么都可能发生。刀落的一瞬，他本能地偏移身体，没扎中要害，但肩膀剧痛攻心。

危急之时，李田却回来了，她骑着魔法扫帚撞击弗兰克，橡胶垫顷刻又恢复成冰凉的地砖。

意识在互相争夺支配权，黄杰一把推开弗兰克，逃离了他的魔爪。弗兰克要再施袭，黄杰眼疾手快扣住他的手腕，报以重拳，打得他嘴歪眼斜，借势扳了胳膊，把他按倒在地，膝盖顶住他的背，一掌劈向后脑勺的颈椎骨。弗兰克晕了过去。黄杰松了口气，留意到肩膀还插着刀呢，一鼓作气拔出，疼得半条胳膊都麻了。

"李田，跟我回去。"

"不，我还没玩够呢。"李田撒起娇来一点也没有可爱之处，倒有几分少年老成的诡异。

"别闹，"黄杰脸颊上的皮肤绷紧了，"博士生气了。"他抬出博士来压她。李田根本不吃这一套："我是个孤儿，我谁也不在乎。"她掏出魔杖，杖首释放出如照明弹般的灼灼其华。黄杰大喊不要，但为时已晚。光华覆身，那滋味就跟电击枪一样，不仅让他颓然倒地，而且丧失了行动能力。

“博士,帮……我……”

黄杰对着马丁隔空喊话,他确定博士那边能听到,但能不能帮到就是未知数了。

CIS还没恢复功能。博士心急如焚地在控制台指挥技术人员通过备用的触媒给黄杰投放武器。但努力归于失败,母系统拒绝执行。

“怎么回事?”马丁觉得麻烦的复杂程度超过了预期,他有些不知所措。全息影像显示李田击倒黄杰之后,捡起弹簧刀,貌似要对弗兰克下手。情急之下,主管献上一计:“既然5号可以用意识武装自己,为什么黄助理不行呢?”马丁被主管一说,豁然有了主意:“发讯息,让黄杰试着发挥自己的想象,干扰李田。”

讯息几近断码,马丁没有把握黄杰能够接收得到。一切听天由命。而在蒸汽机车运动的切分音中,黄杰想到了陈昕。

仿佛是对科学的反讽,在这个纯粹由科技造成的bug中,意识尖锐地凝聚在一处,就可以轻易地改变某个事物。

K

光芒四射地骤亮。

李田发现自己虚构的魔法世界消失不在,面前是受海浪侵蚀的峭壁,耸立的童话城堡,踩踏之处皆是厚厚的雪。她像刹车踏板失灵的哈雷摩托,只能往前。城堡的尖栅大门无声开启,玫红的尖塔,雾蓝的庭院,海鸥绕着阁楼飞。她进入庭院的时候,满鼻子香料皮革的味道,看不见的乐师正躲在某个角落演奏着德彪西《月光下的露台》。满目奇异不祥的氛围，倏然，眼睛被一双冰冷的手掩住，她奋力拨开，鸽子灰的瞳仁，身材魁梧，腰臀瘦削，白色的长风衣，系着红色领结，正是她心中白马王子的形象。

每个女孩子心中都有一个憧憬，那就是有朝一日成为最美的新娘，所以当这一幕到来的时候，很难将幻念丛生的蔓草斩断。

黄杰当着她的面打开暗金的首饰盒，里面静躺着一枚鸽子蛋大小的红宝石项链。他把李田当成陈昕，向她求婚，并帮她戴上项链。李田没有拒绝，幻念中她仿佛长大了，身高像海平面缓慢上升。红宝石项链缠住了她的脖子，像割喉造成的伤。

得手了。马丁几乎按捺不住内心的激动，飞快地瞥了一眼 CIS 修复进度条，已经逼近 99%。

可就在这时，全息影像出现了巨大的波动，流动不歇的波纹把影像模糊成了雪花。

主管报告："有外来干扰。"

L

一艘巨轮撞击悬崖，像利斧把好端端的童话城堡从中劈开。黄杰和李田站立不稳，破垣残墙中，海水涌了进来，一个浪头就把他们拍倒。黄杰的耳朵嘴巴瞬间灌满了咸涩的海水，他刨腿乱蹬，拼命地让自己浮起来。不远处，李田大声呼救，看样子，她不会凫水。黄杰奋力游过去，抄起李田。但是她似乎被什么东西缠住了，身子急剧下坠。黄杰使劲儿往上拉，暗流下的力量却也不小，一时间竟棋逢对手。只苦了李田，她得忍受相反方向的拉扯，还有激流的冲刷，都快成橡皮人了。

“放开我……”

弗兰克抱住她的腰,大有同归于尽的气势。水漫过她的头顶,一张口,液体混杂着泥沙呛进她的鼻孔,肺很快就不够用了,窒息随之而来。

正当那个黄杰彷徨无计的时候,水面漂来一杆鱼枪。冥冥中似乎有人在帮自己。他抄起鱼枪,对准水下的弗兰克就是一击。怒目的血红霎时泛滥开来,弗兰克往水底沉去,李田得救了。黄杰不知道这样做是对是错,如果换作弗兰克遇险,大概也会见义勇为吧。

无暇多想,他一手叉住李田,一手划水,往巨轮游去。

巨轮似乎被感动了,竟然放下了救生艇。黄杰扳住小艇的舷,先把李田推上去,再往艇里爬。救生艇随着钢索缓缓上升,重新回到巨轮。

甲板上站着一人。

“是你……救了我?”

萦绕在黄杰脑中的第一个问题就是,张伯伦是怎么进来的?

张伯伦做了个嘘声的手势,黄杰有点不解,但还是依言照做。张伯伦把他和李田带进了船舱。李田因为呛了水脉搏停止,黄杰一进舱就给她做心肺复苏。张伯伦冷眼旁观,既不着急,也没有帮忙的意思。

“别浪费时间了,她没救了,现在就剩你和我。”

黄杰一怔,暂停了按压的动作,望向张伯伦。他张了张嘴,想质问张伯伦何时变得如此冷血,吐出来的却是:“你怎么会在这里?”

张伯伦蜡像般镇定,手指勾向空中,轻轻拉了拉,一卷窗帘撒下,四周立刻变成了X试验场的办公室。墙壁和地板是同一种颜色，如同他的脸，高深莫测。

“所有的程序设计师都会在他的作品中留一个后门，方便他自己在没有授权的情况下自由进出。这后门是韩春教授留下的，口令只有我知道，所以我在这里。”

韩春已死，张伯伦知道口令，两者之间是不是有什么关联？念头才起，黄杰就制止自己做这种不恰当的联想。这世上没有也不该有那么多阴谋论。

张伯伦继续说：“我喜欢混沌，没有监管，让人感到自由。可是我的理想告诉我，梦棺的自由并不可取。每个人都应该处在他们生活的小圈子里，循规蹈矩，这样世界才不会出乱子。”

“你想说什么？”

“我讨厌多元化。我希望世界是单一的，所有的东西都处在可控的范围之内，包括人。即使是斗争、破坏、毁灭，也应该是重建新秩序的工具。你想想，无条件地服从，同步调的献身，一体化的道德……这是一个多么高尚的社会。”

黄杰越听越糊涂，仿佛在听一个精神病人的呓语。

“我想把梦棺和现实世界进行接驳，而不是什么在天生行动者和理性存在物之间兜圈子。我们已经具备了这样的技术，但是被那个弗兰克发现了，他反对我这么做，开始猎杀我的标本。”

“标本？”

“就是另外四个试验体，”张伯伦的口气轻描淡写，“他们其实已经被我的X代码同化了，本质上说，他们是梦棺的灵魂工程师，在系统的内部用理想化的意识形态修补这个虚拟世界。一旦成功，所谓的意识流病毒就会消失，像今天这样乱糟糟的情况再不会出现。”

同化？黄杰有那么一刻断片，意识流病毒消失固然是好事，但一元的世界不是和建立梦棺的初衷相悖吗？他后悔杀了弗兰克，也许弗兰克做得对。

“这么说，刚才CIS的拥塞和紊乱也是你造成的，为什么？”

“我必须解决掉弗兰克这个破坏欲极强的浑蛋，我不能让他破坏我的计划，同样我也得瞒着马丁，他太固执，肯定不认同我的做法。”张伯伦变相承认。

听到这里，乱象渐渐清晰。弗兰克猎杀试验体，是为了张伯伦的疯狂计划，而李田，被同化之后俨然是执行张伯伦意志的傀儡，自然全力对付弗兰克。从教授之死开始，了解内情的只有张伯伦，其他人都蒙在鼓里。

黄杰慢慢整理出一点头绪的同时，李田那具虚拟的身体已感觉不到任何体征。

“你告诉我这些，是想拉拢我吗？”

“聪明人，我喜欢跟聪明人打交道。”张伯伦的眉毛一根根地挑起，“我已经进行了隔音加密，CIS即使恢复正常，也接收不到任何来自这里的数据。你可以大胆地提出任何条件，加薪，升职，进入董事局，或者和我一起成为梦棺的主宰……不管怎样，我们可以一块儿创造未来。”

黄杰陷入了沉思。很明显，这种僭越的控制已经违反了日内瓦公约，有戕害人性的倾向。张伯伦还想把虚拟的触角伸到现实中，混淆真与假，把所有的一切都牢牢控制在手里……一想到连思想都被绝对控制，黄杰就有些不寒而栗。与其说两人是在共谋，不如说是在筹划对人类的诱骗、蒙蔽和洗脑。

“你确定要那么做？”

张伯伦毫无迟疑地点头。

“弗兰克虽然死了，但他的母亲……”黄杰试探地问。

“放心，跟我合作，你不需要有任何的后顾之忧。”张伯伦将手横在颈部，“那个老娘儿们，我已经派陈昕去把她从现实世界里抹掉了。”

“陈昕也参与了，”黄杰难以置信，眼睛一眨不眨，“还扮演了杀手的角色？”

“她才是这计划的第一个成品，如今她已经很完美，青春不老，看不出是意识映射的产物，不是吗？”张伯伦的眼神变得狡黠和疯狂，“我听行政部的人说你对她有意思，作为交换，在我们创造的世界里，她可以死心塌地爱上你。”

如雨打芭蕉，黄杰的心咚咚加速。八年来见到的陈昕居然只是意识的形态。而张伯伦提出的这个非常诱人的条件，他几乎无法拒绝。但他又不能立即认可，因为身体内有一样东西阻碍他做出可怕的决定。那是什么呢？

时间读秒前进，他就快沦陷了。他想过，梦棺的价值在于圆梦，可现在的这个梦，是不是编织得过于庞大，过于恐怖。

“怎么样，给我一个明确的答复。”张伯伦下了最后通牒。

黄杰摸向良心的位置，糟糕，不知何时那里已成了一个空洞。

M

马丁大发雷霆，但改变不了什么，弗兰克和李田一前一后进入了脑死亡状态。CIS 恢复了正常,可是黄杰却在李田死亡前一秒从全息图像上消失了,只能捕捉到他之前的意识残骸,之后宛若隐身了一般。

他去哪儿了?

细弦般紧绷的颈部线条彰显博士全部的惶惑, 这时耳道内的 NTA 接收到一则短讯——马丁博士,请到总裁办公室。

简直是忙中添乱。博士有些置气,但总裁的召唤不可不从,交代主管继续探寻黄杰的意识,然后前往张伯伦那里报到。

“你找我什么事?!”马丁一进办公室,就对着办公桌后面的高背真皮椅气冲冲地发飙。

椅子转过来,不是张伯伦,却是陈昕。

“怎么是你,他呢?”

陈昕倩目含笑,拿起遥控器,拇指轻轻一触,张伯伦栩栩如生的形象立刻展现在博士面前。

马丁一怔,迅速反应过来这是全息影像。

张伯伦笑容可掬地打招呼:“嗨,马丁。”

马丁没好气道:“有什么话完全可以通过 NTA 交流,我现在很忙,黄杰生死未卜……”

“我明白。”

“你明白?”马丁冷冷地看了他一眼,充满了模拟成像特有的拟真感,“你就明白公司的利益至上。”

“别这么说,”张伯伦不以为忤,“我们都是一条船上的人,我希望你能支持我的决定。”

“什么决定?”

“将梦棺上线，接受客户订单，尽快回笼资金。”

“不可能！”马丁想也未想，斩钉截铁地回绝，“试验体的死亡原因还没有彻查，系统存在巨大缺陷，绝对不可以投入运营，那样会害死很多人。”

“事情没你想象得那么严重，”张伯伦伸出了手，“我建议我们握个手，然后你会打消很多天真的缺乏建设性的念头。”

马丁不知他葫芦里卖的什么药。迟疑间，张伯伦又鼓励了一下。

马丁握住了他的手。

惊奇。触觉告诉自己，他握住的是真实的手。温度，肉感，以及潜在的条件反射，无一不在表明他与张伯伦的会面，是 Peer to Peer 的真人对话，而非跨时空的联络。

“不可能……”他又说了一遍，但已经没有了坚决的意味。按理说，以目前的科技水平，全息影像不可能有如此效果。

“身为一位科学家，是不可以轻易说出‘不可能’三个字的。梦棺并不只有你一个课题组，另一个课题组已经在你研究的基础上进行了以真实与虚构嫁接为主题的若干尝试，现在你所看到的只是成果的一小部分，全息投射罢了。”

如同赌场的荷官，张伯伦在骰子落定一刻的揭盅，令马丁惊诧，随后而来的，是愤怒。

“你疯了，意识的剪断和连接会让我们的现实世界出现不可遏止的混乱，你难道不知道后果有多严重吗？”

“我当然知道。”张伯伦的笑容逐渐缺乏温度，“我会向梦棺全面植入 X 代码，所有不可知的状态将变得可以预测。届时梦棺将与现实世界反转，全息投射将混淆一切，而新世界只有一个思维活跃，那就是集体思维。”

一直孜孜不倦地创造世界，却衍生了这般难题。短暂的沉默之后，恐怖感蔓延，博士指着张伯伦，手抖得好像患了严重的帕金森病。

“你……你在毁灭我们的世界！”

“随你怎么想，我要把这项计划进行到底，带领全人类到达那传说中的香格里拉！”张伯伦耐心已失，“所以是加入或退出，你随便！”

马丁手握成拳，惊愕地盯着张伯伦阴沉的脸，良久，迸出痛切的声调：“我绝不会让你得逞的。”他转身就走，宁可毁掉心爱的梦棺，也不能让张伯伦弄脏它。

可是没等他走出办公室，眼睛就捕捉到了迅速一闪的红色裙裾。

几乎听不到枪响，他的身体就失去了重心。

N

马丁博士死后 1 小时，弗兰克的母亲咽下了最后一口气：“玫瑰开一天就会枯萎，紫杉几百年才奄奄一息，在我看来，它们是一样的，它们都经历了同样的历程，生死荣枯。”

“想不到你是个哲学家，”陈昕取下消音器，把枪放进手袋。她不能代表自己，无法左右刚才的灭口行为，但是残存的一点自主意识还是让她对着墙上的弗兰克发了会儿呆，“弗兰克长得真像你。我也挺想我妈妈的，八年了，不知道她老成什么样了？”

不过，她没有太大的罪恶感，若将死者的意识存续，他们会在同一个世界行尸走肉般重生。

推开门，外面是晴朗朗的天，街市花事荼蘼，行人如织——他们除了不一样的外表，本质没什么不同，一个个只是人形结构体。

没有人和人之间的对抗，固然不会诞生血腥的战场，可有了人和人的牵手，就一定能缔造精彩纷呈的世界吗？

她拉低帽檐，快步疾走，这人造的景，不看也罢。

网络通信技术名词，意为“对等网络”，又称工作组，音译为“P2P”。“Peer”一词在英语中“同辈”之意，因此联系到计算机领域，用以表达网上各台计算机有相同的功能，无主从之分。因此，一台计算机在“P2P”技术的帮助下，既可作为服务器，设定共享资源供网络中其他计算机所使用，亦可作为工作站。本文也利用这一技术，说明了“母系统”和“子系统”本应实现“对等网络”，但因目前的意外事故，整套系统暂时无法对等，尚须保有专用服务器和工作站。

载于《科幻立方》2018 年第 5 期

**佟婕　吴霜**

# 天元

## 一

渤海之滨,大雪三日。

入海石城之东,月亮仿佛若隐若现的钛白浮镜,暗夜海面雾淞沆砀。一只素陶豁边碗倾倒在沙地的木牌上,洒出的酒液迅速成冰。

潮水一波波涨起来,这是祭奠海边新死亡灵的牌位。几个身形枯槁的苦力听从安排,把新死去的人的尸首抬到海滩一角的沙坑内,码在层层垒砌的四方尸墙上,就赶紧缩回窝棚去了。

天实在太冷!

他们都是被孤竹国①国君派来为渤海填石铺路的苦力,每天来回燕山与海边,推着木板轱辘,运载大量的土石方料,最终倾入海

① 孤竹国,亦称觚竹国,建于商初,商封墨胎氏(或云"墨台氏")为孤竹国国君,国境大约在今河北滦县一带,是北方与中原地区联络的咽喉所在。商末有伯夷叔齐贤者闻名于世,西周建立后国境逐渐缩小,后期再分出令支国,公元前664年,山戎伐燕国,燕国向齐国求援,齐桓公兴师远征山戎,《齐语》云:"(桓公)遂北伐山戎,刜令支,斩孤竹而南归,海滨诸侯莫敢不来服。"遂国灭。

水。工作艰苦，累死的人很多。尸体被攒到一处，等待家属认领或最终就地填埋。

站高处眺望，泥石被浮冰拥簇，长路笔直刺入混茫海心。下个月圆之夜前，祭坛必须完工。

监工头甫丁[1]阖上蓬门拍拍肩头雪，摸到靠里一处草垛，疲惫入睡。

夜半，辽阔的沙滩上开始聚集大量海鸟，天气这么冷，它们都该躲起来才对，这会儿却成群地在低空中滑翔尖叫，黑色的翅尖扑扇晃动。

天蒙蒙亮时分，甫丁又被一阵鲁莽动静惊醒，有人奔跑叫喊道："快去看啊！海上漂来个神仙……"

甫丁围起蓑披就冲出窝棚，朝海鸟特别密集的地方跑去。

一张颜色青翠的竹筏拖在不远处的水线上。分明是个孤身的男子，身量颀长且面容姣美，如冰雪雕琢成。那深紫色的衣裳不知是什么料子，透亮如冰丝，没有折痕和粗糙针脚，站在风雪和沙子上，衣摆也毫不沾污。

那男子被十好几个衣衫褴褛的苦力围住，越发显得出尘飘逸。

甫丁身边跟着几个监工，气势汹汹地走过去，围拢的苦力立即自动让开。

紫衣男子，似乎没有注意到甫丁他们，只去望那堆死人垒起的墙堆，再回来看看身边的苦力们，淡淡开了口。

---

① 甫丁，征民以甲乙丙丁排序。

"这里也有很多死人啊……"

"什么……"甫丁没听清楚,"死人?""很多死人……也有很多要死的人。"男子的嘴角微微勾起,露出一丝淡然笑意,眼光四顾众人一圈。

这个男子的话音很低,却意外地不被风声遮盖,莫名动听。

男子的笑仿佛能够勾魂摄魄,那些粗野的汉子看着都有些痴,还是甫丁最先回过神来:"你从海里来,可曾看到海中仙岛上的神仙?国君修这条入海石道,据说就是为了向海中仙岛的神仙们献祭……听闻,月圆时,仙人们会飞离深海的仙岛到天空起舞,用他们天衣的色彩将月亮染红,届时国君亲临海上举办大型祭典,他的……那个愿望就会实现了。"

男子并没有问国君的愿望是什么,似乎心中了然。他露出一抹诡异的笑,用看幼童的眼神看着甫丁,甫丁竟不由得打了一个寒战。他急急忙忙挥起鞭子驱赶工人们:"看什么看,快回去,干活了!"

等他回过头来,发现男子已沿着小路慢慢向城中走去。甫丁也只得随众人散去,继续填海的工程。

二

填海的道路如期完工,明日就是月圆之期。

席卷渤海、燕山的风雪阴云也散去,朗日万里。

甫丁指挥苦力们搬来一大截老竹——孤竹国的大竹神。然后他们在祭仆的安排下,以大竹神位为中心,分东、西、南、北、中,再各插竹枝一棵,为五方竹神。

国君本人已停驻在燕山下的野宫[①]斋戒三日，清晨沐浴过，便启程，浩浩荡荡赶过来，文武百官随行，车辇有百乘之多。

主持祭典的祭巫[②]是一位半身毁容跛足的老汉。传说上一回孤竹国三年不雨，他立于荒野中，自焚求赎于天。不一刻，上天便当真降下滂沱甘霖，不仅浇熄他身上的焰火，也解救了孤竹国三年干旱。国君与百姓都觉得必是祭巫的神力灵动上天，从此将他奉若神明。

黄昏天边翻卷丝丝金云，祭巫身披羽氅带领一众祭仆在海中祭坛载歌载舞。

而完成工期又活着的苦力则领了工钱，大半遣散，只剩甫丁为首的一群监工和少数工人在附近待命。

他们聚集在海边不远的杂木林边，起初不知要待什么命，想想也许是祭祀完毕的善后工作吧，还有那个坑里草草掩埋的死人，等国君他们走后，还得把浮沙上盖一片厚土才好……甫丁细思琢磨着。

傍晚月升，不知是否因着祭巫的神力，海边开始升腾起一幕霞霭云气，低低地回绕在沙海之间，祭巫的歌声已停，君王的车辇驾到。

随着他走上海路，身后众侍卫抬着一段巨大的竹根，这象征着竹神赋予孤竹国国君无上阳刚的威猛能力。而国君在宫中已对着它祝祷百日，只待今晚，祭巫将它对月焚烧，竹根破裂时，君主的祷告上达天庭，以月红为信，夙愿将成。

---

① 野宫，即行宫。

② 祭巫，本意最初为以舞降神，或能与鬼神沟通的人。

海中祭坛离陆地有一定距离，祭巫在祭坛当中燃起数丈高熊熊篝火，国君走去之后，不知又经过什么仪式，忽然，护卫海路两旁的数百名举戈侍卫井然有序地跑出两队人，其中一队就朝着杂木林跑来，甫丁等人还未回过神来，就被气势汹汹的侍卫们强制拖走。

“哎！哎！这是？”甫丁直觉要出祸事，可惜没能反抗，就被踢断膝盖，发出一声惨叫，数十人被生拉硬拖着回到海边。

祭巫从海路上拄杖踱来，一一审视这些被带来的壮丁，徐徐开口道：“为竹神祭祀，须献上百具男根，你们都快着点，把他们的都割下来，不要误过时辰。”

“啊……”撕心裂肺的哭喊声顿时此起彼伏，夹杂有叫饶命的，还有推搡要逃跑的，但国君的近卫都不是一般人，逃跑的直接挥戈砍倒，而被扯到最前头的几个，已经摁住扒掉裤子，锋利戈刃飞划起落，溃决惨烈的痛呼中，祭仆们拿着托盘，以吴钩式的匕收集起一副副完整带血丸的肉段。

甫丁一看，就知道完了，连日劳作又半饥不饱，早已完全透支掉他们的体力，夜幕降临寒风又把人吹冻得麻木。

他想起家里的女儿，她才十三岁，是个特别孝顺又伶俐的丫头，自己独力撑持才拉扯到这么大的，烧得一手好菜，还说等他回去吃呢……不能！甫丁觉得自己无论如何不能就这么被割掉男根凄惨地死去，便俯身往地上一滚，想从最近的侍卫胯裆之间钻过去，可他一贴到地面，腰侧就是一阵剧痛，完了，他知道有铜戈[1]锄进自己身上，但这时也不能停止逃命，他拼命往前面那人的双腿

① 铜戈，春秋战国时常见青铜兵器，用于钩杀。

间钻。突然,海的方向陡然炸开一块巨形火花,并伴随“噼啪”爆响,所有人头顶都觉“嘭”地一道光亮,甫丁第一反应是祭巫所说的月亮变红了?月红,是不是代表割下的男根足够,他们就不用再去死了。

众人仰望片刻,火光散去天云依旧,悬挂东方的月轮毫无变异的迹象。

除了风声,海面上宁寂了一会儿,猛地传来咒骂,原来国君叉开腿看着自己裆下那东西,又看看天上的月亮,再低头看看,几番来回,却没觉出丝毫变化,而且被冷风一激,他裆下那东西缩得更找不到了!

他天生短小,可孤竹国崇拜男根啊,因此他爹当初就没想给他王位,要不是他杀光了其他兄弟逼宫,哪有机会坐上这位置?

于是老国君也气得咽了气。

因此,当他真正成为国君后,就每天都诚心地祝祷他本人和国家能强大起来,祭巫知道了新国君的心愿,冥思苦想许久,才给他献的这条计策,所以他多日来几乎抱着那块巨大竹根睡觉、祈祷,把他的梦想化作意念倾注在竹根之中, 毕竟竹子天生就是传递消息的神器,削作青简就能书写文字,上行下达,所以他相信自己将这竹根灌满意志想法,等到火中燃爆一瞬间,上天能接收后并给予他回应。

但方才那一记强烈的声响过后,天上的月亮照旧皎洁如水,什么改变的迹象都没有。

“也许……是陪祭的还不够。”祭巫擦一把汗,“那边的男根还没取完,竹根就爆开,时辰、时辰没对上。”他努力搭建措辞为自己找补。

“时辰错过了，还要重来一遍吗？去你的！”国君抬脚就朝祭巫的屁股踢了过去，祭巫拖着跛脚吓得跟孙子一样，躲到身后那丛竹竿下瑟瑟发抖。

“我能使月亮变红，达成国主大人的愿望。”

一个清冷的声音忽然传来。

错愕之余的人们循声望去，衣袂翩翩的男子身影进入他们的视线。

入海长路上鳞次栉比点着松明，那男人的脚步沿灯火无声踏来，连一向森严的侍卫都愣在那里，因为没有人看到他靠近，也不知怎么就倏忽一下出现在那里了。

男人的头发有祭巫那样长，随风拂动，却分毫不乱。在这焰火灼热、血腥横流的地方，他缓缓走着，身上纤尘不染。

看那超凡出世的气度，莫非是神仙吗？所有人看到他都会下意识这么想。

国君觑着男子走近，眯一眯眼，自他当上国君后，见到他的所有人都会吓得跪拜，过去胆敢看不起他的，都被他命人扔到镬里配王八鳖熬了汤，据说用傲气的人熬的汤是大补啊，因为有傲骨嘛，但先前那帮孙子肯定都是假的傲骨，干！喝完他们的汤根本没补对地方！

“你知道我的愿望？”国君下意识整了整自己的褒衣博带[1]，暂且敛起怒容，双手垂下摆出与他身份相符的气度。

---

① 褒衣博带，通常为形容古代有身份的男性盛装打扮。

"知道。"男子双手向国君行礼,但躬身起来说话时挑一挑眉,语气充满戏谑,不等国君发问,他就转过对上祭巫:"杀那些污秽男根有何用处?今日只有我绣红明月,国君心愿方可达成。"

国君大笑几声:"绣红明月?你是何人?"

"我?我是一个刺绣的名工。"男子说时,他的手从袖中抬起,露出纤长捻势的指尖:"天下第一。"

"天下第一?"祭巫好似抓到了他话里的把柄,跳脚指着他,"你吗?我从未见过你,哪门子的天下第一?"

男子闻言不禁仰天一笑,将袍袖一甩:"我刚从楚越来此,越国城门还未被楚国王将的攻城锤攻陷前,越王还在求我为他刺绣一件招魂的礼服,越国灭后,楚王又邀我为他刺绣一袭朝服,可我夜观天象,知有红月征兆,而赏月最佳之地,自然是这东方燕山渤海间,我才独自乘竹,沿海上游而来。"

"你乘什么?"祭巫以为自己听错了,楚灭越国的消息也是前几天刚传到孤竹国,他脑子里搜索着男子的话,想继续找到别的话头岔开,但国君已经不耐烦,他不关心男子是怎么来的,侧眉看看两边人,就提高声音:"你也知道红月?"

"月红与人间气势休戚相关,没有我的绣品,祭巫大人的烄巫尪[1],是完成不了的。"男子微微一笑。

"那快!"国君迫不及待下令,"给大巫架柴!"

---

① 烄巫尪,区别于"舞雩"的祈雨法;商代就有"舞自舞""烄自烄"的两种形式区别。商求雨法为烄,即焚巫之俗,将男女巫师以火刑焚烧或曝晒,达到国家或地区祈雨的目的。尪指有残疾的男巫。郑玄有注认为"尪"特指一种仰面朝天、不能俯身的残疾人,焚烧曝晒"尪"是希望上天生出怜悯之意,降雨解救苍生。

祭巫两股战战,一声哀号:“祭月不是这样的啊大王!”

“用你教我怎样?”国君甩袖,四下里的侍卫便开始忙活,国君出行,照亮取暖的松明和柴枝正好带了很多,而祭巫和一众祭仆则被聚集起来,侍卫们还是很客气的,用麻绳在祭坛中央围出一个圈,叫他们走进去,巫师们不情愿,但面对闪亮的铜戈又说不出话来。

国君一边转向男子:“你可有姓氏?打算怎么做?月亮不能变红,你可知道有什么后果?”

“没有姓氏,我叫紫夫。”男子缓缓抬手按住左边胸膛的位置,“等火烧起来,你就知道了。”

柴枝已经架好,祭巫被困在当中,他抖着肩膀犹在大喊:“大王三思!”

“好了,点火。”国君严峻地做个手势,他不会给失败的手下第二次机会,失败了就要死,祭巫的样子他懒得再看第二眼,哼,这些人都是假傲气,没有真傲骨,吃了也补不对地方,至于这个男人,他心里品度一番,这趟若能成功,就留着他,以后绣绣衣服,实在不行,就这样的皮相,用处也多着呢……

“咳!”国君正色向自称天下第一绣工的人,这人身无长物,“好了,开始吧?”

紫夫眼睛又亮又灵动,望向天际的那轮满月,攥紧右手。再张开的时候,握在掌心的似乎是一团真丝原色的轻纱,只见他一双纤长指尖有条不紊地将纱物展开,迎着风向“呼”地扬起……

云霓般地延续,凭依朔风鼓荡开去,径直滚卷上天,织物轻薄如铺展的烟幔,毫无重量地洒往月宿,轻得仿佛弹指间一缕光华,相逢于明明灭灭的星流光漾中。

没有掉下来？周围人全都看傻了眼。

祭巫竟被眼前情景震撼呆了，直至身体上感受到灼烧的热度，他才清醒过来。

“啊……”祭巫发出一声拉长的惨痛呼叫。

祭巫和祭仆们发出凄厉的嘶吼，他们中有人想奋力冲出火圈，但立刻就被驻守的侍卫挥戈截断脖颈。

“这、这……”国君激动起来，背对炎炎火光，他走到祭坛边沿，面朝天纱月华落下两行热泪，并正过衣冠倒身跪拜下去。

紫夫手中拿着一个发光的银梭，他似乎是靠这东西操控着半空中的光针，指尖微动，光针就把纱幔上所有符文激活起来，红光漫天。

紫夫表面做着刺绣功夫，目光却一直没有离开天上的星相，心里暗暗估算着月食的时间。

国君直勾勾盯着天上。

终于，那一轮钛白明月，他的瞳孔忽然放大，红光的轻纱逐渐渲染到月轮的边沿，那原本皎洁的圆盘，渐渐缺了一个角。

周遭登时又陷入肃穆的安寂，除了火柱中垂死的人们，胆敢发出声响的早都被侍卫杀掉，许多人跟着跪下来，乐师们亦停了手。

国君猛地跌坐在地，同时听到身后远远传来嘈杂声。

“天狗、吃、吃月啦！”有人歇斯底里大喊大叫起来，是岸上那群肮脏的监工和苦力。只要成功月红，还没被割的人就能幸免于难吧，所以他们顾不上已经垂死挣扎的同伴，数十人本能狂热地欢呼雀跃起来。

国君莫名有点惊慌起来，竟顾不上看自己的裆下，连滚带爬地起来，指着岸上："让那些人闭、闭嘴！"

一会儿工夫，月亮被轻纱吞得只剩下一半，如同一枚银贝。

但侍卫们都看傻了，命令没办法传达下去，国君喊几句只得放弃，重新对着铺天纱幔映衬的月亮跪下，五体投地拜伏，这时紫夫忽然发声招呼道："国君，月亮一会儿就会变红，你先过来。"

"嗯？"国君愣了一下抬头，自从登上王位，还没有人敢用这种口气叫他的："你叫我过来我就过来？！"

但见紫夫手中扬起的长纱红光闪耀，染上光色的长发、衣裳皆随风飘摇，真是神仙啊……下意识的话没说完，紫夫又朝他伸出手来，国君被蛊惑般站起身走过去，耳畔听闻紫夫道："来……"

紫夫暗暗攥紧了右手。夜色中，无人察觉到他周围的空间如水波般微微颤动，他的身形在力场中微微扭曲。

国君眼睛被光晃得半睁不睁的，就觉得神秘字符的纱幔缓缓落在自己脚面，手让紫夫牵引着，带他步上红光，甫一踩到纱幔，身形左右摇晃不定，紫夫的声音在耳边提醒："放松。"

放你个头啊……这话在国君脑子里一闪，但没敢出口，紧张得全身绷弦地盯着脚下，自己这是……走在半空中？他回头去看，祭坛斜在他身后下方，他踏着红纱真的走离地面一段距离了，这是……神仙要带自己到月亮上去？他心里一阵鼓舞。

月亮已经只剩一瓣银牙。

紫夫忽然又问："热吗？"

国君顿时感觉到靴底确实有一股热流透过布革蹿上来，两条冻得没什么感觉的腿果然麻痒麻痒的，他立刻想起自己的愿望，惊讶地望向紫夫，那男人微微勾起一点的嘴角是他完全看不懂的笑意。

月亮的最后一丝银牙也消失了。紫夫手中揪扯一角却迤逦于天幕的那段薄纱，广布如登天的途径，烟色似的随风飞扬，凡间绝没有这么大的一张织机吧？纱幔上，红的缬染纹渐渐显现出来，像是虫红染画的字，团团簇簇的模糊不清晰。那是自己也未曾见过的天书。

紫夫从耳后的发鬓中捏指捻出一段毫芒，就在他抽离发间的刹那，绽放出比太阳还要刺目的光辉，紧盯紫夫动作的所有人都觉得那是一道闪电乍现，自他手中挥出，飞直在天的薄纱上，原本暧昧不清的纹理在光针的穿梭下，所有红的符文亦发出清晰的光亮，红光漫天。原来那是有序书写成行的大字，又或者……不是字，因为地面上没有一个人能看得懂。

一轮圆月终于再次出现——那是红色的月亮，照耀孤竹国的大地。

国君吓得在半空中一动不动，直到紫夫不无狡黠地眨眨眼，突然把他轻轻一推，国君踉跄后退几步一下仰倒在地，身后众人此起彼伏惊呼："大王、大王……"有人来搀他，但他还怔怔地望着高处的紫夫，虚空中仿佛有无形的阶梯，紫夫慢慢踱下来，随着他的走动，身后红光渐稀，但那一刻他深信月亮是被仙人烧红的，火热光明的征兆啊！难怪要焚了那帮祭巫，他拍拍屁股自己爬起来。

终于，紫夫拍拍手，身后一幕纱幔、光针全部消失踪迹，祭坛一带除了火焰，那些人仍然瞠目结舌地望着天。

夜色中，星星依旧闪烁，只有紫夫看得出星相的细微变化。

时候差不多了。红月开始慢慢变白。

祭月仪式终于结束了吧……

紫夫双手笼在袖中，笑吟吟地转向海岸的方向，再不搭理国君，绕过那丛烧人的燧火，不知他们浇了什么燃料，焚得还那么“猎猎”炙响。

入海的长路上没人敢阻拦他，到了沙滩，走近那群黑压压跪坐瘫倒着的人群，十几个被割掉男根的男子犹在地上抖颤，嘶哑的惨呼声已渐渐低落下去，他的目光突然投注到其中，有一个纤细的身影在那些人里，正拿着一只冒着腾腾热水的竹勺接连扶起地上的人给他们喂水。

紫夫眯一眯眼，那是个穿着拼凑旧皮裘，束着长发的少年人，一张小脸冻得青紫，侧面看去小小鼻尖挺秀，眼睫密长，看人的眼光出奇的澄澈专注。

人群之后的不远处，就是监工们原本睡觉的棚屋，屋前一蓬暗火被拨旺，上面架着的陶罐也腾腾冒烟，刚才他纺绣祭月时，居然有人不为所动地忙活烧了水？而且是为那些待宰的监工和苦力？

紫夫的目光重新落回小少年身上，裸露出来的手腕和脚踝都太过纤细，却执拗着很大的力量，扶起每一个比他都要高大的身躯，嘴唇轻微翕动，小声地说出什么话语，劝那些病困伤痛的人喝下他手中的暖水。

小少年心无旁骛地喂完一竹勺水，正要起身，面前却陡然被一片缥缈紫色拦住，他抬头淡淡地仰视上去，双目潭静无底。

“你能给我一口热汤吗？”男子发出询问。

小少年好整以暇地立起身，他的身高比男子还是矮两个半头，但他没在意这份差距，也不作声，穿入人群中，自顾着将当中挣扎起身的甫丁搀住：“阿爹，疼吗？我扶你。”

声音故作镇定，但紫夫立刻能听出来，难怪身架子那么小，原来是个姑娘。

“神仙、神仙！”后方又有人冲紫夫喊道。

他不耐烦地回过头去一瞥，是国君的一位近臣，提着衣服撒丫子跑过来：“神仙，您去哪？大王让您随驾回宫去……”

“谁说我要跟他回去的？”紫夫不无鄙夷地皱皱眉头，忽然一指还坐在地上的甫丁：“我跟他回去。”

“他？”所有人都瞪大了眼珠，无法置信地瞪视着这人，果然神仙的想法是凡人琢磨不出的。

“为、为何啊？”近臣看看地上那邋遢的男人。

紫夫却不搭理他，径直走到甫丁面前，蹲下身去：“我认识你，你也认识我的，你能收留我不？我会纺织刺绣，不白吃你的。”

“啊……”甫丁没了主意，看看大臣又看看紫夫，后者却大剌剌地当甫丁已经答应，回头跟那近臣说：“散了啊、散了。”

国君撅着屁股爬上自己温暖的车辇，抱着炭炉用力攫取温暖，近臣奔到帘子外汇报了神仙不愿意跟来的事，可国君已经又累又冻没了精神，也不敢拂逆紫夫的意思，只有气无力地回道：“神仙不跟寡人就不跟吧……派人跟着他……回宫、回宫！”

红月祭祀，就这样落幕，没人记得那一堆被烧成炭的祭巫，最后还是甫丁等人帮着侍卫收敛了，清点这次工程的死人、巫仆们的尸首,分别处理好,真把人累惨了的……这严冬啊,啥时候才能过去?

三

孤竹国,千里飘雪,终年无休。

千年以后,有诗句形容这里"燕山雪花大如席"。

孤竹国的最北面,有一片竹林。那是最靠近燕国的地方。

这是孤竹国最珍贵的一片竹林。温泉流淌,雾气缭绕。孤竹国崇拜男根,将竹子画成图腾,顶礼膜拜。据说,这片竹林的竹笋有灵气,吃了便可延年益寿。孤竹国国君认为,这里的竹笋,除了自己,谁也吃不得。他将这片竹林圈为圣地,终年严禁皇室之外的人踏足。

据说,竹林中会有竹女神出现,能做出世间最好吃的羹汤。吃下羹汤后与竹女交欢,可以提升男根的阳气,延年益寿。数代君王都曾苦苦寻觅,不得所愿。

十六年前,本该无人踏足的竹林中,传出了刻意压低的、呜咽的哭声。

甫丁,不对,那时候他还叫竺大,甫丁只是他后来参与徭役,在编制中被赋予的名字,甫甲、甫乙或甫丁,这都无所谓,不是关键。十六年前他还是个十八九岁的年轻人,正抱住土坑里的一株笋痛哭。为了不伤到竹笋,贴近竹笋的地方不能用铁器,只能用双手抠土,手已挖得血肉模糊。

昨晚,妻子产下一个死胎后,血崩去世。稳婆将孩子抱给竺大看的时候,他还在灶房埋头加柴烧热水。

"是个女孩儿。"稳婆嗫嚅。

橙红色的灶光里,竺大看见一团血肉模糊的小东西。接着就是产房里满地黏稠的红色和漫天的血腥。

今晚若能活着将偷挖的笋送到大司马府上,明天就能拿到钱厚葬妻女。

竺大强忍哭泣,继续小心拨开笋周围的冻土,直累得头晕目眩。

所以, 刚开始看到不远处那枝巨大青竹下出现的襁褓时,竺大觉得一定是汗水、泪水或者雾气迷了眼睛。

露水映着寒光,正从那支竹子的叶尖滴下。

竺大深一脚浅一脚地走过去。

襁褓小得出奇,破破烂烂,似乎被撕扯过,像一只煮太久的馄饨。料子摸起来倒是不错,但满是泥污。一个幼小的婴孩,身体几乎冰冷。借着月光,能看到婴孩左手手腕处一片血肉模糊。

"真是造孽。"竺大觉得一股热泪涌了出来,像惜命一样抱紧了婴孩。

## 四

孤竹国,溟水之滨一片山峦下,便是孤竹国国君墨胎氏的都城——觚竹城。

觚竹城一年中最冷的几天。波浪来不及荡平,就冰冻成湖面层层叠叠的鳞状冰。

晨光渐渐亮起,新月渐渐淡去。一望无边的冷泉湖面,只有竺月的身影,像一枚挂了霜的乌云珠,又像一只僵固的乌龟。

竺月的棉帽、棉靴,还有身上裹着的家里最厚的一床棉被,都已经被朔风里的水汽浸透,结起一层霜花。凿开的钓洞早已重新冻上,鱼篓中只有三两尾黑乎乎的杂鱼,凝固的眼白对着天光。

祭祀之夜以后,甫丁邪寒入体,又被铜戈所伤,终于一病不起。昨天夜里,又咳了几次血,指甲已经发蓝。大夫回天乏力,说救命的只有冷泉湖里罕有的银鱼。即使盛夏时节,皇室拦巨网也很难捉到的银鱼,冬天都沉入深深的湖底,更是绝难捕捉。

朔风带来远处的鞭笞和吼声。为赶上祭祀大典,官道仍在修着。风餐露宿,不知昨晚新挖的冻土层下,又添了多少新魂。

竺月顺着官道的方向望去,感觉眼珠都已冻住,视线渐渐模糊起来。

太阳刚刚跃出地平线的一瞬, 冰面开始出现微不可见的裂痕,如蜂巢般精准裂开的块块碎冰,边缘亮起赤红的微光,在同一个精准的瞬间,静静沉入湖水。

竺月回过头来的时候,眼前的冰面已经出现一个井口大小的六边形空洞,热气蒸腾,切口边缘光滑如镜。

切口边缘,站着一个少年。一瞬间,竺月似乎看到,他右手指尖的一点红光,刚刚暗去。

风掀起他的墨绿绸披风和浅翠纱罩衫。浓厚的头发高高扎成一束,泼墨一般在风中飞舞。玉佩香囊等饰物一概皆无,只有腰身被一块净色白玉腰带紧紧束住。

那是一张冰凌一样苍白而俊秀的脸,嘴角带着几分戏谑(紫夫出场时也戏谑地笑,这里若有意可说二人相似,无意则形容有雷同)的笑。那双眼睛,隐约闪烁着与年龄不相称的一丝沉静。

“你要捉银鱼，不觉得它们可怜吗？”少年的声音却是很温厚。

竺月没有问他为什么知道，只是低头看了看面前的冰洞。

“银鱼不死，我爹就要死。”

“你爹的命就一定比银鱼的命重要吗？”

“若是我死了，能换回爹的命，那不用银鱼去死。”竺月愤然抬起头，怒视少年。

大风吹散雾气，茫茫微光照向天地间的两人。

不知为什么，竺月觉得，爹的生死全系于眼前奇异少年的一念之间。她想辩解，想示弱，却因羞愤无法开口。

而少年的目光一直落在竺月的左手手腕上——一个贝壳形状的伤疤，有点像一个字。

爹爹的命就一定比银鱼的命重要吗？

良久，她才开口。

“今生，我生为人，入庖厨，烹肉食，杀生无数，只有来世去还。若因不忍杀鱼，爹爹死了，那我不仁不孝，枉生为人。”一鼓作气说完，竺月已经滚下泪来。

“人有人道，鱼有鱼道，天有天道。身在哪一道，只能做好哪一道的事情罢了。”少年久久望着竺月，而后垂下眼睑。半晌，他伸出白净的手指，在空气中画了一个半圆。

冰井中的黑色水面渐渐搅成漩涡，熹微的晨光映得水面银光闪动，“泼剌”一声，一尾小臂长短的银鱼突然跃出水面，修长壮硕的身体在半空扭出无数水花，又重重落在竺月的鱼篓之中。

少年转过头，不忍再看。

竺月惜命一般紧紧抱住湿滑的鱼篓。转眼工夫，银鱼已经冻硬，只有嘴巴还大大地张着。

她回过头的时候，少年已不见。

回去后，竺月按大夫的要求，又查了不少饮食古方，将银鱼肉皮骨煮化，如银丝一般散落在胶质浓稠的羹汤里。用上好的笋切丝，过水，加上火腿、参片吊出来的土鸡汤，和银鱼一起炖煮到汤色奶白，只落一点盐巴，就鲜香彻骨。如大夫所言，吃完后，甫丁的身体渐渐好了起来。

黄昏时候，竺月时常在窗边，望向冷泉湖的方向，想起那个少年。

白茫茫的冷泉湖冰面，一望无边。

## 五

孤竹国的国君最近不太高兴，国境西部的令支国[1]，今年夏天被山戎[2]占去。他们驻扎上万兵力，控制了孤竹国通往燕国以及中原的路径，还要把他们山里产的杜梨和栗子卖到孤竹国来。

开什么玩笑，孤竹国的国君想，我只喜欢吃竹笋汤，谁要吃那酸不叽儿的杜梨子和扎嘴的破栗子！

所以他坚决不同意。

没想到令支国跟山戎部落同气连枝地结盟了，并经常来周边侵扰，尤其是孤竹国南部那片野竹林，因为那里传闻有竹女神出

---

① 令支国，大约在今河北迁安、迁西、滦县北部一带，是与孤竹国毗邻的先秦小国，秦时当地为离枝县。

② 山戎，春秋时北方较强大的一支少数民族，据说为匈奴的一支，主要活动于今河北北部。

没，任何男人只要得到竹女神的青睐，吃下她做的羹汤，与之一度春宵，就有可能成为威武无敌的霸主……

呃，山戎那帮野人也想去找竹女神？孤竹国国君腹诽着，哼！我自己还没找到呢！

他自认不太好色，当了孤竹国君之后，就为了他自己的以及国土的增大而绞尽脑汁，前几年想尽法子搜集来许多天下名剑，在宫廷内修了藏剑的"紫电阁"，严加护卫。

这天夜里，濡湿的雪痕在石阶上铺了一层又一层，祭台烧的降神香草垛逐渐熄灭，发出呛人的烟味。

紫电阁上方无雷却划过了一道暴长的闪电，钢风呼啸地落下，隐隐的暗处现出一个人形。

居然是个淡漠气度的清隽少年人。

国君下了些本钱，这紫电阁居然不是草顶的。

少年沉吟地望着殿前祭台一会儿，就俯身去掀脚下厚重的大块瓦片，露出内里情景。

一丛兽炭烧得正旺。

春阳的身形无声跳落。

"嗯？来了个什么家伙？"一个低沉的声音忽然发出。

春阳四处巡视，这里看不到人，但倚墙的一溜，全是分层的高台，晦暗中寒芒森立，供奉着无数形态各异的利器。

他站在那定定地看了一会儿，便走到当中一柄短兵前停驻，双刃三尺，钢脊龙凸，暗芒中蕴含五精之色，是一把好剑。

他把每一件兵器与骷髅都仔细看过，表情奇特而炽烈，似乎一个长久漂泊的少年重回故乡。

“你来找谁？”刚才那个声音忽又近在咫尺地响起。

“轻吕？”春阳轻声道。

“我吗？我不是轻吕，一把吴越剑而已。”

春阳俯下身来仔细打量这把剑，其实他刚才已经发现了，这里每一把利器都插在一颗干枯的头颅上，以击破天灵盖的形式，剑尖刺入脑膛。

“你干吗坐在一个骷髅上？”春阳问。

“你帮我看看，他的头发和胡须还整齐吗？风太大了……”

“齐整的。”少年人仔细看过便点头，但接下来就想到——“他是你什么人？”

“他是我的爱人。”吴越剑似乎知道他接下来想问什么。

想不到这话一出，周围其他兵器都发出微微的叹息声，貌似是赞同的感慨。

“什么是爱人？”春阳不解。

“因为他是人，他有自己生平对世间的了解和爱意，而我是他的剑，所以他自然是我的爱人。”剑很耐心地解释，他似乎很不想有人误解这颗骷髅。

“那你还插在他的脑壳里？把他当剑托？”春阳有点冷笑。

“这里每一件利器都杵在爱人的骷髅里。锐利的兵锋之所以成器，能被供在这里，不就是因为被爱人使用过吗？”

少年沉默了一下，他开始仔细地端详那颗头颅，约莫三十多岁，干枯成褐竹布一般的嘴唇紧抿，鼻梁高挺，颧骨也宽阔，显出威武的硬朗气质。

“那么他生前是谁呢？”少年问剑。

“他自称是夏羌人的后裔，祖上与这孤竹国最初的国君一样，都是夏国的臣属，传说中被称为‘夏耕之尸[1]’，也许你曾听过。”剑斟酌着回答。

春阳摇摇头。

旁边一件斧钺说，夏耕生前是夏桀的将军，成汤伐夏于章山，斩掉了夏耕的首级，那夏耕无头却依然持戈盾立，绝不肯倒下，甚至且战且退一直跑到了巫山。

“那么后来呢？”春阳听出了一点趣味，眼光灵动。

“后来？据说夏耕即便没了脑袋，成了夏耕尸，但还是一直都待在南疆的巫山一带，踞险顽抗，没有人能靠近他，成汤也没有办法，不知怎么想的，也没把他的后代赶尽杀绝，只是发配到北方这苦寒之地来，好歹活了下来，直到这个人……”

剑说到这顿了顿，语调变得轻柔：“他叫夏无名，年少时好勇斗狠、周游天下，在越国的工匠手中得到我，然后我们一起，又去过更多地方。”

“越国？”少年想起什么，“紫夫说越国已经没有了。”

“是啊。”剑附和了一声，“越国的覆灭是迟早的事情，在大举攻伐越国前，孤竹国君就找过铸造我的工匠邱丹，将他全家掳到孤竹国，强迫他铸剑，邱丹死也不肯为暴君铸剑，一家人就都被杀了，只剩下天生眼盲的十四岁小女儿，孤竹国国君把她双腿折断，逼迫她每日在市集上爬行乞讨，为的就是震慑百姓。夏无名听说以后，就

① 夏耕之尸，传夏耕为夏朝末代君主夏桀部将，镇守章山为商汤攻伐时砍头，夏耕忠义不息，无首逃至巫山，仍持戈盾立，名曰夏耕之尸。

赶到觚竹城,用我杀掉许多官兵,带着邱丹的女儿隐于深山,结为夫妻。夏无名潜伏三年,终于等到行刺机会。”

吴越剑顿了一顿,似乎下面的话有千斤之重:”那天,夏无名正面冲过去,用我劈倒密密层层如山一般的武士,几乎就要靠近到楚王的车辇前时,却还是被孤竹国国君身边的力士挥出铜锤砸碎了胯骨,当他瘫倒在地不能起身时,武士就一拥而上把他杵成了蜂窝。”

吴越剑说到这又顿了顿:“不过,孤竹国国君在力士举起铜锤要敲碎他的头颅时喝令停手,他下车来捡起了无名手里的我,然后用我割下无名的头,把我们放在这紫电阁里。邱丹的女儿当时已有九个月的身孕,被官兵追杀,据说逃到北面那片皇家竹林,再无踪迹。”

春阳心中一动:“这事发生多久了?”

“十四年。”

殿内一片沉寂,只有暗流的北风不知从哪条缝隙中钻入,发出“呜呜”的呼哨。

春阳走近,面孔刚好与吴越剑柄齐平。剑柄上烙着一个贝壳形状的图案——一个变了形的“夏”字。

三天前,紫夫一边刺绣,一边漫不经心地告诉春阳,若真的对竺月的身世好奇,就去王宫的紫电阁。

今日,春阳背靠着安放兵器和头颅的桌子,慢慢坐下。

“夏无名为何刺杀?百姓?铸剑工匠的嘱托?他自己的侠客道义?”

“这个重要吗?”听吴越剑的口气,它如果有脸,这时也许会翻给少年一个白眼。

“不重要吗？”少年诧异。

“重要吗？”

“不重要吗？”少年这句问话低了下去,好像在问自己,他低头沉默的样子,眉目睫毛低垂下来,在兽炭的火光中微微颤动。

“士为知己者死。所以重要,但也不真那么重要。”吴越剑还是耐心地回答了。

“你真正成为一把剑,不是在你出炉的那一刻,而是在爱人手中,被他挥舞使用的瞬间。”吴越剑用一种长辈对孩子口吻道:“爱人也许会在你身上刻下自己的名字,或者不会。但从你跟随他这个人开始,他的意志就应该成为你的意志。”

“真正成为一把剑……我本来就是剑。”春阳舒展身子倚在桌上。

“我生十六载,剑被开锋时,发出虎啸龙吟之声。有大人策马于邻近的桑间水上,马听到龙吟飞奔,那大人脱靴堕马,险些丢了性命。他说我是亡国之剑,杀掉了打制我的匠人,更要将我融掉。匠人临死之前,偷偷用一段净玉将我缠绕,封锢进一方长匣内,放进竹林东湖之中,十六载不见天日,茫然不觉。”春阳眼中浮现痛苦的神色。

“直到一天,一个一身紫衣的人临水观照,将我取出,不知用了什么手段,我突然有了智识,有了‘人’的喜怒哀乐……但我的主人——或说是朋友,从来不用我去杀人,或者命令做任何事。我想报恩,却不知如何去做。我时常觉得,这茫茫世间,徒剩我一个,不知何以寄托。”

"总有报恩的时候。"吴越剑的语调中透出难得一点温和。

"我一出生就被视为不祥,那大人的话像诅咒,给我打下了烙印。"

"矫揉造作的说法,何必在意?这世上,有些人满口都是仁义道德,却没一个字落到实处上。"吴粤剑嗤笑一声,带得旁边的兵器也冷笑不止。

举目去看其他利器,三层供台上,每一件锋刃下的髑髅胖瘦虔形各异,但无一不是神情肃穆而宁寂的。

"剑的开初都是纯青的、透明的,像是一条冰。剑器的灵魂,是可以自己选择的。为主人,为知己,也可以为侠义,为天道。"

方才搭话的那件斧钺,砍嵌在一颗花白发须的头颅上,头骨碎裂得厉害,新鲜时也许头皮还能连续着,现在都发干以后,斧钺显得有些固定不住了,只能倚靠在平台边。

"他又是谁?"春阳问。

"时逢乱世,他是须句国的忠臣,因而也是须句国的逆臣。对你来说,也是无名。"斧钺傲慢道。

春阳陷入了长久的沉默。他的脑中,不知为何,出现了紫夫和竺月的面孔。

殿中的兽炭突然"啪、啪"地发出两声爆裂的锐响。夜更深了,殿外北风愈加呼啸盘桓。

春阳赤着脚最后沿着殿内的木柱缓缓绕行过去,白苎麻质地的短衣在明暗不定的兽焰中竟有几分烟气的色泽。

今夜的溟水之滨,朔风特别凛冽。

六

最近颇不太平。

西北边的山戎首领去求娶令支国公主梨姜，却当即被拒绝，求不得时，山戎索性攻破城去，虏杀令支王，尽收其地与后宫，自此以国主居，稳坐王台。其实他这如意算盘打得好，令支国西面是燕国，东面是孤竹国，令支仗着戎人兵强马壮，扼住咽喉要道，屡屡侵扰劫害两地的百姓，导致孤竹国上下惶恐自危。

孤竹国国君乘辇游城时，沿街奔走的百姓就跑去抢扶着车辕请王命出伐令支，国君起初还安慰他们说：孤竹国自伯夷叔齐以来，就以仁义著称天下，现在不过是抢了你们几只鸡，孤哪有马上大动干戈的道理？

可那些百姓们哭着喊着不答应，国君不耐烦，就命力士将那些扶辕拦辙的人双手砍掉，定个煽动惑乱之罪扔到街市上。

后来有一天清早，国君抱着他的竹根走出王宫，正准备步上车辇去城外溟水边泡泡，因为溟水是母亲河嘛，他要让他的念想随着河水奔腾上天。

突然一支飞箭斜刺里射过来，差几毫厘地掠过国君，插入他前方的木轼上。

执戈的侍卫立刻大喊："不好！有刺客！"随即他的胳膊中了一箭。

其他侍卫连忙围拢上来，国君站在中间大骇，抖着嘴唇喊："抓刺客！抓刺客！"

飞箭是从不远处几棵茂密的树冠中射出来的，喊声响起来时，数个衣衫褴褛之人就从树上飞跃下来，他们有的提着剑，有的拿着棍，明显分工合作，拿棍子的冲上去跟侍卫抗衡，拿利器的则直奔向中间的国君杀去，不过国君也不是吃素的，于是拔出腰间佩剑，跟那刺客厮杀起来。

王宫中跑出来支援的侍卫瞬间增加了好几倍，数名刺客很快就被控制住，国君虽被提剑的刺客划破衣袖，受到几处轻伤，但还好这人很快被擒住了。

国君想叫人拷问这些刺客的来历，但他们同时都咬掉了自己的舌头，没一会儿都死了。国君只好叫人割下他们的头，到城里挨家挨户去问，有没有认得这些人相貌和来历的，果然胆小的人不禁吓唬，几下就指认出来，侍卫不论真假，就此揪出好几家所谓相关的人交给国君发落，国君一拂袖，不论老幼妇孺，全部处死弃市。

但搜捕还没停止，因为国君知道想害他的人不少，就派出更多的人去明察暗访，没一个月就牵连出更多的人，许多人只好逃出了城，躲进山野里。

弃市的人每天持续增加并且散发恶臭，乌鸦欢快地飞进城里吃肉。人们每天都被家门口树上的乌鸦聒噪得睡不好觉，因为它们一叫，代表又死人了。

自从刺杀不成，尾生和尾羽蒙着脸跑回来，已经十日了。他们两兄弟是孤儿，几个结拜的弟兄在前几日刺杀的时候咬了舌头。自那以后，国君加强了防卫，再接近他已经难如登天。

长夜漫漫，两兄弟对着一盏孤灯下了决心。

他们连夜逃到距城二十里外的一处南方山坡野漆树下，露宿了七日。

尾生只要醒着，就不停去摘野漆树的新鲜叶子来摩挲自己的脸颊、嘴巴以及手脚，让裸露的皮肤不断发出成片的红色斑疹。

听说漆树的毒汁流哪就溃烂到哪，触手可及那成片针尖大、透明的水泡，火辣辣的又疼又痒，尾生用指甲顺着脸颊、下巴这一片皮肤拼命地抓挠着，酣畅地抓完一阵，他再揪下几片叶子，在皮肉上来回搓摩，任疮脓液体顺着下巴流到脖子以下，衣襟上都是。

尾羽这些天则跑到山上的炭窑帮忙烘木炭。烘炭是一门技术活儿，引燃干柴塞进窑洞里，从湿烤到木段干透，几个昼夜后，烟色从带着水汽的白烟变黄，再变青，最后等到烟气都看不到了，再由烧炭多年的老炭头把关，按照火候的程度和来黄泥封窑。

等半个多月，第一窑木炭大功告成，尾生的脸也差不多肿烂得面目全非。

待第一窑上好的木炭出窑，尾羽趁人不注意，就偷带出几小块碎炭，下山来找尾生。

兄弟俩挖坑，生起一小盆火苗，碎炭架在上面静待燃着。

“含在喉咙里一会儿就好，要是吞进肚子，把肠子烧烂了就活不了了。”尾羽提醒道。

“嗯。”尾生嘴巴上的一圈疮疹已经厚得跟剥皮鲜石榴一样，他瓮声瓮气地应道，拿两根树枝夹起其中一块放进嘴里……

半个月后，兄弟俩回到城里。

尾羽是用一张木排拖着尾生回去的，他躺在上面，浑身散发难闻的腐臭，完全是个病困垂死的人了。

尾羽脸色蜡黄，人又干又瘦，蓬头垢面的模样十足一个乞丐，所以他每天就拖着兄弟在城中街道来回转悠，偶尔还会有好心人丢给他们少量食物的。

据说国君每隔五天就会去溴水边抱竹沐浴。

时近黄昏,暮色渐沉。他们在国君沐浴完回来的路边等了一阵。

远处马嘶传来, 尾羽就慢吞吞地拖着尾生躺的木排出来,当国君的行列开到面前,他恰好挪到路中央,开路先锋甩着马鞭指着他骂喊,尾羽吓得一缩脖,扔下负绳就撒丫子跑没影儿了……

这正是他和尾生合计好的。

那些开路的低头一看竹排上躺的人, 都忍不住掩住口鼻,后面辇上的国君见队伍停下,却没有嘈杂的声音,便问:“前面出了什么事?”

近侍探头看看回来道:“是个快死了的叫花子躺路中间挡着道,已经让人去挪开他了。”

尾生连木排被推开二三丈远,王辇继续过去,没人想到那个垂死的人怎会突然就暴跳起来,从身下拿出一把屠刀,以飞虎般的身姿扑向国君乘坐的辇驾, 刚才传话的近侍被他一刀毙命,紧接着刀锋劈向木门,“砰”的一下刃口嵌进来,国君陡然惊得怪叫一声,尾生凭着积蓄多时的臂力,拔出大刀再狂猛地朝门上砸了好几下,木片纷飞,里面露出国君戴雀弁的头颅,他立即挺锋就朝那面目刺去。

然而同时有三柄戈已经锄进他的后背,另还有一柄则砍在他挥刀的右臂上,只听“噗”的一声闷响,那拿着屠刀的胳膊在伸进木板的瞬间, 他手中的刀尖距离国君的眉心也就三寸的时刻,肘弯处与尾生的本体分离,国君眼前一星锋芒定格,外间尾生的身体则被一拥而上的兵器埋没……

尾羽拖着一条跛腿翻越过记不清多少道矮墙，他在扔下哥哥的时候，就躲到不远处的拐角偷看来着，尾生毙命的一幕出现，他转身就走，但还是很快被机敏的卫兵追赶起来。

“我死，你不必悲伤，若有未完成的事，继续完成就行。”尾羽默默念着他跟尾生的约定，一路奔走，心是木的，泪水却一行行流下来。

可能是心慌意乱，竟然闯进一条死胡同，躲在一株大树下。远处追兵的嘈杂声越来越近，尾羽瑟瑟发起抖来。他从怀里掏出一枚粗糙的短剑，在脖子那里比画了半天，终究还是在每次只刺破一点皮肉的时候，就停了手。

自己终究还是做不成哥哥的事情。尾羽两眼一闭，丢下了短剑，两眼直愣愣看着黑漆漆的树冠。

月光下，巷口出现了追兵的影子。也不知怎么的，尾羽觉得自己突然被什么力量提住了肩胛，硬生生飞了起来，看着巷尾的砖墙和那株树的树冠在脚下掠过，接着重重跌在地上。

落到了跨街的另一个巷子。月光清冷，面前出现一个面如冠玉的少年。

尾羽想逃，只是双脚发软，站不起身。

“不想和你哥哥一样，就起来走。”少年硬是将他从地上扯起来。

就这样，从紫电阁回家路上，春阳偶遇尾生，将他救回了欢香馆。

## 七

狂风一夜未止,雪片随风飞舞。

接连十几天, 都是刚刚三更时分, 竺月就在黑暗里点亮了灶火。每天入睡前,尾羽将码整齐的柴火几乎堆到屋顶,豆米、杂蔬也已提前洗好,分类放进几个大桶里。

水滚了,竺月先把豆米放进去煮。望了望天光,开始着手煮一壶竹叶茶。碧绿的茶水刚刚煮好,房门就突然开了。

春阳和尾羽带着一股巨大的寒气进门,两人须发皆白。他们放下身后巨大的鱼篓,接过竺月递上的热茶碗,一口气喝了下去。

只是些普通的鱼,银鱼太难捕。竺月麻利地将大大小小的鱼一条条洗好,开膛,去骨,剁碎,放进锅里。待汤水泛白的时候,再加入剁碎的杂蔬同煮。

做完第一桶粥,天色已微明。竺月往锅里撒上一大碗野香草和盐巴提味。起锅前,再浇上一大勺香气扑鼻的菜籽油。

在孤竹国最冷的日子里,欢香馆的大门终于发出了微弱的“吱嘎”声。门外,大雪已积了三尺,队伍也如往日一般,歪歪扭扭排到了长街尽头。

春阳和尾羽把粥倒进门口巨大的木桶。香气在冷风中炸开,队伍立刻开始沸腾。几个抱着大木碗的年轻人蠢蠢欲动地往前挤。春阳停住动作,一抬眼,骚动就立刻安静下来。

一直忙到正午时分,粥已所剩无几。竺月看了一眼春阳。好好的绸子袖口沾了一大块油污,雪白的脸颊上也蹭了一团灶灰。就这样,他身子还是挺得笔直,眼睛直勾勾地盯着勺子,尽力将粥分得平均。

原本可是如冰雪一样的人,竺月笑出了声。春阳立刻一个白眼过来,竺月立刻把目光移向领粥的队伍。

孤竹国的百姓大多衣着粗陋,别说细棉狐裘,能有几层粗棉粗麻蔽体已算好的,还有些老弱病残,衣衫单薄破旧,脸上、身上都长了层层冻疮,乌烂发紫。

一眼望去,这队伍如一条鳞片半蜕,斑驳丑陋的乌鞘蛇。

突然,队伍躁动起来,“乌鞘蛇”拦腰断开,百姓脸上露出惊畏的神色,慌乱散开。

三个披着皮裘披风的人缓步上前,一黑两灰。穿黑色貂裘的走在最前面,面容瘦削,修整得极干净。一个灰色裘皮的侍卫手中,托着一个硕大的黑红锦盒。他们在门口停住了脚步,从眼角看了竺月一眼,一脸傲慢。

竺月只得在围裙上擦擦手,上前行礼,将三人迎进门,走向紫夫的住所。

她只知道,黑裘者是当今大司马府的大总管,说定了今天来取让紫夫做的锦袍。

自雪夜祭祀一绣, 紫夫名动都城, 达官显贵纷纷派人登门求衣。紫夫不知怎么,从孤竹国国君那里讨来一块谢客玉牌,以专心为国君刺绣为名,一概闭门不见,噎得这些达官显贵好生无言。

这次竺月要施粥,苦于没钱,只好去求紫夫。紫夫嬉皮笑脸地说,自己可偷可抢,问竺月选哪样。竺月几番软磨硬泡,最后拉上春阳,舍下脸面,狠狠哭闹了一番,扬言要绝食,与孤竹城百姓同生共死。春阳被她扯住,僵硬地站在一旁,冲紫夫一笑,脸红得像煮蟹。

紫夫还是无动于衷。

竺月没办法，只好用上次春阳捕来，剩下的最后一点银鱼，煮了最后一碗羹汤，给了紫夫。

“就叫‘天元羹’吧——挺像以前吃过的东西。”紫夫咂咂嘴，意犹未尽。纵使他口舌刁钻，也吃得颇有几分惊叹。

“绝食？你死不要紧，谁给我做天元羹吃。”紫夫那张小脸，一笑越发像狐狸。

言罢，紫夫接下了司徒、司马、司空的衣服活计各一件，酬金足够买下都城三间上好的庭院。

天色阴沉，朔风拂过庭院，吹散了枝头残雪，吹散了三人身上贵重的香膏气味，也吹散了门外饥寒者的体臭。

黑裘管家一脸肃穆，正要小心叩门，竺月上前径自打开了门。

屋里，紫夫正懒懒披着白裘，歪在床上，见到来人，也不起身，只顾一手抱着一个雕工繁复的紫铜暖手炉，一手从白玉盘里慢慢捡了蜜饯来吃。

半晌无人说话。管家刚刚张开的嘴里还来不及吐出半句寒暄，人已僵住，连同竺月和两个侍卫一起，四人目光全被桌上的锦袍吸了过去。

锦袍以百年难遇的黑虎皮制成，毛向内，皮向外。皮子表面被紫夫绣上了一层黑绸似的东西打底。管家极小心地捏起一角细看，那反光竟是不知什么材质的丝线结成的，细细密密的三角鳞片，触手温暖弹柔，一动就有墨绿的光泽如水滑动，说不出的华贵神秘。

锦袍的领口如两条宽大的白银垂到腰间，光泽质感分明和细细錞过的白银一模一样，触手却极柔软，分明不是金丝银丝。

管家轻轻把锦袍托起，两个侍卫发出低低一声惊叹。

锦袍背后，是一个棋局。金丝纵横交错成棋盘，黑白玉片为棋子。奇特的是，棋盘并不是规整的形状，每一枚棋子落处，金丝棋格都有微微的变形，像是一张往下凹陷的网，说不出的优美诡异。

锦袍晃动的时候，竟有叮当细碎的金玉之声，想是玉片和鳞片碰撞的结果。

大司马棋艺超群，举国皆知。管家深谙主子心思，不由兴奋得面色微微发红，如托着心肝一般，将锦袍细细收好，放入锦盒之中。

管家略一思忖，一改倨傲之色，恭恭敬敬地向紫夫行了一礼："先生仙人妙手，小人跟着大司马多年，竟是第一次看到如此佳品。听闻司徒、司空也各自委托了先生，不知……不知小人肉身俗目，是否有幸一观？"

说罢，又深深行了一礼。

紫夫撩起眼皮，自知他是担忧另两件衣服压过了自家主子的风头，只是淡淡道："也无不可。"他示意竺月从柜中又取出两件衣物。

一件是司徒为自己十六岁的女儿出嫁准备的嫁衣。送来的本是鲜红规整的红裙，被紫夫裁去半边，补以九尺拖地金纱，层层叠叠宛若雾气，裙尾缀满露水般的润白珍珠和淡色宝石，绣成仙鸟的形状。

稀奇的是，这仙鸟的仪态和所有常见的图样皆不同，双翅极长，昂首奋飞，周身极力舒展的线条健壮优美，眉目的线条晶莹灵动，好似刚刚浴火重生。管家对着日光细细看了半天，凤凰的眼睛是一颗极亮的透明石头，光芒闪烁，好似蕴含盛夏正午之光，竟是从未见过的种类。随着轻纱抖动，一股若有若无的淡香飘散，如岸芷汀兰,管家顿觉自己身上的香膏被衬得俗艳无比。

还有一件,是司空为自己定做的战袍。司空酷爱习武,这件披甲是太保的心爱之物,由上好的牛皮和金铜铸成。大司马管家原是在一次宴席上见过的,但这次一见,大吃一惊。

本以为紫夫只能在牛皮上绣些图案,没想到,整个甲胄的金铜竟融进了一只黑色的猛虎。虎头在左肩,虎身从前胸盘踞到腰间,虎尾如钢鞭一般扫在后腰,如同墨汁在金色的水塘中散开,猛虎的形状和金甲融合得天衣无缝。

管家细细摸着虎身,竟摸到钢铁质感,却分明是细微突起的绒毛。

此人竟能在金甲上刺绣。管家不由得微微颤抖。

虎头睚眦欲裂,血口大张,里面竟有数排雪白的牙齿,还挂着血珠,好似地狱恶鬼,看得人遍体生寒。

紫夫慢慢踱过来,将紫铜炉往甲胄上一击。一声虎啸如平地惊雷般响起,夹杂着金属撞击之声,震得人头骨发麻,肝胆俱裂。

管家脸色蜡黄,后退数步,胡乱向紫夫行了一礼,便带着两名随从匆匆离去了。

这些绣袍,竺月也是第一次见到,惊叹之余,也很纳闷。整日里,紫夫不是吃吃睡睡,就是和春阳缠斗,这些复杂的袍子,也不知是什么时候绣的。

“真冷啊。”转眼间,紫夫又缩回床上,跷着脚吮着蜜饯。

竺月想说几句感谢的话,看到他如懒蛇般盘成一团的样子,气哼哼地说不出口了。

空气中仍留着仙鸟嫁衣淡淡的香气,阳光从窗棂照入,无数尘埃在金光中飞舞。

“我们那里，从来不知‘冷’为何物。”紫夫突然开了口，“嘎吱”咬开一个果壳。

“人无贫贱，事无高低，日日游乐，一团和气。无奖励，无欺诈，因而无惩戒，无律法。”

竺月想了一会儿。

“因为你们那边特别富有，不缺衣食吗？”

紫夫抬起一只眼：“丫头还没笨到家。”

“爹说女孩子不用读书，我就到学堂窗下偷听，先生讲，盛世无饥荒，何须耕织忙——再说，你一看就是富贵人家出来的。”

“无欺诈，便无心计；只享乐，怎懂反抗。世外桃源，养得出鸡鸭鱼鹅，养不出猛虎饿狼。”紫夫磕完最后一粒蜜饯，陷入沉默。

“后来呢？”竺月小声问。

“哈哈，小厨娘，我来问你，刀俎之下，鱼肉如何？”紫夫起身，话中仍有一丝笑意。

他的眼神模糊如雾气。

“走吧，门口看看去。”紫夫起身，系上紫裘，开门。

门外，寒风彻骨。

“今天的粥，又不够了吧。”紫夫抱着他紫铜暖手炉，倚着门框。

竺月忙着分粥，没好气地白了他一眼。

队伍尾端，一个男孩的哭号响起，如白森森的鱼骨在冷风中刺出。

竺月匆匆过去。

一个老妇倒在地上，面孔青紫，全身浮肿，破衣单薄，沾满泥水雪水。一只枯枝般的手还紧紧扯着男孩的衣襟。一个更加枯老的男人木讷地看着老妇,几滴涎水顺着嘴角流下来。

男孩身上披着妇人的肥大罩衫,从断续的哭号中听得,这是一家人,男人和男孩睡了一会儿,醒来就是这样了。

“死了许久了。”紫夫抱着暖炉站在一旁,看了几眼。

竺月哽住,泪水在眼眶中转了几下,终没落下。

她把满满一碗粥放在地上,起身,走向粥桶,瘦小的身影抖个不停。

无数双眼睛盯着她和紫夫慢慢走过。

混浊的、胆怯的、凶狠的眼睛。

泡在血水中、雪水中、泥水中、脓水中的孤竹国,已渐渐病入膏肓。

走到最后一桶粥那里,紫夫突然旋开暖手炉,径直在粥桶上方抖了抖,通红的炭火“吱吱”落入粥里。紫夫硬按住竺月的手搅了几下,一桶粥立刻都沾上了黑色的细灰。

竺月气得发蒙,正要发作,紫夫的神情却似换了个人似的,第一次褪去了温婉风流,只剩下说不出的冰冷。他丢开她的手,慢慢走向长街。

看到这一幕,队伍中有十几个衣着破旧但面色稍好的人,面露厌恶,犹犹豫豫地挪着步子,终于陆陆续续,遮遮掩掩地离开了队伍。队伍里,只剩下真正病痛累累、饥寒交迫的人。

狂风起,卷起无数雪尘。长街正中,只剩紫夫的背影。他正抬头,望着乌云沉沉的天际。雪白的狐裘和长衫在狂风中猎猎作响。终于,他紫色的衣带随风散开,和长发一同狂舞,似乎要纠缠到天尽头。

“真正需要活命的人,不会在乎粥里有没有沙土;真正需要活命的人,当举起刀斧,哪怕玉石俱焚。”

风声将紫夫的声音撕得支离破碎。

## 八

神仙紫夫所说的时间点不知在何时,因为神仙不肯提前透露,但孤竹国君觉得自己不能干等,他烦躁地在宫里转来转去,觉得自己必须得做点什么。

忽然一拍脑袋瓜,有了！于是下令全国上下火速再上交一笔赋税,然后派出士兵,去把上次参与建坛的监工和奴隶们再尽数抽调回来,要他们即日起日夜赶工,务必将入海的神坛修葺得更精美高大。

具体要多高多大呢？国君又来回踱了几圈步,又有了！

“入海一里,高百尺！”

宫中传令的士兵把话带到时，甫丁躺在火炕里正咳出几口血块,尾羽在窝棚边劈柴,还没反应过来就被铜戈指着头顶:“你,还有屋里那个。”为首的大人是掌管普查的官吏,孤竹城里大概有多少常住人口、多少青壮男丁,他都能记得一清二楚。

竺月从屋里冲出来,用身体堵在门前:“我爹病得很重,你们不能带走他！”

官吏皱眉看着她,竺月穿着朴旧皮毛颜色的外氅,脸上也抹了几道炭炉的底灰，所以在不知情的外人看来她就像个身量未足的青稚少年。

“你爹不去，就你去，今年多大啦？按我孤竹国的法令，男丁年满十二就要服役，你说说你，哪年生的？”

听到官吏大人的话，士兵们立刻上来拉扯。

“她、她是我女儿……咳咳咳不是男丁！”甫丁跌跌撞撞地从屋里冲出来，拦臂在竺月前面。

“还能站起来，那就病得还不算重。”官吏斜着眼睛看甫丁，“大王催促得紧，你们即刻到街口集合，马上动身前去。”

“爹，您这身体不能再去了！”竺月扶着甫丁就想把他往屋里带。

“不、不……王命如山，咳咳咳，小的怎敢违抗……”甫丁拂开女儿的手，向那官吏作揖，但身子已经病得东倒西歪，差点又站立不稳要栽下去。

“还有这个劈柴的，什么来历？算了……一起拖走。”官吏不耐烦抽抽鼻子，还有好多家要去呢。

“走！赶快走！”两个士兵已经用铜戈挡开竺月，将甫丁以及尾羽连拖带扯地带走了。

这时候紫夫与春阳都不在，竺月把家里最厚的一张毛皮捆在腰上，铺子也来不及收摊，就循着长街往兵甲集结的地方追去。

虽说已经开春，但海风的急流并未减弱太多，渤海之滨还笼罩在一幕白茫当中。

因为时间紧迫，所有人都要拼命地干活儿。

甫丁和尾羽等一群人被分配负责打磨石块，那一堆如山的石料，最终要以嵌合的形式垒砌成坚固的高台。

山海之间的猎风吹得人皮开肉绽，这工程一做又是数日。

原本心肺有重疾的甫丁，挨过这些日，已经不只是咯血。

但眼看高台落成，甫丁在运送石料的过程中，已经数十次倒下了，又被人驱赶起来，原本在工地边上烧水做饭的竺月，每回忍不住，都像一只尖牙利齿的豹猫一样冲过来护住甫丁，朝那些看管的士兵说："求求你们！让我替我爹吧！"

"闪开！做饭去！"那些士兵不耐烦地晃鞭子抽她，这里所有的人都苦累，手脚早冻坏了，肿得紫黑，士兵们也觉得自己要活不过去了，这小丫头现在至少还能为大家烧火做些菜羹，净来瞎凑什么热闹。

突然，甫丁觉得胸膛中像是一块肉猛地炸开，紧接着喉咙处涌上来一大股热流，他抑制不住"噗"地喷出去，鲜红的血浆加发黑的凝块溅满整整大堆的石面，人也闭目彻底没了知觉。

"爹！"竺月惊得大喊出声，士兵们虽然微微一怔，但还是恢复了冻得麻木的神情，把甫丁拖开十几米，扔到窝棚旁边的空地上。

"爹！"竺月抱住甫丁的身躯不住叫喊，但他再也没有睁眼做出回应。尾羽也扔下手中的活计匆匆赶来，看着竺月和甫丁的样子，似乎被雷劈了一般，只是在一旁愣愣地站着，脸色发青。

紫夫赶到海边时天色已近黄昏，眼看就要涨汐了。

海水上涨之前，苦力们将最后一车圆石排满了石台的高处，但谁也没有力气欢呼。

终于……能休息了。

他们被昼夜不停地驱赶着做了那么久的活儿，不断看着身边人倒下再也爬不起来，现在还能站起来的人也屈指可数。

但他们的收尾工作还没完，那些确凿已经断气的人，他们还得按照惯例把人拉到海滩上方的一处平地。

只有竺月死死抱着甫丁的身体不许人碰，士兵们也无暇理会她。

直到紫夫的白色身影如幽魂一般来到竺月跟前,不需要察看,她怀里的甫丁透出死气的灰白,想来已经断气有一段时间。

竺月呆呆的没有眼泪,紫夫的轻柔衣袂飘到视线里,半晌她才缓缓抬头:“我不想我爹跟其他人一块儿埋那坑里。”

紫夫低头看着她,平素冷淡的目光中有一丝涟漪晃动,开口慢慢说道:“我来时乘坐的竹排还收在那边石摊上……快要涨汐了,等水落时,让你爹海里去吧。”

## 九

城东,入海处。

大风起,乌云压城,浪涛滚滚。凛冽刺骨的腥霜肢解着人身的意志,但天际却很晴朗,浩瀚星芒点缀深蓝夜色。

孤竹国最冷的日子已经过去,官道也终于竣工,笔直笔直地伸向大海。

路面之下,尸骨累累,鲜血染红十丈沙尘。

春阳解下披风,罩在竺月身上,终于不忍再看。

他与紫夫对视一眼,紫夫微微颔首。

春阳扭开脸,走上回城唯一的那条小路,瘦削的身影渐渐地消失在夜色之中。

海水漫到二人脚边。竺月终于伸手,推开了竹筏。

风吹散了乌云,一小片月光将甫丁的面孔照亮。

没有血迹,没有瘀痕。甫丁穿着一件厚实的锦袍,料子也是竺月从未见过的,温厚柔软,胸口绣着一只小小的、精致的青竹。

甫丁躺在竹筏上,随着潮水,渐行渐远了。

竺月的目光追着竹筏,直到它变成一个黑点,终于在微弱的月光里,消失在海的尽头。

紫夫滑动手指,沙滩上出现了一块平滑的石头。他牵着竺月坐下。

石头是暖的,竺月却似乎丝毫没有察觉。月光之下,她皎白的面孔优美平滑,没有一丝表情,也没有一丝泪痕。

"父亲去了哪里?"

"天涯。"

"何处是天涯?"

"一别故地,皆是天涯。"

"你从哪里来?"

"故地,也是天涯。"

紫夫仰起脸,和竺月一起望着夜空。

风吹散了云,天涯尽头,星辰依稀闪烁。两人的长发在海风中飘拂着。

紫夫动动手指,空间在微微颤动。

虚空中,出现了一只金色的棋盘,如同太师那件锦袍的图案。

棋盘正中心的那一点,渐渐亮起金光,如同仙人落子一颗星辰。

"横十九线,竖十九线,织成三百六十一点。中心一点,名为'天元'。我喜欢地球的这种说法。"

“天元”的亮光暗了，金线也渐渐变软，消失，如同绸缎浸入水中。

一个漩涡似的银盘渐渐亮起。越靠近中心，银盘越亮，边缘则较暗。但“银盘”正中心是一片圆形的纯黑。细细看来，亮处也并不实在，似乎是由无数光点组成，如云似雾，目不能明辨。

突然，银盘银光较弱的边缘处，亮起一点蓝光；银盘中心银光最亮、接近黑暗边缘的地方，亮起一点金光。

“你看，头上的这一片虚空，按照你们千百年后的称呼——称为‘宇宙’；这银盘，称为‘银河’。孤竹国之外，还有很大的陆地和海洋。所有的这一切加起来，构成了你所在的这个世界。你头顶的每一颗星星，都是另一个世界，千千万万，不能尽数。那蓝光，就是你们孤竹国所在的这个世界——地球，在宇宙里的位置。而我的世界，是金光亮起的地方。因为靠近银盘的正中心，我们就叫那里‘天元’吧。”

沉默了一会儿，竺月才开口。

“春阳说，你们那里的星星，比这里多。”

“你想看吗？”

紫夫抬起双手，手中出现一枚银梭。虚空中出现一道细细的银光，如同刺绣的丝线。他右手轻轻一挽，做了个穿针的动作，银线的尾巴摆了几下，浮在虚空之中。

他的左手小指跷起，在空中优雅一画，一块圆盔形的透明力场从虚空浮现，将两人罩在中间。竺月看到头顶的星空微微闪动变形，仿佛罩在一层极薄的冰糖之中。

自雪夜祭祀，竺月就再未亲眼见过紫夫刺绣。

而现在，他正用光，在透明的布匹上，绣出星河。

紫夫如同换了一个人，竺月难以形容他的动作。像夜风走过竹林，像蜻蜓点开春水。亦优雅，亦狂烈，像天边飞翔的燕鸥，又像草场奔跑的猎豹。似乎有那么一瞬间，如叠起的花瓣散落开来，紫夫的身影化开许多分身，深紫的衣衫纷纷变得淡而透明。

行针走线，尽态极妍。

最后一针，紫夫收手站定。宽大的衣袖在半空拂过，强烈的星光穿过袖口细细密密的华美纹路，在地面投出清晰的阴影。

空气中弥漫着一种雷电过后的矿土气味，竺月感到脸颊和脖颈上清晰的麻意，像在靠近燃烧的炭火。

亮光刺痛了她的眼睛。

透明的“糖壳”上，光华四射，布满了大大小小的“星星”——竺月不知该称为“星星”还是“月亮”——如同银色的火球微微跳跃。星星那么多，那么密，它们之间的距离那么近，有些甚至抱成了星团，光芒能看出清晰的线状。

那理应是属于太阳的光芒。

恍惚中，竺月脑海中的某段记忆被点亮。

女人的呼吸，奔跑声，血腥味，浓得像周围化不开的夜色。

手腕剧烈的疼痛，和沉闷的落水声。

那太过久远的记忆，应该属于自己孩童时期。

突然，“糖壳”上的星星以令人眩晕的频旋转起来，将竺月从回忆拉回现实。

光影交错，星星旋转得越来越快，越来越疯狂，竺月看得几乎要呕吐。

一瞬间，所有的星星都固定下来，一些熄灭了，另一些还在闪烁。天元星闪出一道银色的光芒，向地球的方向延伸。

最后，一条绵延的银光横贯星海，连接起天元星和地球。

猛地，紫夫扯断了手中的银色“绣线”。“糖壳”消失了，连同所有的星星。

紫夫伸手，那道蓝色的光柔顺地从半空落下，在他掌心消失不见。

悲痛和震惊两种情绪在竺月心中互相撕扯。

“你为什么来这里？”

紫夫不答。月光映在他的紫色瞳孔中，像是一团冷色的焰火。

他的无动于衷终于激起了竺月的怒气。她猛地扑过去，哭着撕打着紫夫，鼻涕眼泪在他衣襟糊了一片。

“你说啊！你说话啊！”

紫夫温柔将她揽在怀里，任她无理扑打。

竺月的哭号被风带向海面，飘到更远的地方。

云彩又聚集起来，半遮了月亮。

竺月双目失神地坐在石头上，睫毛上挂着细小的泪珠。甫丁、尾生、尾羽、等待舍粥的百姓……在她眼前一一闪过。

她毫无表情，面若霜雪。

潮水最后一次涨起来的时候，如同尾生尾羽兄弟对灯起誓那夜，竺月做了一个决定——刺杀。但是，如何接近孤竹国君，却是一个难题。

竺月想要问紫夫，但却没有开口。紫夫未必会答应，此事得从长计议。

“我的故乡，文明等级很高，很难向你描述。我们不会老，也不会死——除非活得无聊了，自己了结。如你所说，因为不缺衣食，因而平静安康——直到战争到来。养尊处优、无忧无虑的天元星，毁灭了。”

紫夫望向东方那笔直的官道。

“得知天元星毁灭的那一刻，我还在遥远的宇宙中工作——哦，我的工作是驾驶飞船维护星球之间的时空传输站，你可以理解成我坐着小船在宇宙中修路——有点像是在宇宙的幕布上刺绣吧。然后我就流亡到了这里——距离太远，无法联系到可能流亡在宇宙里的其他同伴。也许，天元星的人，只剩下我一个。”

“因为距离太远，从我们这里看，天元星还没有毁灭——它的光芒还没来到这里——这个你理解不了，听听就好。等那最后的光芒来了，我又要到另一个地方去，仍能看到故乡的地方。”

紫夫犹豫了一下，摸了摸竺月的头：“唔，再过几天，天元星最后的星光，就要到地球了。”

竺月没有打断他，静静地听到最后，尽管紫夫的话，那么难以理解；但他语调中淡漠的绝望，又是那样真实。

“你要走了吗？”

紫夫望向遥不可及的天际。他眼中，出现了一抹复杂的神色，温柔，又静默——仿佛旅途中追逐故乡的星光。

## 十

尾羽又活了下来。

他身上有许多伤口，冻裂的，被石头砸伤的，皮鞭抽的……他也没想到自己居然还能活下来,身体早就麻木了,但他还能控制着双腿走在孤竹城中的长街上。看着熟悉的街道景致,再往前走过那个街口,就到欢香馆了,甫丁死了,竺月应该也回来了。

工程结束,尾羽到当初和尾生待过的那棵树下坐了三日,本想一心求死——这么饿着冻着几日就行……死了就不用受罪了。可恨自己生性懦弱,终于还是下不了决心。活着到底有什么好,尾羽怎么也想不明白。但他想明白了一件事——自己和哥哥,终究是两种人。

尾羽眼里闪着阴冷的光。他拖着蹒跚的步伐走到欢香馆外,竺月果然如平常那样包着头巾在烙杂面饼, 面粉还是用紫夫做的刺绣换来的钱买的,一闻到烙饼香味,饭馆的屋檐外立刻排出老长的队伍。

人们都在等着这施舍的食物, 并纷纷毫不吝啬地夸张盛赞月厨娘做的食物有特殊的功效,甚至有人拍着自己的腿脚说,吃完月厨娘的粥,多年的老寒腿就好了。更有人夸张地说,月厨娘做的饼不但好吃,而且有神效,一饼入腹,三天不饥。

尾羽默默地走到他原来劈柴的地方, 现在在那举着柴刀的是春阳,那个如富家公子一般冷眉肃目的少年,将他身穿的上好白苎麻衣系入腰带内,正干净利索地做着活儿。

尾羽站那正发愣,竺月已经发现他了,马上拿起两个刚烙好的饼,用干竹叶一包就跑过来,递到尾羽的面前,尾羽定定地望着竺月,这姑娘在海边抱着甫丁悲恸欲绝的样子又在他眼前过了一遍,他当时被驱赶着做事,完全无暇去照拂她,更没有给甫丁的尸首送终,但他心底觉得这并没有什么,甫丁也好,他哥哥尾生也好,他们都是那样的人。他还想起之前因为国君抓刺客,而被处死弃市的七舅老爷、八大姨他们,国君只要一句话,大家就都是蝼蚁一样的性命,死了就死了,没有任何意义,也没有人会记得或在意你……

尾羽打了个哆嗦。若要后半生安稳过日子,只有逃亡到别国去,自己却实在没有盘缠。求生不得,求死不能。

尾羽接过竺月递过来的饼,用力咬一大口,竺月看着他,目光动也不动的,尾羽觉得那目光里有一捧埋在灰堆里的暗火,但他不懂这燃烧的内容是什么。

竺月让春阳走开,仍叫尾羽去劈柴,而春阳被打发去挖野菜,葵、韭、薤、薇,什么都行。

晚间收拾好摊档以后,竺月拿着最后剩下的一个饼,分一半给尾羽,也许是太累,也许是伤痕累累的尾羽让她想起了父亲,她的目光十分迷惘:"他们都说吃过我做的东西,能治好病,我不知道他们是不是骗我的……不过我爹说,当年确实是在竹林里捡到我……长大一点,我听隔壁老奶奶讲故事,原来就在我爹捡回我的那片竹林里,有神奇到无所不能的竹女神传说,甚至整个孤竹国都为那竹女神所庇佑,而且每隔一些年,女神就会化身为人形出现在竹林里,若有凡人有缘有幸与她相会,就能得到神明满足愿望的机会……如果有可能,我要找到自己的亲生爹娘,但竹女神的故事,我爹却不许我再听,他还叫我不要信……"说到这时,竺月有些哽咽,但眼泪早就流干,她只是睁着澄明的眼睛望着虚空:"他第一次被带走去修祭坛的时候,我就想我要是那竹女神就好了,那我可以把我爹带到安全的地方……但我还是救不了他,这么多年来我都在拖累他,什么忙都帮不上……"

尾羽的目光渐渐冷下去。他接过那半块饼，用力咬着，后来就低下头，不敢再看竺月的眼睛。

这天夜里下了露水，把欢香馆外面的柴火都打湿了。第二天起来一看，这柴都没法用，幸好灶台边还有昨天劈好的一堆，但顶多只够一天用的，尾羽闷闷地表示，他马上就去城外砍一些回来，或者他去以前做过事的炭窑那看看，那里会有烘干的木头，竺月点头他就走了，直到傍晚城门要关之前他才回来，果然背回一摞上好的木柴。

话说回头，也是这一天，一直跟随神仙行踪的小吏回来宫里向孤竹国国君禀告说，神仙紫夫在竣工的第二天自渤海边回来，就让他禀告，说祭祀完成的时间点快到了。

渤海之滨的祭坛如期修葺完成，又有神仙的好消息，孤竹国国君自然十分高兴，决定大排宴席以示庆贺。

他郑重跟大家宣布自己想吃的东西，首先，这场宴席上，要有五齐[①]，即是齑菜，由五种食材混合制作而成，周天子的餐桌上就有，诸侯级别是轻易不允许自己做来吃的，但孤竹国国君想到自己即将完成的伟业，便觉得僭越享受一下也不是太大问题。

所以他提出宴席的重头戏还要有八珍的时候，可把一众下臣们给吓得磕头如捣葱，且不说八珍做起来靡费昂贵，就说孤竹国不至于穷得吃不起八珍吧，但万一这事儿传到其他诸侯国那去，孤竹国被人落下把柄那才叫麻烦大。

---

① 五齐，出自《周礼·天官·醢人》："以五齐、七醢、七菹、三臡实之。"五齐应为五种细切冷食肉菜，但亦有说五齐为五等酒类，本文取菜。

然而孤竹国国君在地上打着滚吵着非要吃，大家怎样劝说都不干。

两边相持不下，这时就有人进来禀报说，有个人自称知道竹女神的信息，要来向大王禀告。

孤竹国国君一听更来了精神，立刻召那人进来，原来只是个穷寒的百姓，殿外士兵有认得他的，说那人先前在海边参与过祭坛工程，而那人也不得靠近王的面前，所以他把他的话告诉一名传令官，再由传令官把话带给王。

但是说出竹女神下落前，这个男人要求得到一笔赏金，还有国君金口说出以后他都可以不死的赦免，孤竹国国君自然都答应他了。

如是这般，原来竹女神就是市井间每日施粥和面饼的那个开饭馆小厨娘，众人都恍然大悟，难怪那日神仙一看到她，就愿意跟她回去。

孤竹国国君脑子里一转，就对那些下臣们说："既然竹女神的厨艺那么好，五齐和八珍都不必让庖官做，叫她做不就得了，她的身份只是一介民女，传扬出去，别国也不会有什么异议的，就这么定了。"

国君的话说到这个份上，对大臣来讲已经算是最好的结果，大家该忙什么就各忙各的去了。

今日难得放晴。一大早，春阳站在窗前，看着竺月瘦小的身影在院内忙碌，心里升起一股怜惜的暖意。

紫夫突然出现，慢慢走到竺月跟前，说了几句什么，竺月立刻直起了身子，睁圆了眼睛。

春阳竭力去听，也只有“竹女神”“尾羽”这样的字眼隐约随风传来。

说到最后，竺月的脸上露出决绝的神色，嘴角掠过一丝冷笑。紫夫摸了摸她的头，说了一句话，春阳倒是听得真切。

“既如此，便随你心意。”

说罢紫夫便回屋去了。春阳刚想跟去问个究竟，门口便传来一阵嘈杂。

皇宫的传令官拿着王的谕令，当众宣布传召竺月进宫做菜。竺月跪在铺子前，手边还拿着搅粥的舀子，周围听到的人也面面相觑，但谁都不敢说话。

这原本是周天子宫中的庖官才有资格操持的菜式，但月厨娘竟神色淡然，一口答应下来，仿佛早就知道这件事似的。

春阳心中陡升起一种不祥的预感，他走出房门，要去扯住竺月的时候，紫夫从身后按住他的肩膀，低语了几句。

走出院门的一刻，竺月回转身子，并没有看春阳和紫夫，只是看了柴房角落假装忙着做事的尾羽一眼。

进宫后，竺月立刻开始忙碌。监管的记录官时刻跟在她身边，好将看到的进度随时上报。

做五齐就得好几天工夫，首先是收集大量的菖蒲根，宰牛取几副牛百叶，派人到海中捞回大只的肉蛤，撬开取出内里的蜃肉，另外到各村去收集数十只刚足月的小猪，只削两块肩胛肉，最后还有到南方的桑林去摘取桑耳，桑耳不足，用松木耳代替也成，集齐足够分量后，竺月就亲手将它们切碎，再放入石臼中用杵捣碎，过程中入适量的盐不时揉弄，隔去腥水，最后坛装窖存。吃的时候取出来，味道已经腌渍进去，就是味道层次丰富的齑菜了。

另外，燕山每年开花结果的青梅，渤海之滨的盐田，都能提供最好的作料。竺月厨娘去年就收贮起许多，隔年再用，据说滋味会更好。

还好天季已开春，郊野外鹿藿抽出了嫩苗。

竺月让宫中的奴婢背着背篓到郊外去采藿叶和蕨菜，这是做牛肉羹和猪肉羹的必要配菜。

记录有八珍做法和材料的简册，也由记录官交给竺月看；这淳熬、淳母、炮豚、炮羊、捣珍、渍、熬、肝膋等八样珍味，所需的昂贵食材也很多，王宫里的采办忙得东奔西走，月儿则每天一早天不亮就进宫。

每道菜都得先试验几遍，几十头肥美的猪牛羊和鹿，还有毛色纯黑的长毛大狗，做淳熬、淳母需要的稻米和黍子，一缸一缸的醪酒，在短短数日内接连送到。

竺月让庖丁帮忙宰杀牲口，分门别类地砍开；整只的乳猪、肥羊要上火炮制，工序比较复杂，需要用到的辅料也很多，比如干枣、芦苇草，一石稻米磨成粉，将小猪和羊都宰杀后掏净内脏，干枣填塞腹内，再用芦苇打出绳子把猪身缠裹起来，再涂上带草的黄泥放到火里烧烤，烤到一定火候，取出剥去泥巴，将猪身表面的苦皮搓掉，再用稻米粉调和的米糊涂满猪身，最后投入混杂各种动物油脂的特制小炉鼎里，炉鼎再浸入盛水的大锅，如此隔水小火烧熬三日夜后，取出小猪配肉酱和醋来食用，并骨鲜美如泥。

捣珍讲究的是烹者的手法功夫，专用牛、羊、麋鹿等几种动物的里脊肉，以木杵轻轻反复捶打，挑去肉中韧性的筋腱后，这样捣过的肉泥会泛起肉类特有的胶质,揉搓后蘸酱生食,极富口感。

渍肉还好办一点,主要必须用新鲜宰杀的小牛肉,以考究刀功切成薄片,放进美酒坛中浸泡一宿,然后配上酸醋梅酱等调料食用即可。

熬就是牛、鹿肉制作成脯,撒姜、茴以及捣细的海盐末,小火烘干而成。

最后还有肝膋,竺月按照竹简所载的方法,宰大狗一只,取狗肝一副,再剔出狗腹中肠膈的油脂包裹狗肝,放炭火上炙烤,使那油脂逐渐融化渗透,肝熟切块食用。

竺月厨娘试做好的菜肴分给周围的人食用, 庖丁们都惊艳不已,他们也没吃过镐京天子王宫的八珍馔,但传说中的八道菜,与眼下厨娘亲手做出的似乎无贰,大家围着试吃,从火候、刀功、调味等多个方面品评,都觉得这治馔恰到好处。

于是,祭祀的前一日,孤竹国国君沐浴完毕,换上正式的爵弁服。大殿之上,六佾乐舞缓缓展开,六列舞人踏着铜钟笙乐的节奏抛展衣袖。

宴会的食序是先饮酒,但是今天有好些大臣都称病没来,病情最夸张的是丞相,他居然昨晚在自己家里不小心,把脸磕在庭柱上了, 两个门牙杵进庭柱木头里拔不出来, 国君派去的传令官回来说,丞相后半辈子都吃不了肉了……这么没用的丞相,明儿就撤了吧。孤竹国国君拿起自己面前的酒爵晃了晃, 目光巡视一溜底下人,下臣们都不自禁往后缩了缩,打个寒战。

众人陪着国君酒过三巡, 侍从们将分好的肉菜按照次序摆在食案上,带骨的肉肴放在主位左边,纯肉则在右边,菹酱类放近前,八珍各色香气四溢，但众人都没有心情下咽，只有国君兴致勃勃，每一样都品尝过后，赞不绝口。

“这小厨娘还真有一手，”国君吃得嘴角都是汁水，心里想着，“要是当初就按照竹女神的身份掳来，料想她也就没心思做这些好菜，宴席结束再说……”

这时侍从又来回禀道：“竺月厨娘昨日自称梦到护佑孤竹国千年的竹神降示，今早就让人按照她指示的方向，在皇家竹林中央挖来一筐鲜笋，她说按照竹神示现的方法，用这竹笋专为大王制献一道‘天元羹’，大王食用后，必然夙愿成就，国祚永昌。”

“天元羹？”孤竹国国君横眉倒竖，想了想便点头：“命她端上来。”

竺月换上一袭素净的苎麻长衣，低头谨慎地步入大殿，双手捧一盅青铜簋徐徐走来。

孤竹国君微眯了眼，这宵小女子身量未足，额发与目光低垂的模样，倒有点可怜见的。既然尾羽说她是“竹女神”，宴席过后，便捉到后宫，扔到床上——唉，哪里用捉，与天子欢好，她求都求不得呢……

竺月径直走到食案前一丈多远，便被人拦下，她遂慢慢屈膝伏低，将铜簋放置到地板上，姿态从容不迫地掀开簋盖，当中露出轻冒热气的青绿色羹水，里面隐隐看得出银光闪烁。

孤竹国国君看着她拿起漆勺，将簋中羹汤舀起一勺盛入漆碗中，便开口道：“这天元羹，果真是神仙教你做的？”

“是。梦里竹神说，此羹只配天子享用，若他人染指，是为大不敬。”竺月一手端着漆碗，一边用帕子将碗沿羹渍拭去，才敛袖递向侍从,再由侍从转呈到国君的案上。

孤竹国国君用筷子挑了挑羹水中的笋节，看了看旁边尝菜试毒的侍从,有几分犹豫。

竺月垂头,静静跪着,似与一切无关。

也许是被当众挑战了权威,也许是怕死的心情占了上风,国君突然暴怒:“不敬个头啊，老子的地盘，谁吃啥还要什么竹神说了算。”他冲传递的侍从耸耸下巴:“你先尝尝。”

“唯。”侍从不疑有他,用一净勺舀出羹水送入口中,竺月犹豫了一瞬,直到勺子接触侍从嘴唇的一瞬间,竺月猛地起身扑过去一把攘开他执勺的手:“别吃！”

“哎呀！”侍从被推得后仰过去,羹水洒了一领口,面上还懵然不知,望向竺月。

而竺月此刻已拿起旁边撩炭的钎子，转腕就朝不远处的孤竹国国君刺去。

“有人行刺大王！”

殿下分列的侍卫已经醒过味来,分别亮出铜戈铜剑,要上殿追杀。

孤竹国国君也不是吃素的,他就地一滚躲开一招,同时去摸腰间佩剑,竺月再奋力一刺,王剑已挥出,竺月毕竟身小体弱,铜钎也不利长,当下被王剑“当”的一声将炭钎挥断,再挺剑尖向竺月刺去。

就在这时,殿外有人传报:“神仙紫夫到！”

同时殿内众人直觉有一阵飓风吹袭进来，头顶上方有道青光一闪,但还没明白是怎么回事,就听到又是“锵”的一下短兵相接,下臣们看到一个不知何时显现的绿衣少年人，目光凌厉地拦在国君与竺月之间，他的身体完全挡在竺月的跟前，正面徒手，接住了王的剑刃。

“吓？”上至王后下到群臣，都骇异得呆立在那。

“汝、汝为何人？”随光一闪而出现的少年人让孤竹国国君也错愕在那，何况剑刃在他手中分毫动弹不得。

少年人的面部白洁如霜，并不答话，反倒是机灵点的臣属已经奔到殿外喊上侍卫，紫夫垂手伫立进殿的通道正中，看着直对的国君与春阳，侍卫们已经一拥而上，竺月去拽春阳的衣袖，方才追刺国君时都没显露的惊惶之色溢于言表，只能不住地反复喊道：“你来这干什么？你来这干什么？”

春阳钳制住王剑岿然不动，孤竹国国君只能弃剑转身欲逃。

大殿中，铜戈挥舞的风声“飔飔”连成一片，密匝匝地就要向两人劈过去。

“春阳！”紫夫突然喊出一声。

春阳眉锋一挑，身形随即又漾起青电般刺目的光芒，那些人手中的铜戈竟停在半空一时不能靠近，孤竹国国君的剑从春阳手中落向地面，但离地即将发出碰撞声前，却又奇异地飘浮在那。

孤竹国国君望向缓缓走来的紫夫，指着他道：“汝、汝想对本王做什么？祭坛本王已经修好……本王对汝礼遇有加……”他说着后退：“难、难道汝是别国派来刺杀于本王的？齐国？令支国？燕国？”孤竹国君皱眉，思绪陷入梳理与揣测中，但紫夫只是摇摇头，他又像上次在海边那样，从耳后的发鬓中捏指捻出一段毫芒，就在他抽离发间的刹那，丝毫绽放出比太阳还要刺目的光辉，紧盯紫夫动作的所有人都觉得那是一道闪电乍现,但这一次他的动作更加缓慢,捻决的指节优美修长,无数丝线如蛛丝般冉冉飞起,在空中装点出无数道笔直的轨迹。

“薤上露,何易晞。露晞明朝更复落,人死一去何时归。”紫夫轻轻地吟唱起来,看得出他对这首歌聆听过许多遍,又或许凭他超人的记忆力,所以每个字以及声调的韵转都十分清晰。

“那天……我在城外看到这里的人们送葬,他们唱的歌叫《薤露》……你们星球的生物很有趣,用你们的语言说话,这个星球,于我而言也许就是浩如烟海的无数记忆中一个小水泡,但是对生灭,你们居然已有了最直观的概念, 我不知道这是我脑海中造作出来的概念,刻意在你们的时空反应过来,还是说,你们是独立存在宇宙中,真的已经有这种思想了……不过这都无所谓,自然有自然的规律。”

孤竹国国君听不大懂紫夫在说什么,他只是本能地有点害怕,便朝那些挪不动兵器而不知下一步该怎么做的侍卫和大臣们喊:“你们快! 愣着干什么? 快把这个胡言乱语的妖人抓住!”

“吓? 大王身上那是什么……着火了?”不知谁惊恐地喊了一句。

“着火了? 着火了!”此起彼伏的不确定议论声,把孤竹国国君吓得跳起身四下甩袖子看, 这才发现他身上玄赤色的衣袂隐隐发起红光,但并不觉得热烫啊?

“妖人……”孤竹国国君忽然觉得自己站在这孤立无援,回身就想往殿下群臣所在的地方跑。

但这时操控在紫夫手中的无数丝线都动了起来, 像是有生命的蜗牛触须,都往孤竹国国君的方向探去。

"救驾！救驾！"有人喊。

那些群臣便想拥上来拉孤竹国君一把，但当中好像隔开了一面无形的硬壁,明明什么也看不到,却就是无法触及对面。

这时候孤竹国国君已经知道自己身上肯定发生了不可思议的状况,他的全身被无数细微的丝线包裹,泛起明显的红光,就像那天出现红月天象一样,大殿内都出现了红光。

春阳拦在竺月面前,带着她渐渐后退到大殿的一角,双手推着她紧紧贴在木墙上,低声嘱咐:"千万别乱跑乱动。"

竺月虽然不明白眼前发生的是什么,但她相信这两人,还是点了头。

"救驾！救驾！"孤竹国国君只能往相反的方向跑,顾不得衣上的玉带钩松了扣,上衣瞥向一边,只是撒开丫子奔跑,冲出七八步才听得身后有人喊:"大王！别！您的头……"

他错愕之际回过头,才发现自己只顾着逃命,却没发现自己的身子中段还被丝线捆缚着固定在原地,他回过头时,爬到前额的一根丝又恰好轻轻一扫,从他眉心处横切了进去,不过一点都不疼,倒是热热的,他伸手一摸,头顶的冠子加头盖骨都飞了起来,头壳只剩一周整齐的边沿,他的手摸到湿乎乎的脑子,但还是不痛,奇怪了。

"你本人就很适合做成一件招魂的礼服。"紫夫的话语凉飕飕地飘进孤竹国君的耳朵。

"这里的人在意魂魄的生灭,祭奠也是为了招魂……将你的身体变作一件绣品,一件有机的容器,盛放那些肉体与生命能量断掉联系的魂魄,也是很有意思。‘天元’的光就要从地球消失,这里我也待得够久了,走之前,把你绣出来留给这些人做纪念吧。”

随着紫夫的话,红光愈盛,渐渐转为发橘金的日光颜色,无数丝凝聚成蜿蜒的虹流环绕整个空间，所有人都能感觉到脚下的骚动。

孤竹国国君的身体没有血外流,他只是被丝线光束抬到半空,因为手脚无法挣扎，他瞪得眼珠子快凸出来，张大口却发不出声音,眼睁睁看着那些丝钻透他的身体,这时候才开始全身发热。

孤竹国国君想低头看自己裆下,可脖子动弹不得,他的耳边听到不知哪个妃子的尖叫:“天哪！大王整个人变成个大肉柱！”

孤竹国国君听到耳朵里,觉得很好笑,能说出这种蠢话的女人肯定是他相对还算宠爱的第三个妃子,他的妃子不多,因为他天生短小,内心里怕满足不了那么多女人,但这个妃子进宫后经常跟他说“大王,您那儿很像一只小黄雀,可爱得紧。”然后傻不拉叽地在那学黄雀啄食的样子,并发出欢快的小鸟叫声,所以他有一次跟她说,他不想像一只黄雀,他想变成一只飞跃在燕山石崖的雄赳赳五彩大山雉。

孤竹国国君再尽量低头看自己身上，丝线把他的手脚抻得很长,然后像拧麻花一样手脚扭转成一股绳,整个人绷得紧紧的,脸也挤得扭歪,但身体确实像凝聚成个整体的长形肉柱。

“春阳。”紫夫喊了一声,随着他的话音刚落,那边的春阳消失掉踪影,大殿强光之中,青芒闪电径直飞击向孤竹国国君……

与此同时,竺月看到,紫夫的身形化为一道紫色电光,慢慢升到大殿的穹顶。

强光之中，紫夫似乎回头，朝竺月笑了一下。

那道紫电终于刺破了穹顶，消失在夜色中。

空气中弥漫着淡淡的雷电焦味，透明的力场微微颤动。

竺月说不出话，也动弹不得，只觉得胸口胀痛，泪水慢慢盈满了眼眶。

与此同时，春阳化为一柄青色宝剑，直直插入孤竹国国君胸口。刹那间在场的人只觉一幕白虹贯日，穹庐顶上都发出剧烈震响，没有人的眼睛能再睁开。

斛竹城的街道上，尾羽被一个士兵押着，怀里揣一包铜币，匆匆走着。他是今天早上才被放出来的。竺月被捉到宫中以后，他去领赏钱，谁知被关在王宫旁边的畜生棚边，王宫里的人说，要看着那个厨娘做出国君的宴席，才能相信他的话。然后这会儿他终于能走了，士兵会送他到城门，但路上有许多人认出他来，就有人问："是你呀，看到月厨娘没？""开春才播种，又没月厨娘施饭，大家都快饿死了。""听说月厨娘被抓进宫里了……""大王一个不高兴会杀了她吧？"

押送尾羽的士兵也是个末等，对民间的事件知道许多，早就听闻那个关闭在厨房内做着"五齐"的女子就是之前每日这市井里施粥送饼的厨娘，被这尾羽几句进言就带进王宫，开什么玩笑呢，他的父母亲戚也吃过那竺月做的粥，据说吃她做的东西都能治好病，现在就被这个给竺月家劈柴的浑蛋给捅了出去，今日宴席一完，月厨娘恐怕也没得命了。

"就是这个人！"他思忖半天，突然冲大家喊，"是他告诉国君大王，月厨娘就是竹林里的女神，国君才把月厨娘掳到王宫去的！估计这会儿已经折磨得半死了！”

他这话一出口，尾羽就傻了，街上的众人也呆怔在那。

但尾羽立刻就反应过来，抱着怀里的铜币往城门方向冲去，街上的人也都回过味来，开始大喊着堵截他，末等士兵趁着混乱先上去制住尾羽，把他一头压制在地上，一边大喊说：“就是这人告的，月厨娘才被大王带走的！”一边伸手到他怀里抢了那包钱，就退到越集越多的人墙外，也不管尾羽大喊什么，就自己跑走了……反正，被饥民抓住的这人也活不了多久，上头要问起，就说尾羽是被那些为月厨娘不平的人们抓住就行了，他跑到几十丈外才回头，看到有许多人从路边捡起石头继续挤进人墙内，尾羽会怎么样大概可以料到了，最后得通知城防营的人过来收拾残局，叫他们带个簸箕和铲子吧……

愤慨的百姓们手持石块、短棍等，渐渐围住尾羽，散开的时候，地上果然只剩一团模糊的血肉。

大殿内，光焰散尽，列臣和侍卫们却好久好久才能睁开眼，但许多人目盲了，所以大家都还没弄清楚状况，周遭显得特别安静，有些人逐渐勉强能看清一点轮廓的，就忽然发出叫声。

发光的丝都不见了，那几个刺客也不见了。

等到更多的殿外人进来检视现场，但转悠一大圈，大殿中只有一把坠地的剑和一片四溅的血色，剑是孤竹国国君平日随身佩带的那一把，四溅的血，呃……不仅木地板上，四方的梁柱、穹顶，哪儿哪儿都是。

“大王去哪了？”第三个妃子最先发出这个问句，但没人敢回答她。

又有人讷讷地说："那几个刺客呢？"

其他人才恍然回过神来，刚才这里发生了一场刺杀，但没有人看到白虹贯日般的光芒之后发生了什么。

派人搜寻王宫，里里外外找遍了也没有找到国君，包括那几个刺客，全都不见了。大臣们又传唤了所有在殿外轮班把守出宫路径的侍卫，但他们都说没看到几个布衣曾公然从他们眼前走出去。

这件事发生得太过突然又诡异不解，王后和妃子、大臣们就地坐下来开会商量对策，他们都战战兢兢地不敢说出自己的想法，大殿里泼溅的那么多血，难道都是国君一个人的？但他的身子呢？成齑粉了吗？

一直商讨到入夜，王后忽然拍板决定这事儿按压不动，以防令支国乘虚而入，大家就对外说国君连夜出发到渤海之滨祭祀去了，国君又没儿子，回头……回头从他没杀完的亲戚里再挑个男的来做新的孤竹国国君吧，这个可以再议、再议……

入夜，全城戒严，百姓们按照以往习惯早早关闭灯火睡觉了，宫里出来的侍卫兵团大多听闻到一点风声，大家各怀揣测，有些街道被屠戮过满门的，也早就萧条不必看了，大家心底里都觉得监察没什么必要，所以也就例行公事地巡逻而已。

## 十一

半夜三更时，天空一道闪电划过。

废置多日的欢香馆后院里，多了两道人影。

春阳扶着竺月站在那，季节已是初春，土皆化冻。

春阳问："大仇已报，你还有什么放不下的吗？"

竺月摇摇头，有些不舍地环顾四周。

“走吧。”春阳拉住她的手。

“紫夫……还会回来吗？”

“我不知道。”

“你怎么不跟他去？”

“他说，我是这个星球上的物质，他没法带我去下一个星球——但我觉得，他的真实想法是，地球更适合我。”春阳答道。

“那……你已经转化成人了？还会变回剑吗？”

“应该不会……你随我走吧。”

竺月望向天际，春夜的暖水之滨星汉灿烂，墙外已悄无声息聚集了一些士兵，但没有人冲进来，直到天际又是一道闪电出现，二人消失。

第二日天明时，街道上的人照旧如常开门忙活儿，但宫中传出的小道消息让每一个路过街口欢香馆的人，都频频向那颓败的门框注目，有人说刺杀暴虐君王的人是那年轻的女厨娘，也有人说是那个神秘的神仙，还有人说是他们都不是真人，而是护佑孤竹国人的竹女神化身，因为王宫中出现白虹贯日的异象……

只是这些说法都得不到证实。

于是，只有“紫衣神仙”的故事，伴随万千星辰，永远在孤竹国流传。

载于《科幻立方》2017 年第 2 期

萧星寒

# 癌变蟠桃

一

那小白鼠耳朵边有一个明显的异常隆起，背部的毛稀稀拉拉，就像被野火焚烧过的荒地。刚才它还用濡湿的眼睛盯着刘子豪，现在尾巴无力地摆动几下，骤然间四肢抽搐，肛门漏出微黄的体液，旋即不再动弹。

刘子豪用镊子碰了碰那只畸形的小生命。没有任何反应。遍布全身的肿瘤在极短的时间里耗尽了它的生命。

实验再一次失败。

刘子豪用镊子把死老鼠夹起来，近距离观察了一小会儿。没有新的发现，也没有奇迹发生。小白鼠死了就死了，和以前数百次实验的结果一样。他叹了口气，连做细胞切片观察的心都没有了，直接把死老鼠丢进了专用垃圾箱，等着工人来处理。

刘子豪脱下无菌手套和无菌工作服，走出生物医学实验室，站在枭阳市肿瘤医院综合实验大楼八层的阳台上向外眺望。夜正深，整个城市都在恬静的梦里。打搅这一梦的，只有远远近近的车辆奔驰呼啸的声音。

到底是哪里出了错？刘子豪双手撑住栏杆，任由微冷的夜风吹拂着自己燥热的脸，思绪也不由自主地飘散开去。在这个夏夜，只有他一个人还在实验室里忙碌。他必须为自己的一再失败找到原因。

六岁那年，妈妈给小子豪买了两条金鱼，一条红色，一条黑色。小子豪把红色的叫甜甜，黑色的叫蜜蜜。他总是趴在鱼缸边，看金鱼们自由自在地游。什么也不想，也能看上大半天。有一天，黑色的蜜蜜不游了，肚皮朝天浮到了水面上。

“妈妈，妈妈，蜜蜜怎么不动呢？”很久以后小子豪都还记得自己那时的惊声尖叫。

妈妈正在拖地，听到小子豪的尖叫，放下拖把，走过来，随便瞅了瞅鱼缸，说：“儿子，黑色小金鱼肚皮朝天，已经死了。”

小子豪仰面问：“什么叫死？”

“死就是死了。”妈妈皱着眉头说，“赶紧捞出来，扔掉。”

小子豪不满意妈妈这个回答，继续追问：“妈妈，什么是死？你会死吗？”

这个问题显然触犯了妈妈的禁忌，她生气地说：“你这孩子，说什么哩。”

“妈妈，我会死吗？就像蜜蜜一样！”

妈妈已经不耐烦了，伸手从鱼缸里捞出蜜蜜，使劲儿丢进垃圾桶。“没事儿不要瞎想，什么死不死的，不吉利。”她说，“赶紧，去看动画片。”

妈妈按着小刘子豪的肩膀，将他推向沙发，同时用遥控器打开电视。电视里放着《狮子王》。老狮子王木法沙被他的弟弟刀疤推下悬崖，小狮子辛巴下到谷底，找到了父亲的尸体。小辛巴哭喊着："爸，爸，起来。你一定要起来。爸……跟我回家啦。"它撕心裂肺的哭喊没有能够唤醒爸爸。

小子豪靠在沙发上，泪如泉涌。

从那时起，小子豪就知道，死亡是活着的反义词，但那是一个不能谈论的话题。好像不谈论死亡，死亡就不存在了，这是多么荒谬的想法呀。妈妈会老会死，就像老狮子王和小金鱼一样，而他自己，也会和他们一样，会老会死。

光阴荏苒，日月如梭，就像影视剧里的快进，转眼间刘子豪长成了高中生，然后不可避免地来到那节生物课。现在回忆那节生物课，刘子豪的脑子里呈现出的是一个清晰的影视片段：

光线渐渐亮起，占据整个屏幕，然后稍弱，看得出是一盏日光灯的轮廓。镜头转向下方，扫过课桌和学生的头，定格在写满粉笔字的黑板上。生物学老师，戴着眼镜，穿着中山装，无比庄严地走上讲台。

"……人的正常寿命受制于细胞的分裂次数。在细胞染色体的末端，存在一种特殊的染色体粒，叫端粒。端粒保护染色体在分裂过程中免遭磨损，但它无法保护自己，细胞每分裂一次，端粒就减少一半。当细胞分裂超过五十次的时候，端粒消耗完了，细胞就会衰老，然后凋亡。正常细胞分裂次数有最高限制，这种现象最初由美国人海弗利克发现，因此称为海弗利克极限。但是……"

镜头在生物学老师的讲课声里后移。十八岁的刘子豪趴在桌子上睡觉，忽然间醒了，茫然地看看四周，随即把注意力集中到了老师身上。在此之前他很不喜欢这个生物学老师，因为他总是表现出一种“宇宙的真理尽在我的掌握之中”的嚣张态度。但这次,情况发生了变化。

生物学老师竖起食指,推了推滑落的眼镜,说:“——但是,有一种细胞却不受海弗利克极限的约束,这就是癌细胞。”

刘子豪坐直了身子,凝神听讲。

“为什么癌细胞可以无限制地分裂呢?”老师在黑板上用红色粉笔画了一个大大的问号,“原来癌细胞拥有一种特殊的酶,叫端粒酶。当癌细胞分裂,端粒变短时,端粒酶就会立刻将端粒失去的DNA片段补上,使端粒一直维持在固定的长度。于是,癌细胞就能无限制地分裂了。”

刘子豪觉得自己的每一个细胞都在颤抖。他从抽屉里拿出钢笔,在教科书的空白处激动地写上了一行字:这不就提供了人类永生的可能吗?

人生里总有几个能改变命运的关键点。刘子豪认为,那堂生物课,就是他人生的关键点之一。

当时他的心情澎湃犹如大海,觉得人类长寿乃至永生这件事就是为他准备的,他就是为这件事而出生的。强烈的使命感促使他在高考填报志愿时,选择了医科大学肿瘤专业。这违背了父母要他从政的意愿,为此,他几乎与父母断绝关系。

在医科大学,他如饥似渴地学习一切与癌症有关的知识。毕业后,他本想进研究所进行深入研究,但阴差阳错,他最终进入枭阳市肿瘤医院当了一名医生。

夜风中,刘子豪深深地叹了口气。

刚到肿瘤医院,刘子豪兴致勃勃,准备大干一场。然而,他申报的课题《肿瘤发病机制与人类长寿研究》被院方以跟肿瘤治疗无关为由拒绝。别的医生都不愿意和他谈论那个"疯狂的想法",更不要说与他一起研究。那段时间里他成了医院里的笑话,只要他走近一群正在聊天的医生或者护士,他们都会发出莫名的哄笑。他苦恼不已,几经犹豫,终于放弃了从很小的时候就树立的梦想。他让癌症患者做完每一项检查,实施每一种可能的治疗方法,把患者的钱榨干之后再让他们回家等死。他成了枭阳市肿瘤医院最为知名的医生,最关键的是,他还挣了很多很多钱。他买了房买了车,娶了妻生了女儿,就像每一个正常人一样。

然而,他的心是不满足的。

当生活步入正轨,一切都像之前一样千百次地重复之后,刘子豪的心又开始蠢蠢欲动。好像那"疯狂的想法"在他心底扎下了根,被野火烧过之后如今又迅猛发芽, 想要探出头去看看世界到底是什么样子。将满三十岁的时候,他重拾了自己幼年时的梦想,再次致力于探索癌症与人类长寿之间的秘密。他在研究肿瘤发病机制的名义下, 悄悄地在实验室进行着相关研究。他现在是实验室主任,没有人管他;即使曾被怀疑,他也很好地掩饰住了。

有好几次,他以为自己成功了。

他将癌细胞的端粒酶植入正常细胞,结果令人振奋。细胞不但没有排斥端粒酶, 而且在细胞分裂之后, 端粒也因为端粒酶的缘故,没有缩短,保持着原来的长度。但是,实验一进入活体阶段,就问题连连。有时候小白鼠一开始就表现出癌变的特征,另外一些时候,小白鼠好端端地活着,突然之间就癌变了,恶性肿瘤转眼间遍布全身,整个身体成了癌细胞肆无忌惮的繁殖场所。他想过很多办法,结果都和今晚一样,归于失败。

问题到底出在哪里?刘子豪双手攥紧了栏杆,手指因为用力而发白,脑袋因为高速运转而发热。

但是,问题还是问题,没有任何一个明晰的答案。

二

“刘医生。刘医生。刘医生。”

刘子豪从办公桌上迷迷糊糊地抬起头,睡眼蒙眬中嫌恶地盯着叫醒他的人。因为经常熬夜,他一直有午睡的习惯,而他最厌烦的一件事就是午睡的时候被人打搅。一个老头儿站在办公桌前,头发花白,大约五十多岁,T恤外面罩着皱巴巴的灰色西装,走路蹑手蹑脚,就像一个进了富豪家却不知道偷什么的贼。

刘子豪揉揉眼睛,收敛起嫌恶的心,照例问道:“检查过吗?”

老头儿颤着声音回答:“检查过。”

“在哪家医院检查的?”

“去了十几家医院。”

“医生怎么说?”

“他们不知道是啥病。”

“有什么症状?疼痛?呕吐?咯血?气急?”

老头儿摇着头,说:“都没有。”

“没有这些症状你跑医院来干什么?”刘子豪有些生气。

老头儿急忙说:“不是我。不是我病了。是我家黑娃儿病了。”

刘子豪这才注意到老头儿抱着一个婴儿。因为太安静了,他此前居然没有注意到。那个叫黑娃儿的婴儿应该不到一岁,长得很结实,圆滚滚的脑袋,肉乎乎的脸蛋,两只眼睛紧闭着,正在呼呼大睡。

刘子豪看了两眼,问:“什么时候发现的?”

“一年前。”

一年前才多大?出生才几天吗?可怜的娃儿。一种叫作良心的东西在刘医生心底浮动,使他沉默了。

——良心?

几年前,刘子豪的一个伯父被送到他面前。晚期肺癌。刘医生告诉伯父:什么也不用做,回家去,有什么想去的地方,去看看,有什么想吃的东西,去找来吃,就是别在医院里等死。刘医生的这一番忠告换来所有亲戚的白眼和责骂。连很久没有联系的父亲也打了电话来,骂他没良心。

——良心?呵呵。

半年之后,伯父极为痛苦地死在另一家医院的病床上。放疗,化疗,生物治疗,一样没有少,花了近百万,结果还是没有保住老命。全是瞎折腾。刘子豪看过伯父的检查单子,根本就没有治好的可能。当医生以来,他很久没有动过良心。这唯一的一次却被视为没有良心。

——良心,是个什么东西!

“还是个婴儿,”刘医生把自己的良心藏了起来,说,“你该送到儿童医院去。”

老头儿摆摆手,带着羞涩的歉意笑着说:“我去过,去过好几次。可他们查不出黑娃儿得了什么病。”

又一个癌症恐惧症患者,刘子豪这样想。“你觉得黑娃儿得了什么病？”他没好气地问。

老头儿说：“他就是长不大。”

“什么？”刘子豪惊讶地问。

“不瞒刘医生。我知道这事儿说来荒唐，但确实是真的。”老头儿说，“黑娃儿是我三年前在工地上捡的。可是医生你看，三年过去了，三年前是啥样子，三年后还是啥样子。黑娃儿他长不大。”

“不是侏儒症吗？”

“不是，儿童医院的医生很肯定。”老头儿腾出一只手来，轻轻牵动着黑娃儿的手臂，“是侏儒症的话，手臂，还有腿脚，不会长这么均匀。黑娃儿正常得很。”

刘子豪盯着熟睡中的婴儿，半晌不说话，心里在琢磨老头儿所说的话有几分可信。如果是真的话……

老头儿把孩子递到刘子豪面前：“刘医生，你摸摸他的脉。”

刘子豪学的不是中医，但从医这么多年，糊弄人的摸脉还是会的。他伸手搭脉，脸色骤变。这婴儿没有脉象，就像死人一样，如果不是因为他的肌肤是温热的，刘子豪几乎就要判定这是一个死婴了。怎么回事？刘子豪急忙又去摸婴儿的胸口。除了肌肤的温热，没有感觉到那里的起伏。“他，他没有心跳！”刘医生尽力压制自己的恐慌。

老头儿说：“不，黑娃儿有心跳。就是比一般人要慢。有时五六分钟才跳一次。”

刘子豪惊讶万分地盯着黑娃儿。那小孩儿根本没有得癌症。和癌症打了这么久的交道，他几乎能从人的一切外在特征判断他是否患上了癌症。但如果真如老头儿所说，黑娃儿长不大，意味着什么？那有没有可能……

刘子豪沉吟片刻，说："这样吧，先给孩子做一个全面的基因检查。我怀疑他基因上有问题。"

老头儿点点头。"查吧，进医院不检查就不叫进医院了。"

刘子豪低下头，开了一张肿瘤基因筛查的单子。忽然他想起什么，抬起头来，问道："你带了多少钱？"

"一千。够吗？"

"够了。"

刘子豪在检查单子的后面加了个括号，写上："二级全套，888元。"然后他对老头儿说："先去一楼缴清费用，再到五楼检验科去检查。后天上午来拿检查结果。记住，后天上午。"

三

今天该刘医生巡查住院病房。

141床胃癌账号里的预付款用完了，要催缴；222床乳腺癌可以出院了，家属感激不尽；375床肺癌离死不远了，一家人有人欢喜有人忧；634床直肠癌刚做过化疗号得跟杀猪似的，得让他安静；858床淋巴癌的家属抱怨住在走廊里很不方便想住进病房里……如果有一台摄影机紧紧跟在刘子豪身后，不间断地记录下刘医生巡查住院病房的全过程，观众将通过这个长镜头看到真正的人生百态。尽管每个观众的结论可能大相径庭，但心灵受到的震撼肯定是一样的。

身处其中，刘医生就像平日值班一样，观察着，记录着，处理着，解决着，冷漠而高效。常人难得一见的生离死别，在他，却是司空见惯。与平日值班唯一的不同是,他惦记着一件事,急切地想知道黑娃儿的检查结果。

好不容易巡查完,已是10点35分。回到办公室,检查结果还没有送来。刘子豪给检验科打了个电话,那边说结果已经出来了,马上送过来。几分钟后,一个大大的资料袋被丢到了刘子豪面前。“看去。”那个年轻的护士咯咯地笑着跑开了,好像刘子豪说了什么笑话。

刘医生无言地从办公桌上拿起资料袋,抽出里面的打印纸。果然不出他所料,黑娃儿没有得癌症,在诊断结果那里明明白白写着:“没有发现癌变”。但关键不在这里。长寿是个极其复杂的事情,不是说哪一个基因发生变异就必然导致长寿,而是需要一组相关基因相互合理搭配才能实现。黑娃儿有完美的长寿基因组合吗?刘子豪的手指在密密麻麻的基因序列表上迅速移动。

——ApoE,载脂蛋白E,隐性。说明黑娃儿不容易患上心血管疾病和阿尔茨海默病。

——CETP,胆固醇酯转化蛋白,隐性。说明黑娃儿不容易患上高血压、心血管疾病和与衰老有关的代谢疾病,即使很老了,认知能力也不会明显下降。

——MTP,微粒体甘油三酯转移蛋白,显性。说明黑娃儿不容易患上冠状血管疾病和心肌梗死。

完美。刘子豪的手指哆嗦起来。这是一个携带着完美的长寿基因组合的婴儿。他几乎尖叫起来,却强行把这一声尖叫掐死在喉咙里。

他需要更多的证据。于是,向来谨慎的他从书架上找来《基因检索》,一条一条地对比,查找更多的长寿基因。中间来了两个病人,让他草草打发走了。到 12 点的时候,他已经可以百分之百地肯定自己的发现了。

现在的问题是:怎么最大限度地利用这个发现。发现一个可能轻松活到 120 岁的婴儿顶多算是个新闻,发现他长寿的根本原因,并能推而广之,进行商业化运作,才是真正的奇迹。他的脑袋拼尽全力思忖着,有时盯着打印纸,有时望着眼前的虚空,琢磨这个问题。

老头儿姓陈,资料袋上他的名字写得又大又丑。陈富贵。很有中国特色的名字。

然而不知道为什么,陈富贵没有来领检查结果。

上午没来,下午也没来。刘子豪耗尽了所有的耐心,下到一楼大厅去找前台值班护士。“看见一个带婴儿的老头儿没有?叫陈富贵,前天来过。”他急切地问。

值班护士摇着头,说:“刘医生,你都来问过四五次了。看见他来,我一定亲自带他去找你。是你的亲戚吗?”

刘子豪摇头,漠然地望着门厅来来去去的人群。多数时间里,医院门厅都如同农贸市场一般熙来攘往,好像打针吃药也和买米买菜一样是生活必需品。他掏出手机看时间,4 点 45 分,又扭头看看医院门口,咬了咬牙,跟值班护士说了一声,就拿上资料袋,下楼,到停车场,开上那辆纯黑色的奥迪 A6L,去找陈富贵。

## 四

资料袋上有陈富贵的地址,叫枭阳市高新产业 CBD,在枭阳市的北郊。开工那会儿,媒体有过密集的报道,说是要把北郊的荒地建设成为枭阳市的王府井。开了约莫一个小时,下了主干道,道路开始崎岖颠簸,刘子豪小心翼翼地驾着奥迪。远远地,可以看到蓝天之下,荒野之上,十几栋被脚手架和绿色的防护网包围着的高楼拔地而起。整个工程已经进入后期,拆卸下来的塔吊码放在地面上,等待奔赴下一个工地。

刘子豪将奥迪拐进即将投入使用的高新产业CBD。前面街道聚集着一群脏兮兮的农民工。刘子豪打开车窗,大声问:“你们谁知道陈富贵在哪里?”

一个顶多十八九岁的农民工好奇地跑过来。他好奇的是奥迪。从上到下,仔细打量着奥迪,眼里满是渴望与羡慕。

“喂,你知道陈富贵在哪里吗?”刘子豪问。

年轻的农民工犹豫着,似乎没有听明白他的话。

“带一个婴儿。不到一岁。”刘子豪提示他,“长不大。”

“哦噢。”年轻人明白了,“他在那边那栋楼里,清扫垃圾呢。”

刘子豪关上车窗,转动方向盘,将奥迪驶向年轻人指的大楼。后视镜里,聚集的农民工逐渐远去。他忽然想起,刚才依稀看到农民工举着一条横幅:还我血汗钱。那么,这又是一起拖欠农民工工资的群体性事件吗?他疑惑着:为什么没有记者来报道呢?

刘子豪把奥迪停到那栋大楼的前面。他下了车,把车锁好,刚走两步,就遇到两个满身是灰的农民工从楼里出来。“能帮我叫一声陈富贵吗?”他拦住他们,“我找他有事儿。”

两个农民工狐疑地望着刘子豪,显然对于一个开着豪华轿车的人来找农民工陈富贵这件事情不能理解。其中一个嘀咕着什么,另一个人扯开嗓子号了一声:“陈老头儿,有人找!”

陈富贵答应着,从楼里走出来。两天前他至少看上去像个人,现在看上去活脱脱就是一个垃圾桶,身上,脸上,头发上全是灰,就剩两只眼睛还眨动着,证明这是一个活人。

典型的致癌因素。长期生活在粉尘环境里,患上肺癌的概率比其他人高出好几十倍。这些人却还没有得癌症恐惧症,简直就是奇迹啊。刘医生眨巴着眼睛……

老妈退休之后无事可做,结果患上了癌症恐惧症,隔三岔五地打电话来询问:“我胃口不好,中午才吃了一小碗,会不会是得了胃癌啊?听说得了胃癌的人吃不下任何东西,会活活饿死。我的儿呀,我要是得了癌症你可不能不管你妈。你妈我把你养大可不容易。”

刘子豪不得不一再向老妈保证:“你没有得癌症, 什么癌症都没有得;任何情况下,我都不会不管你。”

老妈还是有疑惑:“几天前我听说我原来那个单位的一个女的,得了什么宫颈癌,我好怕哟。还有一个原先那条街上的邻居,也得肝癌死了好几年了。还有还有,听说我的一个同学得了骨癌,打什么麻醉剂止痛针都不管用,最后活活痛死的。我的儿呀,为什么现在得癌症的这么多啊?”

刘子豪耐心地解释:“以前根本不知道有癌症, 当时的人只知道哪里痛了,痛啊痛就死了,也没地方检查。现代医学发达了,有各种仪器,一检查,就会告诉你,你那儿痛是因为那儿得了癌症。现在通信发达,很远的地方有人得了癌症,你都会知道,累积起来,你也会有癌症多发的错觉。当然,也不全是错觉。因为现在人口总数比以前多得多,而癌症本身有一个基本发生率,所以癌症患者的相对数量还是增加了。另外，癌症也确实是非常典型的现代人的富贵病。以前的人因为战争因为瘟疫因为种种原因而寿命短,平均年龄只有四五十岁,癌症来不及发作人就死了,而现在的人,拜现代医学所赐,平均年龄有七八十岁,但与此同时,细胞因为老化而癌变的可能性也大大增加了。”

后面这句不够科学，刘子豪自己也知道。可是老妈的知识有限,给她讲癌症的发病机制她是听不懂的。老妈是个普通人,和很多普通人一样,认为人死就是被各种各样的疾病(尤其是癌症)先拖瘦再拖垮最后拖死的。你要是和她讲每个人可能得癌症,每个正常细胞都携带着能导致自己发生癌变的基因，细胞的每一次分裂繁殖都可能促发基因癌变,而这样的细胞分裂每分每秒都在进行,她还不得直接疯掉啊!

同样的对话每隔两个月就会重复一次。

这就是说,老妈的癌症恐惧症每隔两个月发作一次。

这种病无药可治。

——刘子豪的眼睛眨巴着,回到现实。“老陈,今天看黑娃儿的检查结果,你怎么没有来?”他劈头就问。

“刘医生,我记得的。但老板临时安排人清扫7号楼的垃圾,150块钱一天,别人都去讨要工钱去了,所以我就……”

刘子豪明白了。就为了150块钱——这150块钱还可能拿不到——在粉尘环境下工作,哪怕将来患上肺癌也不在乎。他隐隐有些难过。“清扫垃圾至少还是戴个口罩啊。”他说,“灰那么大,很容易吸进肺里得病。”

“原先有口罩的,不久前掉了,还没有来得及买。”陈富贵讪讪地笑着，“刘医生，那个小护士说得对，你真是好人。”

“谁这样说的？”

“那天我到市肿瘤医院大厅，问哪个医生医术高明收钱又少。值班护士就让我去找你。她说你是个天大的好人。”

刘子豪想不出哪个护士会这么说，就打开车门：“上车，去看黑娃儿。”

“刘医生，我——我这么脏，会弄脏你的车。”

“上吧，没事儿。”刘子豪坐到驾驶座，看着陈富贵瑟缩着挤到后座上。似乎除了小半边屁股，他不打算让身体碰到车的任何地方。

刘子豪发动奥迪，向陈富贵说的那个工棚驶去。他从后视镜里看到，远处，聚集在一起的农民工默默地挥动着“还我血汗钱”的横幅。

## 五

从陈富贵嘴里，刘子豪听说了黑娃儿的更多故事。

三年前的春天，陈富贵跟着老家的包工头来到这个工地。他人老实，手脚还算麻利，也肯热心帮助人，工友们都很喜欢他。有一天黄昏，陈富贵出去倒垃圾。在垃圾场那儿，他发现了一个包裹得严严实实的婴儿。婴儿睡得正香，根本没有意识到自己被遗弃了。陈富贵在黑咕隆咚臭气熏天的垃圾场等了两个小时，丢弃婴儿的人没有反悔，于是他就把婴儿抱回了工棚。

婴儿的到来在工棚里引起了轰动。工友们纷纷跑来围观和询问。陈富贵觉得这个婴儿是上天赐给他的。不是常说“好人有好报”吗？他当了一辈子好人，现在好报终于来了。于是，他给婴儿取了个名字叫天赐，又按照老家的习惯，给他取了个贱名，叫黑娃儿。这名很贴切，也很准确。在老家，那些违反计划生育政策生下来的没有户口的小孩通通叫黑娃儿。天赐肯定符合这一点。叫得多了，大家都知道黑娃儿，却忘了他的大名叫陈天赐。

但渐渐地，陈富贵就发现黑娃儿不正常了。老话常说，“三翻六坐九拿抓”，说的是婴儿三个月会翻身，六个月会坐正，九个月就会满世界抓取东西了。黑娃儿不这样。从垃圾场抱回来的时候，他大概三个月大，勉强会翻身，可是九个月过去了，他还是只会翻身，既不会坐直身体，手也不会胡乱抓东西。他吃得不算多，觉却睡得足，每天的大部分时间里他都在梦乡里度过。除了不会长大之外，黑娃儿没有任何异常，甚至比一般婴儿还健康，根本就没见他生过什么病。

也许当初黑娃儿的父母之所以扔掉他，就是因为他有什么不治之症吧。陈富贵找过一两个药店医生，可没有哪一个医生说得出黑娃儿患了什么病。陈富贵没办法，就继续养着吧。

转眼间，两年时间过去了。工地的几十栋房子都起了五六十层了，黑娃儿还是垃圾场那个样子。当然，也不是完全没有变化。陈富贵就注意到，黑娃儿的眼睛比以前明亮了，耳朵比以前灵敏了，自己走过的时候，他的脑袋会跟着移动。还有，睡觉的时间比以前少了些。但变化也就这些了，不是像陈富贵这样仔细观察过的人，根本看不出来。

正如纸包不住火，黑娃儿长不大的秘密很快在工友中传开。有人说陈富贵拣到了一个白痴，也有人说他捡的是个侏儒，最后的结论都一样：让他把黑娃儿丢掉。

陈富贵不同意他们的说法。他不丢,他要养着黑娃儿,他要把黑娃儿养大。他有一个朴素的想法:既然上天赐给他一个儿子,就没有理由赐给他一个带残疾的;退一万步来讲,带残疾的又怎么样?就不能养吗?

陈富贵坚持了自己的意见。别人除了骂他是笨蛋也拿他没有办法。

时光匆匆,又一年过去了。整个枭阳市高新产业 CBD 的建设要结束了。包工头告诉陈富贵,去下一个工地之前必须把黑娃儿送回老家去,否则就不带陈富贵去。包工头有些迷信,很多包工头都迷信,早就为黑娃儿的事情和他说过很多次了。包工头说,黑娃儿肯定是个不祥之物。幸好,这三年里工地没有出事故,否则他早把黑娃儿扔臭水沟淹死了。

没办法,陈富贵筹划着回一趟老家,把黑娃儿交给老婆养。老婆在家里带上高中的女儿,也不容易。出来三年,除了寄了些钱回家,他一趟都没有回去过。但那之前,陈富贵希望确认一件事,那就是黑娃儿到底有没有病。

城里最好的地方是医院。还在老家陈富贵就看到同村的人生了大病都往城里的大医院跑。有些人去了就没有回来,也有人活蹦乱跳地回到村子里放鞭炮庆祝。但这回,陈富贵跑了十几家大医院,都没有查出什么结果。听陈富贵说了黑娃儿长不大的事儿,几乎没有医生相信那是真的。直到他来到肿瘤医院,找到刘医生。

因此,陈富贵再三对刘子豪表示感谢。

刘子豪挥挥手,止住陈富贵滔滔不绝的谢意。他向来不爱听这些。“检查结果已经出来了。”他说,“很不幸,黑娃儿脑子里长了一个肿瘤，只有豌豆大，可它刚好压住了松果体。知道松果体吗？”

陈富贵惶恐地摇摇头，期待着刘医生的解答。

“松果体在脑子的下边，负责管身体发育的。人能够从婴儿长成大人，全靠它了。可是，黑娃儿的松果体被豌豆大的肿瘤压住了，没法正常工作，他当然就长不大了。医学上这叫作幼态持续。”

这种说法不科学，不过糊弄陈富贵足够了。刘医生说完，居高临下地看着陈富贵。他的个子本来就比陈富贵高，站在低矮的工棚里，必须低着头才能克服随时会撞上天花板的恐惧，而陈富贵蹲坐在床前，目光集中在沉睡的黑娃儿身上。

良久，陈富贵抬头，声音哽咽着问：“还有希望吗？我是说，能治好吗？”

刘子豪很肯定地点点头。老陈扑通一声给刘子豪跪下，哽咽变为痛哭：“刘医生，你是好人。你一定要救救可怜的黑娃儿啊。”

“老陈老陈，快起来。”刘子豪急忙把陈富贵搀扶起来，对方的反应比他想象的要激烈得多。

“需要多少钱？”

“起码五十万。”刘子豪报了个市场价，拿手指在脑袋上画了一个圈，“因为要开颅，费用要比别的癌症手术高。”

“我哪来那么多钱啦？五十万，别说挣，我一辈子见都没有见过这么多钱。”

“钱的事儿你不用太着急。我来想办法解决。”

## 六

离开陈富贵和他的工棚之后，刘子豪驱车去了附近的 CBD 售房部。那里装修得宛如皇宫。他对迎上来的售楼小姐说:“把你们的大老板找来,最大的那个。就说刘局长找他。”五分钟后,黄经理气喘吁吁地出现在接待室门口。他头发梳得油光水滑,蚂蚁都爬不上去。看到刘子豪,他微微吃了一惊:“哎哟,这不是刘公子吗?什么风把你吹来了?上个星期还和你爸爸刘局喝酒来着。”

刘子豪说:“也没别的事儿。你知道我是医生吧。”

黄经理笑吟吟地回答:“医生好呀,白衣天使,收入也高。”

“你的工人里有我的病人。我听说你克扣他们工资?”

黄经理急忙否认:“没有的事儿……”

刘子豪说:“没有当然好,如果有,还麻烦你把工钱按时足额地发给他们吧。我正好有几个新闻界的朋友,他们还在为明晚的头条发愁哩。”

黄经理讪讪地笑着:“当然没有。我当老板,工钱向来按时发,足额发。我很体恤农民工的。”

刘子豪按捺住心中的恶心,微笑着说:“那就好。”

拒绝了黄经理吃晚饭的要求后,刘子豪驾车离开了那里。他很少利用自己的家世,但需要的时候,他也不会吝啬。

回到家的时候,天已经黑透了。老婆跳舞去了,不到三十岁的她总是嚷嚷着要减肥要保持身材;女儿住在学校里,那是一所名气很大的私立小学,一年学费要十几万;家里只有刘子豪一个人。他打开手机,登陆微信,精心撰写了一条。发送成功之后,他关了手机,吃饭,洗澡,睡觉。

梦里的光线异常强烈。

刘子豪扒开草丛,把一颗黑色的种子丢进土里。只一小会儿,种子就生根发芽。

刘子豪退后，怔怔地看着。嫩绿的小树以一种近似于暴涨的姿势生长着。绿色渐渐变浓，进而变成黑色。树干越来越粗壮，长出更多的枝叶。

枝叶间蔓生出无数粉嘟嘟的大花，即开即谢，结出青绿的果实。那些果实摇摇晃晃，见风就长，转瞬间长到两个拳头那么大，颜色也由青绿变成深黄，只在尖端有一抹诱人的红晕。

那是传说中的蟠桃！刘子豪喜滋滋地看着，想要爬上去，摘一个下来。可是……

那些蟠桃继续膨胀，颜色越发的深，黄色与红色交织在一起，互不相让，仿佛两支鏖战的军队，而墨一般的黑色在其中隐隐闪现。当那些蟠桃膨胀到脸盆大小的时候，表皮开始皲裂，现出无数道嘴唇一般的口子，流溢出黏稠而恶臭的黑色液体……

——癌变！刘子豪惊叫起来，再抬眼时，他看见那无数的巨大蟠桃都爆裂开来，每一个蟠桃里面堆满了黑色液体，都浸泡一个手舞足蹈的婴儿。

那些婴儿都长着黑娃儿的脸！

## 七

在微信上，刘子豪给黑娃儿的“病”起了一个拗口的名字：先天性幼态持续，并且说这是一种极为罕见的病症，甚至可能是世界首例。需要进行价格昂贵的开颅手术，如果需要，还要进行不是十分成熟的因而非常危险的基因治疗。他以煽情的笔调讲述了陈富贵捡到和养育黑娃儿的经过，特别强调了他农民工求生的艰难和目前的经济窘境,最后号召全社会行动起来,帮助陈富贵和他可怜的黑娃儿。

刘子豪精心撰写的微信第二天就收到了效果。先是那条微信被转发了一万多次,并且还在不断增长中,然后三家本地网络媒体进行了转载。作为枭阳市肿瘤医院实验室主任以及著名的癌症专家,他的朋友圈有不少名人。上午,刘子豪在《枭阳日报》工作的老同学就打来电话。他在电话里对老同学说:“对,微信是我发的。内容保证真实。行,我可以安排你们的专访。不过,老同学,我可不要报屁股,我要头版头条。对,我要把这件事情炒大,越大越好。行,就下午三点,不见不散。”

刘子豪带着两家本地报纸和一家电视台的记者去陈富贵打工的地方转了一圈,给陈富贵和黑娃儿拍了大量的特写。他事先跟陈富贵说过这事儿的好处,所以陈富贵非常卖力地配合。对陈富贵来说,站在闪光灯下的人生体验肯定是第一次。他努力克制自己的恐惧和拘谨,想表现得更好。只有黑娃儿不知道周遭发生了什么,在短暂的清醒之后,就进入了甜甜的梦乡。

这一波新闻播出后,刘子豪接到了更多的采访要求,表示愿意捐款的也不在少数。一片忙碌中,刘子豪非常冷静。所有捐款汇总到《枭阳日报》的指定账号,由报社具体管理,并在网上进行账目公示,保证每一分都花在陈天赐身上。刘子豪还要老同学保证:除了陈富贵本人,任何人不能支取这些捐款,包括刘子豪自己。“他们需要这笔救命钱。”刘子豪对老同学说。而他,需要有人来解答他的疑问。

微信求助发布七天后,刘子豪接到了一个陌生人的电话。

“立刻停止所有治疗方案！黑娃儿的所有治疗费由我来出！我要见黑娃儿！机票已经买好，明早就飞过来！”一个声音苍老的男人在遥远的地方冲他喊道。

刘子豪知道，他等待的那个人来了。

第二天早晨，刘子豪驾着奥迪 A6L 去枭阳机场迎接远方来的客人。他靠着出口旁边的一根柱子，双臂抱在胸前，想知道自己能否从汹涌的人潮中，分辨出那个未曾见过面的人。一个戴着墨镜的壮汉从他身边走过，暂时引起了他的注意。但不会是这么杀气腾腾的人物，在他的想象中，那个人应该是……这时，他看见了一个一袭黑衣、行色匆匆、头发雪白、目光炯炯的老人——就是那个人了。

刘子豪相信对方也第一眼就认出了自己，因为他径直走向并不在接机人群之中的自己。

“我叫何亚博。”对方开门见山，伸出手来。

“我就是刘子豪。”他握住了何亚博的手，瘦骨嶙峋，但非常有力。

“为什么要冒险做基因治疗？黑娃儿根本没有病！”老人说，目光锐利得像刺刀。

“和常人不一样，就叫有病。”他针锋相对地说。

“有病无病我比你清楚。带我去看黑娃儿。”

黑娃儿和陈富贵目前住在枭阳市肿瘤医院特护病房里，所有费用暂时由刘子豪垫付。此前，陈富贵从包工头那儿得到了剩下的全部工钱。大老板原本只想发八成的工钱，因为房价下跌，他的收入减少了许多，但现在他发了慈悲心，按照工资条，扣除平时预支的，给每个农民工发放了足额的工钱。

刘子豪把何亚博介绍给陈富贵,说是外地来的医生,专程过来看黑娃儿的病。何亚博一下子握住陈富贵的双手,激动地说:“辛苦你了。带这孩子,不容易啊。”

一句简单的话,竟惹得陈富贵落泪。

何亚博又去看正坐在病床上玩耍的黑娃儿。他仔细看了黑娃儿的脑袋,捏了捏黑娃儿的手臂和小腿,摸了摸黑娃儿的肚子。黑娃儿好奇地盯着他,然后努力把食指放进嘴里吮吸。“发育得很好啊。”何亚博最后总结说,然后问:“生过病没有?”

陈富贵赶紧回答:“没有,从来没有。连感冒都没有。”

“嗯。”老人满意地点点头。

他又问了一些事情,诸如黑娃儿平时吃些什么?每天要睡多长时间?大小便是什么颜色?陈富贵都一一做了回答。在此期间,刘子豪拿出手机给陈富贵和何亚博照了一张相。对于未经允许的拍照,老人表现出一丝愠怒,但很快抹去了。

## 八

回到刘子豪的办公室,分主客坐下。

何亚博单刀直入,问道:“刘医生,你打算怎么做?”

刘子豪靠着椅背,好整以暇地说:“这得看你打算怎么做了。如果我没有猜错,你就是黑娃儿的父亲。当然,你肯定知道,我不是说的血缘上的父亲。”

何亚博眼角微微一皱:“你这么肯定?”

“完全能肯定。因为黑娃儿的基因图谱太完美了,而自然演化并不追求完美。在看似完美的背后,都隐藏着种种不足。例子我就不举了。你应该明白。”刘子豪顿了一下,补充道,“只有人才追求完美。”

“刘医生,看得出你是个聪明人,而且……”何亚博抬起右手指向嵌在墙壁上的书架,“……这些书也不都是摆设。相信你在肿瘤研究方面的造诣相当深厚。但是,有些时候,不,很多时候,光有聪明是不够的。”

“其实,相比治疗癌症,我对永生更感兴趣。”刘子豪赤裸裸地提示。

何亚博没有理会刘子豪,说:“给我介绍一家宾馆吧,要安静和干净的。不用太豪华。”

“医院附近就有。”

刘子豪带着何亚博走出肿瘤医院。在大门口,一个戴着墨镜、边走边打电话的年轻壮汉撞了刘子豪一下,连声对不起都没有说,就径直走开了,气得刘子豪要上去抓那个壮汉。“想干吗?打架啊!”戴墨镜壮汉气势汹汹地说。何亚博使劲儿挽住刘子豪的胳膊,保安也赶过来,两个人这才没有打起来。“简直是人渣!”刘子豪恨恨地咒骂道,“你说这样的人渣怎么就不得癌症死掉啊!”何亚博在一旁微笑不语。

安排何亚博住下,两人一起到街边的“冷酒摊”吃午饭。一盘螺蛳肉,一盘糖兔,一盘鸡翅膀,一碟花生,还有两碟酱料。何亚博抬眼扫视了四周热闹非凡的用餐人,说:“现在,我也很能享受日常生活的点滴乐趣了。”说完,他埋下头,专心对付那盘螺蛳肉。

两人东拉西扯地聊天。刘子豪试图引导何亚博说更多的事情,结果说着说着,就变成了刘子豪的自我陈述。

刘子豪讲了他高中时的灵感,讲了高考后与家人的冲突,讲了大学时发现肿瘤研究根本不是他想象的样子，讲了刚参加工作时自己的迷惘与困惑,讲了快三十岁时使命感的再一次召唤……

刘子豪说:“难道人活着就是为了有一天死掉吗？在相当长的一段时间里,我被这个问题困住了,以至于小小年纪,就有了抑郁症的征兆。这可把我的父母吓坏了,四处求医问药,也没有什么效果。后来,我的轻度抑郁症忽然就莫名其妙地好了,父母虽然不明白,但也就不再为我操心了。其实也不是没有原因的。因为我看了《西游记》,就是六小龄童主演的那部电视剧。那个时候电视台里经常放。里边美猴王去找菩提祖师学本领，就是因为看到有猴子老死,他不甘心也有此凄惨的下场,渴望学到长生不老之术。看到这里,我眼睛一亮:原来我和美猴王的想法一样啊。后来美猴王上了天宫,奉命看管蟠桃园。电视剧里说:蟠桃三千年一开花,三千年一结果,三千年一成熟,吃了能让人长生不老,永远不死。由于数量稀少,成熟的时候,王母娘娘才会召开所谓的蟠桃大会,请各路神仙前来品尝,等级职位低的神仙还不在邀请之列。我心想:哈哈,原来长生不老的神仙就是这样来的啊。等到唐僧出场,各路妖怪为了吃到传说中能令人长生不老的唐僧肉而不断地前来送死时，我已经笑得合不拢嘴了,轻度抑郁症也就好了一大半。因为我发现,不想死的人不止我一个,而长生不老,不是不可能,只是需要找到正确的办法,找到真正的蟠桃。”

刘子豪絮絮叨叨说着。他很久没有与人这样畅快地交谈过了。所谓“酒逢知己千杯少”大概就是这个样子吧。而何亚博只是认真聆听,偶尔插一两句,好让刘子豪继续往下说。

吃过午饭,在回家的车上,刘子豪静下心来,反思这半天的事情。他发现自己还是把事情,或者说把何亚博想简单了。他以为只要自己一问,何亚博就会把他的秘密吐露出来。然而事实给了他一记响亮的耳光。

问题出在哪里?他思忖着:一开始何亚博非常着急。为了阻止我治疗黑娃儿,他只能把他的秘密说出来。但,见过黑娃儿之后,他松弛下来。然后,他听我暗示知道他的秘密,他就完全放下心来。因为他认定我不会治疗黑娃儿,因为我知道黑娃儿有秘密,而不是有病……

想到这里,刘子豪释然了:何亚博没有离开,这事儿还有希望。我得想想办法,怎么样才能探听出他的秘密,关于永生的秘密。

回到家,刘子豪马上打开笔记本电脑,查找何亚博的资料。何亚博这个名字太普通了,网上一大堆同名同姓的,看了几十页,也没有一个是他要找的。还好,刘子豪早有准备。何亚博看望黑娃儿时他拍了照片的。他把手机里的照片传到笔记本电脑里,将照片里何亚博的头像截取出来,又在浏览器上打开了图片搜索引擎。这种搜索引擎不是用关键词搜索的,而是用图片进行搜索。刘子豪把何亚博的头像上传到图片搜索引擎,一点搜索,引擎就开动了,在浩瀚无边的网络世界里搜索与那张何亚博头像相近的图片。

相似度90%的时候,搜索引擎没有找到任何结果。80%的时候也只找到几张完全不相干的图片。刘子豪狠一狠心,将相似度降到了60%。这一回,出来好几千个搜索结果。大部分结果与这个何亚博无关。在翻看了十多页之后,刘子豪开始怀疑自己这样做是否有意义。就在这时,一张图片引起了他的注意。刘子豪点开那张头像的相关链接。链接里是公安部的网上追逃名单。这名通缉犯叫钟扬,头像比现在的何亚博年轻许多,但无疑就是年轻时候的他。罪行介绍得很简单:涉嫌数千万元的诈骗。

难道这就是何亚博的秘密?

就在这时,电话响起来。

“喂,刘医生吗?”是何亚博的声音。

“我是。”

何亚博说:“明天上午十点,我去你办公室,有非常重要的事情跟你说。”

“好。我在办公室等你。”

刘子豪挂掉电话,盯着笔记本电脑屏幕上那张钟扬的通缉令,疑惑不已。

## 九

次日上午十点,通缉犯何亚博＆钟扬准时出现在刘子豪的办公室。

“你终于来了。”刘子豪坐到椅子上,顺势一靠,把双手放到后脑勺上,“我已经知道你是谁。你原来的名字,还有你做过的事儿。你所有的秘密。”

“哦,是嘛。”何亚博并不吃惊,只是淡淡地回应,好像早就猜到了这一点。随即也淡淡地问:“那你也知道黑娃儿先天性幼态持续综合征——这病名取得真拗口——的秘密?”

“这个嘛还需要你来告诉我,假如真的有这样一个秘密,并且你知道。”刘子豪大声回答,脸上露出诡异的笑容。那笑容明白无误地告诉何亚博:如果你不告诉我你的秘密,我可是会毫不犹豫地举报你的哟。

“你真想知道?”何亚博反问,“就不怕知道了这秘密,你要付出高昂的代价?”

何亚博脸上的表情意味深长,仿佛洞悉一切,“宇宙的真理尽在我的掌握之中”。有那么一小会儿,刘子豪想到了那位高中生物学老师,但他很快从往事的泥淖中解脱出来。“凡事都有代价,就看结果值不值了。我真想知道那秘密。”他说,继而又补充道:“再高昂的代价我也能承受。”

“那就把陈富贵叫过来。”

“为什么呀?关他什么事?他又听不懂!”

“以前我也是这样想的。但经过一些事情之后,我不这样想了。事实上,作为黑娃儿的养父,这些事情,他比你有资格知道。”

陈富贵进来了。刘子豪招呼他坐下,对他说:“老陈,跟你说个好消息。先前报社来电话,说给黑娃儿的捐款已经超过五十万。等一会儿,我陪你去一趟报社,你自己去也行,办个手续,把钱领出来。”

“刘医生,你真是个好人呀。这下黑娃儿有救了。”

陈富贵的高兴溢于言表,嘴都合不拢了。五十万对刘子豪来说,不算是个大数目,他这辈子还没有遇到过缺钱花的时候,所以他无法理解陈富贵现在那种单纯至极的快乐。不过为了孩子嘛,高兴是应该的。刘子豪指了指何亚博,说:“今天找你来,还有一件事情。何医生有话对你说。关于黑娃儿的来历。”

何亚博说:“我准备讲个故事,你也听听。和你关系很大。不懂的地方,随时向我发问。”

刘子豪偷偷扫了一眼藏在办公桌下边的录音设备,一切正常。

“人为什么会得癌症?”何亚博问道。

几个答案在刘子豪心里转悠，他拿不定主意到底哪个答案才是何亚博想要的。

“吃了什么会导致癌症的东西吧?”陈富贵小心地答道。

这时何亚博已经自顾自地说下去了:“每个癌症患者都会有自己的答案。归纳一下不外乎以下三点:其一,吃了什么导致的,包括瓜子、泡菜、腊肉,还有抽烟喝酒;其二,做了什么导致的,比如长时间熬夜,或者昼伏夜出,晨昏颠倒;其三,遗传了什么导致的。但这些都不是得癌症的根本原因。根本原因在于：细胞里既有原癌基因,也有抑癌基因。

“人能够存在、活着并长大,就在于原癌基因与抑癌基因的通力协作。原癌基因使人体细胞不停分裂,不停吸收养分长大。人出生时约有一百万亿个细胞,成人则约有一千六百万亿个细胞。而抑癌基因使这个细胞增殖的过程变得可控。细胞什么时候分裂,分裂多少次,吸收多少养分,长多大,什么时候凋亡,一切都有序地进行。

“然而,外界因素——物理的、化学的、生物的——的影响,还有基因本身在复制过程中的差错,会使原癌基因发生突变,不受抑癌基因的控制,或者抑癌基因失去活力,导致无法控制原癌基因,最后的结果都是细胞无限制地分裂，无限制地从周围环境吸收养分,无限制地长大,这就是癌变,癌症发生的最根本原因。老陈,你懂了吗?”

陈富贵说:“原癌基因就像油门儿,抑癌基因是刹车,我这样理解,不知道对不对?”

何亚博笑笑:“非常准确。开车的时候,不管是油门儿出问题还是刹车出问题,都会出大问题。细胞分裂时也是如此。”

刘子豪感叹道:“细胞每一次分裂都有癌变的可能,而人体的细胞每分每秒都在分裂。因此,每一个活着的人都是潜在的癌症患者。这个结论非常可怕,然而却是真实的。”

“但是,”何亚博说,“每一朵乌云都有一道金边。癌变虽然可怕,却隐藏着人类长寿乃至永生的可能。”

刘子豪抢道:“这个我也想到了。让普通细胞拥有癌变细胞的端粒酶,这样,细胞分裂时受损的端粒能得到修复,细胞也就能无限制地分裂下去。然而,在具体实验中,得到端粒酶的普通细胞会迅速癌变,进而杀死实验的小白鼠。我一直没有找到克服的办法。”

何亚博自信十足地说:“我找到了。”

刘子豪急忙收敛心神,像个小学生一般专心致志地聆听。

## 十

“对死亡的恐惧与生俱来。我很小的时候就琢磨着怎么样才能长生不老。开始净是些荒诞不经的幻想,后来我知道了海弗利克极限,知道了端粒和端粒酶,知道了癌症无限制的自我复制。”

“那是什么?”陈富贵问。

何亚博就这几个名词简单做了解释,接着说:“我发现,不管是长生不老,还是长生不死,都可能永远是神话,而大幅度提高个体寿命——也就是长寿——这事儿在科学上并非完全不可能。因此,我把大半辈子的时间都投入到长寿的研究之中。”

“后来呢？”刘子豪迫不及待地追问。

“我失败过无数次。”何亚博继续讲道，“最初我希望把癌细胞的端粒酶移植到正常细胞上，这样正常细胞也能无限制分裂，然而就像有某种诅咒，不管我怎么做，那些正常细胞最终都会癌变，不可避免地死掉。当我意识到重启正常细胞的无限制分裂能力始终会启动癌变机制之后，研究停滞了很长一段时间，直到十年后，我才终于获得了成功。”

何亚博说，他当然不是在自家小院里完成研究的。最初他在一家国家级肿瘤研究所工作，可领导总觉得他的研究没有前途，一再地打压他，要他把精力放在肿瘤治疗上。一气之下，何亚博辞职不干了。何亚博找到了表哥，后者现在是个房地产商，在房地产风起云涌那几年，赚了个盆满钵满。何亚博把自己的想法告诉了表哥，表哥一口答应下来，投资开办了一家名叫“彭祖秘药”的公司。这家公司主要向中老年人售卖各种延年益寿包治百病的药物与治疗仪，而何亚博是公司的首席科学家，国家级肿瘤研究所的经历为他增添了不少名气。

“私营企业的好处就是监管少，没有什么禁忌。就是在彭祖秘药的实验室里，我完成了长寿研究的最后阶段。谁料，市场风云变幻，表哥在股市上吃了大亏——那个时候股市断崖式跌落，每天蒸发的市值相当于一个小国的 GDP——就急着从我的研究成果中捞回血本。必须承认，如果当时能更谨慎一点的话，事情就不会那么快恶化，而我就不会是现在这个样子了。

“我们在亿万富豪群里散布长生不老研究成功的消息。我告诉他们,彭祖手术——为了吸引眼球我表哥取的名字——能够使他们的孩子活到一千二百岁。这手术其实是针对父母的精子和卵子的,通过极为精细的调控,使受精卵在分裂之后依然长期保有端粒酶,于是,身体各个器官发育成熟的同时,细胞可以不受海弗利克极限的限制,无限制分裂,又不会发生癌变,人体长寿的目的就此达到。

"许多富豪把我们视为骗子,彭祖秘药在业内的口碑可不怎么好。也有富豪表示出兴趣。他们参观了彭祖秘药的实验室,提出各种问题。有的问题很幼稚,有的却很要命。为什么是活到一千二百岁,而不是永远活下去?答案是:因为除了海弗利克极限,大自然还给生命设置了其他限制,比如哺乳动物的心跳总次数。不是说细胞可以无限制地分裂吗?一千二百岁,是现有医学技术的极限,也许八百年后,会出现新的医学技术,突破一千二百岁的限制也不是不可能,但首先你得先活到八百年后。新的问题又来了:可是,生一个能活一千二百岁的儿子对我自己有什么好处?答案是:这是你的骄傲啊,你的全部资产也有人继承了,还能写进史书,谁谁谁是世界上第一个彭祖婴儿的父亲,一个智者,一个勇敢的人,长寿时代的开启者。诸如此类的问答。

"彭祖手术对富豪本身的寿命没有延长作用,多数富豪在知道了这一点后对彭祖手术不再感兴趣。有三个富豪经过反复的游说,动过心,但最终缴纳定金、参与实验的富豪只有一个年轻人。

"一个小小的巧合,这个年轻人和著名的长寿人物彭祖一个姓。他出生在一个煤老板家里。二十岁出头的时候,父母死于车祸,他年纪轻轻就继承了亿万家产,花天酒地对他来说,不过是最低级的享受。也许是无聊,想找点新鲜事做,在知道了彭祖手术后,他就像知道了海外仙山的秦始皇一样狂热。下边就叫他彭公子吧。

“彭祖手术本身很成功,我敢百分之百肯定。精子和卵子分别来自彭公子和他的模特女友。一切顺利,十个月后,孩子降生了,是个健康的男孩。彭公子高兴得要发疯,他高兴地缴纳了余款,抱着孩子回了家。我表哥挣了钱,马上张罗着开新的公司,挣更多的钱。

“实际上,这次手术是第一次手术,此前只在小白鼠身上做过。按照标准试验程序,至少还要在灵长目动物身上多次对照试验,可是我没有时间也没有资金了。我只能冒险。天可怜见,我成功了,第一次手术就成功了。”

说到这里,何亚博停了一下,似乎在重新体验当时的辉煌感受。

“现在回想起来,当时太过顺利了,顺利得不正常。所以,后来就出事了。六个月后,彭公子找上门来,说孩子不会长大,彭祖手术失败,要我们退款,要我们赔钱。这突如其来的打击让我和表哥措手不及。钱已经用出去了,退是不可能的了,而彭公子已经发动黑白两道来找我们的麻烦。他不但想要我们的钱,还想要我们的命,根本不听我们的任何解释。事实上当时我根本就不知道孩子为什么长不大,手术明明是成功的嘛。我能怎么办?死,坐牢,都不是我想要的,我只能逃跑了。于是,我就成了通缉犯。”

何亚博停住了演讲。

“那个小孩就是黑娃儿吧?”陈富贵小心翼翼地问道。

“没错。”何亚博说,“五年前孩子出生。你是在三年前捡到孩子的,时间上对得上。我猜,也许是彭公子觉得孩子是个怪物,也许是其他我不知道的原因,反正,孩子被丢弃在垃圾场,被你捡到了。为什么是你而不是别人捡到,我只能称之为缘分。”

陈富贵追问:“黑娃儿的病治得好吗?”

何亚博说:“黑娃儿没有生病。他的身体健康着哩。起码,比在座的各位健康得多。不出意外的话,他也会比历史上的任何人活得都久。”

“可是他长不大啊,三年了,商业中心都修好了,他还是老样子。”陈富贵说。

## 十一

“在逃亡的过程中我一直在想这个问题,想了很久。后来我终于想明白了。”何亚博说,“正如刘医生所说,凡事都有代价。非常之事,必有非常的代价。活一千二百年,正是非常之事。”

“你是说……”刘子豪思忖着。

何亚博道:“黑娃儿长不大的原因其实很简单。虽然黑娃儿的细胞可以无限制分裂,但他并不会如吃了蟠桃一般,长生不老。还有别的生命法则限制他的最长寿命。他也会老,也会死,按照我的计算,黑娃儿可以活一千二百岁,但长寿的同时也使他的生命速率极低,生长发育极为缓慢。换句话说,长得慢不是因为手术失败,长得慢恰恰是手术成功的标志。你看,凡是长寿的动物,哪一种不是长得很慢?而生命周期短的动物,无一不是生长速度极快的。”

刘子豪心中一颤,问:“慢到什么程度?”

“根据我的计算,正常人的婴幼儿时期只有三年,而黑娃儿是三十年。”

刘子豪吃了一惊:“但是——也对,这就是为什么黑娃儿心跳五六分钟才一次的原因。生命速率。然而,为什么黑娃儿的胎儿期是正常的呢?还是十个月,而不是相应地放大成十年。”

“也许跟子宫的内环境有关。具体原因还需要研究。”何亚博转向陈富贵,问:“你今年多大岁数呢?”

“四十六了。”

比刘子豪猜测的年轻多了。他不禁扫了一眼这个面目黧黑满脸皱纹的农民工。他一直以为他有五十多岁,甚至六十多岁。然后,他把注意力转移到何亚博身上。何亚博才是此时此刻的关键。

何亚博说:“你养黑娃儿养了三年,黑娃儿只有极小的变化,几乎可以说,没有长大。但我可以明确地告诉你,当你七十六岁,养黑娃儿养了三十年的时候,黑娃儿还只是正常婴儿三岁时的样子。你能接受这个现实吗?”

“这是真的吗?”陈富贵嗫嚅着。

“真的。”

刘子豪看到陈富贵埋下头,沉默不语。这个消息,对他而言,未免太过沉重了。刘子豪想:黑娃儿的婴儿期就长达三十年,童年期又该多长呢?一百年?陈富贵肯定活不到那么久,那个时候黑娃儿也就像十一二岁的少年,那么谁来照顾黑娃儿?照此计算,长到成年需要二百年,已经是二十三世纪的事儿了——说不定那时人类已经遍及整个太阳系了——更不要说后面长达八百年的成年期了。至于活到一千二百年,已经是不敢想象的事情了——那时已经是三十三世纪了。那时候我在哪里?恐怕早就化成灰了,甚至连灰也没有了吧。

想到这里,刘子豪心底不由得生出一种恍惚感与无力感。面对漫长的时间长河与生命的短暂,他生出了强烈的敬畏之情。

陈富贵忽然起身。“我去看黑娃儿睡醒没有。”他逃跑一般匆匆离开。

何亚博看着陈富贵远去的背影,对刘子豪说:“这下你该明白,我为什么说陈富贵比你有资格听黑娃儿的秘密了吧。”

“这是一个艰难的选择。”刘子豪若有所思。

黑娃儿的亲生父亲选择了放弃,将黑娃儿丢到了垃圾场。陈富贵又将作何选择呢?中国人常说“养儿防老”,意思是年轻时养个儿子年老的时候有个依靠。然而陈富贵养黑娃儿,且不说几十年的费用与辛苦, 单是陈富贵老了, 黑娃儿却还是个生活不能自理的婴儿,这个事实就让绝大多数人绝望。那么,陈富贵会做什么样的选择呢?选择放弃?还是……

何亚博说:“刘医生,希望你能把所有的捐款都给陈富贵。不是为了治病,而是为了短期内他有足够的钱抚养黑娃儿。”

“陈富贵好像还没有同意继续抚养黑娃儿。”

何亚博很自信地反问:“你觉得他也会丢掉黑娃儿, 就像黑娃儿的亲生父母一样?”

刘子豪想了想,说:“我不知道。”

“我知道。”何亚博说,“你看陈富贵的眼神,你也会知道的。”

刘子豪想起了清扫大楼后一身是灰的陈富贵, 唯一能看出那是一个活人的地方就是他的眼睛。是的, 那双眼睛说不上炯炯有神,甚至有些懦弱,但非常坚毅,非常执着。认定的事情,舍得付出,绝不会轻言放弃。

刘子豪微微点头:“对。”

“刘医生,你是有钱人,很难体会穷人的感受,理解穷人的想法。”何亚博说,“以前我也是这样。成了通缉犯后,我不得不和社会最底层的人打交道。他们确实有这样那样的毛病,但我也发现了他们不可计数的闪光点。”

刘子豪沉吟道:“何医生,我还有一个问题。你说了很多事情,但最关键的一点你却没有说。你到底是怎样让受精卵保持无限制分裂的特性而不癌变的?”

“确实是关键性的问题。不过……”何亚博双手一摊,“……当初逃跑的时候,我销毁了所有的实验器材和实验资料。你觉得我能记得所有的数据吗?”

## 十二

回到宾馆,吃过午饭,何亚博躺到床上,心思却停不下来。此前,他花了很长时间才说服自己,把黑娃儿的秘密说出去。然而现在他依然不敢肯定,自己这样做是否正确。

这样的犹豫不决五年前他也经历过。

那个时候,彭公子认为自己花钱买了个怪物,派几个流氓砸了实验室。何亚博——那个时候他还叫钟扬——和表哥缠着绷带,并排坐在实验桌上,四周一片狼藉。钟扬低头不语,表哥狠命地吸着烟。

良久,钟扬闷声问:“怎么办?”

表哥把烟头扔到地板上,使劲儿用脚踩熄。“还能怎么办?活人还能让尿憋死?逃,逃到天涯海角。老子才不会留在这儿等死。”他愤恨地说。

钟扬望着表哥脚下的冒着最后几缕烟的烟头，感觉自己就像那烟头，就要耗尽所有的生命了。

表哥没能逃走。一起车祸，司机超速，撞上高速路的护栏，不治身亡，后来的新闻这样说。看到这个新闻时，钟扬还在家里犹豫，要不要逃走。毕竟，逃走意味着放弃现有的一切啊。表哥的死，让钟扬下定了决心。他找人伪造了一张身份证，坐上了开往外省的长途汽车。他记得长途汽车发动的时候，他抽出钱包里的身份证，那上面印着一个陌生的名字："何亚博"。他提醒自己：我不再是钟扬了，从此以后，我是何亚博，何亚博，何亚博。

他隐姓埋名流亡了五年。

生不如死的五年。

年纪不算大，可头发全白了。

今天能一口气把所有的秘密都说出来，他感觉前所未有的舒畅。可还是有什么不对的地方。

——刘子豪。

刘子豪对于成功的渴望固然值得赞赏，然而，一旦这渴望蒙蔽他的天良与理智，他也可能干出什么伤天害理的事情。

——还有彭公子。

表哥滴酒不沾，哪里会醉酒驾驶，那场车祸显然是彭公子的爪牙干的。刘子豪炒作黑娃儿"先天性幼态持续"，目的是把我引出来，假如彭公子也知道了这件事，他会怎么做？花钱买了个怪物不过是伤了他的面子，睚眦必报的他就干出那么多事，遗弃婴儿却是实实在在的犯罪，那他……

"不行！"何亚博从床上坐起来，"必须把黑娃儿送走。"

何亚博来到枭阳市肿瘤医院找到陈富贵。幸运的是刘子豪不在。“老陈,马上给黑娃儿办理出院手续。”何亚博劈头就说。

陈富贵抱着黑娃儿,说:“中午刘医生才把我带到报社,签字领了五十五万,黑娃儿的医疗费。五十五万啦,这辈子我都没有见过这么多的钱。”

“这钱就拿给你养黑娃儿。”何亚博说,“赶紧去办出院手续。”

“何医生,那黑娃儿的病……”

“黑娃儿根本没有病。”何亚博生气地说,“相信我,我不会害黑娃儿的。我比任何人都希望看到黑娃儿长大成人。”

“我相信你,何医生。你和刘医生一样,都是好人。”

“既然相信我,那就去办出院手续。”何亚博说,“把黑娃儿养大,辛苦的事儿还在后面。”

陈富贵说:“我老了就让我女儿接着养。”

何亚博原本以为办出院手续会很麻烦, 因为没有主治医生刘子豪的签字, 谁想却出人意料地顺利。陈富贵对值班护士表示感谢,感谢她把刘医生这样好的医生介绍给自己。年轻的值班护士欲言又止的神情,让何亚博猜想其中必定有什么隐情,但他没有时间管这个了。办完手续,他急匆匆地把陈富贵送到枭阳市高铁站。协助陈富贵买好票,又送陈富贵和黑娃儿上了车,这才放下心来,坐上出租车,优哉游哉地回宾馆。

这几年里,何亚博的神经都绷得比弓弦还紧,好久没有体会这种无牵无挂的舒畅感觉了。他深信,自己没有做错。

出租车在宾馆附近停下。何亚博付了钱,下了车,望向宾馆大门,琢磨着是先回宾馆,还是先去找刘子豪——毕竟有些事情必须向刘子豪交代。这时，天色向晚，各处华灯初上，城市立刻变了模样。何亚博想：就和刘子豪喝两杯，再聊聊那些关于蟠桃的"疯狂的想法"，不也是很好吗？

做出了决定，何亚博心情愉快地走向枭阳市肿瘤医院。突然，他感到异样，扭头时瞥见了紧跟着的戴墨镜壮汉。虽然壮汉从何亚博身边径直走过，但他依稀觉得这壮汉在附近出现了很多次了。对了，在肿瘤医院门口，差点和刘子豪打架的，就是这个戴着墨镜的壮汉！他在跟踪我吗？

何亚博紧张起来，举目四望，这是一条比较僻静的街，找不到可以求助的对象。戴墨镜壮汉突然现身，拦住了他的去路。何亚博转身就跑，被戴墨镜壮汉抓住了手臂。

戴墨镜壮汉恶狠狠地说："彭老板要我杀了你。"

何亚博哀号道："我都逃亡了五年，他还不肯放过我！"

"有钱人多少有些怪癖，彭老板就是特别记仇。"壮汉说，"不过，我们之间倒可以做一笔交易。"

"什么交易？"

"把彭祖手术的秘密告诉我，我就放你一条生路。"

"彭祖手术的资料全部被销毁了。"

戴墨镜壮汉嘿嘿一笑："这事儿你能骗过那个姓刘的医生，却骗不过我。跟踪你们好几天了，你一下飞机我就开始跟踪你们了，你们的对话我全都听见了。彭祖手术这样重要的东西，是你一辈子的心血，你会全部销毁？我不相信。"

戴墨镜壮汉从靴子里拔出了闪亮的匕首。

何亚博盯着匕首，心惊胆战地说："就算有资料，我也不可能全部记住啊。”

“那资料在哪里？”

“在宾馆里。”

“带我去拿。不要耍花招，我下手从不留情。”

戴墨镜壮汉晃晃匕首，松开何亚博。何亚博哆哆嗦嗦地整理了一下衣衫，忽然朝前猛跑。

戴墨镜壮汉骂了一句，握着匕首追了上去。

十三

“彭祖是个长寿的人，活了八百岁，丧四十九妻，失五十四子，犹自悔其不寿。此翁大概是半人半仙，如是人，竟能活八百岁，可说是长寿；如是仙，活了八百岁，还觉没活够，又不得不死。”

刘子豪从笔记本电脑前醒来，屏幕上还显示着这段话。整个下午，刘子豪请了假，在家里反复听上午的录音，再在网上搜相关资料，后来扛不住睡了一小会儿。

他使劲儿揉着眼睛，因为长时间看电脑屏幕，眼球酸涩得像生了锈。眼泪涌出来，眼球得到了滋润，感觉好多了。刚才好像做梦了。梦见了什么呢？他眨巴着眼睛，努力回想：

——我扒开草丛，把一颗黑色的种子丢进土里。只一小会儿，种子就生根发芽。嫩绿的小树以一种近似于暴涨的形式生长着。绿色渐渐变浓，进而变成黑色。树干越来越粗壮，长出更多的枝叶。

——花开了，黑色的，以一种溃烂的方式展开。

——我抬头，看见树上的花已经谢了，结出一个个黑色的桃形果实。毫无疑问，那是传说中吃了可以与天地同寿的蟠桃。然而，仔细看,那蟠桃分明是一个个哭泣着的娃娃。

——我走上前去,摘下了一个蟠桃娃娃,抱在怀里。那个娃娃和黑娃儿一模一样。

刘子豪眯缝着眼睛,瞄着屏幕上彭祖那段话,心想:这就是代价,长寿的代价。长寿是要付出代价的,成功也是。非凡的成功,需要非凡的代价。我还没有成功,是因为我没有付出相应的代价。

看看时间,快七点了。今天该他值夜班。和往常一样,刘子豪洗脸、换衣、吃饭,上班。

他迟到了半个小时。没关系,他不在乎。在办公室待了片刻,护士来找刘医生去查房。刘子豪照例去病房转了一圈,解决了一堆鸡毛蒜皮的事情,最后心情郁闷地回到了办公室。

好像有什么事情——极其重要的事情——忘了做。刘子豪莫名其妙地惴惴不安。追忆片刻,他想起了,特护病房还没有去看哩。他立刻来了精神,大踏步走向特护病房。

走进特护病房。似乎一切正常。然而,正常得不正常了。因为特护病房里没有人。没有陈富贵,更没有黑娃儿。

所有的惴惴不安都找到原因。

刘子豪发出一声凄厉的尖叫,狼嚎一般。

"他们,那小孩,去哪里啦?"刘子豪冲特护病房的护士大喊。

"出院了!"护士如履薄冰般回答,"他们出院了,黄昏时办的手续。"

"什么?未经我的同意!你让他们出院啦!"

"又不是我办理的,冲我发什么火呀。"护士小声嘀咕,"前台说他们缴清了费用的。"

“白痴。”刘子豪切齿骂道。

刘子豪丢下护士，迈开大步，向外奔跑。他必须抓住黑娃儿，黑娃儿是世界上第一个能活到一千二百岁的人，他要从黑娃儿身上挖掘出他全部的秘密。如果陈富贵敢阻止他，他会毫不犹豫地杀了陈富贵。谁敢阻止他，他就会杀了谁。他还要把黑娃儿留在身边，留在家里，谁也不能带走。别人问起，就说是我的私生子好了，他胡思乱想着，还有那个何亚博，我要把他抓起来，问他，严刑拷打，问出他所有的秘密。

刘子豪冲到前台，厉声喊道：“谁给陈富贵办理的出院手续？”

“我。”值班护士直言不讳。

“你胆子不小啊，没有我的签字……”

刘子豪的咆哮引来周围所有人关注的目光。值班护士也不示弱，抢白道：“刘医生，够了，别闹了。没见这里这么多人吗？”继而，她压低声音说：“陈富贵是我推荐给你的。我瞧出那婴儿根本没病，推荐给你，就是想看你怎么从一个没有病的婴儿身上找钱。这原本是个恶作剧。谁想你居然想出了什么先天性幼态持续的病，还号召大家捐款。我总算明白了，为什么大家都说你是钱医生，眼里只有钱了。”

钱医生？刘子豪心中咯噔一声，又是愤懑又是哀怨地想：原来我还有这样一个绰号！原来我在大家的心目中是这个样子的！原来……

就在这时，浑身是血的何亚博突然从肿瘤医院大门冲了进来，他身后紧跟着一个戴墨镜壮汉。那壮汉手里握着一把闪亮的匕首。何亚博踉跄几下倒在地上，戴墨镜壮汉举起匕首就刺。周围一片尖叫声。刘子豪冲上前去,不顾一切伸手抓住了壮汉的匕首。壮汉咆哮一声,一拳揺在刘子豪脸上,将他打倒在地。这时,四个医院保安手执警棍冲了出来,戴墨镜壮汉见势不妙,撒腿就跑。

刘子豪挣扎着爬起来,冲围上来的护士喊:“快,准备救人!”

## 十四

四周一片忙碌。何亚博后背重伤,趴在病床上,用尽全身力气,拉住了一个护士的手。“去,叫刘医生,刘子豪医生,过来。我有话说。”

护士匆匆找到正在包扎手的刘子豪,转述了何亚博的话。刘子豪急忙来到何亚博身边。

刘子豪说:“何医生,不要着急,手术马上开始。”

何亚博说:“不着急。你刚才真勇敢。”

“小事一桩。”

“我有个秘密要告诉你。”何亚博喘着粗气,“虽然才认识两天,可我看出来了。你游走在善与恶之间,就像细胞里既有原癌基因也有抑癌基因一样,既能做善,也能造恶。正常时做善,异变时造恶。至于是做善,还是造恶,取决于环境和你自身的努力。”

“世间的人和事,大多数都是这样。”

“对。可惜,彭祖手术的资料确实全部销毁,很遗憾。当时我吓坏了,彭公子的所作所为让我对彭祖手术的推广前景无比恐惧。我能想到的任何一个未来,都比地狱还要可怕。”何亚博喘着粗气,感慨道,“活到一千二百岁会给我们这个社会带来些什么?富人有钱给自己的后代做手术,那穷人怎么办?那些能活一千二百岁的富二代富三代富四代又将干些什么事情？所有社会资源都掌握在一批老人手里，年轻一代根本没有出头之日！整个人类社会牢牢固化，失去了一切活力，也失去了进一步发展的可能。整个人类可能因此走向灭绝。”

“你太悲观了。”刘子豪说，“畅想未来，却只想到它的阴暗面。”

“我不是悲观……”何亚博呼吸急促起来，“……然而，从陈富贵身上，我看到了某种希望。资料虽然销毁了，但我记得我是怎样找到让受精卵永远拥有端粒酶而不会促发癌变机制同时人体还会正常发育的秘密。

刘子豪说：“告诉我。”

“我会告诉你的。我也不希望这个秘密跟着我进坟墓。这是我一辈子的骄傲啊。”何亚博艰难地说，“我研究的不是普通癌细胞，而是海拉细胞。”

刘子豪眼睛一亮，“海拉细胞！”

何亚博说：“希望你走得比我顺利。”

急诊手术准备好了，护士过来，把何亚博推进急症室。刘子豪目送何亚博进去。

那天晚上，何亚博没有能活着从急症室出来。他与刘子豪的对话，成了他最后的遗言。

## 十五

刘子豪在网上下载了一份《海拉细胞使用申请表》。

1951年2月，美国黑人海里埃塔·拉克丝被诊断出患有晚期宫颈癌。她接受了癌症切除手术，但八个月后，她还是死了。著名癌症研究专家乔治·盖研究了来自拉克丝子宫内的癌变细胞。他惊讶地发现,这正是他花了近三十年时间寻找的东西。大部分的癌细胞在实验室环境下很快就死亡了,少量存活下来的也不会繁殖。然而,海拉细胞截然不同。它是人类发现的第一个可以无限制分裂的细胞株,第一个可以繁衍出无数个子细胞的"细胞之母",第一个可以永远不会死亡的细胞。乔治用"海拉"(Hela)——由拉克丝姓和名的前两个字母组成的词,来称呼这组细胞。

已经没有办法知道今天究竟活着多少个"海拉细胞"。一名科学家估计,如果可以把所有生长过的海拉细胞堆起来的话,它们可能重达五千万吨。另一名科学家估计,如果将所有生长过的海拉细胞从头到尾排列起来,它们可以至少绕地球三圈。

只要做过肿瘤研究、生物实验,或者养过细胞的科研人员,大都接触过海拉细胞。它被复制、销售、购买、打包、运往世界各地的实验室。海拉细胞帮助科学家实现了人类科学史上一些最重要的医学突破:化学疗法、克隆、基因组、人工授精,等等。数万篇基于海拉细胞的论文得到发表, 近十个诺贝尔奖也基于对海拉细胞的研究。

所有活着的人或多或少都受益于海拉细胞, 而他们对此毫不知情。无数科学家正在继续使用海拉细胞以期攻克人类未攻克的难题,如癌症、艾滋病、辐射伤害、毒性问题等等。

谁会知道,海拉细胞还隐藏着人类长寿的秘密?刘子豪在申请人一栏上写下了自己的名字。何亚博知道了,现在我也知道了。希望我比何亚博幸运。

在填写用途一栏时他犹豫了一下。对于彭祖手术普及之后的社会，何亚博有一个可怕的预想：富人活一千二百岁，而穷人只能活一百二十岁，富人牢牢地控制着穷人的一切。那样一个未来，比寒冰地狱还可怕，甚至可能导致全人类的灭绝。可事实真的会这样吗？

两天前，刘子豪向《枭阳日报》的指定账号转了五十五万，并通过报社告知捐款者：黑娃儿治疗无效，已经去世，所有捐款退回。后来，有捐款者建议：所有捐款根据捐款者的意愿，愿退的退，不愿退的成立一个慈善基金，用以资助别的像黑娃儿这样不幸的孩子。听到这个消息时，刘子豪心中一热，感觉消失已久的良心又回到自己身上。这种感觉很好，他深信，这一次自己没有做错。

刘子豪凝神在用途栏填下了“长寿”两个字。

——未来会如何，是蟠桃，还是癌症，等我把它创造出来再说。

载于《科幻 Cube》系列丛书《太空堡垒中国 25 年》